西北民族大学引进人才科研项目"儿童文学翻译家任溶溶研究"
（xbmuyjrc202231）

A LIBRARY OF DOCTORAL DISSERTATIONS IN SOCIAL SCIENCES IN CHINA

中国社会科学博士论文文库

童语童言 译笔生花
任溶溶汉译英语儿童文学经典化研究

Translating of Children and for Children:
A Study on Canonization of Ren Rongrong's
Translation of Children's Literature from English to Chinese

宋 维 著

导师 任 文

中国社会科学出版社

图书在版编目(CIP)数据

童语童言 译笔生花:任溶溶汉译英语儿童文学经典化研究/宋维著.
—北京:中国社会科学出版社,2023.6
(中国社会科学博士论文文库)
ISBN 978-7-5227-1282-6

Ⅰ.①童… Ⅱ.①宋… Ⅲ.①儿童文学—英语—文学翻译—研究—中国 Ⅳ.①I207.8

中国国家版本馆 CIP 数据核字(2023)第 028281 号

出 版 人	赵剑英
责任编辑	陈肖静
责任校对	夏慧萍
责任印制	李寡寡

出 版	中国社会科学出版社
社 址	北京鼓楼西大街甲158号
邮 编	100720
网 址	http://www.csspw.cn
发 行 部	010-84083685
门 市 部	010-84029450
经 销	新华书店及其他书店

印 刷	北京明恒达印务有限公司
装 订	廊坊市广阳区广增装订厂
版 次	2023年6月第1版
印 次	2023年6月第1次印刷

开 本	710×1000 1/16
印 张	17
字 数	288千字
定 价	88.00元

凡购买中国社会科学出版社图书,如有质量问题请与本社营销中心联系调换
电话:010-84083683
版权所有 侵权必究

《中国社会科学博士论文文库》
编辑委员会

主　　任：李铁映

副 主 任：汝　信　江蓝生　陈佳贵

委　　员：(按姓氏笔画为序)

　　　　　王洛林　王家福　王缉思
　　　　　冯广裕　任继愈　江蓝生
　　　　　汝　信　刘庆柱　刘树成
　　　　　李茂生　李铁映　杨　义
　　　　　何秉孟　邹东涛　余永定
　　　　　沈家煊　张树相　陈佳贵
　　　　　陈祖武　武　寅　郝时远
　　　　　信春鹰　黄宝生　黄浩涛

总 编 辑：赵剑英

学术秘书：冯广裕

总　序

在胡绳同志倡导和主持下，中国社会科学院组成编委会，从全国每年毕业并通过答辩的社会科学博士论文中遴选优秀者纳入《中国社会科学博士论文文库》，由中国社会科学出版社正式出版，这项工作已持续了12年。这12年所出版的论文，代表了这一时期中国社会科学各学科博士学位论文水平，较好地实现了本文库编辑出版的初衷。

编辑出版博士文库，既是培养社会科学各学科学术带头人的有效举措，又是一种重要的文化积累，很有意义。在到中国社会科学院之前，我就曾饶有兴趣地看过文库中的部分论文，到社科院以后，也一直关注和支持文库的出版。新旧世纪之交，原编委会主任胡绳同志仙逝，社科院希望我主持文库编委会的工作，我同意了。社会科学博士都是青年社会科学研究人员，青年是国家的未来，青年社科学者是我们社会科学的未来，我们有责任支持他们更快地成长。

每一个时代总有属于它们自己的问题，"问题就是时代的声音"（马克思语）。坚持理论联系实际，注意研究带全局性的战略问题，是我们党的优良传统。我希望包括博士在内的青年社会科学工作者继承和发扬这一优良传统，密切关注、深入研究21世纪初中国面临的重大时代问题。离开了时代性，脱离了社会潮流，社会科学研究的价值就要受到影响。我是鼓励青年人成名成家的，这是党的需要，国家的需要，人民的需要。但问题在于，什么是名呢？名，就是他的价值得到了社会的承认。如果没有得到社会、人民的承认，他的价值又表现在哪里呢？所以说，价值就在于对社会重大问题的回答和解决。一旦回答了时代性的重大问题，就必然会对社会产生巨大而深刻的影响，你也因此而实现了你的价值。在这方面年轻的博士有很大的优势：精力旺盛，思想敏捷，勤于学习，勇于创新。但青年学者要多向老一辈学者学习，博士尤其要很好地向导师学习，在导师的指导下，发挥自己的优势，研究重大问题，就有可能出好的成果，实现自己的价值。过去12年入选文库的论文，也说明了这一点。

　　什么是当前时代的重大问题呢？纵观当今世界，无外乎两种社会制度，一种是资本主义制度，一种是社会主义制度。所有的世界观问题、政治问题、理论问题都离不开对这两大制度的基本看法。对于社会主义，马克思主义者和资本主义世界的学者都有很多的研究和论述；对于资本主义，马克思主义者和资本主义世界的学者也有过很多研究和论述。面对这些众说纷纭的思潮和学说，我们应该如何认识？从基本倾向看，资本主义国家的学者、政治家论证的是资本主义的合理性和长期存在的"必然性"；中国的马克思主义者，中国的社会科学工作者，当然要向世界、向社会讲清楚，中国坚持走自己的路一定能实现现代化，中华民族一定能通过社会主义来实现全面的振兴。中国的问题只能由中国人用自己的理论来解决，让外国人来解决中国的问题，是行不通的。也许有的同志会说，马克思主义也是外来的。但是，要知道，马克思主义只是在中国化了以后才解决中国问题的。如果没有马克思主义的普遍原理与中国革命和建设的实际相结合而形成的毛泽东思想、邓小平理论，马克思主义同样不能解决中国的问题。教条主义是不行的，东教条不行，西教条也不行，什么教条都不行。把学问、理论当教条，本身就是反科学的。

　　在21世纪，人类所面对的最重大的问题仍然是两大制度问题：这两大制度的前途、命运如何？资本主义会如何变化？社会主义怎么发展？中国特色的社会主义怎么发展？中国学者无论是研究资本主义，还是研究社会主义，最终总是要落脚到解决中国的现实与未来问题。我看中国的未来就是如何保持长期的稳定和发展。只要能长期稳定，就能长期发展；只要能长期发展，中国的社会主义现代化就能实现。

　　什么是21世纪的重大理论问题？我看还是马克思主义的发展问

题。我们的理论是为中国的发展服务的，决不是相反。解决中国问题的关键，取决于我们能否更好地坚持和发展马克思主义，特别是发展马克思主义。不能发展马克思主义也就不能坚持马克思主义。一切不发展的、僵化的东西都是坚持不住的，也不可能坚持住。坚持马克思主义，就是要随着实践，随着社会、经济各方面的发展，不断地发展马克思主义。马克思主义没有穷尽真理，也没有包揽一切答案。它所提供给我们的，更多的是认识世界、改造世界的世界观、方法论、价值观，是立场，是方法。我们必须学会运用科学的世界观来认识社会的发展，在实践中不断地丰富和发展马克思主义，只有发展马克思主义才能真正坚持马克思主义。我们年轻的社会科学博士们要以坚持和发展马克思主义为己任，在这方面多出精品力作。我们将优先出版这种成果。

2001 年 8 月 8 日于北戴河

摘　　要

任溶溶是中国儿童文学史上绝无仅有的翻译与创作事业并行，在两个领域都取得很大成就的翻译家和作家。任溶溶自20世纪40年代后期开始从事儿童文学工作以来，翻译和创作了数量非常可观的儿童文学作品，这些作品受到不同年代读者的喜欢，在许多读者儿童时期的阅读经历中产生过情感上的共鸣。

任溶溶儿童文学翻译生涯中，早期的大量作品都译自俄罗斯儿童文学经典；进入20世纪80年代以来，任溶溶翻译了大量英语国家的优秀儿童文学作品。本文以任溶溶翻译的英语儿童文学作品为研究对象，从社会学的视角切入，整合了翻译批评中的格式塔理论和互文理论进行译本分析和比较，以布迪厄社会实践理论中的"场域""资本""惯习"等关键概念为理论工具，探讨任溶溶译作经典化生成的机制和经典化历程中的各种可能的推动因素。

儿童文学翻译活动是中国近代以来儿童文学萌芽、发展和壮大的重要推动力量。任溶溶在中国儿童文学翻译史上的贡献和"任溶溶研究"的不足形成鲜明的对比。对任溶溶儿童文学翻译经典化的研究，是一个具有多重意义的命题。

首先，文学性因素是翻译文学作品经典化构建中的最本质因素。审美和互文同为翻译文学作品经典化构建中的文学性因素。对任溶溶儿童文学翻译经典化的探讨离不开对任溶溶翻译作品在翻译审美层面的研究与解读。与此同时，任溶溶本人毕生都在创作中翻译，在翻译中创作。翻译家身份和儿童文学作家身份的重叠使其翻译作品呈现非常独特的互文性特征。其次，非文学因素是翻译文学作品经典化历程中的重要建构力量，译者在场域内持有资本的多寡，影响和决定作品的出版、传播和接受。任溶溶早年的生活环境、教育背景和工作经历既塑造了任溶溶在儿童文学翻译中的惯习，又成就了他在儿童文学场域中所持有的资本。再次，互联网信息时代中图书出版、消费与阅读的格局正在经历巨大的变化，在经典文学作品被过度包装和消费的同时，唱衰经典和"去经典化"的声音也同样不绝于耳，儿童文学创作、出版与消费的"迪士尼化"背景中，任溶溶儿童文学翻译作品是否保有其经典地位，值得我们关注和研究。最后，英语在当今世界仍旧是当之无愧的"强势语言"，任溶溶在俄译期之后放眼全世界的优秀儿童文学宝库，并开始集中译介英语国家儿童文学作品。任溶溶以英语为主要译出语的翻译时期的开始，伴随中国对西方儿童文学译介第三次高潮的到来。任溶溶在这一时期的翻译作品，凝聚了其在俄译期大量儿童文学翻译实践基础之上的成熟的翻译思想，其翻译的作品在艺术风格和儿童游戏精神的传达上也更能体现与他本人创作的儿童文学作品的互文性特征。

通过对任溶溶汉译英语儿童文学经典化之路的探究，我们可以更全面地把握中国儿童文学翻译的未来走向，更客观地审视本土儿童文学的创作与发展，使得本土儿童文学的声音在中国文化"走出去"战略中，被全世界所倾听。

关键词：任溶溶；儿童文学翻译；文学性；布迪厄社会实践理论；经典化

Abstract

In the history of Chinese children's literature, Ren Rongrong is the only writer and translator that has been devoted to both fields of writing and translating with huge achievements. Since the start of his career in the late 1940's, Ren Rongrong has produced huge loads of works and translated works of children's literature, which used to have and is having readers of different generations. In the reading history of many Chinese, Ren Rongrong's works resonated with their childhood memories. Ren Rongrong's early years of translated works were mainly focused on Russian classics of children's literature.

Since the late 1980's, Ren Rongrong has been committed to the translation of English-speaking countries' children's literature, which is the major research objective of this dissertation. With Bourdieu's *field*, *capital* and *habitus* in his theory of social practice theoretical tools, this dissertation aims to explore the canonization mechanism of Ren Rongrong's translated works and the possible contributors in the process of canonization under sociological perspectives in combination with the analysis and comparison of translation through gestalt theory and intertexulaity theories.

Translated children's literature is one of the most important driving forces that promote the beginning and development of Chinese children's literature in the modern sense. Ren Rongrong's contribution to the history of Chinese children's literature translation forms a stark contrast to the meagerness of "Ren Rongrong Studies". The canonization study of Ren Rongrong's translated works is a proposition with multiple meanings.

First, literariness is the nature of all literature and translated literature in the process of canonization construction. Aesthetic values and intexuality facotors both contribute to canonization of translated literature. Canonization study of Ren Rongrong's translated children's literature can't be isolated from the analysis and interpretation of aesthetic values in his works. In the mean time, Ren Rongrong's life-long career is characterized with writing in translating and translating in writing. The overlapping of his dual identities of writer and translator endows his works with the features of obvious intertexuality; Second, non-literary factors are the magnificent constructing force in the process of translated works canonization. Capitals held by a translator in particular fields greatly influence the publishing, dissemination and reception of his translated works. Ren Rongrong's early years' living environments, educational backgrounds as well as his working histories not only shaped his habitus in translating children's literature, but also helped accumulate his capitals in the field of children's literature; Third, in the times of the Internet and information technology, the way of book publishing, consuming and reading has witnessed dramatic changes. On the one hand, the classics are overly promoted and consumed; on the other hand, the classics are being badmouthed and the sound of decanonization lingers on. Against the disneyization backdrop of writing, publishing and consuming of children's literature, the canonized status of Ren Rongrong's translated works remains unknown in the years to come; Fourth, English is undoubtedly the dominating language of the world. Right after Ren Rongrong's Russian translation period, he has begun to take in view the children's literature treasures across the globe, mainly committing himself to translating children's literature of English-speaking countries. The start of Ren Rongrong's children's literature translation from English accompanied the coming of China's third translation climax of children's literature from the West. Ren Rongrong's translation in this period gathered his translation wisdom of his early years' translation of children's literature in Russian, on the basis of which his translated works are subtly intertexualized with his original works in aspect of style and the expressing of children's game spirit.

Through the study of canonization mechanism of Ren Rongrong's translated children's literature from English, the future tendency of Chinese children's literature translation can be more reasonably judged, which helps us look at the production and development of Chinese children's literature more objectively so that the voice of Chinese children's literature can be widely heard throughout the world against the backdrop of Chinese culture going global.

Keywords: Ren Rongrong; translation of children's literature; literariness; Bourdieu's theory of social practice; canonization

目　录

第一章　绪论 ……………………………………………………………（1）
　第一节　任溶溶生平简介 ………………………………………………（1）
　第二节　研究背景 ………………………………………………………（7）
　第三节　研究目标 ………………………………………………………（10）
　第四节　研究方法 ………………………………………………………（11）

第二章　文献综述及理论框架 ………………………………………（13）
　第一节　任溶溶研究 ……………………………………………………（13）
　第二节　儿童文学的定义 ………………………………………………（21）
　第三节　儿童文学翻译研究 ……………………………………………（34）
　第四节　经典化研究概述 ………………………………………………（38）
　第五节　布迪厄社会实践理论 …………………………………………（45）
　第六节　儿童文学翻译经典化构建的要素 ……………………………（58）

第三章　任溶溶汉译英语儿童文学经典化构建的文学因素：审美 ……（67）
　第一节　任溶溶审美惯习的生成及对其翻译与创作的影响 …………（67）
　第二节　任溶溶汉译英语儿童文学的审美特点 ………………………（74）
　第三节　儿童文学审美之"游戏精神"与"任溶溶现象" ……………（110）
　第四节　任溶溶审美的社会学解释 ……………………………………（114）

**第四章　任溶溶汉译英语儿童文学经典化构建的文学因素：
　　　　　文本互文** ………………………………………………………（119）
　第一节　文本互文关系中的《安徒生童话》与《格林童话》 ………（121）
　第二节　互文关系中的任译经典 ………………………………………（137）

第三节　文本互文对翻译活动的影响 …………………………（164）
  第四节　文本互文对经典化构建的意义 ……………………（165）

第五章　任溶溶汉译英语儿童文学经典化构建的非文学因素 ……（167）
  第一节　历史语境 ……………………………………………（167）
  第二节　社会语境 ……………………………………………（173）
  第三节　文化语境 ……………………………………………（180）

**第六章　去经典化浪潮中任溶溶汉译英语儿童文学经典
　　　　地位的保有** ………………………………………………（187）
  第一节　儿童文学翻译面临的挑战 …………………………（187）
  第二节　出版场域中的任溶溶持有的资本 …………………（198）

第七章　任溶溶汉译英语儿童文学经典化的启示 ………………（207）
  第一节　对儿童文学翻译和创作的启示 ……………………（207）
  第二节　经典化对本土儿童文学"走出去"的启示 …………（212）

结　语 ……………………………………………………………（218）

参考文献 …………………………………………………………（224）

索　引 ……………………………………………………………（250）

致　谢 ……………………………………………………………（252）

Contents

Chapter One　Introduction ⋯⋯⋯⋯⋯⋯⋯⋯⋯⋯⋯⋯⋯⋯⋯⋯⋯ (1)
　Ⅰ　A Profile of Ren Rongrong ⋯⋯⋯⋯⋯⋯⋯⋯⋯⋯⋯⋯⋯⋯⋯ (1)
　Ⅱ　Research Background ⋯⋯⋯⋯⋯⋯⋯⋯⋯⋯⋯⋯⋯⋯⋯⋯⋯ (7)
　Ⅲ　Research Objectives ⋯⋯⋯⋯⋯⋯⋯⋯⋯⋯⋯⋯⋯⋯⋯⋯⋯⋯ (10)
　Ⅳ　Methodologies ⋯⋯⋯⋯⋯⋯⋯⋯⋯⋯⋯⋯⋯⋯⋯⋯⋯⋯⋯⋯ (11)

Chapter Two　Literature Review and Theoretical Framework ⋯⋯ (13)
　Ⅰ　A Review of Previous Studies on Ren Renrong ⋯⋯⋯⋯⋯⋯ (13)
　Ⅱ　Definitions to Children's Literature ⋯⋯⋯⋯⋯⋯⋯⋯⋯⋯⋯ (21)
　Ⅲ　A Review of Previous Studies on Translation of Children's
　　　Literature ⋯⋯⋯⋯⋯⋯⋯⋯⋯⋯⋯⋯⋯⋯⋯⋯⋯⋯⋯⋯⋯⋯ (34)
　Ⅳ　A Review of Previous Studies on Canonization ⋯⋯⋯⋯⋯⋯ (38)
　Ⅴ　*Bourdieu*'s Social Practice Theory ⋯⋯⋯⋯⋯⋯⋯⋯⋯⋯⋯⋯ (45)
　Ⅵ　Contributing Factors to Canonization of Translated Works of
　　　Children's Literature ⋯⋯⋯⋯⋯⋯⋯⋯⋯⋯⋯⋯⋯⋯⋯⋯⋯ (58)

**Chapter Three　Aesthetics: The Literary Contributor to Canonization
　　　　　　　　of Ren Rongrong's Translation** ⋯⋯⋯⋯⋯⋯⋯ (67)
　Ⅰ　*Habitus* and its Influence on Ren Rongrong ⋯⋯⋯⋯⋯⋯⋯ (67)
　Ⅱ　Aesthetic Traits in Ren Rongrong's Translation ⋯⋯⋯⋯⋯⋯ (74)
　Ⅲ　Game theory and Ren Rongrong's Magic as a Writer and
　　　Translator ⋯⋯⋯⋯⋯⋯⋯⋯⋯⋯⋯⋯⋯⋯⋯⋯⋯⋯⋯⋯⋯ (110)
　Ⅳ　A Sociological Interpretation to Ren Rongrong's Aesthetic
　　　Orientations ⋯⋯⋯⋯⋯⋯⋯⋯⋯⋯⋯⋯⋯⋯⋯⋯⋯⋯⋯⋯⋯ (114)

Chapter Four　Intertexuality: The Literary Contributor to Canonization of Ren Rongrong's Translation ⋯⋯⋯⋯⋯⋯⋯⋯（119）
  I　*Grimm's* and *Anderson* in Intertexuality ⋯⋯⋯⋯⋯⋯⋯⋯（121）
  II　Ren Rongrong's Works in Intertexuality ⋯⋯⋯⋯⋯⋯⋯⋯（137）
  III　The Influence of Intertexuality on Translation ⋯⋯⋯⋯⋯⋯⋯⋯（164）
  IV　Significance of Intertexuality in Canonization ⋯⋯⋯⋯⋯⋯⋯⋯（165）

Chapter Five　Non-literary Contributors to Canonization of Ren Rongrong's Translation ⋯⋯⋯⋯⋯⋯⋯⋯（167）
  I　Context of History ⋯⋯⋯⋯⋯⋯⋯⋯（167）
  II　Context of Society ⋯⋯⋯⋯⋯⋯⋯⋯（173）
  III　Context of Culture ⋯⋯⋯⋯⋯⋯⋯⋯（180）

Chapter Six　The Status Quo of Ren Rongrong's Translation Against the Backdrop of Decanonization ⋯⋯⋯⋯⋯⋯⋯⋯（187）
  I　Challenges in Translation of Children's Literature ⋯⋯⋯⋯⋯⋯⋯⋯（187）
  II　*Capitals* Ren Rongrong is Holding in the *Field* of Publication ⋯⋯⋯⋯⋯⋯⋯⋯（198）

Chapter Seven　Enlightening Thoughts on the Development of Children's Literature in China ⋯⋯⋯⋯⋯⋯⋯⋯（207）
  I　How Children's Literature shall be Better Written and Translated ⋯⋯⋯⋯⋯⋯⋯⋯（207）
  II　How Children's Literature in China is to Go Global ⋯⋯⋯⋯⋯⋯⋯⋯（212）

Conclusions ⋯⋯⋯⋯⋯⋯⋯⋯（218）

Bibliography ⋯⋯⋯⋯⋯⋯⋯⋯（224）

Index ⋯⋯⋯⋯⋯⋯⋯⋯（250）

Acknowledgement ⋯⋯⋯⋯⋯⋯⋯⋯（252）

第一章 绪论

第一节 任溶溶生平简介

任溶溶，原名任根鎏，又名任以奇，祖籍广东鹤山，1923年5月19日出生于上海虹口区。任溶溶在5岁时，就被父亲送到广州老家读私私塾，8岁左右进新式学校学习新知。15岁时，任溶溶返回父亲经营印刷业务的上海，进入雷士德工学院①初中部开始学习。该学校按照雷士德的遗嘱采用全英文教学，任溶溶早年在雷士德学院初中部的学习经历为日后熟练运用英语奠定了坚实的基础。之后任溶溶进入大夏大学②中国文学系学习。1940年10月，任溶溶在雷士德学院初中部就读期间，决定前往苏北加入新四军。之后任溶溶因身体原因返回上海医病，就没有再选择回到部队，他留在上海参加地下党领导的新文字改革工作，协助编辑地下党主办的《每日译报》③

---

① 雷士德学校和雷士德工学院（The Lester School and Henry Lester Institute of Technical Education）简称雷士德学院，创办于1934年，设大学与附属中学，是当时英国驻沪总领事馆根据侨居上海的英国慈善家亨利·雷士德的遗嘱，动用雷士德基金会基金创办的，1945年停办。翻译家草婴（盛峻峰）于1938年和任溶溶同时进入雷士德工学院初中部就读。

② 大夏大学（The Great China University）是由1924年因学潮从厦门大学脱离出来的部分师生在上海发起建立的一所综合性私立大学。"大厦"即"厦大"之颠倒，后来取"光大华夏"之意定名大夏大学。抗战期间曾西迁贵阳，与复旦大学合并为中国历史上第一所联合大学，光复后迁回上海。1951年10月，在原校址与光华大学相关院系合并后成立华东师范大学，成为新中国创办的第一所师范大学。

③ 《每日译报》创刊于1938年1月21日，创刊之初，以采编租界内出版的多语种刊物如俄文《消息报》、英文《字林西报》、法文《上海日报》、德文《远东新闻报》以及其他外国刊物上已经刊载的文章为主，之后也从内地《新华日报》《救亡日报》等报纸转载文章，主要报道八路军、新四军在抗战前线的战况。

的《语文周刊》①。在地下党的工作经历让任溶溶获得了接受高等教育的机会。1942 年，在地下党的安排下，任溶溶进入大夏大学中国文学系学习，和后来同是著名翻译家的草婴成为同班同学，任溶溶的俄语启蒙老师正是草婴。1945 年大学毕业之后，任溶溶做过短暂的雇员和事务员。

"1947 年，我给我朋友编的儿童杂志译点稿子，当时经济情况不好。姜先生从我的好朋友也是他的好朋友倪海曙同志那里听说了这件事，托倪海曙同志带话给我，说时代出版社要出儿童文学作品，知道我学过点俄文，叫我就译苏联儿童文学作品吧，译一本他们给我出一本。"（任溶溶，2012：19）就这样，任溶溶在回忆录《我的贵人姜椿芳》一文中被尊为他走上翻译道路的贵人姜椿芳的指引下逐渐走上儿童文学的翻译生涯。在外滩别发洋行②（黄海涛，2011：35）找资料的过程中，任溶溶看到很多迪士尼出版的儿童文学读物，非常喜欢，于是就开始"一篇接着一篇翻译"。（舒晋瑜，2013：12）

在中国儿童文学史上，任溶溶有双重身份，一个身份是儿童文学翻译家的身份，另一个身份是儿童文学作家。儿童文学翻译家任溶溶自 20 世纪 40 年代末正式踏上翻译道路起，在 20 世纪 80 年代之前主要以俄译儿童文学为主。任溶溶在俄译期对普希金、马雅可夫斯基、马尔夏克等作家的经典儿童文学作品的译介在本土儿童文学发展相对滞后的年代满足了读者和儿童文学工作者对儿童文学作品的阅读需要和审美期待，独特的语言风格在早期任溶溶的译作中就已经初露端倪：50 年代翻译出版的《古丽雅的道路》（又名《第四高度》）至今仍然作为俄罗斯文学经典不断再版；

---

① 《语文周刊》是《每日译报》推出的专刊之一，由我国语言学家、中国共产党创始人之一的陈望道主编，《共产党宣言》的第一个中文译本就是由陈望道翻译出版。陈望道是抗战时期上海语文运动的主要领导者和组织者之一。上海语文学会、上海语文教育学会等进步语文团体，就是在陈望道的大力倡导下成立的。新中国成立后，上海成立了新文字研究会，陈望道任会长，倪海曙任副会长，任溶溶任秘书长。

② 别发洋行（又名别发行、别发印书馆、别发书店等）英文名称是 Kelly & Walsh, Limited，由 Kelly & Co.（中文行名作别发）和 F. & C. Walsh & Co.（中文行名作华而师）合组而成。别发洋行 1864 年在中国推出第一本出版物，早在清末民初的许多知识分子都有前往别发洋行购买各种各样参考书籍的经历。别发洋行的主要业务是销售西洋书籍，以英语为主，法语为副，间有德语。自创立以来，别发洋行一直为外国人或外国在华机构出版书刊。直至 20 世纪 30 年代，别发洋行打破惯例，渐渐为中国知识分子出版英文书籍。林语堂的名作 Moment in Peking: a novel of cotemporary Chinese life（《京华烟云》）中国版就是在纽约 John Day 出版公司出版之后由别发洋行出版。别发洋行 20 世纪 60 年代被香港一家书店收购。

任溶溶在 80 年代之后的翻译活动，是以英语国家儿童文学为主的多语种世界儿童文学经典的译介。罗大里（意大利）、林格伦（瑞典）、达尔（法国）、内斯比特（英国）、格雷厄姆（英国）、特拉芙斯（澳大利亚）、扬松（芬兰）、安徒生（丹麦）等一批享誉世界的儿童文学作家的经典作品都是在这一时期被译介。2012 年 12 月，任溶溶在中国翻译协会成立 30 周年纪念大会上，被授予"翻译文化终身成就奖"①。

儿童文学作家任溶溶 20 世纪 50 年代左右发表第一首儿童诗，1956 年以童话《"没头脑"和"不高兴"》声名大噪，创作了大量的儿童诗歌、儿童小说、童话等体裁多样的儿童文学作品。20 世纪 80 年代，任溶溶凭借《你说我爸爸是干什么的？》一诗摘得"第二届全国儿童文艺创作评奖一等奖"，时隔 20 多年以后，任溶溶再次凭借在 2008—2011 年创作的 102 首儿童诗结集而成的儿童诗集《我成了个隐形人》在 2012 年斩获"中国作协第 9 届（2010—2012）全国优秀儿童文学奖"。在翻译中创作，在创作中翻译是任溶溶半个多世纪儿童文学职业生涯的真实写照。在中国儿童文学史上，任溶溶是一位不多见的创作与翻译并重的高产作家和译文堪比创作作品的高产翻译家。

任溶溶在刚刚涉足儿童文学翻译和创作之时，参与了 40 年代末 50 年代初的拉丁化文字运动。始于 20 世纪 30 年代新文化运动改革中的汉语拉丁化运动最后以失败告终，但其研究成果却对汉语拼音文字方案的最终产生留下了非常宝贵的一笔财富，并直接推动了普通话拼音体系在中国的实施和推广。任溶溶在新中国成立初期的汉语拉丁化运动中编写了三本书：《北方话新文字基础读本》《北方话新文字的拼法》和《中国拼音文字拉丁化基础读本》。然而任溶溶在回忆录和访谈中对这三本著作鲜有提及，也许是出于两方面的原因，一方面，囿于当时意识形态高压下的政治文化环境，讲求政治性和教育意义的出版方针体现在内容上就是对阶级斗争和敌视西方资本主义的强化。对于儿童作家的任溶溶来说，编写出这样的带有浓厚政治色彩的教材非常勉为其难，但作为政治任务，又是不得已为之的。任溶溶很少提起这段在语言文字改革时期的工作大概是因为其中涉

---

① "翻译文化终身成就奖"由中国翻译协会授予，此前获奖的著名翻译家有季羡林（2006）、杨宪益（2009）、沙博理、许渊冲、草婴、屠岸、李士俊（2010）；和任溶溶同年（2012）获奖的翻译家有唐笙、潘汉典、文洁若。

的内容太过于口号化和政治化，这和其秉持的为儿童写作和为儿童翻译的价值观是相背离的。另一方面，任溶溶以著名儿童文学翻译家"任溶溶"之名受读者追捧，在出版界和儿童文学界享有盛誉，而汉语拉丁话运动中这三本既不算文学创作作品，又不是翻译文学作品的读物又是以任以奇之名出版，"任溶溶"之名所负载的价值远远超过任溶溶的其他名字。这三本书虽然看似和任溶溶的翻译工作不相干，但其内容的编写就其专业难度来说，非没有相当语言学功底的人可以完成。大量汉语音韵与拉丁字母的对应注解工作为任溶溶把握翻译作品中不同语言之间的语音特点、更准确自然地在译文中呈现原作的风貌积累了非常难得的经验。

任溶溶长期工作在文学编辑的一线岗位。1950 年，任溶溶进入新华书店华东分店①任编辑，1952 年调入少年儿童出版社。② 1952—1962 年在少年儿童出版社供职期间，任溶溶先后任译文科科长、编辑部副主任、编审等职，系统性地引进了一批非常有代表性的俄罗斯儿童文学作品。马尔夏克、马雅可夫斯基、盖达尔等重要作家的作品均由任溶溶翻译出版了选集。1962 年春夏之交，中苏关系开始破裂。文艺活动历来都是政治气候的风向标，自 50 年代初期以来以不断推出俄罗斯儿童文学作家作品选集的少年儿童出版社在中苏关系破裂之后不得不中断对俄罗斯儿童文学的译介，任溶溶译作年表③显示，《米哈尔科夫儿童诗选》（诗集）是任溶溶 20 世纪 60 年代翻译出版的最后一部作品，这和中苏关系破裂的时间节点正好是一致的。在翻译工作因故中断的 1962 年，任溶溶一口气发表了《我的哥哥聪明透顶》《爸爸的老师》《弟弟看电影》《我抱着什么人》《听老伯伯讲故事》《从人到猿》《〈铅笔历险记〉开场白》《强强穿衣裳》8 首儿童诗歌和童话《人小时候为什么没胡子》1 篇。在 1966 年"文化大革命"期间被关入"牛棚"之前的这段时期，任溶溶没有公开发表的翻译作品出版，其创作出版的儿童文学作品也较少，1963—1965 年，任溶溶仅发表小说《小波勃和变戏法的摩莱博士》（1963）、儿童故事《丁

---

① 1951 年新华书店华东分店的编辑出版部门改组，成立华东人民出版社。1955 年 1 月起，华东人民出版社更名为上海人民出版社。

② 少年儿童出版社简称上海少儿社，成立于 1952 年，其名称经常容易和社址在北京的中国少年儿童出版社混淆。

③ 据马力《任溶溶评传》和何伊丽《儿童文学翻译家任溶溶——对当前"任溶溶研究"不足的补充》。

小一写字》（1964）、儿童故事《我是哥哥》（1964）、儿童小说《亨弗雷家一个"快活"的日子》（1964）、儿童诗《我给小鸡起名字》（1964）、儿童小说《变戏法的人》（1964）和诗集《小孩子懂大事情》（1965）等7部作品。1966年，"文化大革命"爆发，任溶溶先是被关入"牛棚"隔离审查，然后进入奉贤五七干校饲养场养猪进行劳动改造，后来五七干校成立翻译连，任溶溶参与翻译《北非史》。1973年之后，翻译连被调往上海，并成立了上海人民出版社编译室，任溶溶继续参与编译了《苏共党史》《沙俄侵华史》《第二次世界大战史》等书籍。

虽然在"文化大革命"期间基本上被剥夺了翻译和写作任何儿童文学作品的机会，任溶溶却并没有放过任何可以学习的机会：早在20世纪50年代任溶溶在俄译本基础上转译意大利儿童文学作家罗大里的《洋葱头历险记》和其他一些儿童诗歌时，因为不懂意大利语而感觉遗憾。"文化大革命"爆发以后被关押到"牛棚"以及后来被下放到饲养场养猪期间，任溶溶捡起之前没有时间进行学习的意大利语；"文化大革命"后期，响应政治号召在翻译连参与翻译世界各国历史的任溶溶跟着电台开设的日语讲座又开始自学日语。就这样，任溶溶在英语和俄语以外又掌握了意大利语和日语。非常扎实的俄语和英语底子加上对其他外语的涉猎，使得任溶溶在多语种翻译能力方面具备独特优势，这在儿童文学翻译领域是首屈一指的。

"文化大革命"中，中国各个行业顶尖的知识分子大都遭受了精神和身体上的双重羞辱和折磨，任溶溶也不例外。在任溶溶的一篇访谈录中，任溶溶谈到"'文化大革命'期间，'打倒中国的马尔夏克任溶溶！'的标语刷在他天天要经过的路边，铺天盖地的大字报贴满少儿出版社，他却视若无睹，胃口照旧好得很。"（楼乘震、魏宇，2013：81）困境中始终保持乐观与积极的心态，是任溶溶"跌倒抓把沙"的真实写照。这种童心不泯的赤子情怀是任溶溶在儿童文学领域如鱼得水、勇攀高峰的不竭源泉。儿童文学理论家刘绪源曾这样评价任溶溶："在中国文坛上，翻译儿童文学作品最拔尖的，就是任溶溶。他改变了中国的儿童文学。"（楼乘震、魏宇，2013：79）

在任溶溶的杂文随想集《浮生五记——任溶溶看到的世界》一书中，刘绪源以《我所知道的任溶溶》一文作序，回忆了任溶溶儿童文学翻译作品甚至在他本人识字之前对他的文学启蒙，"早在童年时代，我就熟知任溶溶先生的名字"，"那时的儿童画本，有很多就是他从前苏联译过来的，我虽不识字，却能从头到尾背得滚瓜烂熟。这就是我的文学启蒙了。"

（任溶溶，2012：1）"文化大革命"结束以后百废待兴，全国上下各项被迫中断和荒废的事业开始焕发生机、迎来新的发展机遇。任溶溶在20世纪80年代也进入翻译和创作的又一个新的巅峰时期，政治气候和文化出版政策的逐渐向好在客观上为任溶溶实现从较单一的俄语儿童文学翻译到放眼全世界优秀儿童文学作品的宝库提供了可能性。

非常值得一提的是，1983年任溶溶已经60岁，从供职的译文出版社退休后随即返聘。在这期间推出的重要译作里面，任溶溶在80岁高龄时翻译的E. B. 怀特的经典童话《夏洛的网》、之后于2005年翻译的世界儿童文学巨著《安徒生童话》、2014年101岁"超高龄"时翻译的《奇先生妙小姐》等翻译作品非常抢眼。创作方面，任溶溶凭借在2008—2011年创作的102首诗歌集《我成了个隐形人》摘得中国作协"中国作协第9届（2010—2012年）全国优秀儿童文学奖"，中国作协官方网站对这部获奖作品的评价是"这是一部将奇异的童心发挥到极致的诗集，它以老者大清澈、大纯粹的生命状态为视角和切入点，将儿童的积极游戏精神和世纪老人的智性通透深度融会贯通。童话式的幽默，童谣式的天真，口语式的朴拙，是对中国本土儿童文学诗意文本在语言、方法和美学探索上的一个具有突破性的拓展。"①

作为一位高产翻译家，任溶溶从新中国成立前后到"文化大革命"期间翻译俄罗斯儿童文学作品的数量是无人能及的，"在解放后的17年中，全国的翻译工作者对外国儿童文学作品的译介共426种，而任溶溶一个人的翻译就达30多种，约占翻译总量的8%。"（马力，1998：61）20世纪80年代以后，随着本土儿童文学创作高潮的到来，包括任溶溶在内的一批儿童文学作家进入创作的高峰期，与此同时，文化出版政策的进一步开放让中国的儿童文学译介跳出了只在俄罗斯儿童文学中兜圈子的状况，儿童文学翻译门类的多元化让更多有一定外语基础的年轻人加入外国儿童文学翻译的队伍中来。然而，对绝大部分出版过一两本儿童文学翻译作品的译者来说，儿童文学翻译工作只是他们翻译生涯或其他职业生涯中的一小段经历或一种点缀而已，很少有人像任溶溶一样在儿童文学翻译的道路上一直默默耕耘、坚守半个多世纪，创造出数不胜数的经典儿童文学作品。在如此高产高质的翻译作品不断推出的同时，任溶溶作为一位高产

---

① 参见中国作协官方网站"中国作家网"，http://www.chinawriter.com.cn。

的儿童文学作家的身份同样引人瞩目。

第二节 研究背景

20世纪70年代以来,描述性翻译研究作为翻译研究的一个新的范式在欧洲翻译学界被提出。无论和何种理论相结合的规定性翻译研究,都带有价值尺度的评判标准,旨在提出一套明确的指导翻译实践的理论和方法。在中国,无论是中国佛经翻译历史时期的"文""质"之辩,还是近代以来在西方翻译思潮影响下的对"信达雅"三字标准以及"忠实""对等"等原则在语言学层面上的探讨,都绕过了对于以翻译主体存在的译者和译者主体性的研究,属于传统的规定性翻译研究的范畴。诚然,翻译研究是离不开其规定性特征的,翻译实践中语际转换的方法正是仰仗于翻译研究在语言学意义的规定性得以规范和系统化;与此同时,翻译研究也是离不开其描述性特征的,对翻译现象的解读在规定性翻译研究的框架内是无计可施的。规定性翻译研究和描述性翻译研究是对立统一的关系,是翻译研究的两种不同范式。

区别于规定性翻译研究对于翻译过程中原文本与译文本在语言层面转换机制的关注,描述性翻译研究把关注的焦点放在影响翻译结果生成的社会文化语境之中。因此,描述性翻译研究的兴起催生了20世纪后半叶翻译研究的文化转向和社会学转向的出现。在描述性翻译研究范式下,译者主体性研究逐渐进入翻译研究者的视野,翻译家研究也因此成为翻译研究中一个较为热门的研究领域。近代以来的国内外著名翻译家研究受到翻译学界的关注越来越多,《国内翻译家研究现状与流变趋势》一文对1980—2013年发表于国内外语类核心期刊的论文的计量分析显示,国内翻译家关注度的前十名为严复、鲁迅、傅雷、王佐良、林语堂、杨宪益、朱生豪、钱锺书、胡适、林纾;国外翻译家关注度前五名为庞德、霍克斯、葛浩文、理雅各、翟理斯。(张汨、文军,2014:99)对翻译家的研究集中在文学翻译这个领域内是译者主体研究的主流方向,主要原因在于文学史关注的绝大部分翻译家是文学翻译家,他们的数量众多,而且许多因为兼创作作家的身份在文学史上有一定地位和影响。儿童文学翻译是被主流翻译史所忽略的,在文学翻译史中通常只有零星的记述。"任溶溶"之名在中国翻译史的现行出版物中是看不到的,"任溶溶"更多地是以儿童文学作家的身份被定格在中国儿童文学史的"幽默儿童文学作家群"中。作为一位译作和创作等身的著名翻译家,这种尴尬的现状和儿童文学在学界的地位有很大的关系。

早在1972年,霍姆斯(James S. Holmes)在《翻译研究的名与实》一文中就提到了"翻译社会学"(translation sociology)的概念。法国学者海伯伦(Johan Helborn)1999年发表于《欧洲社会学理论》(*European Journal of Social Theory*)的《走向翻译社会学:作为文化世界系统的书籍翻译》(*Towards a Sociology of Translation: Book Translation as Cultural World-System*)一文开启了进入新世纪以来翻译社会学转向的先声。2005年前后,随着西方翻译研究学界对翻译社会学关注度的不断提升,翻译研究领域的权威期刊相继发表和出版了翻译社会学相关的论文与著作。《译者》(*The Translator*)2005年出版了特刊《布迪厄与口笔译社会学》(*A Special Issue on Bourdieu and the Sociology of Translation and Interpreting*),约翰·本雅明公司(John Benjamins Publishing Company)将奥地利学者沃夫(Michaela Wolf)在2002—2005年发表的论文结集后以《建构翻译社会学》(*Constructing a Sociology of Translation*)之名出版,成为翻译社会学转向以来的重要著作。20世纪80年代,文学理论领域对于主体性(subjectivity)和主体间性(intersubjectivity)的激烈论辩逐渐引发了学界对于译者主体性和翻译主体间性的关注。穆雷、诗怡在2003年发表于《中国翻译》的文章《翻译主体的"发现"与研究——兼评中国翻译家研究》一文讨论了自80年代翻译研究的文化转向以来,翻译研究中的翻译家研究逐步从对翻译家"生平记叙、翻译活动介绍、译品赏析"向"文化思想、审美意识、人格修养以及其所译对译入语文化的意义"等相关问题进行研究的转型(穆雷、诗怡,2003:12);陈大亮发表于《中国翻译》2005年第2期的文章《翻译研究:从主体性向主体间性转向》一文,以翻译研究的"作者中心论""文本中心论""译者中心论"三种研究范式中相对应的主体性表现切入,详尽阐述了翻译主体性研究中二元对立的局限性和更具包纳性的主体间性研究的展望。(陈大亮,2005:3—9)

中国晚清以降的儿童文学翻译催生了"儿童"在中国被"发现",也催生了中国现代意义上的儿童文学。在之后自五四运动以来的数次译介高潮中,儿童文学翻译也不断给文学界的儿童文学创作观注入新思维和新视角,本土儿童文学不断地在儿童文学翻译的浪潮中汲取养分,在21世纪以来形成空前的、蔚为壮观的创作、出版和消费景象。儿童文学翻译的门类由童话、小说、诗歌等传统文学体裁的作品翻译向日记体儿童故事、图画书、图文匹配的绘本、游戏书等多体裁、多门类的翻译不断转型，内容涵盖儿童心理、认知能力和行为习惯培养、生活百科知识、历史、地理、自然科学等学科知识以及其他和儿童生活相关的各个方面。引进图书市场的多元化图书产品满足了信息化时代儿童文学的主要受众——儿童读者和他们的父母对于儿童文学作品的阅读期待。在图书出版市场中汇聚全世界优秀儿童文学作品、新人不断涌现、翻译作品体裁和风格方面更趋多元的语境下，本土儿童文学创作也呈现良好的发展势头。然而，儿童文学与儿童文学翻译研究一直不温不火。

国务院学位委员会1997年颁布的《授予博士、硕士学位和培养研究生的学科、专业目录》中，儿童文学没有独立的学科地位；在设立儿童文学研究方向的寥寥数所高校中，除了北京师范大学于2005年在中国语言文学一级学科下自设儿童文学二级学科以外，儿童文学研究在其他设有相关硕士专业的高校只是中国现当代文学二级学科的一个研究方向。儿童文学在学科地位上的模棱两可导致儿童文学人才培养的尴尬局面，儿童文学研究长期以来处于文学研究的边缘地带。虽然属于明显的交叉学科，儿童文学翻译的状况却显得更不乐观，原因在于它既不是文学研究的主流，也不是翻译研究关注的主要方向；从事儿童翻译研究的学者要么主要研究文学、要么主要研究翻译、要么研究文学翻译，儿童翻译研究只是他们研究方向中稍稍可以涉及和兼顾的一个方向而已。

笔者认为，对儿童翻译研究的轻慢除了在学科性质上的模糊与学科地位上的薄弱以外，还有学界对儿童文学是"小儿科"的歧视和偏见有关。在翻译家研究在国内已经蔚然成风、各个时期的知名翻译家研究成果（包括博硕论文）不断推陈出新的背景下，对任溶溶的翻译研究显得有些冷清，已有的期刊论文和硕士学位论文基本上是在探讨任溶溶的某个译本的翻译特点以及翻译思想，缺乏对其长达半个多世纪的翻译活动的全方位的历时考察。何伊丽（2009）的硕士学位论文《儿童文学翻译家任溶溶——对当前"任溶溶研究"不足的补充》在"任溶溶研究"方面找到了一些新的突破点，没有仅仅停留在对某一译本的分析以及其生平概述上，对其翻译和创作活动进行了梳理，并归纳总结了任溶溶的翻译思想。但是该论文同样没有在理论上对任溶溶的翻译与创作活动进行更深入的阐释，这是目前任溶溶相关研究中的普遍问题。

西方翻译学界自 2005 年前后出现的翻译研究的社会学转向以来，国内翻译研究领域逐渐跟进，以社会学视角研究翻译活动，在文学翻译、翻译实践（口笔译）等领域已经有大量研究成果产生，并不断深化着描述性翻译研究在中国翻译研究领域的发展和演进。社会学研究视角为任溶溶研究提供了一个全新的考察维度，对其翻译作品经典化的生成和构建过程有助于从历时的角度做更深入的研究。

第三节　研究目标

纵观 20 世纪以来的著名翻译家研究，"任溶溶研究"相较于其他翻译家研究明显缺乏理论性和系统性。本文将翻译审美格式塔理论、互文理论等文学理论与布迪厄社会实践理论中的惯习、场域、资本等关键概念结合在一起，研究儿童文学翻译家任溶溶汉译英语儿童文学经典化构建的机制，以期对儿童文学领域的"任溶溶现象"做出更全面客观的分析和阐释。自描述翻译学在 20 世纪 70 年代兴起以后，翻译的主体性研究逐渐进入翻译研究的视野；2005 年前后，西方翻译理论界的社会学转向，70 年代由霍姆斯在《翻译研究的名与实》（*The Name and Nature of Translation Studies*）一文中提出的翻译社会学开始引起学界的广泛关注。继翻译的主体性研究之后，翻译的主体间性研究也成了一条翻译研究的新路径。基于翻译主体性研究和主体间性研究的翻译家研究将译者的生平、译著、翻译活动等置于宏大的社会、历史和文化语境之中，这和布迪厄的社会实践理论聚焦社会个体和社群在社会网络之中的实践活动是相契合的。

任溶溶身兼儿童文学作家和儿童文学翻译家的双重身份。在中国儿童文学史上，任溶溶是以"幽默儿童文学作家"的身份被划入中国自"五四"以来的第三代（新中国成立后到"文化大革命"的 17 年）儿童文学作家群之中的，然而任溶溶的创作和翻译活动与第四代（改革开放之后的 80 年代）作家群以及第五代（21 世纪以来）作家群的创作活动不断重叠，成就了任溶溶在中国儿童文学史上高产儿童文学翻译家与儿童文学作家的典范式形象。任溶溶以英语为译出语的儿童文学翻译活动始于 80 年代，本文研究其儿童文学翻译经典化构建的机制主要是基于他的汉译英语儿童文学翻译作品。将任溶溶译出语为英语的儿童文学翻译作品作为研究经典化构建的对象，原因有三：一是因为英语在当今世界，是强势语言，是名副其实的国际通用语言。在中国对外开放的进程不断向纵深发展的时代语境中，英语的普及程度也在不断加深。从图书出版发行渠道来看，在"方所""诚品书店""西西弗书店"等新式书店的实体门店以及各种互联网购书平台，引进原版英文儿童图书和其他语种相比，占比最大；译林出版社等专业出版机构不断推出汉英双语对照版文学读物。这些现象无不印证了英语在中国越来越普及的这一事实。二是在于笔者因为专业知识的局限，不能展开俄语原本和汉语译本在语言层面的参照和比对，因此无法将任溶溶在俄译时期的大量俄罗斯儿童文学翻译作品纳入考察的范围。三是因为笔者博士学位论文的学科定位是翻译研究。虽然以儿童文学作家身份被载入中国儿童文学史的任溶溶在儿童文学创作方面和儿童文学翻译活动几乎是同步并行的，其儿童文学创作历程和儿童文学翻译之间存在互文关系，但是本文的研究聚焦仍旧是译出语为英语的儿童文学翻译作品。

本书针对任溶溶汉译儿童文学经典化展开的研究是文学翻译研究和社会学研究相结合的研究。通过梳理任溶溶的生平经历和职业生涯，探讨形成其儿童文学翻译中审美"惯习"的因素；通过对任溶溶儿童文学作家、儿童文学翻译家和外国文学编辑身份的综合考察，发现其在儿童文学创作、儿童文学翻译以及外国文学编辑不同身份之中的"场域"和互文关系；以历时的角度考察任溶溶社会关系网络，分析其所在儿童文学场域、出版场域及儿童文学翻译子场域内持有的"资本"。与此同时，对任溶溶翻译与创作史的考察，始终脱离不开对文艺工作的参与者和实践者所信奉的游戏规则——"幻象"的关注。本书以布迪厄的社会实践理论为指导，以期从社会、历史和文化语境多重角度考察任溶溶汉译英语儿童文学经典化构建的生成过程，展现其经典化构建的全貌。

第四节　研究方法

本论文的研究类型是描述性翻译研究，在具体方法上，以定性研究为主，将儿童文学翻译家身份的任溶溶与儿童文学作家身份的任溶溶置于历史语境之中，对任溶溶汉译英语儿童文学经典化生成与构建做共时和历时的分析；与此同时，本文也兼顾定量研究的方法，对不同时期的译作与创作数量、任溶溶译作的出版与再版情况,任溶溶译作在网络图书销售渠道的排行等情况做计量分析与统计。

  本文对任溶溶汉译英语儿童文学经典化的研究在方法论上主要是建构主义,兼顾对文学内部因素的考察。翻译研究如果完全脱离了翻译文本本身的研究,很难称之为翻译研究;社会学的研究方法为翻译的外部研究提供了一个广阔的视域,在翻译文本之外对文本产生的历史、社会和文化语境做综合考量。从本质主义的观点来看,审美是自主自律的行为,但无可否认的是,审美同样是建构的,是经济、政治、社会和文化共同作用的结果。本文对任溶溶汉译英语儿童文学经典化的研究是建构主义框架下的文学内部因素和文学外部因素相结合的研究,以社会学的研究方法综合考察任溶溶幼年的家庭环境、在广东和上海两地生活经历与教育背景对其儿童文学审美观和儿童文学创作与翻译观的塑造、翻译和创作并行中的互文等问题;梳理其汉译英语儿童文学经典生成与构建中的各种可能的外部因素,客观地展现了任溶溶半个多世纪以来在儿童文学场域内不断积累和强化的象征资本,对其翻译作品的经典化历程做出全面的描述和阐释。

  文学经典化的生成过程,从文学内部因素——审美维度上来看既有其共时性,也有历时性。本质主义的经典观关注的重点是文学的内部因素;从文学外部因素——社会文化维度上来看,文学经典化的生成与构建是历史的、社会的和文化的。建构主义的经典观把着眼点主要放在文学的外部因素上。翻译文学是文学的事实已经无须再辩,因此对翻译文学的经典化的研究自然也可以循着本质主义和建构主义的两条路径展开。

第二章　文献综述及理论框架

第一节　任溶溶研究

"任溶溶现象"受到学界关注始于 70 年代末、80 年代初，但是主要针对任溶溶幽默儿童文学创作的评论散见于期刊文章和儿童文学教程等。郑马的文章《"儿童文学交响乐团"出色的号手——访问任溶溶小记》和田地、何平的文章《评任溶溶和儿童诗》、孙建江主编的《二十世纪中国儿童文学导论》和浦漫汀主编的《儿童文学教程》都对任溶溶儿童文学创作有一定篇幅的介绍和评述。马力著《任溶溶传》是第一部、也是目前为止的唯一一部任溶溶生平传记方面的著作。针对任溶溶翻译作品的研究大多聚焦任溶溶的儿童文学翻译家身份；侧重其创作作品研究的任溶溶相关研究，任溶溶的儿童文学作家的身份是被关注的焦点。

期刊论文方面，可以检索到的解放初期涉及任溶溶作品评述的文章有 2 篇：其中祖之发表于《读书》1959 年第 5 期的《现代的儿童何须仙人教育》一文言辞激烈地批评了任溶溶的成名作《"没头脑"和"不高兴"》，很快顾汗熙在《读书》1959 年第 10 期发表了《写仙人何尝不可》一文（顾汗熙，1959：31），作为对前文批判任溶溶童话创作中沉迷于虚构幻想、脱离现实的回应；截至 2017 年 5 月，最新的"任溶溶研究"的论文是汤素兰于 2016 年发表于《中国文学研究》2016 年第 1 期的《任溶溶儿童诗的语言艺术》，针对任溶溶翻译活动的综述性研究只有 1 篇：荆素蓉和米树江于 2015 年发表于《外国语文研究》2015 年第 5 期的《儿童文学翻译家任溶溶研究综述》。在 CNKI 去掉"研究"二字检索"任溶溶"，对任溶溶的相关研究的学术性特征就变得非常模糊了，大部分文献的关注焦点都只集中在对任溶溶翻译生涯中的生活智慧、品行修养、往事回忆和日常心得的记述上。《我和两个"任溶溶"》《一个快乐的"老小孩"任溶溶》《任溶溶的 NONSENSE》《由任溶溶得奖所想到的》《任溶溶的本事》《90 岁老头任溶溶：随心所欲不逾矩》《任溶溶讲"文革"旧事》《当任溶溶年纪还小时》等文章大都是生活随笔式地对任溶溶生平和翻译点滴的记述漫谈，基本上不涉及从理论层面对任溶溶的翻译活动进行分析和研究。

除非有明确的少数学术研究等专业定位的报纸文章，绝大部分报纸都具有大众性的特点，要照顾到受众群体喜闻乐见的需要；有关文化名人的专栏文章是通俗易懂型的，要满足普通读者对文化名人个人化、生活化一面的好奇心理。因此，关于任溶溶研究的这类报纸文章也不例外，通过文章题目就能对其内容的定位知其一二了，同为儿童作家的安武林（2010）和殷健灵（2011）分别于 2010 年和 2011 年发表的《老顽童任溶溶》和《任溶溶：我天生应是儿童文学工作者》在这类文章中非常具有代表性。

另外，任溶溶本人在报纸上发表的文章《让孩子们读些好玩的书》（2002）、《米尔恩和他的小熊维尼》（2007）、《感谢翻译界前辈》（2011）、《文革时期读书小记》（2011）、《一九四七年往事》（2011）、《我的老师郑朝宗先生》（2011）、《微寓言，大世界》（2013）、《怀念鲁兵》（2013）、《我听侯宝林的相声》（2013）、《儿童是终极的文学评论家吗?》（2015）、《王成荣的儿歌》（2015）等 11 篇，基本上也是用日常语言写就的漫谈式文章。在文学史和翻译史上，著名的作家和翻译家对自己的创作和翻译思想一般都很少从理论批评的层面上加以总结和归纳，但在实践层面上，他们大都会发表一些对创作和翻译的感悟、见解、体会等。

任溶溶本人在期刊上发表的论文，大抵可以分为三个阶段：第一个阶段是 20 世纪 60 年代，任溶溶因为参与解放初期的"中国拉丁化文字改革"以及编著"新文字改革运动"相关教材的专业经验，所发表的文章和汉语拼音的推广和普及有关，在此期间发表的文章全部刊载于《文字改革》[①]上，比如《孩子读书》（1961）、《儿童读物和汉语拼音》（1962）、《谈谈儿童读物的注音》（1963）、《从一本〈童话〉的历险讲起》（1964）；第二个阶段是 20 世纪 80 年代，"文化大革命"浩劫之后，文学艺术界在十

---

① 《文字改革》杂志是中国文字改革委员会的机关刊物，1956 年 8 月创刊，1966 年六月停刊。1982 年七月复刊。1986 年，中国文字改革委员会更名为国家语言文字工作委员会，《文字改革》亦正式更名为《语文建设》。

年的沉寂期之后逐渐迎来百废待兴的发展机遇，任溶溶50—60年代俄译期声名鹊起的儿童文学翻译和创作积累下来的符号资本重新回到人们的视线之中。任溶溶在这一时期发表的4篇期刊论文有3篇是基于儿童文学翻译和创作经验总结与理论探讨相结合的文章：《漫谈儿童诗的写作——儿童文学讲座之四》①（1981）、《跟初学翻译者谈点想法》（1982）、《译名与方言》（1986），另有翻译苏联儿童文学作家马尔夏克的诗歌《"时间具有一种伸缩性……"》（1982）1篇；第三个阶段是21世纪以来，任溶溶已近耄耋之年，在仍旧坚持翻译与创作的同时，以上海市文史馆馆员②的身份撰文，写下回忆录式的生平旧事。这批文章有19篇集中发表在由中央文史研究馆和上海市文史馆联合主办的以中老年知识分子读者为主要定位群体的期刊《世纪》③上。这19篇文章中，2013年之后刊载的文章因发表时间的问题均未收录在2012年出版的《浮生五记——任溶溶看到的世界》一书中，包括《文革时的"外调"》（2013年第2期）《我也当过"神仙"》（2013年第3期）、《记王国忠同志》（2013年第4期）、《旧社会一名小雇员》（2013年第5期）、《牛棚忆旧》（2014年第1期）、《我在苏北巧遇袁方》（2014年第3期）、《记〈新四军军歌〉，作曲者何士德》（2014年第5期）、《我在干校饲养场》（2015年第1期）、《记装裱名家汤定之》（2015年第6期）发表的全部《从迪士尼乐园想起》（2016年第2期）、《怀念涂克同志》（2016年第5期）等11篇。任溶溶回忆录式的这部分文章中有很大一部分和儿童文学翻译与创作并无直接关联，却是研究任溶溶生平的非常重要的第一手资料。

1956年陈汝惠④发表于《厦门大学学报》（社会科学版）的文章《民

---

① 《编创之友》1981年出刊的4期共推出儿童文学作家谈儿童文学创作的系列讲座一至四。另外三次讲座是鲁兵的《教育儿童的文学——儿童文学讲座之一》、任大星的《漫谈儿童小说创作——儿童文学讲座之二》以及贺宜的《童话漫谈——儿童文学讲座之三》。

② 上海市文史研究馆馆员由上海市人民政府市长聘任，不规定任期。馆员大多具有较高的学术造诣和艺术成就，或具有一定的代表性、较大的社会影响与较高的知名度。馆员专业领域涉及文学、艺术、历史、教育、新闻、出版、翻译、表演、戏剧、传统医学、传统体育等方面。任溶溶在雷士德中学读书期间的同班同学，著名俄罗斯文学翻译家盛峻峰（草婴）和法国文学翻译家李青崖同为上海市文史馆馆员。

③ 《世纪》杂志的前身是上海市文史研究馆主办的《上海文史》。《世纪》常设的栏目有"世纪特稿""史卷拂尘""国共舞台""口述与回忆""黑匣曝光""故人旧事""笔记掌故"等。

④ 陈汝惠（1917—1998），教育家，厦门大学教授，著名儿童文学作家、理论家陈伯吹之弟。

间童话与神话、传说的区别及其传统形象》一文中,作者在对童话风格分析的例证中,引用了任溶溶译自苏联文学家阿·托尔斯泰的名作《大萝卜》,该文的脚注部分注明了引用来源是"任溶溶译的'俄罗斯民间故事'"。这是可以检索到的最早的涉及"任溶溶研究"的一篇论文。虽然该文并未探讨任溶溶的翻译问题,但是《大萝卜》这篇文章在我国产生的反响是巨大的,在《大萝卜》基础上改编的儿童歌曲《拔萝卜》由我国著名钢琴教育家包恩珠作曲,"拔萝卜,拔萝卜,嘿呦嘿呦拔萝卜……"通俗易懂的故事情节和朗朗上口的唱词留存在几代人童年的记忆中。笔者开始读小学一年级是20世纪80年代末,在笔者的记忆中,《拔萝卜》是每一年"六·一"儿童节的必演节目。进入21世纪以来,《拔萝卜》还在继续发挥其寓教于乐的功能,《拔萝卜》一文出现在新人教版语文一年级(下)的"语文园地"中,《拔萝卜》经译介之后产生这么大的影响,任溶溶的翻译功不可没。

随着《拔萝卜》在20世纪50年代被成功译介,任溶溶在儿童文学翻译领域的声名鹊起。刊载于《人民教育》1961年第7期的《征求关于〈中小学课外阅读书目〉(草稿)的意见》一文中,任溶溶译《俄罗斯民间故事》《铁木尔和他的队伍》《一年级小学生》等3篇文章入选小学中年级阅读书目;任溶溶译《列宁的故事》《盖达尔选集》《古丽雅的道路》等3篇文章入选小学高年级阅读书目。

继任溶溶成功翻译了一批俄罗斯儿童文学作品之后,任溶溶在儿童文学翻译领域逐渐有了名气,有关任溶溶的文章开始散见于《文字改革》《外国文学研究》《诗探索》等学术刊物中。《文字改革》1963年第9期刊载的据任溶溶原作《我是个黑人孩子,我住在美国》转写的《WO SHI ge MEIGUO de HEIREN HAIZI》一文作为拼音推广的阅读读物,以拼音和汉字相对照的方式排版;《外国文学研究》1979年第4期刊载的《情趣盎然的儿童诗——谈马尔夏克的〈给小朋友的诗〉》一文中,陈道林以任溶溶50年代选译的诗集《给小朋友的诗》中的翻译诗歌,对马尔夏克的儿童诗创作进行了分析(陈道林,1979:103—106);发表于《诗探索》1982年第4期的文章《儿童诗片论》中,金波提出"选择最富有儿童性格特征的、有动感的形象,表现儿童的思想感情","是儿童诗中常见的一种表现手法"(金波,1982:132)以表现"情趣"的观点,在例证部分引用了任溶溶的原创儿童诗歌《你们说我爸爸是干什么的?》作为分析的蓝本；在另外一处对于儿童诗创作中故事情节完整性的论述中，金波引用了任溶溶译自意大利儿童文学作家罗大里的《一行有一行的颜色》作为蓝本。发表于《浙江师范大学学报》（社会科学版）1989年第3期的《童话漫论——二题》一文中，任溶溶的《"没头脑"和"不高兴"》和张天翼的《不动脑筋的故事》、周锐的《勇敢的理发店》等3篇儿童文学作品，被作为例证来阐述童话作品的"社会针对性"之"针对少年儿童思想成长过程中出现的某些实际问题"（楼飞甫，1989：100）。

不难发现，自20世纪50年代起散见于不同刊物的有关"任溶溶研究"的论文基本上是和儿童文学创作有关的，这种状况一直持续到90年代初。发表于20世纪80年代的相关期刊论文基本上都是关于任溶溶儿童文学创作的，其中有少数会议简讯性质的论文包含了任溶溶参加的一些社会活动，比如刊载于《图书馆杂志》1983年第1期的《上海市召开少年儿童图书馆（室）先进集体、先进工作者表彰会议》中提到了任溶溶和同为儿童文学作家的陈伯吹、包蕾、叶永烈和画家、《三毛流浪记》的作者张乐平一道出席了授奖仪式并讲了话（璋，1983：81）；《浙江师范学院学报》1983年第2期的文章《我院儿童文学研究室近讯两则》中提到"著名翻译家、诗人任溶溶"与陈伯吹、戈宝权、叶君健、鲁兵、黄庆云、郑文光、肖平等"社会名流"被聘为特约研究员（而念，1983：86）；还有一些文章介绍和评论包含有任溶溶儿童文学翻译和创作作品的出版物，比如《一本有特色的儿童诗集》（1985）、《〈小朋友〉——为了21世纪，为了未来》（1988）、《献给少年的珍贵礼物——读〈世界童话名著〉》（1989）。

和对许多其他知名文学（非儿童文学）翻译家的研究相比，"任溶溶研究"中的翻译研究在新时期，尤其是20世纪80年代是滞后的。除了任溶溶的儿童文学创作和儿童文学作家的身份转移和分散研究视线的原因之外，儿童文学翻译整体比较冷清的研究局面也是一个重要因素。相形之下，任溶溶同时代的作家草婴（盛峻峰）的文学翻译研究就要热闹许多，与俄苏文学翻译相关的草婴翻译研究论文在20世纪80年代就有7篇[①]之多。

知网可检索到的最早的"任溶溶研究"中和儿童文学翻译有关的研

---

① 不含涉及外国文学研究及草婴参加学术活动和其他社会活动的简讯类文章。

究是徐家荣发表于《外语学刊》(《黑龙江大学学报》)1991 年第 6 期的《儿童文学翻译中形象再现的艺术手法》,该文以任溶溶译《铁木尔和他的队伍》为素材,分析在儿童文学翻译中如何再现原作的儿童形象等问题。通过译本对比,作者认为任溶溶的译文"完美地再现了原文的艺术意境","体味到了原作的韵律节奏","突出了原作的节律感","保持了儿童情趣",把握到了"音韵的和谐悦耳"、"节奏的抑扬顿挫"和"迁缓急骤"(徐家荣,1991:49—50)。

除了仅有的一篇和儿童文学翻译有关的论文之外,90 年代"任溶溶研究"的相关期刊论文和 80 年代非常类似,大都集中在对任溶溶创作作品(主要是儿童诗)赏析与创作研究、对有任溶溶作品入选的作品集的评介、任溶溶参加的学术与社会活动等情况的简讯式报道等方面。"任溶溶研究"中儿童文学翻译相关研究相对沉寂的局面在 2008 年以后被打破:方卫平于《中华读书报》2008 年 5 月 28 日第 11 版发表《近年来的外国儿童文学译介》一文。在这之后,任溶溶翻译研究逐渐成为任溶溶相关研究中非常重要的研究课题之一。

学位论文方面,在 CNKI 键入"任溶溶"作为关键词,检索到"任溶溶研究"的硕士学位论文共有 60 篇。收窄检索范围,将"任溶溶"作为题名检索,共检索到硕士学位论文 13 篇,以"Ren Rongrong"为题名检索到硕士学位论文 1 篇。其中郑州大学王珊珊的论文《任溶溶儿童文学翻译思想研究》(*The Study of Ren Rongrong's Translation Thoughts*)是第一篇以"任溶溶研究"为题的硕士学位论文。上海外国语大学何伊丽的论文《儿童文学翻译家任溶溶——对当前"任溶溶研究"不足的补充》首次提到了译者在文本选择过程中以"选择的主体"身份而存在的观点,这在任溶溶研究方面是建构性的,在以微观层面的翻译文本分析为主的学位论文中显得非常抢眼。

从论文发表的时间分布来看,2007 年 1 篇,2009 年 1 篇,2012 年 3 篇,2013 年 3 篇,2014 年 1 篇,2015 年 4 篇,2016 年 1 篇。在这 14 篇硕士学位论文中,译本研究和以译本研究为主的有 8 篇,全部集中在两个作家的作品之上,一个是 E. B. 怀特,另一个是达尔。具体来看:有 2 篇以任溶溶译 E. B. 怀特的《夏洛的网》为研究素材,即郭静的《任溶溶儿童文学翻译策略研究——兼评其〈夏洛的网〉汉译本》(2012)、邹艳萍的《目的论视角下的任溶溶儿童文学隐喻翻译策略研究——以〈夏洛的网〉为例》(2013);2 篇是以任溶溶翻译达尔的作品为例,其中一篇是伍媚的《从接受理论探讨任溶溶的儿童文学翻译——以〈女巫〉为案例分析》(2015),另一篇是杜俊明的《翻译适应选择论视角下任溶溶的翻译策略研究——以〈查理和巧克力工厂〉为例》(2015);以 E. B. 怀特的另一部作品《吹小号的天鹅》为翻译策略探讨的主要素材的论文有赵翠翠的《接受美学视角下任溶溶外国儿童文学翻译技巧研究——以〈吹小号的天鹅〉为例》(2012)。李倩的《任溶溶对 E. B. White 儿童文学的翻译:目的论视角》(2012)和钟雯的《从接受美学视角审视任溶溶对 E. B. 怀特儿童文学的翻译》(2015)都以任溶溶译 E. B. 怀特的《夏洛的网》《精灵鼠小弟》和《吹小号的天鹅》等 3 部作品为译本分析的素材;曹丽霞的《从姚斯的接受理论看现阶段儿童文学翻译的研究——达尔作品任溶溶译本研究》(2013)以任溶溶译达尔的 8 部儿童文学作品为例,阐述了任溶溶的主要翻译原则和翻译策略。

从论文的指导理论方面来看,几乎所有的论文都以功能派翻译理论为指导。有 5 篇学位论文都采用接受理论探讨任溶溶的翻译策略:郭静(2012)、赵翠翠(2012)、曹丽霞(2013)、伍媚(2015)、钟雯(2015)。有 3 篇以目的论为线索:李倩(2012)、邹艳平(2013)、侯秀(2016);有 1 篇以翻译适应选择论视角为理论依据——杜俊明(2015)。以译本分析为主、以功能学派翻译理论阐释任溶溶翻译作品和翻译活动的背景下,米树江的《描述翻译学视角下任溶溶童话翻译研究》显得颇有新意。研究任溶溶翻译思想和翻译艺术风格的综述性论文有 6 篇,王珊珊的《任溶溶儿童文学翻译思想研究》、何伊丽的《儿童文学翻译家任溶溶——对当前"任溶溶研究"不足的补充》(2009)、刘秋喜的《任溶溶儿童文学翻译思想研究》(2013)、孙婷婷的《任溶溶的翻译艺术研究》(2014)、米树江的《描述翻译学视角下任溶溶童话翻译研究》(2015)、侯秀的《操控理论视角下任溶溶外国儿童文学翻译的研究》(2016)。

对任溶溶儿童文学译本加以分析和探讨的期刊论文,自王姗姗在 2008 年发表《任溶溶儿童文学翻译思想研究》一文以来,先后有王爱琴、陈光明的《任溶溶儿童文学翻译的生态翻译学诠释》(2012)、汪倩慧的《浅谈"形神兼备"在任溶溶儿童文学翻译中的体现——以〈小飞侠彼得·潘〉为例》(2013)、李鹤艺的《儿童文学翻译中的创造策略——〈夏洛的网〉任溶溶译本研究》(2013)和《从改写理论视角看任溶溶的儿童文学翻译》（2013）、徐瑜蔓的《评任溶溶版〈夏洛的网〉译本不妥之处》（2013）、贾立翌的《"忠诚"策略在〈地板下的小人〉任溶溶译本中的体现——兼与肖毛译本对比》（2013）、陈熹的《绘本〈温妮女巫〉任溶溶译本中的形象性研究》（2013）、卞月娥的《目的论视角下任溶溶外国儿童文学翻译措辞研究——以〈吹小号的天鹅〉为例》（2014）、马宗玲的《谈儿童文学翻译中童趣的保留——以任溶溶的〈精灵鼠小弟〉译本为例》（2015）、荆素蓉、米树江的《儿童文学翻译家任溶溶研究综述》（2015）、王爱琴、权循莲的《译者的显形：任溶溶儿童文学翻译中的操控与改写》（2014）、陈月梅的《目的论视角下儿童文学翻译的言说类动词汉译——以任溶溶的〈夏洛的网〉中译本为例》（2015）、魏雷、邓景春的《从生态翻译学视角看任溶溶对 E. B. 怀特儿童文学的翻译》（2016）、王爱琴的《从译作的可朗读性看任溶溶的儿童文学翻译观》（2016）、崔伟男、李婷的《浅析儿童文学中的文化负载词的翻译策略——以任溶溶译〈夏洛的网〉为例》（2016）、刘嫣的《从功能翻译理论视角看任溶溶的儿童文学翻译》（2016）、张嘉坤、李新新的《任溶溶儿童文学翻译研究综述》（2016）等 17 篇文章发表。值得注意的是，这些已发表的任溶溶翻译研究的论文中，没有一篇来源于核心期刊。

　　在"任溶溶研究"的综述性文章和与其儿童文学创作有关的期刊论文中，有 3 篇论文来源于核心期刊，李小蓉发表于《编辑学刊》2005 年第 4 期的《任溶溶的本事》、孙悦发表于《编辑学刊》2009 年第 2 期的《一个快乐的老小孩"任溶溶"》、汤素兰发表于《中国文学研究》2016 年第 1 期的《任溶溶儿童诗的语言艺术》。

　　总体来看，以任溶溶的译本和翻译活动为主要考察对象的硕士学位论文理论视角较为单一，基本上局限在功能派翻译理论的框架之内进行探讨。任溶溶翻译的儿童文学作品数量之巨和硕士学位论文对任溶溶译作研究之局限之间存在明显的不平衡，在研究内容上重复性研究居多。从以上检索到的硕士学位论文的情况不难看到，"任溶溶研究"无论从质上来看，还在从量的角度去衡量，都有明显的不足。何伊利 2009 年的硕士学位论文《儿童文学翻译家任溶溶——对当前"任溶溶研究"不足的补充》一文中表达的对"三十年来国内任溶溶研究的发展概貌"现在仍旧未发生太多变动，"任溶溶研究"中较有突破性的翻译研究方面的成果寥寥无几。

"任溶溶研究"的专著有任溶溶本人著的回忆录《浮生五记》、儿童文学研究者马力著《任溶溶评传》和儿童文学作家金波著《天造地设顽童心：任溶溶》。综观已有任溶溶相关研究，对任溶溶儿童翻译文学经典的考察缺乏宏观审视，鲜有对其译本传播及接受的社会学层面的整体研究和解读。目前尚未有公开发表的博士论文研究任溶溶及翻译相关的课题。

第二节　儿童文学的定义

在西方，儿童文学的历史可以追溯到希腊罗马时期。在这一时期，儿童只能从成年人口述中听《伊索寓言》和其他一些为成年人而写就的文本，因为没有直接写给儿童的文学读物。中世纪以来，唱给儿童的摇篮曲逐渐演进，一些宗教性质的祈祷书里包含了识字的内容（alphabetic instruction）。1474 年，英国书商卡克斯顿（Caxton）开办了一家印刷所。文学读物从耗费人力的手工誊写到活字印刷的变革中，儿童文学也以一种单独的出版形式开始出现，但早期的儿童读物主要是儿童教养和一些冒险故事（manner books and stories of Robin Hood）。之后的英国和美国的清教徒家庭开始重视儿童教育，引导儿童在进入学校教育阶段之前从儿童读物中学到一些人生经验（life lessons）。1687—1689 年间问世的《新英格兰初级读本》（The New England Primer）在这一时期的儿童读物的出版活动中有着里程碑式的意义。《新英格兰初级读本》自出版以来到一直十九世纪的百逾年间，累计印量在 600 万到 800 万册。

几乎与《新英格兰初级读本》出版同期，佩罗（Perrault）收集出版了包括灰姑娘和睡美人等故事在内的法国民间故事集，对 19 世纪以后西方儿童文学都有着深远的意义。之后约翰·纽伯里（John Newbery）成立了世界上第一家儿童书店，并出版了内页附有木刻插画的《美丽的小书》（A Little Pretty Pocket Book）。"如同卡克斯顿对于出版业的意义一样，约翰·纽伯里为儿童编写并附有插图的《美丽的小书》（1744）则改变了儿童图书出版的格局……约翰·纽伯里也被认为是提出儿童应该有专门为他们而写的读物，而不是只是阅读改编（usurped）自成人文学这一观点的第一人"（Barone，2011：10）在约翰·纽伯里之后，儿童文学逐步脱离了完全从成人文学改编的尴尬境地，专门为儿童书写的读物开始大量出现，儿童文学从最初的说教为目的向愉悦和培育儿童的心智过渡。

19世纪以来，格林兄弟开始广泛收集民间童话，服务于新兴的中产阶级，格林童话迅速在欧洲各国出现不同语言的译本，童话作为儿童文学的重要体裁之一开始受到人们的关注和欢迎。安徒生开始了基于自己童年经历的创作生涯，1906年完成的《丑小鸭》（The Ugly Duckling）极具代表性。童话形式从以《格林兄弟》为代表的单纯地对民间故事口述传统中的素材搜集基础上的整理成书向自觉的童话创作行为转型。从这个意义上讲，《安徒生童话》被视为现代儿童文学领域童话创作的源头是不为过的，安徒生的童话叙事模式为后起的世界其他各国的儿童文学童话体裁的出现与发展奠定了基础。

童话形式出现以后，西方儿童文学的创作体裁逐渐丰富起来，儿童文学出版的中心也逐渐从欧洲转向美国。司各特（Walter Scott）的冒险故事《艾凡赫》（Ivanhoe）（1820），卡罗尔（Carol）的幻想故事《爱丽丝梦游仙境》（Alice's Adventures in Wonderland）（1865），奥尔科特（Alcott）的《小妇人》（The Little Women）（1868），凡尔纳（Verne）的科幻故事《海底两万里》（Twenty Thousand Leagues Under the Sea）（1869），史蒂文森（Stevenson）的儿童诗歌集《一个孩子的诗歌花园》（A Child's Garden of Verses）（1885），吉卜林（Kipling）的动物故事《丛林故事》（The Jungle Book）（1894）。在多门类、多体裁的儿童文学作品开始出现的背景下，儿童插画家凯迪克（Caldecott）为儿童文学插画制定了标准，此后有了一年一度的以凯迪克的名字命名的"凯迪克插画奖"（Caldecott Medal）。

1860年前后，美国彩色印刷商和镌版工伊万斯革新了彩色印刷技术，他发明的多模块彩色印刷（multi-block color printing）不仅降低了彩色印刷的成本，而且提高了彩色印刷的质量，儿童图画书在19世纪的出现正是得益于此。1919年，美国新出版儿童图书433册，1929年，这一数量上升至900余册。麦克米伦股东之一的梅尔彻先后设立了"纽伯里奖"和"凯迪克奖"，分别表彰在儿童文学和儿童文学插画领域的优秀作家和画家。19世纪三四十年代以后，漫画书（comic books）和游戏书（game books）出现，儿童文学体裁的版图进一步扩大。专门为儿童读者而写的读物开始大量出现。

改革开放之后，"文化大革命"期间几近荒废的中国儿童文学也逐渐焕发出勃勃生机,四代①儿童文学作家在20世纪80年代、90年代和21世纪推出的儿童文学作品,不断刷新着读者对儿童文学作品的期待和评价。尤其值得一提的是,在20世纪五六十年代就已经步入文坛,开始儿童文学创作的第一代作家中的葛翠琳、孙幼军和金波在21世纪以来仍旧保持着旺盛的创作能力,推出了和以往创作作品相比更有内容性和时代感、更符合现代儿童审美旨趣的优秀儿童文学作品。(秦文君,2009:31—33)今天的中国儿童文学已经成为一种相对独立于成人文学而存在的文学类别,儿童文学作家群的崛起和儿童文学创作作品的日臻成熟成就了中国儿童文学创作百花齐放的良好发展态势,中国本土儿童文学已成为一种蔚为壮观的文学现象。从内容上来看,近40年间儿童文学的不断推陈出新得益于从优秀外国儿童文学翻译作品中汲取的养分。80年代以降的外国儿童文学译介高潮的到来,伴随本土第二代儿童文学作家逐渐步入文坛,《小星星》(江西)、《小溪流》(湖南)、《文学少年》(辽宁)、《好孩子画报》(辽宁)等地方性儿童文学刊物正式创刊,儿童文学翻译与原创儿童文学交映生辉。从"文化大革命"期间的政治高压环境束缚中解脱出来,被时代荒芜了青春的儿童文学工作者只争朝夕,迸发出巨大的创作热情和能量。

如同男权社会中容易被忽略、想当然地被轻视甚至完全被湮没的女性声音,成年人主导下的社会中,儿童的诉求不得不以成年人的视角做审视和价值判断。在东方儒家传统中,儿童是父权制中的一件不起眼的附属品,养育儿童的方式中最被重视的不是对话与平等,而是服从和被约束。我们从儒家蒙学经典《弟子规》(又名《训蒙文》)中便可窥见一些端倪。《弟子规》所传达的最核心的理念就是无条件地服从。《弟子规》全文中"须"和"勿"的使用非常值得玩味。"说话多,不如少;惟其事,勿佞巧"。儿童的探求欲与生俱来,对未知世界的好奇决定了童年时期不断伴随不同的问题与疑惑。《弟子规》中反复出现的"勿"字是一种禁令

---

① 第一代儿童文学作家是指在20世纪50年代和60年代初进行儿童文学创作的作家,以葛翠琳、孙幼军、金波、任大星、任大霖、任溶溶等为代表;第二代儿童文学作家是指在20世纪80年代初期步入文坛,进行儿童文学创作的作家,以曹文轩、张之路、秦文君、郑渊洁、梅子涵、沈石溪、班马和徐鲁等为代表;第三代作家是90年代步入文坛,进行儿童文学创作的作家,以汤素兰、殷健灵、杨红樱、安武林为代表;第四代作家是21世纪以后开始儿童文学创作的作家,以伍美珍、孙卫卫等为代表。

的符号，营造出一种命令不可违抗的意味。《弟子规》是中国最早的蒙学读本，从该书编纂的出发点上来看，是寄希望于儿童能在礼教的约束之下完善性情与人格，其局限性在西方世界"儿童被发现"之前并未完全体现出来。人类在认识自身过程中，需要经过漫长的探索期。在"儿童被发现"之前的人类文明史中，儿童在人格上与成年人的不对等在任何一个男权文化中都并不显得意外。正所谓"父母教，须静听；父母责，须顺承"，即便是毫无道理的数落和责难，儿童也要学会恭受地接纳，儿童与成年人人格上的不对等昭然若揭。

儿童文学在中国古代文学史上作为一种文学类型，是不存在的。中国的儿童文学在晚清封建帝制摇摇欲坠的时代背景中逐渐萌芽，而在之前漫长的封建礼教的约束中，以《千字文》《三字经》为代表的蒙学读本所灌输和引导的，是儒家道德训诫的一整套标准。"和其他国家的儿童相比，中国的儿童可以读什么？除了味同嚼蜡的（dry as dust）一些无聊的老书（boring old books），什么都没有，这些书面死语言（dead language）把儿童禁锢在行将死亡的（moribund）文化上。"（Farquhar，1999：34）。童年是人的一生中最纯真、最美好、有最多幻想和奇思妙想的时期。在"儿童被发现"以前，中国传统儒家道学传统是以修身明志的方式在要求和规范儿童的行为，《幼学琼林》《千字文》《三字经》等中国古代传统蒙学读本，无不是以要求士大夫的标准来要求儿童，儿童在人生特殊阶段的生理、心理等方面的特点被忽略和无视。儿童对自然、爱和玩乐的天然喜好被压抑，他们只是被当作缩小版的成年人，蒙学读本中颂扬和传达的读书为士的主流社会价值观以及对成年人的约束和要求都被投射在儿童身上。

近代自"五四"和"新文化运动"以来，"儿童文学"的概念逐渐得到社会知识分子阶层和其他有识之士的认可，在爱罗先珂、安徒生、格林兄弟、王尔德、亚米契斯、蒙台梭利等作家和理论家的儿童文学作品和儿童研究著作被译介到国内开始，中国自晚清以降的儿童文学译介浪潮被推向一个新的高峰。"新文化运动"的文化艺术成果是中国人自觉自醒地在反对包括封建礼教在内的一切封建文化糟粕的浪潮中留给后人的宝贵精神财富。被高举的"民主"和"科学"的大旗鼓舞着有担当和责任感的知识分子惊呼"发现了儿童"，1914年《中华小说界》第7期上刊载的刘半农译《洋迷小影》（即《皇帝的新装》），1919年1月号

《新青年》上刊载的周作人译《卖火柴的小女孩》，夏丏尊在春晖中学任教期间经日译本转译而来的《爱的教育》都在这一时期声名大噪；在幼儿教育方面具有划时代意义《蒙台梭利教育法》也被翻译出版，江苏和北京等地先后成立了蒙台梭利教学法研究会和蒙台梭利蒙养园和蒙台梭利教育班。

本土儿童文学在儿童文学作品和儿童研究著作译介的推波助澜下，也悄悄开始萌芽。鲁迅、周作人、茅盾、冰心、夏丏尊、郑振铎、赵景深、赵元任等"新文化运动"中的文化先驱，大都有西式教育的背景并精通外语，他们都在这一时期尝试儿童文学作品的创作，并留下了大量的优秀作品。1916年，叶圣陶创作的《稻草人》横空出世，我国第一部本土作家创作的童话集由此诞生，不失为"五四"时期儿童文学翻译的文化启蒙中结出的一颗硕果。虽然在"新文化运动"之后近半个世纪，中国接连面临抗日战争、解放战争、"大跃进"和"文化大革命"等阻碍和影响儿童文学事业正常有序发展的历史时期，"新文化运动"在思想界、文学界带来的新思维和启蒙浪潮并没有一直沉寂下去，顺应历史潮流的儿童观和儿童文学观在"文化大革命"之后得以勃兴，为我国20世纪80年代以后儿童文学事业的蓬勃发展指引了正确的方向。

学界公认的中国"儿童文学"的最早提法出自周作人《儿童的文学》一文。"五四"前后，新文化运动的先驱周作人先后写下《人的文学》（1918）、《祖先崇拜》（1919）和《儿童的文学》（1920）等3篇论著，极力推动"以儿童为本位"的儿童观和儿童文学观。"儿童的文学"这一概念的提出为儿童文学在中国的正式确立开启了先声，儿童文学逐渐冲破了封建父权制藩篱，凌驾于儿童之上的道德观被打破；儿童文学逐渐自觉地走向"儿童本位"，走向"人的文学"。

周作人认为"儿童应该读文学的作品"，"小学校里的文学的教材与讲授，首先须注意于'儿童的'这一点，其次才是效果，如读书的趣味，智情与想象的修养等"（刘绪源，2012：122—123）。儿童文学有广义和狭义之分。广义上的儿童文学是"各类为儿童创作的有关文学作品的总称"。（黄云生，1996：8）

朱自强坚持"儿童文学"不是"古已有之"的观点，认为在漫长的中国封建主义"父为子纲"的社会秩序中，儿童文学的诞生就是一句妄言。他借用布迪厄《艺术的法则——文学场的生成与结构》（*The Rules of*

Art: *Genesis and Sturcuture of the Literary Field*）一书中的观点阐述了中国古代并没有出现适合儿童文学产生的"一整套的社会机制"，人们假设的儿童文学场域如果存在，那么"在思想领域，有占统治地位的朱熹那样的成人本位的儿童观；在教育领域，有对儒家经典盲诵枯记的封建私塾；在文学领域，有重抒情轻叙事、重诗文轻小说的文学传统；在出版、经济流通领域，印刷技术水平低下，文学作品难以作为商品流通。"（朱自强，2004：103—104），儿童文学无法在中国封建社会的社会秩序中产生，是它和儿童文学得以产生的社会文化条件是完全异质的。

"草木虫鱼，沙石尘芥，归于空间或时间者，无日不在迁移变动之中。生活者，固日趋进步，了无止境者也。故曰创造宇宙之光荣，不在已开之花，而在含花之苞；不在完全人类，而在发育之儿童。"（严继光，1917：28）"儿童"之发现，在中国近代文化文学史上有重大意义。"五四"前后，新文化运动的先驱开启了对"儿童"问题介绍与探究之路。近代中国儿童文学的诞生是从译介西方的儿童教育相关的著作中慢慢起步的。我国儿童文学创作与儿童文学翻译之间有着深厚的渊源，与西方儿童教育理论及西方儿童文学作品之间的渊源塑造了我国近代早期儿童文学作品的品格与整体风貌。我国近代第一部童话作品——叶圣陶的《稻草人》于1916年发表以来，冰心、茅盾、郑振铎等中国第一代儿童文学作家相继推出他们的儿童文学创作作品与翻译作品。郑振铎发表于《小说月报》上的翻译自泰戈尔的《飞鸟集》《新月集》中的译诗，冰心受泰戈尔诗歌启发创作了在格调上和泰戈尔诗歌非常相近的《繁星·春水》、夏丏尊自1923年开始在《东方杂志》连载的从日译本转译的意大利儿童文学作家的名作《爱的教育》，1924年由开明书店出版，并反复再版。"儿童本位"的教育观在新文化运动的先驱——鲁迅创作于1926年的散文集《朝花夕拾》中有集中体现，《二十四孝图》中对封建孝道虚伪性的鞭挞、《五猖会》中对封建礼教束缚压迫儿童天性的深入刻画，以及《从百草园到三味书屋》中童真童趣的描写中无不渗透着西方儿童教育理论中"儿童本位"的教育观对他的影响。

在近代"儿童"相关的研究领域，《清华学报》[①]《清华大学学报（自然科学版）》是国内第一本在这方面连续刊载学术研究文章的期刊，在创

[①] 《清华学报》于1915年5月以《清华月刊》之名创刊，1955年更名为《清华大学学报》。

刊之后的 1915—1918 年，集中发表涉及儿童教育等相关领域的学术论文：陈烈勋的《童子军》①（1915）、孙延中的《幼儿脑系之研究》（1915）、洪深的《余录——成府贫民小学记》（1915）、蒲遹榖的《正组第一助辩》（1915）、陈烈勋②在 1916—1917 在《清华学报》接连发表以《蒙台梭利教育法之要旨》为名的 3 篇系列文章、张福生的《聋之预防与聋儿教授法》（1917）、刘师舜的《美国教育法令——学生工役法令》（1917）严继光的《法国大哲学家柏格森学说概论》（1917）、闻多、时昭涵的《童子军》③（1917）、程其保的《儿童教育之研究》（1917）、《卢梭教育思想》（1917）以及《近代教育思潮》《卢梭教育思想》（续篇）（1918）、杜光祖的《童子军教育》（1918）、董时的《初级学校之标准》（续）（1918）、陈裕祺的《美国教育法令——图书馆法令》（1918）等 18 篇发表在《清华学报》的文章开启了我国近代学术刊物对儿童问题讨论的先河。

从 1920 年开始，《职业与教育》④集中刊载涉及儿童研究的文章，其中一大部分为理论译介和述评。发表于该刊的第一篇相关论文——1920年的《手工教授和赚钱方法的关系》为全文翻译，这在某种程度上引领了该刊在这方面发表相关论文的思路和走向。对儿童教育的关注，是儿童文学在理论和创作上走向自觉的前提条件。"儿童文学的提出，伴随着儿童社会问题的提出；而且也作为儿童教育的一个部分。不能设想，在儿童社会地位问题，儿童一代教养的方向和性质，儿童教育的方法，儿童心理等问题未曾提出之前，会有儿童文学的诞生"。（陈汝惠，1956：36）《教育与职业》杂志对儿童教育领域相关理论的译介，也为新中国成立之后对苏联"儿童文学"创作理论的翻译与借鉴铺设了桥梁。翻译活动与中国"儿童"问题研究的关系如此紧密，同样，中国现代意义上的"儿童文学"正是在西方儿童教育理论译介的推动和影响下诞生的。在对欧美、苏联和日本等国家的儿童文学的广泛吸纳和借鉴中逐渐成长起来的中国儿童文学，在内容和格调上形成了具有中国文化特色，又兼收并蓄的独特品质。然而中苏关系的破裂以及文化政策层面的党派冲突使儿童文学在 60

---

① 闻多、时昭涵在《清华学报》1917 第二卷第八期发表同名文章《童子军》。
② 知网对陈烈勋的繁体"陳烈勳"处理有误，在《蒙台梭利教育法之要旨》一文的文献检索中出现"陈烈劲"、"陈烈动"和"陈烈勋"三个作者名，实为"陈烈勋"一人。
③ 陈烈勋曾在《清华学报》1915 年第 1 期第 4 号发表同名文章《童子军》。
④ 《职业与教育》1917 年由我国著名教育家黄炎培创刊。

年代初一度走向倒退。

　　新中国成立初期,"儿童文学"在理论问题上的探讨是从借鉴苏联模式起步的。培林发表于《人民教育》1952年第4期的文章《关于苏维埃儿童文学问题——俄罗斯联邦教育科学研究院和教育部联席会议上的发言》一文全文译自凯洛夫和杜伯洛维娜1952年2月发表于《苏联教育报》上的同名文章。之后直至"文化大革命"爆发的十几年间,儿童文学研究在理论方面以翻译和借鉴苏联模式为主。在儿童文学理论研究方面比较有建树的当属陈伯吹和陈汝惠兄弟二人。1955年,陈伯吹发表《从"繁荣创作"入手》一文,正式开启了"儿童本位论"的儿童文学创作研究的道路主张。在1956年的文章《谈儿童文学创作上的几个问题》一文中,陈伯吹进一步明确了其儿童文学创作中以儿童为中心的观点,提出了儿童文学的教育方向、年龄特征、文学性;突出了"童心论"和"儿童本位论"(刘绪源,2012:E24)。1957—1959年,陈伯吹先后出版了《作家与儿童文学》(1957)、《漫谈儿童电影、戏剧与教育》(1957)、《在学习苏联儿童文学的道路上》(1958)、《儿童文学简论》(1959)等4部儿童文学理论与创作研究的论著。陈汝惠在1955—1959年发表《论儿歌、儿童诗和谜语的形式问题》(1955)、《民间童话与神话、传说的区别及其传统形象》(1956)、《在儿童文学阵地上实践革命的现实主义和革命的浪漫主义》(1959)等3篇文章。

　　20世纪60年代以后,中苏关系破裂,文艺界开始出现"批判修正主义"的浪潮,陈伯吹的儿童文学观点遭到激烈的批判,儿童文学理论研究与创作一度出现倒退和唯阶级论的色彩,陈伯吹的"童心论"和"儿童本位论"成为被攻击和诽谤其"资产阶级人性论在儿童文学领域的一种反映",是"美国反动教育家杜威的'儿童中心论'的一种翻版"(宋爽,1960:28—29);"陈伯吹关于儿童文学的全部'理论',都是他资产阶级文艺思想的表现","陈伯吹把童话神秘化,是为了掩盖他'理论'的反动实质"(何思,1960:30)然而政治和文化政策上的极"左"路线和党派斗争的荒谬言论对儿童文学创作和理论观的倾轧与颠覆并不能掩盖陈伯吹作为我国伟大的儿童文学理论家的独到眼光与智慧;对陈伯吹个人的贬损和攻击随着历史的进程向前推进变成了一场闹剧。陈伯吹在20世纪50年代大力倡导的"童心论"和"儿童本位论"等观点在中国儿童文学史上的意义是深远的,为80年代后期以来中国儿童文学创作与理论研究在反思中走向日趋成熟奠定了基础。任溶溶在《记陈伯吹先生的一件事》一文中这样评价陈伯吹在中国儿童文学史上的地位,"中国的儿童文学是随着新文化运动产生的,不久就有了非常优秀的儿童文学作品,不过它们的作者都是早已知名的大作家,如叶圣陶、冰心、张天翼等。要说从一开始就决心把一生奉献给儿童文学的作家,陈伯吹先生可能是第一位"。(任溶溶,2012:49)而任溶溶本人则是继陈伯吹之后又一位"一开始就决心把一生奉献给儿童文学"的儿童文学巨匠。

70 年代末至 80 年代初期,中国社会进入全面拨乱反正的时期,然而深受政治迫害的陈伯吹开始变得小心翼翼,提倡儿童文学"教育工具论"的观点,和 50 年代那个坚持"童心论"和"儿童本位论"的陈伯吹已经判若两人。1977 年 6 月 18 日,陈伯吹以"儿童文学界的代表性人物"的身份在光明日报上发表《在儿童文学战线上拨乱反正》一文,其基本论调是儿童文学的"阶级性"和"教育性":"儿童文学创作,应该进行忆苦思甜教育,排除万难以争取胜利的革命传统教育,社会主义革命和社会主义建设的先进模范教育……总起来说,是革命的政治思想教育。文艺,从来就是改变人的思想的有利的教育工具……"(刘绪源,2012:E24)

在陈伯吹儿童文学观出现倒退的背景下,儿童文学界开始了对儿童文学"教育工具论"的论争,从吴其南发表于《浙江师范学院学报》1984 年第 4 期的《"儿童本位论"的实质及其对儿童文学的影响》一文的基调中,我们不难看出理论界对曾经不断遭到讨伐的"童心论"与"儿童本位论"的欲迎还拒的暧昧态度。在肯定"儿童本位论"为中国的儿童文学"提供了一个存在的根据,导致了儿童文学的产生"的"历史功绩"的同时,不忘给"儿童本位论"扣上"资产阶级人性论"的帽子;坚称"儿童本位论"是"建立在唯心主义和资产阶级利益基础上"的理论,"如果说'儿童本位论'在导致儿童文学诞生时起的主要是一个助产婆的作用的话,那么,这时它充当的则主要是一个巫婆的角色。"(吴其南,1984:40—46)80 年代末以后,随着陈子君的《儿童文学在探索中前进》(1982)、张锦贻的《儿童文学的体裁及其特征》(1983)、蒋风的《中国现代儿童文学史》(1986)、韦苇的《世界儿童文学史概述》(1986 年)、任大霖的《儿童小说创作论》(1987)、王泉根的《现代儿童文学的先驱》(1987 年)、张香还的《中国儿童文学史》(现代部分)(1988)、班马的《中国儿童文学理论批评与构想》(1990)、马力①的《世界童话史》(1990)、孙建江的《童话艺术空间论》(1990)、王泉根的《儿童文学审美指令》(1991)、张之伟的《中国现代儿童文学史稿》(1993)、方卫平的《中国儿童文学理论批评史》(1993)、王泉根的《人学尺度和美学判断——王泉根儿童文学文论》(1994)、杨实诚的《儿童文学美学》(1994)、刘绪源的《儿童文学的三大母题》(1997)等一批著述的出版,儿童文学理论研究逐步开始理性回归到"儿童本位观"的道路上,并有了一些新的突破。

新中国成立初期直至20世纪80年代初,儿童文学虽然作为一种独立的文学门类已经存在,但是严苛的政治文化环境使儿童文学作品也经常沦为政治说教的工具,其作为"教育工具"而存在的功能掩盖了儿童文学的文学性,"儿童文学是根据教育儿童的需要而专为少年儿童创作编写的,适合他们的文学作品。"(陈伯吹,1982:8)"政治上正确"的严肃说教面孔无视儿童读者所处的天真、懵懂又好奇的特殊人生阶段,抹杀了儿童文学本应该具备的幻想、探索、冒险和游戏元素,"我们过去把教育作用强调到了绝对化的程度,将教育性提到了高于一切的位置,甚至将教育性看成是儿童文学的唯一属性"(曹文轩,1988:312)"教育儿童的文学"对儿童文学教育功能的强调弱化了"儿童文学也是文学"的审美功能。

在这样的背景下,20世纪80年代初第三代儿童文学作家群的崛起和儿童文学译介高潮的到来是时代的必然选择,是对新中国成立30年以来儿童文学与儿童文学理论反思的一种集体爆发;幽默儿童文学和儿童文学创作的"游戏精神"在这一时期的出现和勃兴则毫不意外,是对之前儿童文学"教育工具论"的一种反驳。"20世纪80年代,是中国儿童文学在理论上否定'教育工具'论,向文学的本质回归的时期。"(朱自强,2004:125)对于"儿童文学"的本质问题,学界现在仍然众说纷纭,莫衷一是。但是对儿童文学要具备文学的审美功能这一基本属性,学界是达成共识的。"儿童文学研究并不考虑不同年龄层次的儿童文学创作的不同技术层面,而只探讨其共通的生命哲学和审美意蕴"。(朱自强,2005:25)肯定儿童文学是首先是文学,具备文学性的观点,是我国儿童文学发展历程中有着里程碑意义的一个新开端。虽然时至今日,在什么是"儿

---

① 马力即《任溶溶评传》的作者。

童文学"的问题上还存在争议和不同的声音，但儿童文学具备的审美功能已经从 20 世纪 80 年代初期的儿童文学"教育工具论"中的论调中独立出来，成为第三代第四代儿童文学作家群进行儿童文学创作和批评界评价儿童文学作品不可或缺的一种尺度。

"儿童图书（Children's Books）不同于成年人阅读的图书（Adults' Books）：它们的受众、写作技巧、读者的需求以及文本被阅读的方式都有所不同。儿童对文本的体验经常是不可知的，但是我们可以猜想这种体验是丰富又复杂的。"（Hunt，2005：3）儿童文学本质上来讲是"无用"的，是不能直接为成人社会所用的。广义上的"文学"同样也是"无用"的，它的价值存在于审美意义上。然而"无用也是用，摆脱了文学的实用性，摆脱了工具的地位，文学的审美价值才会突显出来，这才是文学的本质之用"。（刘绪源，2012：7）在这一点上，任溶溶一生的翻译和创作最好地诠释了儿童文学的"无用之用"。"为儿童服务，为儿童写作，可以说几近是他的生活乐趣之所在"，"他对外国儿童文学中尤为强调注重的 nonsense（有意味的没意思）有一种天然的默契感和认同感"。儿童文学在形式和内容上的"nonsense"是"童趣"的贴切表现。儿童成长期中对恶作剧、前言不搭后语的文字游戏的热衷是人在童年期的独特经历，对于步入成年期的人来说，这种"无师自通、心领神会"的奥妙须拥有童心才能充分体会。"明白了这一点，我们就不难理解任溶溶为什么特别喜欢，或者说特别热衷于'形式'和'有趣'"。（孙建江，2013b：28）儿童文学创作与理论逐渐走向审美价值和审美特征的理性回归，一批代表着儿童文学创作与理论研究新高度的学术文章和著作开始出现。

儿童读物和儿童是共生关系，没有脱离了儿童的儿童文学，也没有脱离了儿童文学（广义）而存在的儿童。儿童文学"像是一部自传，我们捕捉到的词语帮助塑造我们。"（Spufford，2002：21）孩提时代所阅读读物在塑造儿童的品格、丰富其精神世界的同时也启发他们对于未来的看法与态度。"儿童生活在书中，而书也同样生活在儿童当中"。（Bowen，1950：267）对儿童文学的儿童受众来说，"以童年故事为核心的儿童文学塑造了他们作为儿童存在之身份，但是儿童文学研究却一直是被边缘化的"。（Brown，2017：9）"'儿童文学'的概念不是静态的，而是随着时代的演进而变化的。原本写给成年人的文本，比如狄更斯的部分作品，逐渐被认为适合儿童阅读。"（Li，2004：191）"儿童不是缩小的成年人。他们和成年人的区别不是物种（species）上的区别，而是经验上的区别。"（Lukens，1995：7）儿童文学经典和成人文学经典之间有着深厚的渊源关系，儿童文学从诞生之初就有改编成人文学经典的传统，英语世界的莎士比亚、狄更斯、乔叟甚至盎格鲁—撒克逊时代的《贝奥武甫》（*Beowulf*）都曾被改编成儿童文学作品。与此同时，儿童文学自身在时代的演进中也在不断地发生变化，儿童文学经典被改编既为了满足儿童"变化中的品味"，也是为了迎合新媒体语境下为儿童文学的形式带来的"可能性"，其中包括电视、电影、图画版小说（graphic novels）甚至电脑游戏。（Muller，2013：xii）

儿童天生对韵律和节奏是敏感的，在世界各个国家和文化中，童谣是辅助幼儿期的儿童认知的重要手段之一。"童谣（nursery rhymes）或鹅妈妈童谣（Mother Goose rhymes）蕴含文学的因素或手法，因为童谣是心灵愉悦和理解的来源，我们可以顺理成章地将其称为婴幼儿期的最早的文学形式。"（Lukens，1995：235）丽塔·奥茵蒂娜（Ritta Oittinen）在 *Translating for Children* 一书中，对广义上的"儿童文学"在理论上进行了梳理。在综合了彼得·杭特（Peter Hunt）认为"儿童文学"是"一种由读者是儿童的身份定义而不是以创作者的意图和文本本身所定义的文类"，哥特·柯林斯伯格（Göte Klingsberg）认为"儿童文学"是"为儿童创作的任何读物，包括文字和图片"以及伦纳特·赫尔辛（Lennart Hellsing）基于社会和心理学维度对"儿童文学"是"儿童从报纸、电视剧、电视节目、广播节目和书籍中看到或读到的任何东西"等观点之后，奥茵蒂娜在她所持有的"儿童文学"是"为儿童创作和被儿童所阅读的文学作品"之观点的基础上，把"儿童文学"的定义进一步宽泛化，她认为从更广义的角度讲，"儿童文学"是"儿童读到的任何他/她觉得有意思的读物"（Seen from a very wide perspective, children's literature could be anything that a child finds interesting.）（Oittinen，2000：61–62）

1921 年，雅各布森发表的《最新俄诗》一书被视为"文学性"的源头，"文学性"（literariness）（胡涛，2013：12）一词在学界早已是约定俗成的对于文学内在属性特征的概括性术语。然而，和什么是"翻译"，什么是"儿童文学"一样，学界对于究竟什么是"文学性"，尚未有明确的界定，相信在可见的未来也不会有。开放性的特点和巨大的阐释空间是人文学科与自然学科在理论问题上的最大区别。但是，定义边界上的模糊并不能抹杀"文学性"最本质的特点,那就是审美。在莫衷一是的对"文学性"的争论中,没有一种对"文学性"本质的探讨是脱离对其审美特征的论述的。在汉语中,"文学"和"艺术"是永远联系在一起的,也经常被合称为"文学艺术","文学性"之审美属性的本质特点可见一斑。随着互联网技术的纵深发展和信息时代的到来,广义上的"儿童文学"被赋予了更多的含义。我国著名儿童文学理论家蒋风[①]在90年代初在《21世纪儿童读物的走向——汉城·亚细亚儿童文学大会发言稿》一文中展望的儿童文学创作与出版中的新品类"婴儿文学和婴儿图书"现在已经成为少儿图书出版市场表现非常抢眼的一个儿童文学门类。(蒋风,1993:73—74)显而易见,早期教育的不断进步中催生的"婴幼读物"这一文学门类拓展了"儿童文学"服务于人类进入成年期之前的所有年龄段人群的可能性,也从某种意义上颠覆了人们已有的对于"儿童文学"的认知。从这个意义上讲,广义上的"儿童文学"被称作做"儿童读物"也许更符合"儿童文学"的内涵。图画书、童谣、动画片和其他刺激听觉和视觉的作品都应该被包纳在"儿童读物"的范围之内。因此,如果我们还要固守刻板的"儿童文学"只是"儿童文学作品"的观点,在信息技术不断革新的背景下是逆于时代的,对"儿童文学"的发展是无益的。

笔者在本文中纳入考察的儿童文学,即广义上的儿童文学。在形式上和内容上关照儿童读者这一特殊受众群体的认知和审美特点的一切文学体裁都属于儿童文学的范畴。改编自成人文学的作品、从民间传说(口述体)转写的儿童故事、动物故事及其他儿童读者喜闻乐见的任何包含文字、图片或图文搭配的读物都应被纳入广义的儿童文学的范畴。

在西方儿童文学翻译理论探索方面,奥茵蒂娜2000年发表的《为儿童而译》(*Translating for Children*)一书是基于她在20世纪90年代完成的三本书综合而成——1993年的博士学位论文、1995年的关于翻译狂欢理论的专著和1997年探讨刘易斯·卡罗尔"爱丽丝"系列芬兰语译本的专著。芬兰有着悠久的儿童译介史,译自他国的儿童文学作品,尤其是译出语为英语的作品数量是非常可观的。丽塔本人有着丰富的儿童文学翻译实践经验,以她用芬兰语翻译英语儿童文学作品的体会为例,阐述如何在

[①] 蒋风(1926—),我国儿童文学学科的创始人和奠基人,1984—1988年任浙江师范大学校长。

翻译儿童文学作品时把握对话式交际（dialogic conversation），倾听和回应儿童的声音。英国儿童文学理论研究者吉莉安·莱西（Gillian Lathey）2006 年推出的《儿童文学翻译导读》（The Translation of Children's Literature: A Reader）收集了自 1978 年至 2003 年 25 年间的翻译理论学者和从事翻译活动的译者在儿童文学翻译方面发表的主要文章，在理论探索方面堪称儿童文学翻译研究的开山之作（a foundational text）。（Kruger，2011：115）莱西主编的《谁的故事？为儿童读者翻译文字、图画和文学》（Whose Story? Translating the Verbal and the Visual and Literature for Young Readers）一书主要收集了 2003—2005 年在西班牙维克大学（University of Vic）举办的儿童文学翻译论坛上发表的主要论文，是对莱西 2006 年专著的补充。2010 年，莱西著《儿童文学中的译者角色：隐身的故事讲述者》（The Role of Translators in Children's Literature: Invisible Storytellers），以历时的方式对英国儿童文学译者的翻译活动进行了梳理。在理论框架上，该书以莱西之前在儿童文学翻译方面的相关理论论述和 2006 年主编的论文集涉及的主题为基础，详细阐述了儿童文学译者在翻译中的角色问题。（Kruger，2011：114 – 117）

第三节　儿童文学翻译研究

儿童文学长期以来游离在主流文学创作与研究的边缘地带；儿童文学翻译则游离在主流文学翻译研究的边缘。"翻译绝非一项机械式的任务，也自然不仅仅是讲求精确性。无论从翻译的本质还是翻译的语境而言，翻译本身都是意识形态的。"（Nelson，2007：365）原文本经由翻译之后在另一种文化中方能焕发出生命力。儿童文学翻译家在翻译中面临的问题和儿童文学作家在创作中需要权衡的问题非常相似，他们在翻译过程中不仅仅是用目标语传递原语在文字层面上的信息，同时还需要综合考虑历史和文化语境，童年观和教育观，以及潜在目标读者的认知能力。儿童文学被认为是"小儿科"，经常被误读为"写作不怎么样的人写给阅读不怎么样的人"看的。（Reynolds，2012：ix）。在西方儿童文学发展的早期，儿童文学翻译的译者身份经常是被隐没的，甚至是被贬损的。"从十八世纪到十九世纪，尤其是在十九世纪，儿童文学的译者都是女性"，翻译了德国家喻户晓的经典儿童绘本《蓬蓬头彼得》（Struwwelpeter）到英语世界的

"可能是一个啃着流亡面包的贫穷女家庭教师"(Lathey,2010:5)。儿童文学具备成人文学性的所有特点的同时,和成人文学又有所区别,但"绝不能把儿童文学误解为纯低幼性质的读物"(舒伟,2015:7)。儿童文学的地位不高,儿童文学翻译被轻慢更是不争的事实。然而"儿童文学翻译中的问题比比皆是,低级错误之多令人触目惊心,连很多资深翻译家也不能幸免""似乎对于经常从事翻译的人来说,胜任儿童文学翻译自然不在话下"。(江建利、徐德荣,2014:53)

近代儿童文学的概念几乎是伴随儿童文学翻译的浪潮出现的,"中国儿童文学翻译诞生于晚清,繁盛于'五四'时期,历经20世纪三四十年代的政治转向,改革开放以来迎来高潮。"(高璐夷,2017:102)儿童文学翻译对我国本土儿童文学的萌芽以及儿童文学创作与理论逐步走向自觉的贡献有目共睹。林纾、包笑天、孙毓修等晚清知识分子是我国儿童文学翻译事业的最早开拓者,然而晚清时期被译介到中国的第一批域外儿童文学作品,如林纾的《希腊名士伊索寓言》《美洲童子万里寻亲记》,包笑天的《馨儿就学记》,孙毓修的《伊索寓言演义》等,并没有明确的儿童读者受众这样的定位,只是在"为成人译介过程中顺势而为的"(高璐夷,2017:103)。而真正意义上的以儿童读者为明确定位的儿童文学翻译作品的大量出现,是伴随"五四"时期的译介高潮而来的。

儿童文学翻译研究在学界的边缘地位是由"儿童文学"研究和"翻译文学"研究的边缘性共同促成的。从佐哈尔和图里等人的多元系统来看,"儿童文学"和"翻译文学"均处在"文学多元体系"的边缘。从布迪厄的场域理论来分析,"儿童文学"和"翻译文学"在"文学场域"内部亦处在边缘位置,因此"儿童文学翻译研究"既不是"文学研究"的主流,也不是"翻译研究"的主流。

奥克奈尔(O'Connel)对儿童文学和儿童文学翻译地位的评价可谓一针见血,"如果说儿童文学的地位一直低下,那么儿童文学翻译自然就是一样的命运。首先是因为其原语(source material)本身就是边缘化的(of marginal interest),那么在此基础上开展的职业活动(professional activity)是肯定被低估(undervalued)的。"(Lathey,2006:19)对什么是"儿童"的理解,决定了儿童文学在特定文化中的样式。每一种文化中,都有其独特又具有代表性的儿童形象(child image),"一方面,儿童形象是独特的,它基于每个个体的成长经历;另一方面,它代表了一个社会对儿童形象的认识。我们为儿童创作的任何东西都是我们儿童观的反映。它反映我们对童年这一人生重要阶段的认识是尊重还是轻视。"（Coillie，2006：41）

国内对"儿童文学翻译"研究的关注是从20世纪80年代开始的，金燕玉发表于《苏州大学学报》1986年第1期的《茅盾的儿童文学翻译》可谓该领域理论研究的一篇开山之作。该文采取了翻译史和翻译文本分析相结合的研究路径，既回顾了茅盾"足以与鲁迅相提并论"的儿童文学翻译活动，也总结了茅盾在儿童文学翻译中对原文选取之"卫生"、译文之"简洁平易"、"美"和"谐趣"、茅盾"善译谐谑"之翻译能力的精辟论述（金燕玉，1986：82—85），较客观地呈现了茅盾在儿童文学翻译方面的成就和理论观点。徐家荣发表于《中国翻译》1988年第5期的《儿童文学翻译对译文语言的特殊要求》一文中，通过对包括任溶溶在内的优秀儿童文学翻译家的俄汉儿童文学译文实例进行分析，阐述了儿童文学翻译中应该秉持的"通俗易懂，忠实原文"、"语言优美合乎规范"、"儿童语言切合个性"、"儿童口语特色鲜明"、"保持情趣再现童心"等五条儿童文学翻译中"译文语言的特殊要求"（徐家荣，1988：15—19）；徐家荣发表于《外语学刊》（《黑龙江大学学报》）1991年第6期的《儿童文学翻译中形象再现的艺术手法》一文可谓前文的姊妹篇，"要切景，让小读者如临其境""要传神、让小读者如见其人""要逼真，让小读者如经其事""要会意，让小读者如得童心"（徐家荣，1991：49—53）等四条在儿童文学翻译中"艺术形象"的策略是通过译文比对的方式进行一一阐述的。

中国翻译史上，翻译家本人评述自己的翻译活动并提出系统的翻译理论的并不多见，但是大部分翻译家在自己翻译实践的基础上都曾提出一定的翻译策略和方法。中国绝大部分曾有过儿童文学翻译经历的译者，其主要身份是文学翻译家，而矢志不渝地从事儿童文学翻译并取得巨大成就的翻译家恐怕只有任溶溶一位。严维明发表于《中国翻译》1998年第5期的《谈谈儿童文学作品的翻译——新译〈汤姆·索耶历险记〉》一文是可检索到的通过自己的翻译实例来谈儿童文学翻译的策略问题，他总结了"译出'童味'""化难为易""多加停顿""注意逻辑"（严维明，1998：52—54）等个人对儿童文学翻译作品的体会。总体来看，徐家荣和严维明的这三篇论文在儿童文学翻译方面的理论探讨是陈伯吹儿童文学之"童心论"和"儿童本位论"的延伸与拓展。和徐家荣的文章较严密的逻辑和论证相比，严维明的文章更多的是感想式的总结，缺乏学理上的自洽性。

在2000年夏历的硕士学位论文《"五四"时期儿童文学的翻译》发表以来，21世纪的儿童文学翻译研究成果在数量上进入快速的增长期，并呈逐年增长的趋势。究其原因，除了本土儿童文学研究在21世纪取得一些进步和突破的原因之外，非常重要的不容忽视的因素是1998年开始，中国内地高校开始连年扩招，几乎各个高校都开始配备数量较为可观的英语教师队伍，伴随高校扩招而来的是英语专业的研究生扩招。资料显示，目前内地高校中有900多所开设英语本科专业，有200多所高校招收英语语言文学专业硕士研究生。（邓梦寒，2017：104）与此同时，"高校英语教师的科研发展水平偏低……科研成果非常少……外语类学术期刊数量偏少……高校英语教师科研成果发表平台相对缺乏。"（刘泓，2014：88）

在这样的尴尬现状中，"儿童文学翻译"成了很多英语教师在职称评定和论文发表等方面的压力下临时起意的一个研究方向。从21世纪以来儿童文学翻译发表的相关论文成果来看，儿童文学翻译这样一个在文学研究领域和翻译研究领域长期处于边缘地位的研究课题主要成为高校英语教师和英语专业研究生发表论文的阵地。CNKI键入"儿童文学翻译"作为篇名，截至2017年5月18日，共检索到论文文献536条，其中2000年以前的文献只有5篇，2000年以后的文献数量多达531条，只有14篇论文在核心期刊发表。专著方面，只有4部著作是以"儿童文学翻译"为主题的研究论著，按出版的时间顺序包括王鹏的《〈哈利·波特〉与其汉语翻译：以系统功能语言学理论分析情态系统》（2007）、李丽的《生成与接受——中国儿童文学翻译研究（1898—1949）》（2010）、喻海燕的《思想的缔造者——陈伯吹儿童文学翻译思想研究》（2014）、宋莉华的《近代来华传教士与儿童文学的译介》（2015）。这一现状和蔚为壮观的文学研究和翻译研究成果、甚至和儿童文学研究的成果相比都显得尤为冷清。

在翻译研究中，对译者双重身份的探讨有从历时比较和共时分析的角度切入进行探讨的研究译者身份在历史中的变化：探讨译者"幕后"到"幕前"身份的交替出现与演进；分析在80年代以来兴起的翻译研究不同学派视野下的译者身份，得出了译者"操纵"与"被操纵"双重身份的重叠。（王姝婧，2004）。也有学者从关联理论和接受美学的角度出发，他们关注的焦点在翻译过程中的译者角色的不同转换上，研究译者双重身份的落脚点是：读原作时译者的身份是读者，翻译原作时译者的身份是作者。(熊宣东，2001)；(张莉，2005)；(王玲、林若，2016)；另外，从女性主义视角研究女性译者的双重身份（刘亚儒，2002）；(罗列，2014)和对作为作家的翻译者的自译活动中双重身份的研究（吴波，2004）；(黎昌抱，2011)也在研究译者双重身份的研究视野当中。

本文所研究的任溶溶翻译活动始终离不开他作为儿童文学翻译家和儿童文学作家的双重身份。

第四节　经典化研究概述

"经典一词最初来自希腊文 kanon，指用于度量的一根芦苇或棍子。后来它的意义延伸，用来表示尺度。"（刘意青，2010：85）在汉语中，"经典"一词有三层基本含义：一是古代儒家的经籍；二是泛指宗教的经书；三是指重要的、有指导作用的权威著作。(辞海，2010：1979)"文学经典"一词是舶来品，与之相匹配的英文有两个，一个是"literary classic"，另一个是"literary canon"。作为"古典"意义上的"classic"曾特指古希腊罗马文学；"典范"意义上的"canon"，则更多是宗教意义上的"真经圣典"。艾略特的文论《什么是经典?》一文中阐述了"经典"作品在美学意义上的"成熟性"、"广涵性"和"普遍性"等特质。而除了以上的三个特点以外，"独创性"也经常被视作经典作品的审美特质，表明该作品突破了创作传统中的一些陈规而跻身经典作品之列。

"经典化"，在英文中的表达是"canonization"，意为"被承认是经典"，"被封为经典"。然而"经典化"的过程既是一种"水到渠成"的历史进程，又有其偶然性。"文学文本的流传本身，就是个不断积淀的过程，留得住的就是经典，这关乎一种动态淘汰的历史筛选机制"，经典能保持多久，还取决于是否有人"继承和发扬文学遗产"。(刘悦笛，2017：2)刘悦笛对"经典化"的判定标准有三条："第一，决定经典由历史合力决定；第二，判定经典需要伸缩性；第三，经典具有相对性。"从这个意义上来看，"经典化"也只是一个相对的概念。

一部经典的生成主要是历史的产物，这一点毫无疑问。王宁认为，"导致一部文学作品成为经典的因素有文学市场、文学批评家和大学的文学教科书"。(王宁，2002：38)查明建认为，翻译文学成为"经典"主要是意识形态操控的结果，"动态经典"在整个20世纪的中国翻译文学史中的意义非同小可，处于翻译文学系统中心的"动态经典"作品和基本处于边缘的"静态经典"作品相比，受政治话语和意识形态操控的影响不言而喻。（查明建，2004：87—98）主要集中在的虽然西方对于"经典"的论争始于 70 年代，早在 1944 年，T. S. 艾略特就在维吉尔学会（The Virgil Society）① 就职典礼上发表的著名演讲——《什么是经典？》（What is a Classic？）一文。之后，同为"诺贝尔文学奖"获奖者的南非作家库切也发表同名演讲，对艾略特提出的经典的标准进行了论辩。

关于经典的生成中的偶然性和机缘巧合的因素，在文学界和艺术界有数不胜数的例子，天才作曲家巴赫在逝世百年之后得以重新认识就是一例。门德尔松在偶然得到巴赫的史诗性巨作《马太受难曲》总谱之后，指挥管弦乐队进行了演出，巴赫的声名大噪，后被整理发现的巴赫的作曲作品全部成为音乐史上的经典巨作。"巴赫寂寞一生到死后才暴得大名，其转折点在人们经常提及的 1829 年于柏林频繁上演的《马太受难曲》中可见一斑，这些演出的指挥均为门德尔松。但是，我们不能天真地认为巴赫在这些演出中是自己起死回生，重返了历史。"（库切著，汪洪章译，2017：15）

经典生成中的偶然因素是一种非常重要的推动力量，但经典作品具有的审美特质和艺术感染力是经典在历史上长时间保持经典地位的必要条件。库切在其论文集《异乡的国度》的开篇《何为经典？——一场演讲》一文中描述了他本人"遭遇"巴赫古典音乐冲击时的情形。J. M. 库切详细记叙了自己 15 岁时和巴赫的古典音乐的偶遇：被巴赫的《平均律钢琴曲集》中的某一首所震撼的心理感受。"突然听到从隔壁人家传来的音乐，这音乐勾魂摄魄，直到曲终，我都待在原地，不敢呼吸……我平生还是第一次经历经典的震撼。"（库切著，汪洪章译，2017：10—11）然而巴赫音乐的品质本身不足以使其成复活而成为经典，巴赫的音乐作为一种符号而存在，成为宣传德国民族主义和清教主义的工具，这才是巴赫音乐复活和成为经典的有力推手，否则他的音乐可能永远"只是一本书的脚注所提到的名字，仅此而已。"库切对巴赫成为音乐界经典的阐释是历史的，是社会学维度的，是建构性的。"作为经典的巴赫是历史地构成的，

---

① 维吉尔学会成立于 1943 年，T. S. 艾略特为首任会长，《何为演讲？》一文是 T. S. 艾略特在次年的就职典礼上的演讲。维吉尔学会的宗旨是：将所有珍视西欧教育传统的人们联合起来。维吉尔学会的大部分会员都是学术界和文化界的名流。

他是由可见的历史发展力量,并且在特定的历史情境中构成的。"(库切著,汪洪章译,2017:13)

国内对"经典"问题的讨论,始于1993年9—10月佛克马在北京大学的学术演讲,他探讨的20世纪中国文学经典构建的相关问题,启发了学界对于"经典"问题的论辩,《文艺报》《名作欣赏》等文学期刊连续发表文学经典问题评述和经典重读的文章,1996年,北京大学出版社出版了谢冕、钱理群主编的按年代分类的《百年中国文学经典》(1—8卷);同年,海天出版社出版了谢冕,孟繁华主编的按中篇小说、短篇小说、诗歌、散文、戏剧等文学体裁分类的《中国百年文学经典》。这两部著作的推出将学界在佛克马北大演讲之后对于"经典"问题的论争推向了高潮。不同于20世纪80年代的"重写文学史"论争中对新中国成立以来文学史中对伟大叙事和意识形态话语的过分倚重,90年代的这场针对"经典"标准的论争开始转向"普遍人性"和"个人主体",经典性文本和作家被凸显出来。"经典"一词逐渐被通俗化,"人们不再满足于用精品、精华之类的词儿而开始'经典'起来,于是唱片经典、红色经典、学术经典、散文经典、小说经典等铺天盖地而来,俨然一个'经典'时代的回归。"①从各种理论视角进行名著重读和重评的文章被刊载的同时,各家出版社竞相出版冠以"经典"名头的各种20世纪文学选本。

在中国古代文化思想史上,儒家典籍、道家和其他宗教的作品,被称为"经典","经典"一词被泛化,经常造成意义上的混淆和名实不副的现象。(张岂之,2014:4)如前文所述,经典化构建的过程是历史合力的结果,是"包括文本生产、文学传播、文学史书写以及文学理论和文学批评观念共同运作和各种权力斗争相互交织的结果",经典化构建在文学自身、文学史和文学接受三个维度中包含了"作家、批评家、普通读者、商人、新闻记者甚至统治阶级或利益集团。"等各方对这一进程的贡献与推动。(肖肖,2013:101)"经典意味着典律化、典范化、正典化、规范化",经典化的方式受制于时代和体制,经典既是国家意志的体现,也是社会心理的满足。(季广茂,2005:9)

潘立勇从"经典"二字最通俗的意义进行分析,"经"指"经久不衰";"典"指"杰出典范",进而提出了文学"经典"判定的五个字标

---

① 参见光明日报官方网站光明网。

准，即"真""诚""深""精"和"新"，可谓颇有新意。（潘立勇，2015：55—58）其中前四个字的标准是和审美有关的自律性因素，最后一个标准——"新"的"与时俱进"表现为在"形式上的创新"和"理念上的创新"，是文学自律性因素和社会他律性因素的结合体。

何谓"翻译文学经典"，查明建认为有三种含义，"一是指翻译文学史上杰出的译作，如朱生豪译的莎剧、傅雷译的《约翰·克里斯多夫》、杨必译的《名利场》等；二是指翻译过来的世界文学名著；三是指在译入语特殊文化语境中被'经典化'（canonized）了的外国文学（翻译文学）作品"。（查明建，2004：87）宋学智将查明建的观点总结为"翻译文学史经典，从经典到经典（即从源语文学经典到翻译文学经典），从非经典到经典（从非源语文学经典到翻译文学经典）"，在此基础上进一步提出了判定翻译文学经典的两个标准，"一、译作在译入语新的文化语境中，既具有长久的文学审美价值又具有普遍的社会现实价值；二、译作的语言达到了文学语言的审美标准，又为文学翻译活动树立了典范。"（宋学智，2015：24）

童庆炳提出的文学经典建构的六要素涵盖了建构过程中的文学内部的自律性因素、文学外部的他律性因素和自律与他律融合的因素。一是文学作品的艺术价值；二是文学作品的可阐释空间；三是意识形态和文化权利变动；四是文学理论和批评的价值取向；五是特定时期读者的期待视野；六是"发现人"（"赞助人"）因素。（童庆炳，2005：72）"发现人"（"赞助人"）这一因素是非常值得玩味的，在对经典化生成过程的探究中，虽然人们经常把目光更多地聚焦于作品本身的文学性特征和政治意识形态之上，文学经典构建中他律性因素中的机缘问题是不容小觑的。"在经典化的问题上，'瞎猫遇上死耗子'包含着更为深刻的道理，更符合经典化的无意识逻辑。"（季广茂，2005：11）

始于20世纪90年代的关于"经典"和"经典化"的论辩中，翻译研究的"文化转向"也悄然到来了。"不同的文化领域、宗教、科学、艺术等等适用不同的合理性标准，并没有普遍的理性和在任何场合都适用的合理性标准。"（江天骥、朱志方，1997：1）跳出单一的从语言层面关注翻译的研究范式，翻译研究的视野被不断拓宽，从社会、历史和文化的角度去解读翻译文本，翻译研究的主体不再局限在文本之上，译者、文本和读者构成了共同的翻译主体；研究视野从单一的、只聚焦于价值判断的

"怎么译?"的规定性范式向对"谁译?""为什么译?"、"为谁而译?""是什么促成了这样的译文或译作?"等问题进行追问的描述性范式的转换中,翻译研究走向多元化之路。"语句、命题、真理、实在这些概念联成一气,它们都不能离开人,亦即不能离开历史文化传统而被理解。"(江天骥、未志方,1997:20)

对译者翻译活动的历时考察与共时比较、对其所处时代风貌及的全面审视、对译本接受与传播中各种因素的分析让翻译研究在"文化转向"中逐渐走向多学科的交叉与融合,而这种多学科的交叉与融合是翻译研究在"文化转向"之后迎来"社会学转向"的最大的契机。在探讨"经典化"如何被构建的同时,"去经典化"的声音此起彼伏。出版机构对特定时期主流诗学的把握在很大程度上决定了这一时期出版的走向和出版产品的整体风貌。"某些作品一经出版就被树为'经典',而另外一些作品会被主流诗学拒之门外,还有的作品会在主流诗学发生改变之后,稍晚一点被提升至'经典'的地位。"(Lefevere,2004:19),诗学受历史、政治、经济、文化、社会等因素的综合制约,"任何诗学都是一个历史变量:它并不是一个绝对的概念。在一个文学系统中保有目前主流诗学地位的,和该文学系统中最初的诗学观有着很大的不同。"(Lefevere,2004:35)从纵向的历史维度审视,政权更迭、政治文化运动、特定文化中经济因素的剧变都会导致诗学观的改变。

对文学作品经典化的研究视角,一种是本质主义的,把文学作品经典化的原因归结于文学作品内部的美学特质,但是本质主义的经典化归因方法有着先天的缺陷,经典作品之所以成为经典或具备经典性的特点无法找到一条普适的艺术法则。"经典化"一词本身具有动态性,这一"历史化的动态过程"相比本质主义的对于"经典"恒定标准的判定,是建构性的,消解了"经典的固化标准和本质规律","与经典概念不同,经典化侧重的是在社会历史中的生产建构过程"。(谢纳、宋伟,2017:7—8)

对经典作品的经典性和经典化过程进行更客观的分析和解释要归功于建构主义的诞生。和本质主义关注经典作品的内部特点相异,建构主义关注外部因素对经典生成的影响。总的来说,建构主义是一整套关注事实如何被构建的理论。布迪厄的社会实践理论是建构主义的,经典生成机制中的政治、经济和文化因素无不和场域、资本相关。本质论者关注的审美尺度、审美特征和审美效果等构成一部作品经典化与否的主要因素,在建构主义的视阈下是建构性的。审美在总体上而言虽然具备跨时空的通感性，但是审美在不同历史时期和不同社会语境中的演进和变革受政治、经济和文化因素牵制。脱离了历史语境的，凭空而来的审美倾向和审美趣味是不存在的。流行文化中的朋克风、嘻哈风在现代生活语境中是和快节奏、多元化的都市生活方式相映成趣的一道文化景观，在政治高压和文化禁锢的时代，抹杀个性、单调呆板的穿着是主流文化审美的需求，任何突破了主流文化凸显集体性和意识形态需要的审美趣味是不被接纳的、甚至要遭受制度性的道德拷问和批判。建构主义的社会学理论对于文学经典化的生成过程有很强的解释力。

我国宋代诗论家严羽在《沧浪诗话》中"夫诗有别才，非关书也；诗有别趣，非关理也"的观点揭示了传统的文学批评家拒绝讨论构成经典之美学标准的普遍现象。（严羽著，张健校，2012：129）"要是一本正经地讨论构成经典的美学条件，那是涉了理路、落了言荃、着了形迹、不免陷入下乘的皮相之谈。"[1]（朱国华，2006：45）"秒悟""境界"等主观化、感悟式的评价本身透露出高妙深远的"禅意"，然而对何为"秒悟"，何为"境界"的问题仍然见仁见智，只从审美的角度去探讨构成文学经典的原因经不住推敲，缺乏客观的、学理上的判断标准和分析依据。与严羽的观点类似，本雅明曾提出经典作品的"神性的力量"和"上帝的光芒"等观点探讨经典作品在内容和形式上具备的美学特质。显而易见，这种缺乏自洽性的论断是有局限性的，通常陷入主观主义的泥淖。综上所述，"经典"和"经典化"都是建构性的，"是某个特定时代的历史进程与历史语境的偶然产物，某种艺术史的叙事话语和意义框架为经典的诞生提供了产床。"（彭彤，2010：20）"经典化"不是风平浪静的水到渠成，而是暗流涌动的厮杀博弈。

和"经典化"受政治及意识形态的推动一样，"去经典化"对某个或某类经典的终结也同样受制于政治和意识形态。"文化大革命"时期的经典中国油画作品——《毛主席去安源》[2]自1968年7月1日以彩色单页

---

[1] 严羽在《沧浪诗话·诗辩》中这段表述的全文是"夫诗有别才，非关书也；诗有别趣，非关理也．然非多读书，多穷理，则不能及其致．所谓不涉理路，不落言筌者，上也。"

[2] 《毛主席去安源》是刘春华油画作品。该画以毛泽东到安源组织工人运动（1921年）并举行安源路矿工人大罢工（1922年）为表现题材的油画。该画被称为"开创了无产阶级美术创作的新纪元"，"文化大革命"期间在中国美术界具有和样板戏一样的地位。

印刷推出以来，曾创下了单张彩色印刷数量高达 9 亿多张的记录。作为特殊历史语境与权力话语的产物，随着"文化大革命"的结束，这副油画作品往日的"经典"性已经黯然失色，在绘画艺术史上成为艺术价值和思想价值都极为普通的政治宣传品。（彭彤，2010：21—22）

消费文化的不断盛行，使得大众在消费文学"经典"的同时也把目光投向更多和"经典"异质的文学作品当中。自媒体的流行使得只有通过图书出版、传媒等专业文化机构才获得的"认可"被不断消解，互联网信息时代的到来使得信息共享的物理距离完全被抹平，"经典"的地位一方面在信息智能化的大众生活方式中不断地被强化；另一方面，层出不穷的流行文化使得"经典"的地位摇摇欲坠。因为"经典遮蔽了对非经典的注视，研究经典意味着施行隐蔽的'权力话语'，把非经典的日常生活从我们的思考中驱逐出境。"（周宪，2002：27）1999 年前后中国步入互联网时代，流行文化在网络时代的传播变得迅捷，传统文化观念受到冲击，"在当代社会，流行破坏了经典化的进程，旋风般的流行甚至终止了经典化的美梦。之所以如此，是因为既定的经典不再具有'使人信服的力量和威望'，也不再是'最有威望、地位'的文本。"（季广茂，2005：10）

2008 年以后网络购物平台的日渐成熟以及智能电子产品的推广和普及不断开始消解年轻一代和少年儿童对经典的认同和接受。在去经典化的浪潮中，儿童文学翻译作品同样受到冲击，"凡尔纳的科幻以非凡的想象著称于世，但科技发展到今天，那些曾经诱人的幻想而今有部分已成为现实，对于小读者来说，它的吸引力好像还不如那些以科幻为题材的动漫、影视、网络游戏提供了更为令人惊叹的想象力。"（郭丽萍，2009：136）除此以外，互联网世界带给人们的选择多元性，使得儿童文学翻译的领域不断拓展，大量制作精良，内容充实新颖的外国儿童文学被译介，这对已有的儿童文学翻译经典也构成一定的冲击。与此同时，年青一代父母接受教育的环境、审美趣味的变化都影响着他们作为消费儿童文学翻译作品主力军的选择。"一些老经典内容不合时宜，局限于当时当地，缺乏超越性的永恒价值，在今天的儿童中很难获得共鸣。"（郭丽萍，2009：135）这样的忧虑和担心其实也并非空穴来风。任译经典何以在去经典化的浪潮中保有其经典地位，是本论文拟在第六章探讨的主要问题。

第五节　布迪厄社会实践理论

布迪厄的社会实践理论是基于关系主义方法论之上的一个社会学分析框架。他以人类学家身份在出生地贝阿恩和阿尔及利亚完成了大量的田野调查工作，在此基础上提出了社会实践理论。

在布迪厄的社会实践理论中，惯习、场域和资本这三个要素之间是始终黏合在一起的。布迪厄社会实践观在文艺研究中的最大贡献是将"外部研究"和"内部研究"统一在一起。在《区分：判断力的社会批判》(*Distinction*: *A Social Critique of the Judgement of Taste*) 一书中，布迪厄提出社会实践活动的基本分析框架——（habitus）(capital) ＋ field = practice［（惯习）（资本）＋场域＝实践］①（Bourdieu，1984：101）

一　惯习

"惯习"是布迪厄社会实践理论中的一个关键概念，"是知觉、评价和行动的分类图式构成的系统，它具有一定的稳定性，又可以置换，它来自于社会制度，又寄居在身体之中。"（布迪厄著，蒋梓骅译，2003：80—81）"惯习"一词不同于"习惯"，布迪厄坦言"惯习"的概念可以和乔姆斯基的转换生成语法作类比，但是在"惯习"中，"性情倾向是过去经历所累积的结果，它呈现出因时因地而不同的面貌。"（Bourdieu，1990：9）"惯习"呈现的，是一种被建构和建构性的双重特点。

王岳川认为"habitus"就是"人的社会生态性，它既具有先天的因素，又不完全是先天的，而是在社会化的个人境遇中逐渐习得并逐渐演变的'第二天性'"（王岳川，1998：41）。惯习作为一种内化的、持久的性情倾向，同个体所处的社会历史条件、环境、行动经历、经验及以往的长期精神心理状态有密切关系。这种来自长期社会实践的经验因素，一旦经历一定历史时期的沉淀，并内在化于特定历史阶段的人群和个人的意识内部之后，"habitus"便自然地去指挥和调动个人和群体的行为方向，赋予各种社会行为以特定的意义。生存心态是人们社会行为、生存方式、生活风尚行为规则、策略等实际表现其精神方面的总根源。高宣扬从"habi-

---

①　刘晖译本中将这一公式译作（习性）（资本）＋场＝实践。

tus"这个词的构词角度出发,把"惯习"一词界定为"生存心态"。(高宣扬,2004:116)

不同于自发性的和机械性的"习惯","habitus"这一概念能够更动态地解释人在社会实践活动中的创造性及相应的策略选择问题。因为在社会实践活动中,"很多行为指向确定的目的,但又不是有意识地达到这些目的,这些行为也不决定最终的这些目的。'惯习'的概念被提出来,在某种意义上讲,是为了解决之一悖论。"(Bourdieu,1990:9-10)简言之,"惯习"就是从社会学层面去解释社会个体的很多下意识的行为。而这样一种下意识的行为所产生的"实践感",在具体场域中体现为一种不自觉地参与"游戏"的感觉。

"惯习给个体提供了一种如何在日常生活中如何行动或回应的一种'感觉',这种感觉指导人们的行动和倾向却不是严格意义上的决定因素。它让人们有一种'参与游戏的感觉'(feel for the game),那是一种在具体场景中的得以判断行为是否恰当的感觉,是一种'实践感'(le sens pratique)"。(Bourdieu,1991:13)这种实践感表明,惯习本身具备双重结构,它"一方面是表现在行动者的内心情感结构中的主观精神状态,另一方面是表现在行动者的现实生活和实际活动中的客观实践。"(宫留记,2009:148)。

在 CNKI 检索发现,自 2007 年香港理工大学邢杰在中国翻译发表《"译者思维习惯"——描述翻译学研究新视角》一文以来,从译者主体性的角度探讨翻译中的"habitus"开始逐渐进入内地学者的研究视野。鄢佳(2013)的博士学位论文《布尔迪厄社会学视角下的译者葛浩文惯习研究》是首部对译者惯习做个案研究的博士学位论文。期刊论文中也开始有越来越多的翻译研究学者关注译者惯习,邵璐(2012)发表于《中国外语》2012 年第 1 期的《Bourdieu 社会学视角下的重释中国近代翻译史——以并世译才严复、林纾为例》,任文(2013)发表于《中国翻译》2013 年第 5 期的《社区口译中的场域、惯习和资本——口译研究的社会学视角》,骆萍(2013)发表于《外国语文》2013 年第 4 期的《"场域—惯习"论下鲁迅的翻译实践活动》,刘爱庆(2014)发表于《英语广场》2014 年第 3 期的《译者惯习视角下的翻译研究——以〈老人与海〉的李文俊与张爱玲译本为例》,屠国元(2015)发表于《中国翻译》2015 年第 2 期的《布尔迪厄文化社会学视域中的译者主体性——近代翻译家马君武个案研究》。以分析任溶溶童年成长和教育环境为线索关注任溶溶的"惯习",和"惯习"本身所蕴含的意义是不谋而合的。"惯习是一整套的性情倾向(a set of dispositions)系统……性情倾向是在渐进的过程中习得的,而在这一过程中,童年期的经历尤为重要。"(Bourdieu,1991:12)在本文的相关研究中,译者惯习对任溶溶翻译风格(文体与审美)及翻译思想的梳理有着强大的解释力。笔者在后文中将以"惯习"为线索,探讨形成任溶溶独特翻译风格的社会文化因素。

20 世纪的哲学语言学转向影响甚巨,索绪尔的结构主义语言学理论迅速波及人类学、哲学和社会学等领域。在索绪尔去世百逾年之后,列维·斯特劳斯(Lévi-Strauss)在结构主义语言学的基础上开启了结构主义人类学研究的先声,布迪厄受结构主义语言学和结构主义人类学的影响甚巨,但他的结构主义社会学观点不同于索绪尔和列维·斯特劳斯的静态的结构主义观点。在布迪厄的理论倾向上,马克思主义哲学家阿尔都塞(Louis Pierre Althusser)的意识形态理论影响甚巨,因此布迪厄的社会实践理论从本质上讲是多元交融的理论,既是结构主义的,又是建构性的。1998 年,丹尼尔·西米奥尼(Daniel Simeoni)在《译者"惯习"的重要地位》(*The Pivotal Status of the Translators' Habitus*)一文中,首次将"译者惯习"的概念引入翻译研究,并将惯习分为社会惯习(social habitus)和职业惯习(professional habitus),而"译者的培养就是将社会惯习(个人惯习)变为职业惯习的过程"。(Simeoni,1998:18-19)西米奥尼的"译者惯习"概念既包含了"规范"(norms),又不完全是一种规范。因为它在译者的翻译活动中起着结构与被结构(structuring and structured)相结合的双重功能。(Simeoni,1998:21-22)事实上,西米奥尼单独划分出来的"职业惯习"离不开译者的"社会惯习"对其的影响和塑造,虽然作为一个他治性特点较为明显的领域,翻译活动受出版机构、赞助人等因素的制约很大,译者的职业惯习表现为对一种"自甘奴役"(servitude volontaire)——以满足客户、公众、意识形态等各方的要求,(Simeoni,1998:23)译者作为社会个体,其通过审美旨趣、文本选择等职业惯习所表现出来的特征中也同样"被印上了挥之不去的个人惯习烙印"。(唐芳,2011:98)

基于布迪厄社会实践理论的"译者惯习"和图里关于翻译"规范"的观点相比,在关注翻译"规范"的同时,从社会文化维度剖析产生这些"规范"的原因。"译者惯习"将翻译主体之一的译者的建构性凸显了出来,而多元系统理论之翻译"规范"的概念凸显的是翻译系统的客观性,译者作为翻译主体的能动性及受制于社会文化背景而产生的一系列的翻译选择问题被忽视。"译者惯习"的塑造不产生于特定场域,却一定在特定场域发挥其作用。场域理论关注社会文化现象是将其置于一个自治、他治或和其他系统互相牵制的系统之中。"布迪厄的理论提供了一套更强大的概念体系来描述影响翻译行为和相应翻译产品的因素……布迪厄的著作使得翻译研究的关注点更多地聚焦在译者身上,以客观地分析他们作为社会活动者(social agents)积极参与到文本和话语实践(discursive practice)生产与再生产中的角色。"(Inghilleri,2005:125 – 126)

二 场域

作为其理论关键词的"场域",非常直观地凸显出社会网络结构中的社会关系对占有社会资源的重要意义。"场域"作为空间意义上的场所概念,串联起布迪厄社会实践理论中其他几个关键概念。而"资本"是场域内社会关系作用的结果,"场域"内占有的资源随即生成以权力形式存在的"资本"。文化资本是累积起来的劳动成果,是具体化了的文化资源。"场域最为重要的属性之一就是将一种形式的资本转化成另外一种——打个比方,就像教育资格在高薪的工作中被兑换成切实的收入一样"。(Bourdieu,1991:14)

场域是社会个体参与社会活动的场所,其组织和形成依靠场域内成员的共同维护、贡献力量、相互博弈与竞争,是指"处在不同位置的行动者在惯习的指引下依靠各自拥有的资本进行斗争的场所。"(宫留记,2009:48),场域和场域边界的确定,无不充满着竞争与对抗。作为网格状组织的无形的社会空间,场域内的竞争优势和话语权由占有资本的量来决定。由于在场域内资本分布的不均,与此同时,资本又是一种具有明显排他性特征的资源,因为占有资本而在场域内占取优势位置并获得明显竞争优势的个体,在场域内的位置不断向中心位置靠拢,继而获取更多的社会资源,资本量的累积越来越大。与此同时,场域之间也无不处在复杂的关系之中,场域在保持相对自治性的同时,和其他场域不断地竞争与较量。在这种网格式关系空间的力量对决也牵制中,场域间的边界被划定,场域的他治程度也由此确定。要实现在场域中资本的累积,需要不断地竞争,"个体在场域中的斗争有着不同的目的——有人想要维持现状(保持在场

域中现有的位置），有人想要改变，他们成功或失败的可能性则取决于他们在场域中原本的位置。"（宫留记，2009：48）

布迪厄的社会实践理论中，每一个场域内部都是结构化了的社会空间网络，强势的资本持有方（个人和机构）在此消彼长的位置网格关系争斗中，处于相对的支配地位，因为更便于再积聚资本，在竞争中争夺拥有更多话语权和资源的中心位置靠拢。场域内的网格关系总体呈现的关系，是一种处在恒定的变动之中却又永远不平等的关系。场域中的网格位置关系是排他性的，在场域内占有资本的数量越大、越居于较中心位置的个人和机构，越容易累积更多资本，其位置相对而言具有较强的稳定性，在权力与资源的争夺中也处于优势地位。总之，场域理论中的权力与资本的攫取和占有都验证着社会运行中普遍的"弱肉强食"与"优胜劣汰"的生存法则。

作为高度化社会分工的产物，场域被界定为"由不同的位置之间的客观关系构成的一个网络或一个构造"，"而这些位置的界定还取决于这些位置与其他位置（统治性、服从性、同源性的位置等）之间的客观关系。"（布迪厄著，包亚明译，1997：142）"场域"的空间概念代替了传统实践观中的"实践场所"的概念。"场域"是身处其中的社会成员按照特点的逻辑要求建立起来的，是他们参与社会活动的场所。"场域"的概念连接起来了布迪厄社会实践理论中的其他两个关键概念：惯习和资本。按笼统的社会实践活动的属性划分，场域可以被分为政治场域、经济场域、科学场域、艺术场域、文学场域、教育场域等。而每一个特定场域又和其他场域之间产生交集和相互关系。在对具体的社会实践活动的解读中，按具体社会分工的不同，则可以被划分成无穷无尽的子场域。

整体来看，自然科学领域是自治性较强的场域，定理和公式在自然科学学科中是不容按需修改和演绎，得益于内在系统的精密性，自然科学场域的运行机制较少受到其他场域的影响；和自然科学相比，人文社会科学的自治性相对较弱，概念和定义在很多情况下是开放性的，取决于概念和定义的提出者界定时的立场，也取决于这些概念和定义被使用在何种情境之中。场域的自治性是现代社会分工不断走向纵深的必然产物，对独立价值和独立地位的追求是自治性相对较弱的场域在社会实践活动中不断争取"话语权"的主要原因。社会实践活动的场所是一个网络状结构，场域与场域既相互区别，又在边界模糊的地方彼此产生交集。完全自治和孤立的场域是不存在的。"场域"的概念是一个社会关系网络的概念，个体在社会网络中的坐标与位置变动取决于所在场域以及上一级场域的制约。因此场域"是多面向的社会关系网络"。（高宣扬，2004：138）

在场域理论中，对隐藏在各种社会关系网络中的权力关系的把握是对特定场域运行规律做出判断的重要依据。"在社会场域中，任何事物之间或任何行动者之间的相互关系，都是靠某种力的因素来维持和运作的。从这个意义上来说，力的关系决定了各种社会关系及其运作，在现实社会中，这种力的关系就是权力关系。"（宫留记，2009：182）而对权力关系的把握，则离不开对该场域中社会成员所秉持的惯习加以分析。因为场域所呈现的，不只是现在存在的因素，它同时反映出这些因素可能存在的历史基础及其潜在变化。场域和惯习之间是互相牵制互相影响，离开特定的场域去讨论惯习是没有意义的，而场域的丰富性是惯习建构的结果。"场域型塑着惯习，惯习成了某个场域固有必然性体现的产物。"（刘少杰，2009：73）

文学场域区别于翻译场域，任何民族的文学史都早于翻译史，虽然自治性程度都不高，但文学场域的自治性却相对较强。在文学场域中，"世界文学经典"的提法本身是对翻译文学的认可，但从中又看不出"翻译"的影子。没有翻译，哪有什么"世界文学经典"？翻译文学虽然对世界各国的文学史都曾产生巨大影响，但翻译文学的来源之"翻译"在文学史中是被淡化的，中国的主流文学史教材中设有"外国文学"的单独章节，却很少以"翻译文学"的名义编排相关作品。这其中最主要的原因在于，"在目标文化中，译文没有形成单独的场域，而是被当作本土原创作品"从这个角度看，被纳入"外国文学"范畴的翻译文学经常被人们视作"中文环境中创作的文学作品"来阅读（邵璐，2011：127）；与此同时，翻译场域是一个单独的场域，在人类文化史上绵延几千年的翻译史实构筑起该场域内社会实践活动的全部内容。在翻译场域中，"文学翻译"是绝对的主角，是主流翻译史研究的主要内容，作为"文学翻译"产品的"翻译文学"，在翻译场域中享有独一无二的地位，在口译研究进入人们的研究视野之前，文学翻译一直是翻译研究关心的最主要内容。无论是翻译过程研究还是翻译本体研究，都主要基于文学翻译的文本展开。

"惯习"和"场域"间这种互相交结的关系互为反作用，"惯习本身促成了决定惯习的东西"（Bourdieu，1990：195），"惯习""场域"以及下文中提到的"资本"和"幻象"是布迪厄社会实践理论中无法彼此分割的概念。本文所探讨的任溶溶汉译英语儿童文学经典化构建的相关问题，是在互相区别又彼此关联的场域和子场域内进行的社会实践活动。在本文涉及的场域中，首先，"儿童文学翻译场域"是受制于"翻译场域"而存在的子场域。"儿童文学翻译"作为"文学翻译"中依照主要受众对象而区别于"成人文学"的一种类型，其所在的场域自治性很弱，其从业者大部分兼任"成人文学"翻译的译者，其运行机制在很大程度上受制于"翻译场域"中"文学翻译"的规范和准则。其次，"儿童文学场域"是受制于"文学场域"而存在的子场域。"儿童文学"在"文学"中的地位非常类似于"儿童文学翻译"在"文学翻译"中的地位。再次，无论是作为创作活动的"儿童文学"，还是作为翻译活动的"儿童文学翻译"，其最终产品都要经过"出版场域"才能到达读者。因此"儿童文学场域"和"儿童文学翻译场域"都和"出版场域"产生交集。最后，语文教学是中国基础教育体系中母语启蒙的主要阵地之一，儿童文学翻译家和作家在"教育场域"中不直接参与其实践活动，却因为他们的作品入选基础教育《语文》科目的教材在该场域内有着一定的影响，并反作用于对他们在其他场域中的社会实践活动。在本书中，文学场域、儿童文学子场域、翻译场域、儿童文学翻译子场域、出版场域、教育场域互相交织在一起，共同影响和作用于任译英语儿童文学经典化构建的进程。

三 资本

在特定场域中，个体的惯习和社会地位决定他采取何种策略在社会网络中实践以及与别的个体互动，而个体在场域中保有自己位置和竞争力的因素就是资本。资本既是场域内的社会实践活动所追逐的目标，也是场域内的个体或群体进行竞争的手段。布迪厄社会实践理论中的资本，是经由劳动累积起来的一种社会资源的总称。

"场域"是布迪厄探讨社会实践活动的场所和基本单位，"资本"则是一套分析工具，客观呈现"场域"内的个体或群体占有社会资源的状况。布迪厄社会实践理论中的"资本"概念，不同于经济学意义上的"资本"。在布迪厄看来，资本是一种积累的劳动形式，当这种劳动在私人性，即排他的基础上被行动者或行动者团体占有时，这种劳动就使得他们能够以物质化的形式占有社会资源。对于社会中的个体来说，持有资本的数量决定了他在场域中的位置和权力，因为资本意味着"对于某一（在某种给定契机中）场域的权力，以及，说得更确切一点，对于过去劳动积累的产物的权力（尤其是生产工具的总和），因而，也是对于旨在确保商品特殊范畴的生产手段的权力，最后，还是对于一系列收益或者利润的权力。"（Bourdieu，1991：230）

布迪厄社会实践理论中的"资本"概念，和古典政治经济学及马克思社会实践理论中的"资本"概念同源又有所区分。"资本是积累起来的劳动"是"资本"概念的理论基点。马克思对"资本"的界定，基于对资本主义生产方式的剖析之上，"资本不是物，而是一定的、社会的、属于一定历史社会形态的生产关系，后者体现在一个物上，并赋予这个物以独特的社会性质。资本不是物质的和生产出来的生产资料的总和。"（马克思、恩格斯著，中央编译局译，2003：922）马克思的"资本"概念，既是经济学维度的"资本"，也反映社会阶级关系。关系论的思维方式是马克思社会实践理论与布迪厄社会实践理论的共同特征。在马克思的社会实践理论中，社会生产关系中的地位是界定阶级间区分的主要依据；布迪厄将阶级分析的视野置于趣味、职业等生活方式指标的综合考察上。马克思的"资本"概念强调生产实践的基础性及阶级斗争实践的重要性；布迪厄得益于他本人对人类学研究的兴趣，把目光转向了日常性的社会实践，将马克思的"资本"概念从经济领域延伸到社会文化领域。因此，布迪厄对"资本"阐释，主要着眼点在文化再生产上。布迪厄的"资本"概念，是在马克思社会实践理论基础上的"资本"概念的进一步深化，揭示了日常的社会行为中主体能动性与客观规律性的辩证统一。（庞立生，2010：152—157）

布迪厄的"资本"概念包含经济资本、社会资本和文化资本。经济资本，无须赘述，就是经济上的资本占有。社会资本主要是指个体在社会关系网络中得以获益的资本，社会资本的获得具备既依赖于经济资本，又和文化资本有千丝万缕的关系。文化资本反映对各种文化资源的占有，是教育、职业等各种经验累积基础上的资本。"文化资本（在特定的时刻）是指可以被法律所保证的，代表着对某一场域所拥有权力的一种资本形式。更准确地来讲，它代表着对过去的劳动累积而成的产品的一种权力……它也就意味着对保证某一门类产品生产机制的权力，亦即对一整套的收入及利润系统的权力。"（Bourdieu，1991：230）

布迪厄关于资本的概念也是环环相扣，不可分割的一个体系。没有一定的经济资本，社会个体无法接受进一步的教育，而教育本身赋予社会个体的知识体系和接受教育的各个阶段所建立起来的社会关系网络叠加在一起，促成文化资本和社会资本的不断累积。在文化资本的基础上，布迪厄进一步提出符号资本（象征资本）的概念。布迪厄社会实践理论的基本架构是一个社会关系网络，基本概念之间的关系也是一种共生关系。因此，这四类资本之间也存在着互动、交集和转换。布迪厄社会实践理论中的经济资本是其他三种资本的根源和存在的前提，而其他三种资本的运行机制是在掩盖了其根源是经济资本的这一事实前提下发挥效用的。（宫留记，2009：116—117）

布迪厄"符号资本"的提出，建立在索绪尔和巴尔特的"符号"理论基础之上。索绪尔的"符号"概念包含"能指"（siginifant）和"所指"（siginifie）两部分，符号（signe）中的语音部分为能指，意义概念部分为所指。能指和所指不能分割，共同构成一个整体。能指和所指之间存在的关系是武断性的，即符号的不可论证性和任意性。（索绪尔著，裴文译，2001：76）索绪尔的学生巴尔特在"能指"与"所指"的基础上发展出一套"符号"理论体系，认为符号存在两个层次上的表意系统，第一个层次就是能指与所指构建起来的以"符号"形式存在的表意系统；第二个层次是将"符号"作为第二个表意系统的"能指"时，又产生出一个新的"所指"。"能指+所指=符号"的第一个层次的意义是巴尔特符号理论中的"所指意义"，而第二层词的意义是"一个社会构造出来的以维持和证实自身存在的各种意象和信仰的复杂系统"，是"能指意义"。（霍克斯著，瞿铁鹏译，1987：135）巴尔特符号理论的核心是符号体系的可建构性。

布迪厄在其社会实践理论中进一步深化了"符号"的建构性，视"符号"为一种"资本"。"符号资本"的概念基于布迪厄的"场域"理论，在场域内获得合法地位的个体或集体，在受场域限制的同时，也参与改造与建构场域。简言之，以符号形式存在的"文化资本"，被称为"符号资本"。符号资本表现为对特权和声誉的认可，符号资本的生产与再生产仰仗于一整套认可和评价体系。符号资本是象征性的，因此又被称为象征资本。

布迪厄把文化资本划分为三种类型，即个体化文化资本、客体化文化资本和体制化文化资本。个体文化资本是个体表现出的学识、修养、专业精神、能力和素质,是被内化了的一种特殊的文化资本,个体化文化资本的持有者具备的"惯习"可被视为文化资本内化后的一种结果。持有个体化文化资本为客体化文化资本和体制化文化资本的产生和价值增值创造了条件。客体化文化资本是文化资本的第二种类型,是物化了的文化资本,通常以文化产品的方式呈现。制度化文化资本是个体所在的社会网络提供给他们的在资源享有方面的一种便利条件和获得收益的保障,制度化文化资本通常优先流向已经持有丰厚个体化文化资本和客体化文化资本的资本持有者。

目前学界对文化资本的研究是沿着三条路径开展的,"第一条路径是探讨文化资本与行动者成长的关系,如家庭背景、教育环境和惯习对行动者人生轨迹的影响。"(宫留记,2009:121)社会实践理论中的惯习、场域和资本是互相交织在一起的关系网络,对资本问题的研究涉及特定的场域,以及个体的惯习问题。在翻译家研究中,回忆录、译序、译后记等副文本都是研究其翻译和创作惯习的素材。"第二条路径是研究文化产品和文化产业,学者试图在用来交换的文化类产品(如电影、音乐、图书、广告等)中发掘出文化对这些产品价值的影响。"(宫留记,2009:121)翻译家的翻译实践,不是完全独立的文化活动。图书作为翻译实践的最终产品,其引进、出版与消费都和翻译实践产生关联,并相互影响。"第三条路径则更宏观些,以制度主义为基础,以学术资格、文化制度等为视角,研究文化体制和文化制度对一个企业、区域、国家乃至全球经济的影响。"对翻译实践活动中的制度性因素的关注是历史视阈的,着眼于制度层面的历史语境有助于对翻译家作品的传播进行更宏观的考察。"社会资本是行动者通过社会网络或团体所属的成员之间的关系而获得的资本。它是一个由确定的团体的成员所共享的集体资源,团体为其成员提供集体共有的资本,成员可以将这些资本用于个人的行动策略,团体有清楚的边界、互相交换的义务和相互的认可。"(宫留记,2009:130)。翻译实践是一种文化再生产活动,在本文对任溶溶作品经典化构建的相关研究中,对文化资本的分析将顺着这三条路径展开。

四 游戏与幻象

在布迪厄的(habitus)(capital) + field = practice [(惯习)(资本)+场域 = 实践]这一著名公式中,布迪厄并未纳入"幻象"的概念。如果说这个分析框架中的"惯习""资本"和"场域"等概念是针对一切社会实践活动而言,那么"幻象"则非常具有针对性,它是布迪厄文艺观的体现,是在"文学场域"框架内的概念。布迪厄将文学活动视为一种"游戏",所有参与其中的人共同信奉和遵守共同的一套游戏规则,"幻象"是布迪厄对这一游戏规则的一种形象化的类比。"幻象"是场域内的社会实践者心甘情愿投下赌注,愿意"投入金钱、时间、有时甚至是荣誉和生命去追求该场域可能带来的'利润',当然换一个角度思考,这就是一种幻象。"(Bourdieu,1990:194)

在布迪厄的社会实践理论中,"游戏"喻指场域内的参与者为了争夺象征资本(符号资本)进行的功利性斗争。对游戏回报的幻象,使得游戏的参与者共谋游戏规则,为获取利己排他的游戏结果在场域内进行斗争。"赞成游戏、相信游戏和赌注价值的某种形式,让游戏值得一玩,是游戏进行下去的根源,各种动因在幻象中互相窜通,是它们互相对立和制造游戏本身的竞争的基础。"(布迪厄著,刘晖译,2001:275)

"游戏"是儿童世界中不可或缺的一环,是儿童理解和模拟社会行为的强有力工具。成人世界中,"游戏"的概念被弱化,但是成年人对"游戏"内容的执迷、对"游戏"规则的心照不宣、对"游戏"结果的期许和儿童并无二致。文学场域和其他社会场域中的子场域一样,资本的位移和分配牵动和影响场域内的"游戏"规则,"游戏"参与者对文学实践活动抱有的幻象和对预期回报的期待推动"游戏"的进程,并深刻影响"游戏"结果的判定。

人作为社会属性的人,不存在超越社会属性而存在的实践活动。任何选择、预期和结果都是被打上了社会属性的标签。历史上没有任何一个作家、诗人或翻译家的作品是脱离了创作者所持有的资本而流传下去的。脱离了个体社会属性和社会身份的社会实践活动,则没有任何意义。既然是游戏,自然有输赢之分,有争取不到游戏奖赏而郁郁寡欢的失败者,自然就会有赢得游戏而踌躇满志的成功者,试图挑战和突破游戏规则的独行侠在共谋的"游戏"中除了出局,没有第二种选择。竞争的法则也不会因为失败者的出局而得到修正,只会因为更多竞争者的涌入变得更加残酷。

在大部分情况下,"幻象"是恒定的,参与"游戏"的游戏者之所以被聚集在同一场域,是因为他们具备相似的"惯习"这一"被结构的结构",而长期处在"游戏"之中的游戏者,既是渴望得到"资本"收益的投资者,也是"资本"的追逐者。布迪厄的"幻象"概念的前提,是特定场域内的人对参与"游戏"的热衷和对"游戏规则"的默许。"在讨论社会现象时,用游戏的概念做解读是非常恰当的……既然说到游戏,就似乎表明一定有人发明了这个游戏,有拟定法典者(a nomothelets)或立法者制定了相关的准则并建立起相关的社会契约。然而我们需要注意的一点是,有些非常明确的游戏规则往往并不是成文的。"(Bourdieu,1990:64)

布迪厄的"幻象"将"惯习"与"资本"统一在"场域"的框架内,"游戏幻象"是布迪厄文学观的一种形象直观的传达。布迪厄"游戏幻象"中的"游戏"是"文学游戏","幻象"是文学幻象。但是"幻象"的概念由来已久,在布迪厄之前,康德(Immanuel Kant)、苏珊·朗格(Susanne K. Langer)、齐泽克(Slavoj Žižek)都曾从不同角度阐述过他们各自的"幻象"理论。

康德认为艺术是一种"游戏幻象",艺术的游戏性是虚幻的,艺术除了"游戏的幻象"什么也不是。(齐乔瓦茨基著,周波、刘成纪译,2006:56—59)"对美的鉴赏的愉悦才是一种无利害的和自由的愉悦"(康德著,邓晓芒译,2002:255)无独有偶,苏珊·朗格在其美学著作《情感与形式》(Feeling and Form)一书中,用大量篇幅阐述音乐、舞蹈、诗歌、戏剧等不同的艺术形式以"幻象"表现出来的本质特征。

朗格用 illusion 和 appartion 这两个意义相近的词阐述她的艺术产生的"幻象"观。朗格的"幻象"理论,呈现鲜明的符号学特征。她认为每一门艺术都有属于自己的基本幻象,艺术符号是艺术幻象的表征,艺术幻象是艺术符号存在的基础。康德坚持艺术是"游戏"基础上提出的"幻象"诗学观和朗格的"幻象"艺术观不谋而合。"文学基本的幻象及生活的表象是从直觉的、个人的生活中抽取而来的,有如其他艺术的基本的幻象——虚的空间、时间及力量是视见的空间、生命的时间及感受到的力量的影象"。(朗格著,刘大基、傅志强、周发祥译,1986:247)

区别于朗格的美学"幻象"理论,精神分析理论中的"幻象"所探究的主体身份和"他者"之间的关系。精神分析意义上的"幻象"这一概念源自拉康(Jacques Lacan)精神分析学说中的"原质"(the thing)的概念,"幻象"产生的起点是"欲望"。然而"欲望"并非主体的欲望,而是主体间互动意义上的欲望。"在幻象中展示的欲望不是主体自身的欲望,而是他者的欲望,是那些在我周围、与我互动的人的欲望。"

(Žižek，2006：48）在拉康著名的幻象公式 $ \$\lozenge a $ 中，$ \$ $ 指无意识的分裂主体，a 是欲望的对象。被划杠的主体 $ \$ $ 暗含的是能指的运作关系，即主体的象征性认同。菱形将分裂主体与对象 a 连接起来，被理解为"对……的欲望"，$ \$\lozenge a $ 这个数学式的幻象公式所传达的意思连在一起可以被解读为"分裂的主体对对象 a 的欲望"（赵淳，2016：1）或"S 在欲望对象面前的消隐"。（吴琼，2011：648—649）拉康精神分析学说中的这一概念被齐泽克引入文学理论，成为齐泽克文学观中的重要概念。在齐泽克的"小女孩吃草莓蛋糕"的著名精神分析案例中，小女孩享受草莓蛋糕的这一"幻象"中，"我"（主体）的身份通过他者的凝视构建起来，是他者的欲望对象。（郑祥福、王云长，2014：51；赵淳，2016：2—3）齐泽克的幻象理论是对拉康精神分析学说的继承与发展，作为意识形态主体而存在的人，其存在方式是基于"幻象"的，"幻象"所投射的，是人存在于现实世界的支撑。

布迪厄是一位从人类学领域迈入社会学殿堂的学者，他始终关注社会群体在社会活动参与中的组织方式及个体在所处社群中呈现的一种趋同的倾向——"惯习"。将具备类似"惯习"的个体聚集在一起的"场域"，是"幻象"这一游戏规则被信奉和追逐的场所。布迪厄的"幻象"概念是综合了康德、朗格、齐泽克等人"幻象"理论基础上的"幻象"，是对文学场域活动的一种具象化的阐释，布迪厄所秉持的文学"幻象"观是文学场域活动之"游戏"的本质属性。"正是因为这种游戏和游戏的参与感之间的关系使得人们下赌注，使所参与的活动具有价值。尽管在这种关系之外，这些赌注和价值都没有意义，却使得在场域内的参与者强迫他们接受游戏的必要性和不证自明。"（Bourdieu，1990：194）

需要注意的是：布迪厄的"幻象"观和康德坚持的"无利害的和自由的愉悦"之"游戏的幻象"有所区别。布迪厄的"幻象"观中包含了非常明确的对于"资本"的追逐，布迪厄的"幻象"这一艺术"游戏"不全然是关于艺术的和审美的，布迪厄之所以把参与文学实践场域中的行动者称为游戏者，是因为文学工作者"赞成游戏、相信游戏和赌注价值的某种形式，让游戏值得一玩，是游戏进行下去的根源，各种动因在幻象中互相沟通，是它们互相对立和制造游戏本身的竞争的基础"。（布迪厄著，刘晖译，2001：275）参与布迪厄所说的文学游戏之中的游戏者都具备了在所在场域获得的惯习和象征资本。（鄢佳，2013：39）。总之，布迪厄的"幻象"

观是社会学意义上的,具有明确的主客体二元统一的特征。

国内有学者把翻译社会学的研究路径分为两大研究路径,即以特拉维夫学派基迪恩·图里为代表的翻译规范理论(translational norms)和以皮埃尔·布迪厄社会实践论为基础的社会翻译研究(socio-translation studies)。(王传英、葛亚军、赵林波,2015:98)与多元系统理论及翻译规范理论不同,被运用到翻译研究之中的布迪厄文化研究的方法有两条基本路径,一条是将文化视为构成交流系统的一套符号(结构主义的),另一条是将文化视为社会基础结构的产品(功能主义的)。第一条路径是探究"被结构的结构"(structured structure),第二条路径是研究"结构的结构"(structuring structure),布迪厄社会实践理论在翻译研究中遵循着主客观两大因素对翻译活动及翻译产品的影响,其中对"结构的结构"作为文本外因素,凸显社会活动对译者主体的塑造及相应的对文本产生的影响。

第六节 儿童文学翻译经典化构建的要素

一 文学因素

文学因素即文本所具备的文学性特征,是文学文本的本质属性。在描述性翻译研究横空出世之前,学界对翻译文本的关注只聚焦在语词、句子、篇章等语言修辞层面的处理技巧与方法上,是对文学本质属性的探究。西方翻译学界在 20 世纪末出现的文化转向以及 21 世纪之初的社会学转向,把翻译研究的视线从文本之内拓展到文本之外更广阔的空间。然而,无论我们怎样去探讨经典作品的文本被建构,受历史、政治、意识形态因素的影响被树为经典,我们都无法回避对其本质属性的审视。完全脱离了文学本质属性的探讨而研究经典的建构过程,只能陷入理论上的诡辩和意义上的虚无。翻译文学是文学的事实已经无须再辩,文学性是翻译文学的本质属性。我们在探讨文学文本的文学性特征时,首要关注的是审美。审美功能是文学文本区别于非文学文本的主要依据。在本文中,对任溶溶汉译英语儿童文学经典化构建中翻译审美和翻译互文的研究是"文学内"因素的分析,和"惯习""资本""场域"及"幻象"等社会学意义上的"文学外"因素形成互补。

(一)文学翻译审美

我们经常用来描述某种事物给人带来心理上的愉悦感受时,会使用

"美感"一词。那究竟什么是美感呢？美感从广义上指审美意识，而狭义的美感则只要指审美感受。"即人在审美中产生的同情、喜悦、爱慕等主观感受、体验，是审美的动因和构成审美意识的基础"。（辞海，2010：2671）产生审美感受的基础是理性认识和逻辑思维，而审美感受本身是一种"理解之后的感觉"，是理性和逻辑基础之上的感性活动。"一般人们多半停留在观照形态的审美感受内，其时代阶级的审美理想通过审美感受才呈现出来"，而艺术家（文学家）则是"提炼集中审美感受……由观照进入创作……主动地为其阶级树立审美理想"。（李泽厚，1963：9）文学创作和翻译活动是在具备了相当的审美感受之后，审美主体所追求的审美理想的客观反映。审美理想反映时代和社会风貌的同时，也受制于时代和社会。因此，翻译审美是建构性的。姜秋霞把文学翻译审美的过程用"格式塔意向再造"做解读，认为翻译审美是一种双向建构的过程。"原文有其固有的结构意义、美感因素，但有待于译者积极的认识，有效的转换；译者的认识与转换又依附于原文，并受制于译出语与译入语两种不同的结构"。（姜秋霞，1999：55）

  文学审美是一种艺术的眼光，它源于生活又高于生活。"陌生化"（defamiliarization）字面意思就是"使之陌生"，是文学艺术作品审美的必然选择。作为后现代文学理论中的一个常用术语，"陌生化"对"文学翻译的审美特征和翻译的本质求解具有重要的启示"。"陌生化"对读者的审美接受有重大的意义，它使得读者在生活于其中而熟视无睹的生活中发现不同，延长审美关注时间，增加审美难度和快感。（陈琳、张春柏，2006：91—92）文学翻译中的"陌生化"主要表现在语言和修辞层面的"异域性"，但又不局限于文字上的"异域性"，而是一种审美的整体风格。"人们的视觉透过艺术家的眼光去陌生地看待那个陌生的世界，在'震惊'的体验中潜移默化地改变自己的'庸见'，强化了个性和创造精神，从而达到对现实世界新的认识和理解。"（杨柳，2004：46）作为文学翻译主体之一的译者，其"禀赋资源"——其人格修养、文学修养、审美偏好和鉴赏顿悟力直接关系到译文文学品质的高下。（肖曼君，2003：84）"译者的'顿悟'，就是审美感觉和判断的唤起，是译者所储存的审美信息的突发"，翻译审美受制于译者的思维方式、价值观念和审美取向等因素。在翻译活动中，审美对象与审美主体之间不是一种认识性的反映关系，而是一种创造性的建构关系。（周亚祥，2003：93—95）

对于儿童文学来说，审美是一门"浅语的艺术"①，掌握"浅语"是儿童文学工作者"值得自豪的本领"，"尝试儿童文学写作的人，第一个课题就应该是习作'浅语。'"（林良，2017：20—22）林良先生主张的儿童文学创作之"浅语的艺术"同样适用于儿童文学翻译。姜秋霞主张的翻译审美的"格式塔意向再造"，在儿童文学翻译中，就是对"浅语的艺术"的宏观观照。世界各国的杰出儿童文学作家，在为儿童创作时的笔触是柔软的，细腻的，原文用"浅语"呈现的"格式塔质"在译文中也用"浅语"表现出来，儿童文学作品富有"童趣"和"童真"的特质就跨越了语言和文化的边界，使得一部经典儿童文学作品在世界不同文化中的传播中始终具有旺盛的生命力。

（二）文学翻译互文

互文（intertexualité/intertexuality）一词由保加利亚裔法国籍学者朱莉亚·克里斯蒂娃（Julia Kristeva）于20世纪60年代创造出来，意指某一文本和其他文本之间的关系。在这一术语的基础上，克里斯蒂娃提出了互文性理论，认为每个文本都存在与和其他文本的互文关系之中。法国文论家热拉尔·热奈特（Gerard Genette）将互文性的概念被划分为互文性（intertexuality）、副文性（paratexuality）、元文性（metatexuality）、超文性（hypertexuality）和广文性（architexuality）五个概念。

在汉语中，"intertexuality"这一术语普遍被译作"互文"、"互文性"或"文本间性"。在译语"互文"和"互文性"诞生之前，汉语中的"互文"一词只作为一种修辞手法而存在，"互文"的提法"古已有之，所谓'参互成文，合而见义'，是古代经、传、注、疏中常常采用的一种修辞手法。作为训诂学的术语，'互文'亦称作互言、互备、互体、互辞等。"（邓军，2007：4）汉语中的"互文"概念和译自克里斯蒂娃的"intertexuality"之"互文性"有相通之处又存在明显区别。相通之处在于它们都指涉语言之间的相互关联关系，而区别在于：汉语修辞意义上的"互文"只是关注语言层面的相互关联；"互文性"作为一种批评方法，注重篇章层面的相互关系，其理论渊源是索绪尔语言学理论的共时观和巴赫金的对话理论。

翻译和互文的关系不言而喻，因为翻译本身至少包含着两个文本产品

---

① "浅语"和"深语"相对，是台湾儿童文学作家和理论家林良界定的儿童文学作品所呈现的整体风貌。

之间的关系。翻译互文是把翻译置于一个坐标系中进行考察，从坐标的横向上通过与其他平行文本的比对发现该译文本的特性；从坐标的纵向上通过与先前文本与之后文本的关系中，发现该译文本和其他文本间的指涉关系和相互影响。多元文化传统的兼收并蓄在翻译互文中呈现，构成经典翻译文学独特的品格和风貌。互文性理论和巴赫金的对话理论是不谋而合的，"没有所谓的第一个文本或最后一个文本，对话性的语境（dialogic context）是没有边界的（它一直延伸至无穷的未来）。在对话生成的任何时刻，都有大量的、没有穷尽的、被遗忘的语境意义（contexual meanings），但是在对话后起的发展（subsequent development）之中，这些语境意义又会被唤起和激活（recalled and invigorated），并以全新的形式出现（在新语境中）。"（Bakhtin，1994：170）两种处在不同时空中的语言和文化互动，产生了翻译。翻译将原语的影响延伸到了另一种文化，促成了文本开放性的属性。（Kumar & Malshe，2005：115）

互文性理论，并不仅仅限于文本间的互涉关系上，"任何文本都是由引语的镶嵌品构成的，任何文本都是对其他文本的吸收和转化"（Kristeva，1986：37）。"互文"这一概念对关系性的指涉和翻译社会学研究对"关系"的偏爱不谋而合。翻译社会学研究者图勒涅夫（Tyulenev）在《翻译与社会导论》（*Translation and Society*）一书中所阐述的翻译观，是一种"互文"观，"翻译可以被视为一个社会系统，或者是整体社会系统语境下的一个子系统（subsystem）……在子系统内部存在的交流（communication）是各个要素之间的各种关系的总和（a sum total of all relations）。子系统跨越（系统的）边界（boundaries）和其他系统的环境进行互动。"（Tyulenev，2014：132–135）作为文学门类之一的翻译文学文本，不乏对其他文本，包括翻译文本的指涉，在吸收和借鉴其他翻译文本文体、修辞和风格的基础上，翻译文本作为一种独立的文本类型被塑造出来。

"互文性作为任何文本的一种特征，不能仅仅被理解为来源（sources）或影响（influences）的问题。互文本应该被当作包含来源不可溯的匿名配方（formulae）所涵盖的宽泛领域；是下意识和不由自主的引用；是不需要引号的引用。从认识论上来看，互文本是将社会维度引入文本理论的概念，先前的语言和现在的语言都进入到文本，研究互文本不是沿着追本溯源的路径或探究某种刻意模仿，而是关注其传播（dissemination）——是关于文本的再生产（productivity）而不是复制（reproduction）。"（Barthes，1981：31–47）

巴赫金的"对话"理论是"互文"概念的基础，尤其是克里斯蒂娃"广义互文"的主要理论支撑。克里斯蒂娃是巴赫金的坚定拥护者，是60年代巴赫金对话理论在法国的主要宣传者。20世纪60年代，克里斯蒂娃在研究巴赫金的对话理论及相关的语言学和符号学理论的基础上提出广义互文的概念。克里斯蒂娃的广义互文概念，不局限于作者文本和读者文本，而是囊括了当代及以前的历史文化文本。巴赫金将词语定义为文学的最小单位，词语的意义不是确定不变的，而是在和其他词的关系中被确定。

克里斯蒂娃提出"互文性"理论之后，热奈特在intertexuality的基础上提出了更广义的transtextuality（跨文性）的概念，互文性（intertexuality）和副文性（paratextuality）、元文性（metatextuality）、超文性（hypertextuality）和广文性（architextuality）4个狭义的概念一起，共同构成文本的"跨文性"概念。在这几个狭义的互文概念中，热奈特的超文性（hypertext）的概念和其提出的前文本（hypotext）的概念是一脉相承的。在对超文性的理解上，我们经常引用到的一个例子是"荷马的《奥德赛》就是乔伊斯的《尤利西斯》的前文本"，这种文本乙在文本甲的基础上嫁接（grafted）而产生的互文关系被热奈特解释为"超文性"。

自互文性理论被引入翻译研究以来，从互文性的视角研究翻译活动成了翻译研究的一个新的方向。对翻译和互文关系的探讨，始于20世纪80年代末90年代初。1990年，哈蒂姆和梅森的论著《话语与译者》（*Discourse and the Translator*）出版，该书专门辟出一章探讨翻译与互文的关系；详细划分了互文性的分类以及互文符号的识别等问题。哈蒂姆和梅森这部论著的出版，推动了90年代以后互文性翻译理论探索的进程；1997年，利陶（Karin Littau）发表《后现代时期的翻译研究：从文本到互文本再到超文本》（*Transaltion in the Age of Postmodern Production: from Text to Intertext to Hypertext*）一文，提出了在泛互文性的时代语境中，翻译文本是对原文本的一种创造；信息科学为文学书写提供了新的可能，也为翻译理论与实践创造了新的机遇；2011年，加西亚和玛利亚（García and Maria）在《大理石殿堂之沉思：互文性翻译的关联理论视角》（*Dwelling in Marble Halls: A Relevance Theoretic Approach to Intertexuality in Translation*）一文中，以格特（Earnest August-Gutt）的关联理论为指导探讨如何在文学翻译中处理互文性的问题；2003 年，赫曼斯（Theo Hermans）发表的《翻译，等值和互文性》（Translation, Equivalence and Intertexuality）一文，依据互文性理论得出文本可以被不断复译的观点；2007 年，费德里西（Federeci）发表《译者的互文背囊》（The Translator's Intertexual Baggage）一文，从广义文本出发，把译者比作是背着"互文体"背囊的旅人，文化身份和意识形态等因素决定着他的翻译行为；2009 年，韦努蒂（Lawrence Venuti）发表《翻译，互文性和解释》（Translation, Intertexuality, Interpretation）一文中，阐述了互文性对理解原文本所造成的困扰；互文性受制于译入语的文化环境的不同而具有不同的阐释力，译者和译文读者的自我意识（self consciousness）显得尤为重要。（黄秋凤，2013：14—15）

在国内理论界针对"互文"的研究方面，"互文性"一词第一次出现在张沛发表于《北京师范大学学报》1991 年第 6 期的《德里达解构主义的开拓》一文中，而在之前的 1990 年，罗选民在《中国翻译》1990 年第 2 期发表的《话语层翻译标准初探》一文中，用"章际性"翻译"intertexuality"一词，介绍了克里斯蒂瓦的互文性理论，将其视为"话语层翻译的七个操作标准之一"。（罗选民，2006：6—7）"一首诗在模仿自然方面的优劣，取决于它的互文性，或者说取决于它对前文本（pre-text）的模仿"。（陈永国，2003：76）"经典"不是一个文本，而是一个"场域"，"在这个场域中，各种来自文学的和非文学的力量形成的对话和张力使其意义得以生成、增殖和传播"。（张德明，2012：91）"任何一个经典文本都曾经有一个，甚至不止一个前文本（pretext）或非文本（nontext），这些表面看上去非常散乱，尚未成为经典的文本，实际上却积聚了巨大的社会和文化的叙事能量，是经典文本得以形成的先决条件。"（张德明，2012：95）经典具有巨大的"播散力"和"吸引力"，它一方面吸收先于它之前的文本使其成为"先文本"（pre-text），另一方面又激发之后作家的灵感从而产生"后文本"（post-text）①。经典文本自身处在前文本和后文本之间的"某个中间状态"，这个中间状态被给出一个明确的"文本边界"时，那么该文本就被称之为经典。（张德明，2012：94）在社会学翻

---

① 张德明引用了电影理论家罗伯特·斯塔姆（Robert Stam）在《电影中的文学：现实主义，魔幻与改编的艺术》（Literature through film: Realism, Magic and the Art of Adaptation）一文中提到的 post-text 的概念，将其译为后文本。

译研究中，互文性理论对从语言层面上对文本所渗透的历史与文化因素进行解读提供了客观的理论依据。

人类文明发展中的文学经典，是人类探索自身困境和未来的智慧结晶，在语言、习得和认知上的共情使得跨文化及文化内部的文本之间存在错综复杂的互文关系。对文学文本的互文性以及互文关系的探讨在学界已并非什么新鲜的话题，跨越时空的不同文本间的互文关系已被纳入学者的研究视野。如中国文学经典中的《水浒传》的互文研究涵盖了互文研究中的上行互文（与《史记》）、并行互文（与《金瓶梅》）以及下行互文（与《儒林外史》和《红楼梦》）三种按时间顺序展开的互文本研究的所有可能。（李桂奎，2016：70）对许多外国文学经典的互文本研究也经常进入研究者的视野，比如《简·爱》与其他文本①之间的互文研究。儿童文学的互文性特质明显，比如世界各个民族都有"小红帽"和"狼来了"类似的儿童故事。本书主要针对任溶溶翻译作品互文关系的探讨对儿童文学翻译领域互文关系的研究有一定的启发意义。

二　非文学因素——历史、社会和文化语境

在考量经典化构建的过程中，我们无法截然区分文学因素和非文学因素。文学因素的审美和互文同非文学因素的历史、社会与文化语境相互交织在一起，文学因素中掺杂着非文学因素，非文学因素中又渗透着文学因素。但是宏观上来看，非文学因素是经典化建构过程中的客观性因素，是隐性的力量，是经典化建构的社会推手。如果我们否认本质主义经典观所宣称的文学艺术作品的"永恒价值"之标准，只承认经典生成和构建于各种社会关系架构之中，对文学作品艺术性的本质特质被消解，作品蕴含的审美旨趣和人文情怀将指向虚无；如果我们只关注经典作品的艺术性，无视对其所处历史、文化、社会语境的全面考察和认识，对经典作品的判定将在学理上无法自洽。因此，在经典化构建的过程中，文学因素和非文学因素不是互相排斥、互相替代的，它们互相作用、互相影响，共同构建经典，推动经典化的进程。在公众的认知中，经典是一种符号，具有很强的影响力。"文学翻译并非在真空中产生"（Bassnett & Lefevere，2001：

---

① 对《简·爱》互文本的研究主要集中在《蝴蝶梦》（又名《吕蓓卡》）、《呼啸山庄》《藻海无边》（又名《茫茫藻海》和《觉醒》这几部作品上。

93),"翻译是社会文化语境中的重写"。(Bassnett,1980/1991:ix)经典生成的背后除了作为文学审美的"自律"因素以外,有着巨大的社会推手作为"他律"因素。

对历史、社会和文化语境的全面考察是人文社会科学研究各个细分领域探究其发展历程的一种必然选择,笔者在 CNKI 键入关键词"历史社会文化"进行检索发现,从 1986 年至 2016 年的 30 年间,历史、社会与文化维度的研究几乎覆盖了人文学科的主要研究领域,包括政治、经济、法律、教育、艺术、语言学、民族学、宗教学等各个领域,和语言学研究联系紧密的文学和翻译研究也不例外。从以下论文研究主要关注的领域就可窥见一斑,比如《我国的社会变迁与社会历史文化特质》(社会学)、《人名结构与社会历史文化的关系》(语言学)、《从语言遗迹看女真社会历史文化》(少数民族语言研究)、《中国科技通史的若干问题——科学技术·历史·文化·社会》(科技史)、《传统文化与近代观念的遇合——中日两国新剧运动的历史文化背景》(戏剧)、《原始宗教演变的文化选择——以湘西少数民族原始宗教文化为例》(宗教)、《多模态跨文化传播模式的社会历史文化实现样态分析》(传播学)、《历史、社会与文化语境中的复译——Gone with the Wind 中译研究(1940—1990 年)》(翻译)、《加强瑶族社会、历史、文化的研究》(民族研究)、《人类社会文化视域下的发展与科学发展》(政治)、《苏区德育及其当代价值研究——基于中央苏区德育实效性的历史文化社会考察》(教育)、《历史、文化、社会中的司法制度——评〈司法制度的历史与未来〉》(法律)、《论音乐在他留人社会、历史与文化中的功能》(音乐)。

历史、社会与文化因素的互相交织与渗透是经典生成与经典化构建的客观性推动力量,布迪厄的社会实践理论提供了一种分析历史、社会和文化语境的学理依据和方法论。经典在历史中生成,而历史本身又是建构性的,尽管从宏观上来看,历史的走向是客观的、是必然的;从微观层面来看,具体的某一段历史潮流的到来和盛行中有太多主观的和偶然的因素。经典的生成和经典化的构建在历史语境中既包含了其必然性,也包含了很多的偶然性。人作为社会属性的个体而存在,人所从事的任何活动都无法剥离其对所处社会的依赖以及和其他社会个体的互动。布迪厄社会实践理论中的"场域"概念是给人类社会活动性质做出的宏观注解。人的社会属性和社会层级关系在各自所处的"场域"中,表现得一览无余;对

"资本"的占有量既决定人在相应"场域"内的位置，又决定了"资本"是否进一步强化和累积的可能性。附带着"资本"的经典，其经典化程度的不断加深或逐渐弱化都意味着"场域"内关系的变动。文化是一个包罗万象的词，广义的文化包含了历史、政治、教育、艺术、宗教等人类社会生活中的各个方面。从文化的维度考察经典生成和经典化构建的过程，既能够呈现经典生成作为历史和社会产物的多元性，又能将经典化构建中的多重因素进行综合考察。作为经典生成和经典化构建主体之一的作品创作者或译者，其"惯习"在文化中生成并成为一种潜移默化的力量，塑造出稳定的翻译和创作风格。

历史、社会与文化的三重研究维度是布迪厄社会实践理论的精髓所在，社会实践理论中的"惯习"、"场域"和"资本"等主要概念贯穿在历史、社会和文化的语境之中。作为促成经典生成和推动经典化构建的客观与非文学性因素，历史、社会与文化语境是本论文社会学理论视角下的重要考察因素。

第三章 任溶溶汉译英语儿童文学经典化构建的文学因素:审美

第一节 任溶溶审美惯习的生成及对其翻译与创作的影响

审美是对事物的一种感性认识,翻译审美活动带有明显的主观倾向性。选择怎样的语言和规避怎样的语言是翻译家作为审美主体能动性的体现。探究翻译活动中的审美,前提是将翻译行为视为一种艺术创造活动。作为翻译艺术实践者的翻译家来说,其审美的能力、特征和方法都和他的成长环境、教育背景和职业历程有着千丝万缕的联系。而惯习的着眼点恰恰是塑造出主观倾向性背后的因素。任溶溶集儿童文学翻译家、儿童文学作家和儿童文学编辑为一身,对其审美惯习的分析,对任译英译儿童文学经典化的探究有着不可小觑的意义。在社会学研究中,对惯习的研究与探讨自然是和资本和场域的分析紧密联系在一起的。如前文所述,布迪厄在《区分:判断力的社会批判》一书中提出了(惯习)(资本) +场域=实践这一公式。"这个公式清楚地表明布迪厄反对把实践归结为惯习(habitus)、资本(capital)或场域(field)三者中任何一个的单独结果,而是它们联合产生出实践。惯习显然不是实践的单独根源,而是一种触发性、中介性的力量。实践不是简单地产生于惯习,而是产生于惯习与客观的情景结构之间的互动。"(邵璐,2012:77)

一 作为儿童文学作家的惯习——典型形象的塑造

任溶溶在其儿童文学创作生涯中,塑造出了诸如"土土""没头脑和不高兴""丁丁"等一系列极具童趣,符合儿童心理预期的经典儿童人物形象。任溶溶对儿童语体驾轻就熟的掌握和对儿童审美视角的准确揣度,和其生活成长的经历有着紧密的联系。社会学的研究方法是把对认识事物表象的触角延伸至宏观的社会语境和微观的个人经历和境遇之中。任溶溶在进入"文学场域"之前的幼年及少年时代的家庭环境和教育背景，为之后他作为儿童文学翻译家的"惯习"塑造创造了客观条件。作为布尔迪厄社会实践理论中的核心概念之一，"惯习"对个人行为模式和规律的探究是以社会历史因素为限制条件的。"惯习记录和凝聚了行动者所经历的历史事件和经验，它把这些客观历史内在化的同时已在通过当下的实践外在化着历史。"（宫留记，2009：167）

任溶溶幼年在私塾学习，少年时代在雷士德中学接受了良好的英文教育，之后进入大夏大学中国文学系学习，这为其半个多世纪以来翻译和创作并行的职业生涯奠定了坚实的文化基础；长期在儿童文学领域一线岗位工作，使得任溶溶得以充分掌握儿童话语知识体系，敏锐捕捉儿童语言表达特征，细腻塑造（还原）儿童形象。

在王泉根著《中国儿童文学概论》一书中，作者把自"五四"起到今天中国儿童文学百年以来的儿童文学作家划分为五代，任溶溶被划分在"创作时段是在五六十年代以及'文化大革命'以后"的第三代作家群之中，同属中国第三代儿童文学作家群的还有叶君健、鲁兵、洪汛涛、任大星、任大霖、葛翠琳、柯岩、金波、孙幼军等人。（王泉根，2015：213）"文化大革命"时期的特殊性，使很多第三代儿童文学作家的创作作品脱离了天真烂漫的儿童趣味，带有浓重的阶级属性和政治色彩。但"也有的作家有自己比较独特的个性和审美追求"。

从任溶溶的创作年表不难看出，作为一名有着独立审美追求的儿童文学工作者，虽然早在"文化大革命"爆发之前的1952—1964年，任溶溶公开发表儿童故事、童话、小说和诗歌共22篇（部），其中包括其代表作《"没头脑"和"不高兴"》(1954)，但是在"文化大革命"期间，任溶溶被迫从儿童文学翻译和创作领域遁形，选择了历史文献的翻译工作。（何伊丽，2009：36—39）从2012年上海译文出版社出版的《浮生五记——任溶溶看到的世界》这部文集中，我们从一篇篇回忆录中既可以管窥任溶溶苦中作乐的人生格局，也能直观地体味他善用"浅语"进行思维、交流和写作的儿童文学审美观。"牛棚"和"干校"往事在这本回忆文集中并未占据很多篇幅，但任溶溶作为亲历者，对其和朋友们遭屈辱受倾轧经历的描写，采用的是诙谐的，调侃式的笔调，文章中浸润着浓浓的赤子情怀。"一般艺术家都是'大人者不失其赤子之心'"，因为"儿童的想象力还没有受经验和理智束缚死",他们"念头一动,随便什么事物都变成他们的玩具,你给他们一个世界,他们立刻就可以造出许多变化离奇的世界交还你。"(朱光潜,2012:64—65)

在任溶溶的创作作品中,他的审美惯习又是怎样体现在其塑造出的典型儿童形象之中的呢?任溶溶在其《我叫任溶溶,我又不叫任溶溶》这篇文章中谈道:"研究拼音文字就要研究我国语言文字的发展规律,要注意口语,这就使我对祖国语言文字有一个基本的认识。"(任溶溶,2012:147)在这篇篇幅很短的自述体文章中,任溶溶使用了符合儿童认知期待的口语字眼替代书面或正式语体,如"从学校出来以后","不知怎么搞的"及"毛病一准儿也出在这个名字上"就要比"毕业之后","不知道为什么"和"问题肯定出在这个名字上"读起来更口语化、更具备儿童语言使用的特点,也更容易让读者产生"共情"(任溶溶,2012:60—65)。从事儿童文学创作的审美惯习不仅在语言风格上塑造了任溶溶独特的话语习惯和风格,而且在其塑造的诸如"土土"、"没头脑"和"不高兴"、"大大大和小小小"等人物形象身上体现得淋漓尽致。在《土土四岁,也能让梨》这篇文章中,土土让梨的故事围绕中国蒙学经典《三字经》中"融四岁,能让梨"的典故展开,又不拘泥于此,家人对土土进行道德意识培养的同时并无刻板教化的影子,长幼之间的爱和温情贯穿故事的始终,这使土土这一形象更符合儿童的年龄特点,也更容易被儿童读者所接纳。

在儿童文学创作中,儿童审美趣味是需要创作者反复斟酌和考虑的问题。"它所提取和运用的艺术要素总是或隐或显地体现了儿童审美趣味和阅读能力的特殊规范和要求。"(黄云生,1996:23)毫无疑问,对儿童审美趣味的理解和把握也反映创作者本人的审美情趣。教化意味浓厚而童真淡薄的作品,是和儿童本位的创作观背道而驰的;相反,只有嬉笑热闹而没有教育功能的儿童文学,和绕口令脑筋急转弯等类型的文字游戏并无二致。任溶溶在20世纪80年代初提出的关于中国儿童文学作家群之"热闹派"和"抒情派"的流派划分,是他本人对自己创作和翻译审美倾向的一种认定。作者预期的反响和实际的读者反应之间会有一定的出入,但优秀的创作者在自己的审美趣味和读者的审美期待这两者之间找到契合点。"热闹派"的创作主张使得任溶溶在其儿童形象的构思和故事情节的搭建上是天马行空式的,这种"热闹"的载体中蕴含着对儿童读者喜欢幻想、惊险和探究的审美期待的观照,成就了任溶溶的经典创作作品中塑造的古灵精怪的典型儿童形象源于其"热闹派"的儿童文学创作主张。对儿童人物形象的把握和塑造,和任溶溶长期从事儿童文学编辑的职业素养是紧密相关的。

二 作为文学编辑的惯习——叙述与伦理

"叙述视角指叙述时观察事物的角度。"(申丹、王丽亚,2010:88),"是特定叙述文本读取世界的特殊眼光和角度,它是作者和文本的心灵结合点。"(梁爱民,2003:82)文学编辑、文学创作和文学翻译三者之间的可通约性能够很好地解释许多成功的儿童文学作家都是从编辑工作开始,逐渐步入文学创作和翻译的道路。在中国儿童文学领域,自晚清、五四运动、新中国成立以来的一百多年间,每个时期都有从事编辑工作,且翻译和创作水平平分秋色的名家出现,晚清时期享有"中国编辑儿童读物的第一人"的孙毓修,五四运动时期《小说月报》的主编茅盾,1957年《收获》的创刊人兼主编巴金等人是这三个时期的杰出代表。在近些年声名鹊起的儿童文学青年作家中,杨红樱和殷健灵等人都有着相当长时间的文学编辑工作的从业经历。文学编辑日常工作中需要处理大量的审稿、策划选题和编辑选题等任务,这些经验累积在文学创作中对读者接受的预判和叙述视角的拿捏都有不可小觑的意义。在一篇回忆录里,任溶溶这样评价编辑工作的不易,"译文编辑拿到一个选题,先要约请合适的人翻译,译稿来了要逐字逐句对照原文校订,既改正译得不合适的地方,还要让译文流畅,既信又达又雅。"(任溶溶,2012:83—84)申丹在《叙事、文体与潜文本——重读英美经典短篇小说》一书中讨论文学作品中的"感知者"与"叙述者"的关系时,把视角的含义分为三类,"(1)看待事物的观点、立场和态度;(2)叙述者与所述故事之间的关系;(3)观察事物的感知角度"(申丹,2009:81)在翻译活动中,优秀外国文学原本中的叙事角度在有相当造诣的外国文学编辑的笔下,生成译著中的精准感知与叙述。

任溶溶历任《苏联儿童文学丛刊》《外国文艺》《外国故事》等文学期刊编辑,在半个多世纪的编辑、翻译和创作生涯中,任溶溶笔耕不辍,大量的案头工作实践成就了任溶溶严谨准确又清逸练达的翻译风格。从50年代的译著《古丽雅的道路》(1953,1995,1996,2004)到90多岁高龄时完成的最新译著《安徒生童话全集》(典藏版),任溶溶始终保持着敏锐的观察力、惊人的翻译产出量和自觉的叙事意识。在编辑工作的岗位上,"编辑主体每天都在经历着一个个编辑事件,而编辑生活恰恰就是由这许许多多的编辑事件累积而成的。那些被我们关注到了的以及那些有意无意地被我们忽视的故事,都可能成为对编辑的成长与发展卓有意义的典范事例。"(李维,2007:69)

惯习寄居于行动者的身体之中,是社会经验的内化。这些社会经验不仅是历史和体制的产物,更是行动者个体生活与工作经验的产物。这些不断被强化的经验处在变动之中,又具有相当的稳定性。"编辑惯习是编辑行动者实践策略生成的原则,具备鲜明的生产性。"(王军,2013:99)文学创作惯习、编辑惯习与翻译惯习交织在一起,内化成一套完整的"性情倾向系统",并形成有高度责任意识和使命感的翻译职业伦理。"译德"即翻译道德或译者的职业道德,主要包含译者的志趣、责任心和品德三个方面。志趣体现译者对翻译事业的使命感,责任心反映在译者对翻译工作的态度上,而品德表现在译者人格、诚信等方面。"(方梦之,2012:94)方梦之对"译德"的解读,是基于切斯特曼(Andrew Chestman)的翻译伦理观但又突破了刻板的伦理界定。切斯特曼认为再现的伦理、服务的伦理、交际的伦理、基于规范的伦理这四项都有其明确的道德指向。(Chestman,2001:139-154)其中再现的伦理主要强调翻译作品对原作的呈现问题。然而,受制于意识形态、价值取向和出版审查等方面的因素,译文对原作的完全还原在实际操作中是无法实现的。

举例来说,漫画家卜劳恩(E. O. Plauen)在1934—1937年刊载于《柏林画报》上的《父与子》(Vater und Sohn)系列,原本只是黑白漫画,并未配有对图片做解读的文字。然而,在国内包括外语教学与研究出版社出版的《父与子》中英双语版本不仅配有文字,而且漫画从黑白变成了更受儿童喜欢的彩色。在读图时代,人们对图片质量和呈现形式提出了更高要求,《父与子》的版本从黑白到彩色,从没有文字到双语对照伴随着亲子阅读在中国的推广和普及。出版形式的不断演进中反映的是翻译伦理中不断被强化的服务伦理与交际伦理。

"创造之中都寓有欣赏,但是创造却不全是欣赏。欣赏只要能见出一种意境,而创造却须再进一步,把这种意境外射出来,成为具体的作品。"(朱光潜,2012:61)显然,"又增又减又改"的译作从再现的伦理角度分析,虽然从方法上看似有悖于翻译伦理,宏观上审视却是儿童本位的，充分尊重和考虑新时代儿童诉求和审美倾向。在这一点上，林纾在一百多年前翻译《巴黎茶花女遗事》时经历过，梁启超在翻译政治小说时也同样经历过。文学翻译活动如果抛开了对受众读者的观照和考量，"不增不减不改"无异于对译者进行道德绑架的一个幌子。文学编辑长期工作在出版一线，他们对本国文字驾轻就熟、对目标读者能准确定位、对市场有敏锐洞察。有相当外语造诣的任溶溶在长期供职于出版一线，同时也是高产的翻译家。任溶溶曾坦言，"你们不要以为外国的都是好书，外国也有很糟糕的书，我们搞翻译的在为你们做筛选工作，你们读到的，已经是精挑细检过的了。"（刘绪源，2011：24）任溶溶提到的"精挑细检"不仅是图书引进选择上的责任感和道德意识，也是在对具体文本的翻译和处理上的"译德"所在。2012年12月"中国翻译协会成立30周年纪念大会"上，任溶溶被授予"翻译文化终身成就奖"称号，这是官方和业界对其毕生翻译事业贡献的总结和认可。从翻译的角度去审视翻译家的惯习，首要的就是探讨译者一贯的稳定的翻译风格背后的原因。

三 作为儿童文学翻译家的惯习——不泯的童心

1947年，任溶溶在贵人姜椿芳的举荐下走上翻译道路，译出生平第一本书《亚美尼亚民间故事》，并由时代出版社出版。（任溶溶，2012：19）任溶溶出生在上海，五岁回广州，十几岁时又返回上海读中学。两地生活和求学的经历让任溶溶对语言之间的冲突与对比产生出浓厚的兴趣，在任溶溶晚年的回忆录《浮生五记——任溶溶看到的世界》一书中，他在多处提到了语言（方言）之间的发音差异问题，而且回忆录的文字也充满童真，语言俏皮活泼。对语言差异的关注和任溶溶本人的儿童化的语言特点与他在儿童文学翻译中力求口语话表达的追求紧密相关。在《我有一个好妈妈》一文中，任溶溶以"我的朋友都知道我有一个好妈妈。"开头，以"我就有这么好的一位妈妈，不过我想，妈妈都是好的。"（任溶溶，2012：230—233）结尾。在另外一篇《谈读别字》一文中，他提及因为有主持人何炅这个人，他才认识"炅"这个字（任溶溶，2012：119），让人不禁为翻译家在八十多岁高龄时依然天真坦荡的赤子之心感到肃然起敬。

"夫童心者，真心也。若以童心为不可，是以真心为不可也。夫童心者，绝假纯真，最初一念之本心也。若失却童心，便失却真心；失却真心，便失却真人。人而非真，全不复有初矣。"（李贽，1998：97）大量的翻译实践把经验内化成为强烈的个人风格，任溶溶的翻译实践活动横跨新中国成立之前、"文化大革命"之初、改革开放以后以及21世纪四个文化与社会思潮更迭演进的不同历史时期，然而，任溶溶著作和译作中的赤子情怀与稚拙童心却从未缺席。对儿童世界的强烈共情是一种天赋，能够随时"进入到他人私密的知觉世界，感觉十分熟悉，并且时刻对他人感受到的意义的变化、恐惧、愤怒、温柔、困惑或其他任何体验保持敏感。"是"观察者察觉到他人正在或将要体验某种情感的一种情感反应。"（陈晶、史占彪、张建新，2007：665）没有对儿童世界和儿童语言的强烈共情，是不可能创作出深受儿童读者喜欢的作品的。

任溶溶在其回忆录中坦言，自己是在七十岁时才学着自己烧菜的。母亲九十八岁去世，在这之前的漫长岁月里，他一直过着"饭来张口，连厨房也不进"（任溶溶，2012：232）的生活。母亲眼中的任溶溶，是货真价实的"老顽童"。刘绪源（1997）把儿童文学的三大母题定义为爱的母题，顽童的母题和自然的母题。从小比较优渥的家庭条件和不为柴米油盐烦心操劳的人生境遇，是成就翻译界"老顽童"[①]不泯童心的非常重要的现实原因。任溶溶对儿童语言习惯与表达的了如指掌，其翻译作品中流露的自然主义情怀和浑然天成的儿童化表达，都深深植根于他幸福的童年经历中。人作为社会的产物，其思维方式和行为方式都是社会性的，而这些在成年人的世界里基本定型的人生规则意识大抵都可以追溯到一个人的童年期，因为"童年的生命作为我们生命之树中的根系，贯通生命全程；不仅贯通生命之树的树干，同时还通过树干而催生和滋养着生命之树的所有枝枝叶叶。"（刘晓东，2013：69）一个人的童年经历是塑造其成年后人生走向和格局的重要因素，"童年构成了人一生中最重要的一部分，因为一个人是在他的早期就形成的。成人的幸福是与他在儿童时期所过的那种生活紧密相连的。"（蒙台梭利著，马荣根译，2005：21）

当童年经验在儿童文学翻译和创作的疆界中被唤醒，翻译家的审美旨趣便投射在了其翻译和创作的作品之中。

[①] 安武林在2010年发表的《老顽童任溶溶》一文中将任溶溶称为儿童文学领域的"老顽童"。

第二节 任溶溶汉译英语儿童文学的审美特点

　　儿童文学并非一个单独的文学门类，因为其预期读者的特殊性，儿童文学与成人文学又有着明显的区别。而在儿童文学翻译中，这种区别因为有了翻译活动的介入被放大。作为审美主体的作者、译者和读者（包括儿童读者和成人读者）之间的关系相互交织，错综复杂，是一种处在不断转换之中的关系。译者在翻译儿童文学作品之前首先是原作的成人读者，原作作者和作为成人读者的译者面对的是同一个审美客体；在翻译过程中，译者的审美能力和审美旨趣直接决定了儿童文学翻译作品是否能够充分表现出原作的审美特点，兼顾儿童读者和成人读者的审美判断和审美预期。译作完成发表之后，作为译者的读者、其他成年读者和儿童读者作为共同的审美主体对审美客体做出接受和回应。儿童文学翻译作品中审美主客体之间的交互关系使得儿童文学审美的审美并非单向度的主体对客体的认知、接受和价值判断。除此以外，儿童文学对朗读性的要求（being read aloud）和成人文学有很大区别的，读者对节奏和韵律的预期都需要在翻译时被综合考量。如果说节奏和韵律关系到儿童文学文本是否具有朗读性，那么对"童趣"的把握则关系到儿童文学是否具有可读性，在儿童文学翻译作品中尤甚。因为社会文化心理和语言习惯上的差异，翻译成人文学中语言的"陌生化"会给读者带来阅读上的愉悦和新鲜感。对于儿童文学翻译作品，尤其是低幼阶段的儿童读物来说，语言上的生涩和僵硬会让原作中的"童趣"丧失殆尽，造成阅读上的困难和不知所云的"陌生化"。高质量的儿童文学翻译作品对译者在语言审美能力和对读者接受心理的把握上都比成人文学有更高的要求，在儿童文学翻译中，"每一个文本和翻译都是面对读者和听者的，同样，每个听者和读者又都是被文本指引的。"（Oittinen，2000：30）

　　"如果童年期被认为是人生中某个特殊的阶段，而这个阶段有它本身的要求（its own requirements），那么一个人在童年期阅读的东西同样也应该和其他人生阶段的阅读有所不同。"（Epstein，2012：5）从语言形式上讲，儿童是有自己的鲜明偏好的，比如对节奏和韵律的敏感，对叠词和上下文中重复性词语及句式的依赖，这和儿童本身所处心智发展阶段有直接的关联。即便有受众明确、语言风格儿童化的原文本作为参照和凭借，如果译者没有对语言形式层的充分把握能力、缺乏对儿童心理的体味和关怀，就不可能译出符合儿童阅读期待的语言。

一　语言形式层审美

"境非独谓景物也，喜怒哀乐亦人心中之一境界。故能写真景物真感情者，谓之有境界；否则谓之无境界。"（王国维，2012：5）语言形式层审美自然和"境界"，即和一个人的文字驾驭能力有关。王国维所言"真景物真感情"绝非"真实"之意，应取"真挚、率真、纯真"之意。不同于成人世界的矫饰、虚伪和消沉，儿童世界是简单美好、烂漫多姿的。儿童是自然之子，对一切未知的事物存有好奇和向往，仙女精灵、动物故事、科幻灵异等题材对儿童有着天然的吸引力。各个民族的文学中都不乏对"童真"的追忆和歌颂。在历史的长河里，童年期是人类文明的原初记忆；对个体而言，童年期培育和塑造一个人的精神气质。语言是人类思维的一面镜子，映射着人类活动的面貌。对儿童话语体系的熟悉和驾驭，其外在表现为对语言形式的把握，其内核是对童年期精神气质的准确把握。对任溶溶汉译儿童文学的语言形式层的审美分两个部分展开，一是语音和词语层审美，二是句段层审美。

（一）语音和词语层审美

"诗人对宇宙人生，须入乎其内，又须出乎其外。入乎其内，故能写之。出乎其外，故能观之。入乎其内，故有生气。出乎其外，故有致。"（王国维，2012：37）。任溶溶在《我的广州话和上海话》一文中回忆小时候对"廿"字发音的体味时，有一小段比较细致的分析[①]（任溶溶，2012：298）。可见任溶溶对语言差异的敏感，是幼年起就有的洞察力。通过对任溶溶所译文本和原文本的比对以及任译和他译文本的对照可以发现，任溶溶汉译英语儿童文学在语音和词语层具备"朗读性"和"儿童化"两个审美特点。

1. 译语的"朗读性"

在小说、绘画、作曲和电影等艺术领域，表演和朗读（reading aloud）

[①] 这也就难怪我看香港电影，听到张曼玉把"廿"说成 ya（阳去声），觉得不好，应该说成 yě（阳去声），我小时候两个都有人说，但说 yě 比较雅，"二十几块钱"就说"yě 零蚊"。如今我才知道已无此分别，而且说 ya 的人占多数。

都被视为一部（幅）作品非常重要的一部分。经由表演（朗读）之后，作品焕发出其艺术生命。（Oittinen，2000：32）

儿童期所处的特殊阶段决定了儿童（尤其是低幼阶段的儿童）无法脱离成年人的辅助进行阅读及阅读能力的培养。在小学的语文教育中，朗读训练是"传统的语文教学的基本方法"（马宏，2010：32），将文学作品入选基础教育阶段的语文教材，在中国由来已久，在世界其他主流英语国家也一贯如此①。文学语言具有很强的朗读性，这使得母语启蒙教育在语言素材的遴选上如此青睐文学作品。作为一种协调儿童、眼、脑、口并用的语言训练方法，朗读素材本身是否具有朗读性自然就显得尤为重要了。任溶溶译 A. A. 米尔恩②（Alan Alexander Milne）的儿童诗《如果我是国王》（李学斌，2013：16）中，原诗中的英文尾韵在汉语译文中全部押韵，译语俏皮活泼、朗朗上口，读起来无任何生涩之感，让人有一种在读创作诗歌的错觉③。

巴德利（Alan David Baddeley）和西柯（Graham Hitch）在1974年首次提出语音回路（phonological loop）的概念。作为工作记忆模型（working memory）中的一个组成成分，语音回路主要负责语音信息的储存与加工（Baddeley，1974：47－90）。国内心理学近年来有关"语音回路"的研究（王丽燕、丁锦红，2003；丁锦红、王丽燕，2006；鲁忠义、张亚静，2007；张积家、陆爱桃，2007；宋美盈、田建国，2012）表明，语音回路的抑制影响阅读理解的程度和准确性，因为语言存储和加工这两项认知活动都需要语音回路在非抑制条件下的正常运作。对于通过朗读练习进行语言书写辨识与阅读启蒙的儿童来说，文本的"朗读性"无疑是促进语音回路在工作记忆方面发挥更高的效用，通过语音和词性之间的联系提

---

① 天津人民出版社自2010年起系统出版了主流英语国家的语文教材，其中包括：《美国语文》《英国语文》《澳大利亚语文》《加拿大语文》4套丛书。

② A. A. 米尔恩（1882—1956），英国著名剧作家、小说家、童话作家和诗人。在中国儿童中耳熟能详的迪士尼动画人物维尼熊原型的创作者，出自其作品《小熊维尼》（Winnie the Pooh）。

③ 我总希望我是国王，我要怎样就能怎样。如果我是西班牙国王，就能摘掉帽子在雨里逛。如果我是国王，去看姑妈就不用把头发梳亮。如果我是希腊国王，就能把炉架上的东西扫光。如果我是挪威国王，我就要在身边留下一头大象。如果我是巴比伦国王，我戴手套，扣子就能不用扣上。如果我是廷巴克图国王，好玩的事情还能想出许多桩。如果我是一切东西的国王，我就告诉小兵："我是国王！"

升儿童的语言认知水平,因为"就语音与汉语阅读理解关系而言,语音对初学者的阅读很重要,随着阅读水平的升高,字音的作用逐渐降低"。(丁锦红、王丽燕,2006:695)对于成人文学而言,"朗读性"的意义要远远弱于其对儿童文学的意义。语言认知能力中听力和口语的训练先于书面阅读技能的培养,因此儿童阅读启蒙的文本,对"朗读性"是一定有要求的,这一点可以从我国古代蒙学经典读本《三字经》《千字文》中得到验证。任溶溶译语的"朗读性",在当下强调亲子共读的语境下,显得合情合理。

2. 译语的"儿童化"

儿童文学居于主流文学的边缘,儿童文学作品、作家、译者和儿童读者都受到轻慢。在主流的文学史教材中,儿童文学作品从未占据太多篇幅,对儿童作家的介绍也通常是浮光掠影一带而过。非常普遍的一种观点是:儿童文学是写不好或没有能力去写成人文学的人才从事的工作,翻译不好成人文学的人才去翻译儿童文学,儿童也被经常认为不能够读懂成人文学(Reynolds,2012:ix)。然而,事实绝非如此,真正优秀的儿童作家和儿童翻译家是了解儿童世界、掌握儿童心理、熟悉儿童语言的。从晚清到"五四"时期,包括梁启超、夏丏尊、孙毓修、鲁迅和周作人等在内的文学家、翻译家都曾为儿童文学创作、翻译和批评做出贡献。《爱的教育》《童年的秘密》以及爱罗先珂(俄)童话等翻译作品为后来中国儿童文学的发展和儿童文学工作者的成长指引了"儿童本位"的方向。在儿童文学翻译中,译语的"儿童化"就是儿童本位观在书写和文字上的具体表现。译语的"儿童化"从本质上讲是理解和体察儿童心理及诉求,而不是成年人在智力上和思维上都表现出凌驾于儿童之上的优越感,因为"儿童的生活、儿童的世界是儿童的生命和心灵寄寓的屋所,失去了儿童生活、儿童世界,儿童正在成长的身心将无以为家。"(刘晓东,2010:26)

译语"儿童化"作为译者的一种个体选择,在心理学领域的"共情"(empathy)研究中,可以找到合理的解释。"共情包含的不是对他人活动的直接的直觉,而是想象地重建他人的感觉体验。"(陈晶、史占彪、张建新,2007:664)儿童文学翻译中译语越是能被儿童读者所接受和喜爱,译者的"共情"能力则越敏锐。任溶溶在2011年接受青年儿童文学作家殷健灵采访时,用"激动""爱""热爱""醉心""如鱼得水""投入""吸引"等字眼来表达他对儿童文学翻译及创作的态度。(殷健灵,2011:

005）译语的"儿童化"并非故意降低翻译的语言水准，刻板地使语言幼稚化。贴近儿童读者的心理预期，同时又尊重他们作为社会个体的判断力、逻辑和常识；照顾儿童读者的阅读感受，却不使用矫揉造作、低估儿童接受能力的语言。如果在"形式上过分强调'为儿童而写'，在行文的时候，处处制造'为儿童而写'的'形式'"，却没有把握住"为儿童而写的分寸"（林良，2017：17—18），就是机械的，形式主义的"儿童化"。

任溶溶翻译笔触细腻、语言活泼生动、文字之间流淌着浑然天成的赤子情怀。他的译作中既体现了对儿童读者审美能力和特点的充分关照，又保证了恰当的审美距离，是林良先生所言"浅语的艺术"在中国内地的最早践行者之一。任溶溶在《柳林风声》的译序中这样评价《爱丽丝梦游仙境》（*Alice in Wonderland*）和《长袜子皮皮》（*Pipi the Long Stocking*）等风靡世界的儿童读物的诞生缘由："作者出于对孩子的热爱，兴之所至。给自己的孩子或者给朋友的孩子讲个故事，然后把故事写下来，结果却成了儿童文学名著，成了千千万万孩子的恩物，这样的事屡见不鲜。"（格雷厄姆著，任溶溶译，2015：6）与儿童的"共情"既有忘我的投入，也有冷静的抽离。当我们产生共情时，我们"进入到他人私密的知觉世界，感觉十分熟悉，并且时刻对他人感受到的意义的变化、恐惧、愤怒、温柔、困惑或对其他任何体验保持敏感，意味着暂时生活在他人的生活中，以微妙的、难以察觉的形式，不做任何评判地在他人的生活中走来走去，感受他人几乎没有意识到的意义。"（陈晶、史占彪、张建新，2007：665）

原文：
He shot across the garden, and straight through his garden hedge!
He rolled down the hilly field behind his garden!
Faster and faster!
And.
Splash!
He finished up in the lake.
With the bucket in his hand.
And a little figure, with a saucepan on one foot, came half running,

half hopping, out of Mr Happy's House.① (Hargreaves, 2015)

译文：

他飞过花园，飞过花园的篱笆！

他从花园后面的小山坡滚了下去！

越滚越快！

然后，

扑通！②

他掉进了湖里，手里还拿着水桶。远处还有一个小小的背影，脚上卡着一个锅，一蹦一跳地走进了快乐先生家。③（任溶溶，2014）

不难发现，译文中对动词的处理是非常儿童化的，"飞""滚""掉""拿""卡""一蹦一跳"都是儿童日常口语中的常用词汇。"越滚越快"既照应了上句的"rolled down"，同时又关照到"faster and faster"中的重复，切合儿童语言的使用习惯，英文原本中俏皮诙谐的语言风格在任溶溶汉译本中得以淋漓尽致地呈现。任溶溶所译英语儿童文学作品中，适合低龄儿童阅读（亲子共读）的绘本类图书和适合学龄儿童独立阅读的文学作品各占半壁江山，细致入微的儿童视角和恰到好处的"浅语"拿捏是所有任译经典作品的共性。从《柳林风声》（任溶溶首译出版时曾译为《蛤蟆传奇》，后译为《柳树间的风》）中大段的景物描写中，我们可以管窥任译儿童视角的全貌。

原文：

"It was a cold still afternoon with a hard steely sky overhead, when he slipped out of the warm parlour into the open air. The country lay bare and entirely leafless around him, and he thought that he had never seen so far and so intimately into the insides of things as on that winter day when Nature was deep in her annual slumber and seemed to have kicked the clothes off." (Grahame, 2015: 27)

---

① 原文本没有页码。

② 此处原文中的 SPLASH 字母大写被替换成了汉语中的加粗字体。

③ 译本亦无页码。

译文：

"他悄悄地走出温暖的客厅来到旷野时，外面是一个寒冷宁静的下午，头顶上是铁灰色的天空。他周围的田野光秃秃的，树上一点叶子也没有，他觉得从来没有像在这个冬天日子里那样看得远，那样亲切地看到万物的内部，这时大自然正深深进入一年一度的冬眠，好像把披的东西都踢掉了。"（格雷厄姆著，任溶溶译，2015：48）

景物描写中衬托人物（在《柳林风声》中为拟人化的动物）情绪的词都进行了儿童化处理，如"悄悄""光秃秃""深深"等叠词的重复效果，原文中的"slumber"和"kicked the clothes off"之间有可能造成的意义上的误解被译文中的"把披的东西踢掉了"成功化解，形成比较强烈的画面感，更易于儿童理解。

（二）句段层审美

1. 既视感

"既视感"（déjà vu），字面意思是"似曾相识"，是指一种强烈的感受：当下正在经历的事件或体验好像过去在哪里经历过①。在不同的时空场景中建立起和过去经历的某种联系，是人类的本能。"既视感"的概念在进一步引申之后还涵盖了视觉以外或者和视觉感官有重合的 déjà veçu（已经经历）、déjà senti（闻到过）、déjà visite（去过）等"似曾相识"感。儿童文学作品中儿童读者对文本产生既视感，是儿童和已经习得的语言、规则和知识之间建立起来的有效联系。囿于儿童认知发展的特点，"当一种新的语言现象出现之后，儿童总是力图把它纳入原有的认知框架之中，尽力用已有的意义解释它，同化它。"（陈金明，2011：64）任溶溶儿童文学翻译中的既视感，带给儿童愉悦的听觉（学前儿童和父母的亲子阅读）和阅读体验。在汉语中，学前儿童基本上能够掌握3500多基本的口语词汇，他们对口头表达的熟悉和书写文字体系之间尚未建立起联系，无法进行汉字的辨认和书写。（何克抗，2004：59）因此，口语化的文字表达带来的熟悉感让他们能很快和自己的语言习得建立起联系，从依靠父母朗读到独立辨认汉字的渐进过程中体会到阅读带来的愉悦感受。

---

① 参见维基百科。

原文：

Have you ever gone into a farmhouse kitchen on a baking day, and seen the great crock of dough set by the fire to rise? If you have, and if you were at that time still young enough to be interested in everything you saw…And you will remember that your finger made a dent in the dough, and that slowly, but quite surely, the dent disappeared, and the dough looked quite the same as it did before you touched it. Unless, of course, your hand was extra dirty, in which case, naturally, there would be a little black mark. (Nesbit, 2000: 17)

译文：

"你们进过农家厨房，看到过烤面包吗？你们看到一大块放在火旁发酵的面团吗？如果你们看到过，有正当你们年纪小，看到什么都觉得有趣的时候，那你们就会记得……你们会记得你们的手指头在面团上戳个洞，但它慢慢地自己会消失，恢复你们没戳时的原状。除非你们的手特别脏，那当然要留下一个小黑印了。"（内斯比特著，任溶溶译，2013: 25）

烤面包的场景大部分的中国孩子应该不是很熟悉，译文中"baking day"传递出的信息被弱化；但是在厨房把玩面团的经历很多孩子都经历过，"农家厨房"、"戳"和直译过去的"小黑印"强化了既视感，让阅读者立刻有了似曾相识的画面。

任溶溶翻译作品中的"既视感"在其创作作品也同样显露无遗。在儿童诗《进城怎么走法》①（李学斌，2013: 18）中，全诗只有31个汉字，对仗工整，韵脚节奏明快，视觉感妙趣横生。极简的儿童语言朗朗上口，汉字音韵和字形上的奥妙显露于这一"左"一"右"和一"起"一"下"之间，给读者营造出熟悉又稚拙的画面感。

2. 陌生化与本土化的交融

"陌生化"（defamiliarization）是俄国形式主义文学观的核心概念，什克罗夫斯基的"陌生化"观点，是强调文学创作中语言书写和语音形式

---

① 这首诗的全文是：进城怎么走法？左脚提起，右脚放下。右脚提起，左脚放下。进城就是这么个走法。

上的新异和独特，给阅读者以视觉观感和语音节奏上的双重冲击，从而"延长其关注的时间和感受的难度，增加审美快感。"（赵一凡，2006：339）从审美快感的角度而言，什克洛夫斯基的"陌生化"和布莱希特的戏剧"间离效果"（the alienation effect）确实是有很多共性的，翻译文学中的"陌生化"处理能够激发阅读者对文化"他者"的审美兴趣，是对"存异"翻译伦理观和异域文化独特性的认同。（陈琳，2010：13）但凡是文学作品，都和现实世界保持一定距离，因为"文学作品是用诗的语言砌成的，当然，它也正是为'陌生化'才创造出来，创造者的目的总是尽最大可能地强化我们的感知。"（宋大图，1987：62）翻译儿童作品的场景、人物和语言呈现"陌生化"，符合儿童在认知发展过程中对新奇事物的兴趣。"墙中洞"① 实验表明，受好奇心驱使的认知活动是一种积极的情绪体验，有助于培养和激发儿童长久的认知兴趣。（汪基德、颜荆京、汪滢，2015：6）"陌生化"在舞台戏剧和表演艺术中，通常强调演员在感情上与所扮演角色保持距离，以衬托出审美上的间离效果。在文学文本中，"陌生化"产生的间离效果，不仅体现在小说创作中作者主体与文本叙述主体间的间离，也体现在读者在文学形式和内容上因为审美时长拉大而产生的间离感。

然而，不容否认的是，儿童认知过程中的经验习得、思维和语言发展都是以本国文字为依托的。任溶溶译作中"陌生化"与"本土化"的恰当融合，既增强了儿童读者阅读时的新奇感，又不至于使小读者因为过多的"陌生化"而产生审美困难。英语是拼音文字，而汉语是笔画文字。当原语（英语）的某些受字母或词形限制的表述和目的语（汉语）的笔画体系完全不可通约时，"陌生化"和"本土化"交融是唯一可行并且巧妙的解决方法。以下译例中，译者对原文三个段落中的"T""E""R"三个字母进行了巧妙的拆解，用"了不起"三个字重构了"TERRIFIC"这个单词的意象，"外国蜘蛛"夏洛用网织出大字的形象顿时跃然纸上，"TERRIFIC"在原文段落中营造的夏洛抒发溢美之词的氛围并未在译文中有所损减。

---

① "墙中洞"（hole in the world）是教育研究专家 Sugata Mitra 于 1999 年在印度发起的教学实验。实验结果显示，儿童可以通过"自组织"的方式学会电脑使用。

原文:

"If I write the word TERRIFIC with sticky thread," she thought, "every bug that comes along will get stuck in it and spoil the effect."

"Now let's see, the first letter is T."

…

She climbed back up, moved over about an inch to the left, touched her spinnerets to the web, and then carried a line across to the right, forming the top of the T. She repeated this, making it double. Her eight legs were very busy helping. (White, 2008: 81)

译文:

"如果我用又黏性的丝织'了不起'这几个字,"它想,"甲虫来了就会粘在上面,把字弄坏。"

"现在让我想想,第一个字是'了'。"

……

于是它重新爬到网顶,在第一个字右边,离开一点,开始吐丝,横过去,向左角斜下去。它又重复了一遍,让这个字成了双线……它的八条腿帮着忙,忙个没完。(怀特著,任溶溶译,2008b: 232)

译文最大限度地保留和还原了原文场景的风貌,语言形式上的巨大差异被巧妙化解。在儿童的阅读体验中,"外国蜘蛛"夏洛俨然就是一只他们(她们)身边触手可及的、有神奇力量的动物朋友,奇幻的阅读体验和地道的母语语境使许多儿童读者对这本小书爱不释手。国外有学者把好奇心划分为感性好奇心(perceptual curiosity)和知识性好奇心(epistemic curiosity)两种(Berlyne, 1960: 193-195),"陌生化"在儿童文学翻译中营造出间离感,而这种延宕的审美在和"本土化"的交融中给读者带来新奇又愉悦的阅读体验,以下译例出自 E. B. 怀特的另一部作品《精灵鼠小弟》。

原文:

During his illness, the other members of the family were extremely kind to Steart. Mrs. Little played tick-tack-toe with him. George made him a soap bubble pipe and a bow and arrow. Mr. Little made him a pair of ice skates out of two paper clips. (White, 2010: 173)

译文:

在他生病期间,家里其他成员对斯图尔特关怀备至,好到极点。利特尔太太陪他画"连城"游戏(这游戏大家都知道,在纸上画一个井字,两个人玩,轮流在空格里画〇或×者,谁先连成一行就赢)。哥哥乔治给他做了吹肥皂泡的管子,还做了一副弓箭。利特尔先生给他用两个回形针做了一双滑冰鞋。(怀特著,任溶溶译,2010: 43)

如果没有括号中的译注部分,"连城游戏"是何物恐怕没有读者能做出明确判断,对于亲子阅读和儿童独立阅读都造成一定的阅读障碍。审美上的延宕和间离在译注的"本土化"处理中得以消解,缓和了语焉不详的"连城游戏"带来的审美冲突。在任溶溶的翻译作品中,"译注"的使用不仅是严谨求证之专业精神的体现,也是一种"本土化"的阐释,使得"陌生化"之"陌生"不造成读者阅读困难,不成为阻隔读者进入审美视野的因素。

二 非语言形式层审美

文学审美作为一种以阅读为主要纽带的审美活动,其内涵不仅局限于文本本身,也包括了文本之外的审美。文学翻译的审美经由阅读审美和翻译审美看似独立却又紧密联系互融互通的两个环节串联在一起。文本阅读中译者体察到的文采、意蕴、风格等在翻译过程中有变形、流失及增益。由于审美活动的主观性,译者作为文本翻译中的审美主体,其个人审美倾向和审美能力决定了译文以怎样的形式再现原文的风貌。在儿童文学翻译中,译者还需要将读者的接受问题在译本中做综合考量。当然,这并不意味着只有儿童文学才需要考虑读者接受,而是因为儿童文学其受众读者(儿童和成人)的双重性,读者接受才显得尤为重要。在非儿童文学翻译领域,译者一般情况下无须考虑读者因年龄因素在语言理解和认知上的局限。能够准确把握目标读者的心理和认知预期,和审美客体的稳定性有很大关系,正所谓"翻译客体越稳定,翻译主体越游刃有余。"(刘宓庆、章艳,2011: 96)任溶溶投身儿童文学翻译与创作半个多世纪,儿童文学文本作为其审美客体强化了他在儿童文学翻译中的审美自觉。文学翻译中游离于文本之外的文体、风格等其他超文本意蕴都依靠译者的审美自觉再现。任溶溶关注儿童问题,关心儿童成长,儿童文学翻译与创作工作是其矢志不渝的职业追求。其丰富的儿童文学工作经验为他提供了敏锐的儿童文学视角,在翻译与创作作品中呈现一种稚拙朴素的"浅语之美"。

(一) 超文本意蕴审美

汉语中译作"超文本"一词所对应英文是"hypertext"。最早可检索到的"超文本"相关的论文是陶辅文发表于《情报理论与实践》1989年第3期的《"超文本"系统简介》和刘植惠发表于《情报理论与实践》1989年第4期的《情报技术的新发展——超文本》,这两篇文献中所探讨的"超文本"概念是信息储存与阅读意义上的数据库技术,其核心概念的提出源自于西奥多·霍尔姆·纳尔逊开发的在线超文本商业出版系统Xanadu①(黄鸣奋,2000:28)。在信息与互联网时代到来之前,"超文本"这一概念并不被非信息科学领域的研究者所熟知。互联网时代与智能手机时代的"链接"概念深入人心,"hypertext"的概念也变得不再陌生。"hypertext"与热奈特提出的互文意义上的"paratext"产生交集,互文的疆界进一步被拓展,译自"hypertext"的"超文本"这一概念的所指变成了"paratext",比如张美芳2011年发表于《中国翻译》第2期的《翻译中的超文本成分:以新闻翻译为例》一文中"超文本"的概念采用了热奈特的著作 *Paratexts: Thresholds of Interpretation* 一书中提出的 paratext 的概念,张美芳将此书译做《超文本:阐释的临界》(张美芳,2011:50),而"paratext"一词在学界主要被译作"副文本",比如张桃香2009年发表于《江西社会科学》第4期的《副文本对阐释复杂文本的叙事诗学价值》一文中将热奈特的同一著作译为《副文本:翻译的门槛》。(张桃香,2009:39)本节提到的"超文本意蕴"中的"超文本",是一种"链接"观,是文本与其他可能影响到其风格塑造的因素之间的关联与指涉。

翻译中的超文本意蕴审美是在字句、段落的微观审视之外,对文本整体风格进行宏观关照。虽然译者的审美趣味会受到所处时代的意识形态、诗学观和审美倾向的影响和局限,但是作为审美主体的译者,其生活经历、志趣、才情、价值观都投射在其翻译的作品风格中。任溶溶童年时期良好的家庭教育和殷实的家境塑造了其沉稳又洒脱的个性。少年时期在雷

---

① Xanadu 一词源自马可波罗在其游记中提及的元朝忽必烈汗的行宫"上都"的英译。

士德中学接受的英式教育以及大学期间系统扎实的中国语言文学学习则为他之后踏上文学翻译和创作之路奠定了坚实的基础。译者一贯的翻译原本选择倾向和偏好反映的是他与原作作者、作品及人物之间的情感共鸣。译者对原作"知之、好之、乐之",方可使译本的读者"知之、好之、乐之"。(王平,2014:304)译者的情感共鸣在翻译审美中转化为语言和风格上的共鸣。

和文学创作一样,文学翻译也是一种创造性活动。"创造之中都寓有欣赏,但是创造却不全是欣赏。欣赏只要能见出一种意境,而创造需再进一步,把这种意境外射出来,成为具体的作品。"(朱光潜,2012:61)文本本身无外乎由词、句子和段落等要素构成。创造性的思维是"就各种具体意向进行组织、安排和艺术加工,创造出一个新的整体,即艺术作品。"(朱光潜,2002:663)语言的符号性、意义的动态性和文本的开放性是超文本意蕴存在的基础,超文本意蕴审美过程中传递意向、意境、风格等其他超语言形式的审美信息。(刘宓庆、章艳,2011:112—113)超文本意蕴审美体现在翻译风格中,是那种不经意间的神来一笔,是幽微之处的妙笔生花。在任溶溶汉译英语儿童文学翻译作品中,超文本意蕴独具一格,童趣盎然。在他的翻译作品中看不到成人俯身模仿儿童语言的假里假气,童真趣味与轻松活泼的语言相得益彰,字里行间浸润着一种稚拙朴素之美。译者的审美趣味无对错之分,却有高下之别。审美趣味也映射译者的儿童观。"我们为儿童创作的一切——无论是文学、插图还是翻译——都反映着我们的童年观,以及对儿童的理解。"(Oittinen,2000:41)

超文本意蕴审美,不仅关系到翻译活动中的风格和文体的整体把握,而且和译者选择译什么作品、译什么人的作品有很大的关系。表面看来,选择行为本身存在很多偶然的因素,但是对译者的各个时期翻译作品进行历时比较和分析,不难发现译者的审美偏好和气质修养是和其所译作品的原作者有很多契合之处,儿童文学翻译家所译作品的内在精神气质在某种程度上是翻译家本人的儿童观在翻译作品中的呈现。缺乏对一部作品的认同,绝无可能成就一部经典翻译作品。童话《绿野仙踪》和普希金儿童诗的译者陈伯吹,《格林童话》的译者杨武能,《哈利波特》的译者马爱农、马爱新姐妹等翻译家在儿童文学翻译领域的代表作,不仅和自己的精神气质相吻合,而且抒发和表达着他们的儿童观。正是这种契合,才使得优秀的文学作品在不同的语言中拥有大量的追随者和庞大的读者群体。

E. B. 怀特是20世纪美国最杰出的随笔作家,其写作风格幽默风趣、轻松活泼。他的三部童话作品被誉为"20世纪最多,最受爱戴的童话"①。作为一名职业专栏作家,E. B. 怀特在《纽约客》是以写随笔见长的,为儿童创作童话完全是无心插柳之举。任溶溶翻译了E. B. 怀特的全部儿童作品《精灵鼠小弟》②、《吹小号的天鹅》和《夏洛的网》等三部作品。

在《精灵鼠小弟》的译序中,任溶溶提到的E. B. 怀特写作童话的初衷,因为"怀特的侄子侄女外甥外甥女有十八个之多,他们老缠着他讲故事。"(怀特著,任溶溶译,2010:2);而他本人化名"任溶溶"发表儿童文学作品、翻译外国儿童文学的初衷也可谓误打正着。因为有同学"进儿童书局编儿童杂志","每期帮他译几篇凑足字数",当时"刚好有了第一个孩子","因为喜欢这个孩子,也喜欢这个笔名",在有得意之作译出时,"就用上了这个名字,到后来自己竟成为任溶溶了。"(任溶溶,2012:301)成年人能够进入儿童的世界,理解儿童的所思所想,得益于为人父母的社会角色扮演。文学编辑、文学翻译和父亲身份的重叠,"幼吾幼,以及人之幼"的情怀和使命感投射在每一部精挑细选的作品中,童趣童真在任溶溶翻译的儿童作品中方能浑然天成。翻译的超文本意蕴审美是跳出字词句层面的宏观审视,译者明显的个人志趣和一贯的、稳定的翻译风格在不同作品的译本间总能觅得蛛丝马迹。任溶溶翻译的很多儿童文学作品,在其首译之后的二三十年间甚至更长时间,反复再版,但并未出现其他译者的平行译本。这种现象除了任溶溶作为名翻译家的符号资本之外,和其译品上乘有很大的关系。如《铁路边的孩子们》在1991年首译出版以后,分别于2000年、2009年、2012年再版,历经21年;《古丽雅的道路》③在1953年首译出版以后,分别于1995年、1996年、2004年再版,时间跨度长达51年。

(二)审美格式塔质的解读与再现

"翻译文学的最大特征,从审美的层面看,就在于它凝结着译者的才华和情感,它是译者的艺术风格与作者的艺术风格的融合,而优秀的翻译

---

① 见《精灵鼠小弟》封套。
② 又名《老鼠小少爷传奇》。
③ 《古丽雅的道路》(又名《第四高度》)是俄译汉的经典作品,虽然一般不被认定为儿童文学,但译者稳定的翻译风格和超文本意蕴审美在其早期的翻译作品中就已经显山露水。

文学，更是译者的风格与作者的风格由融合走向融合。"（宋学智，2006：238）文学经典的阅读中，通过对原作风格与译者风格的比较，我们不难发现，优秀的翻译文学作品在风格上和原作的贴合度是较高的。读优秀的翻译作品，我们甚至会产生一种是在阅读原作的错觉。比如日本作家村上春树的作品《且听风吟》和《挪威的森林》已经成了一种中国读者心中的文化符号，对于《古丽雅的道路》《木偶奇遇记》《柳林风声》等作品，普通读者基本上忽略了其原作者，译文对原作精神内核的完美呈现在保留了文化异质性等异质元素的同时，又以读者可共情的方式用本国语言的文化元素弥合了可能存在的文化差异。

"格式塔"的概念原本是一个心理学的认知概念，是德语"gesatlt"一词音译而来，其含义是"形式或一种被分离的整体"，从整体中反映出的事物的特征即为格式塔质。对格式塔质最简明直观的描述莫过于格式塔图形：单独分隔开的图形如果不和其他部分被视作一个整体，格式塔图形则无法被看到。格式塔学派的心理学家通过对视知觉的错综复杂的现象的观察发现，图像的知觉并不是图像的各个独立部分的简单罗列，而是具有整体的特性。"人的审美感知不是单纯的生理感官的愉悦，不是简单的同构对应，不是单一的感知和感受，而一般是既有动物性生理愉悦的机制，同时又是多种心理功能相协调的协同运动的结果。"（李泽厚，2008：329）被知觉的图形由视觉系统省发地组织结构起来，在一定的条件下，图形的某些部分被看成一个整体，即一个格式塔。"（陈霖，1984：259）

姜秋霞认为，文学翻译的审美过程是一个格式塔意向再造过程。"意象的转换是建立在整体体验上的，每个个体（词或句）均产生各自的意象，经综合所产生的新的层面上的意象是译者体验与转换的基础和关键。"（姜秋霞，1999：55）在《文学翻译中的审美过程：格式塔意向再造》一书中，姜秋霞论述了这种宏观和整体审视的审美过程，"当我们关注格式塔意向（image-G）的审美意味和特点时，不是去分析解读意向的形式，而是对意向的整体性做评估，即审美意义上的整体。"（姜秋霞，2002：75）构成格式塔质的组成部分（意向）虽然可以单独拿出来分析，但是这些意向不是独立存在的，它们互相融合，呈现一个特定的意向。（姜秋霞，2002：81）

世界各国的儿童文学作品都承载着语言艺术熏陶和启智的双重意义，儿童文学中普遍采用拟人化叙事视角，任何生活中常见的动物可能会被赋予鲜活的人物个性,花鸟和树木等常见自然景物经常被用来烘托人物形象。丰富的意象蕴藏在天马行空的想象之中,在翻译作品中解读并再现这些意向需要从整体上综观把握。虽然文化异质性带来的审美冲突表面上看来往往是不可消弭的,但是语言表层的差异和矛盾并不妨碍审美格式塔中意向的重构与还原。格式塔的概念意味着部分相加的总和并不等于整体,整体永远大于部分相加之和。因此,文学翻译中的审美格式塔质强调从整体性上把握作品的美学特征,而不是简单地把字、词层面的特征叠加在一起,避免出现"只见树木,不见森林"的刻板审美,以突出原文本在文体及风格上的整体性。"所谓整体性,是指知觉经验的整体性。格式塔心理学派的成员做了种种实验,说明感觉并不是各种感觉要素的复合,所谓知觉并不是先感知各种成分再注意到整体,而是先感知到整体的现象而后才注意到构成整体的诸成分。他们强调部分相加不等于整体,一个事物的性质不决定于任何一个部分,而依赖于整体。"(刘永康,1993:135)

审美的格式塔质不仅强调事物的整体性认知,而且也凸显象征的异质同构或心物同形。"在格式塔心理学看来,世界上一切事物的表现,都具有力的结构,物理世界和心理世界的质料虽说不同,但其力的结构可以相同。当物理世界与心理世界的力的结构相对应而沟通时,主体就进入到了身心相谐、物我化一的境界,即进入客体主体化和主体客体化的双向互渗的过程。"(薛永武,2008:166)在中国传统美学中,对整体性认知和心物同形的解读也是侧重于主客相融的,强调审美的"直觉性"和"模糊性"(王平,2009:171),这和西方理论话语中的审美格式塔质是不谋而合的。

以《安徒生童话》为例,《安徒生童话》的主题都是以悲剧为基调的。生命的寂灭、爱情的幻灭、成长的孤寂、血淋淋的惩处构成了一个个凄恻忧伤的悲剧主题。(胡璐、梅媛,2006:84)《小人鱼》(即《海的女儿》)中的人鱼公主放弃了在海底王宫的幸福生活,对未知世界的渴望和对爱情的憧憬让人鱼公主自愿丢弃自己美妙的歌喉,忍受把鱼鳍变为人腿之后的巨大痛苦。小人鱼将全部的人生希望都投注在梦寐以求的爱情理想上,然而在自己付出巨大代价之后,爱情理想又迅速化为泡影,眼睁睁地看着它与自己失之交臂;《拇指姑娘》中的拇指姑娘身世悲惨,向往美好又体面的爱情。相继逃离了癞蛤蟆和鼹鼠的爱情攻势,最终如愿以偿做了

"英俊的小国王"的新娘,但却要面临与带她逃离出黑暗世界的燕子的诀别。美好爱情的成全对于相貌丑陋的癞蛤蟆和穿着"黑天鹅绒大衣"的鼹鼠来说,就是爱情的幻灭。挽留、逃离和诀别交织在一起,营造出哀伤忧郁的意境。

有学者指出,儿童的语言认知特点囿于其年龄,生活经验的限制,通过"具象化"的方式进行阅读和理解是他们进入文学世界的必经阶段。所谓具象化就是通过已习得的关于景物、气味和声音等的经验去判断和想象他们听到或读到的语言文字。(金莉莉,2003:12)安徒生童话的审美格式塔质便是其浓烈的悲剧底色和孤独隐忍的叙事基调。故事中不同主人公所经历的惆怅、不安、恐惧和残暴以及对温情和爱的向往共同勾勒出悲剧童话的审美格式塔质。"童话是以象征的形式向儿童暗示获得成熟的自我需要经过哪些艰难的斗争,它最大的价值在于把儿童无法理解的内心活动所引起的各种压力以外化的形式投射出来,再利用故事给出解决办法。"(金莉莉,2003:14)和成年人把文学阅读当作精神消遣不同,儿童的阅读(包括亲子阅读)是其对内心焦虑、冲动和压抑的一种认同和消解。阅读审美中产生张力的恰恰是紧张、冲突、悬念、恐惧、挣扎等元素,而非鸟语花香、风轻云淡和祥和喜乐。即便儿童文学世界里有关"爱"的主题也不仅是靠平淡的安静的叙事去传递人与人之间的脉脉温情。儿童受制于自己的认知局限和成年人的权威,对自己的贪婪、嫉妒、报复心等无意识的情绪和焦虑找不到宣泄的出口,而以安徒生童话、格林童话等为代表的"残酷"童话正好满足了儿童从认识、怀疑到认可自己过程中的不确定、彷徨和试探。

在儿童文学翻译作品中,审美格式塔质的呈现相比其他文学作品的翻译是更加复杂、更难以把握的。缺乏对一部作品的整体认知,是无法在译本中呈现其精神内涵的。在我国儒家礼教传统中,男性成年人的权威是凌驾于儿童之上的,对儿童地位和身份的重新思考是从晚清和五四时期才开始萌芽。这就不难解释直至现在,对《安徒生童话》和《格林童话》的批评和污蔑仍然不绝于耳,有批评格林童话血淋淋或做色情文学解读的(彭懿,2012:36;欧阳金雨,2010:3;刘洋、李昕,2011:A06),也有说安徒生童话反文化的(张朝丽、徐美恒、姚朝文,2003:56),甚至有媒体断章取义,掐头去尾引用我国儿童文学作家孙幼军的一句话"安徒生童话不一定最适合儿童阅读",以孙幼军"语出惊人"的夸张报道博人眼球①。"我们中华民族和中华文化深受儒学传统的影响,现代之前长期处于如同欧洲中世纪的状态,'儿童只作为成人世界的附属物而存在,不曾作为精神的主体进入人类思考的范围',因此儿童地位极其低下,童话什么的就从来为人所不齿。今天有出版社堂而皇之地出版所谓《成人格林童话》,网上大量张贴《令人战栗的格林童话》之类的文章,北京一家读书大报也发表了《不敢再读格林童话》和《比血淋淋更可怕》这样的'一家之言',就不足为奇了。"(陆霞,2008:66)儿童对未知事物充满幻想、好奇和探求欲,童话既搭建起儿童和想象世界的联系,又保留了一种若即若离亦真亦幻的美学特质,满足了儿童心理认知的需求。一方面,在阅读中习得的知识会逐渐内化成他们和这个社会相处的经验;另一方面,阅读中骄傲、自私、贪婪、嫉妒等人性之恶的呈现帮助儿童认识和疏导自己的负面情绪。

受北欧童话传统的影响,安徒生童话之后的欧洲童话大都沿袭了悲情忧郁的叙事和审美特点。就童话而言,表面上幸福的大结局都隐含着惋惜、忧伤与无可奈何。译者的任务不是去弱化和削减童话叙事中的悲情基调,不能认为儿童"不适宜知道太多残酷真相"。通读任译《安徒生童话全集》便会发现,任译版安徒生童话虽然和叶君健译本、林桦译本及石琴娥译本②在文字风格上各有千秋:任译俏皮活泼、叶译饱满自然、林译质朴流畅、石译清丽灵动。但是各个译本在悲剧基调的处理上却高度一致,没有刻意淡化童话的悲剧性和暴力元素。在人类进化和发展的长河中,暴力作为一种人类生存、繁衍、与自然抗争中进化而来的本能,在文明社会中是遭到压制和排斥的。暴力叙事作为一种满足人类暴力宣泄冲动的叙事模式便出现在了文学领域及其他艺术领域。因此,在儿童文学领域,暴力叙事也是对儿童暴力冲动的合理宣泄和释放。暴力和游戏就是一对孪生姐妹,"游戏是高等动物与生俱来的生命现象",人类从孩童时期开始就表现出对游戏的钟爱,因为"只有人才能意识到自己在'游戏',并进而对这种活动命名、调控、升华;借这种活动展开研究、模拟、创造。"(李学斌,2013:19)游戏中的暴力元素往往是对违反游戏规则的惩戒、是胜负争夺中的必要手段。

---

① 参见《沈阳日报数字报纸》。
② 以下简称叶译、林译和石译。

"暴力叙事能够给暴力的'本我'冲动提供一个合法的疏解和释放平台。读者在阅读暴力叙事的文学作品的时候，通过联想和想象来分享暴力叙事中人物角色的暴力情感和行为经历，和作品中的人物一起承受暴力所带来的痛感以及由这种痛感所带来的快感。"（高秀瑶，2015：31）如前文所述，中国的礼教文化是压制儿童的本能和需求的。在长达两千多年的封建统治中，儿童和妇女一样，受制于被压制被剥削的尴尬地位，儿童的"声音"也很少被关注和倾听。这种对儿童的忽略影响到了我们在传统思维方式上对儿童的偏见甚至无视，诸如"长大就知道了"，"给你说你也不懂"，"你怎么这么不懂事"等带有成人优越感的话语模式是中国家庭中成年人和儿童对话中常见的套路。"在儒学为主导的中国传统文化中，'经世致用'成为衡量人生的价值标准。这一价值准则下，人生从幼年开始，其意义就被框范在固定的程式上了。而偏离了这个程式的'游戏'，也就顺理成章被放逐在社会、人生的价值系统之外。"（李学斌，2013：51）

作为世界儿童文学的经典，《安徒生童话》在中国的版本流传，已历经百年之久。周作人、刘半农、孙毓修、周瘦鹃、郑振铎、茅盾和赵景深等文学大家都曾翻译过《安徒生童话》的部分章节。20世纪90年代之后出现了四个《安徒生童话》全集全译本，即叶君健、林桦、任溶溶和石琴娥[①]译本，这四个译本中除了任溶溶译本，其他三个译本都译自丹麦语。（李红叶，2005：161）转译早在佛经翻译时期就已经存在了，"到南北朝时，中国人讲到佛经的翻译时还常说'译胡为秦'"（马祖毅，1984：15）；而晚晴五四时期的西学东渐的浪潮中，转译更是推动了中国社会的剧变；世界文学经典作品的转译作品与从原文翻译的作品并存，在文学史上成就了不同翻译家外国文学经典作品翻译争鸣的现象，比如傅东华转译自英文的《堂吉诃德》和杨绛译自西班牙语的译本被并称为该作品的经典译本。（佘协斌、陈静，2004：49—50）任溶溶翻译《安徒生童话故事全集》是安徒生童话在中国的译介中，唯一一部译自英文的全译本。

任溶溶在《安徒生童话全集》（2015）译后记中坦言，《安徒生童话》

[①] 学界也有人把叶君健、林桦和任溶溶并称为《安徒生童话》三大翻译家（韩进，2005）。石琴娥（1936—）是北欧文学专家，她的译本《安徒生童话与故事全集》2005年由译林出版社出版。

是一部可以从小读到老的文学作品，对安徒生个人才情的欣赏和对安徒生童话的喜爱溢于言表。作为毕生从事儿童文学工作的翻译家，任溶溶在晚年选择译出《安徒生童话全集》，其意义不容小觑，既是对他敬仰的儿童文学巨匠的致敬，也是对自己毕生翻译生涯的总结。作为中国幽默儿童文学的重要代表人物和中国儿童文学翻译领域首屈一指的著名翻译家，任溶溶在翻译和创作中始终秉持着"童趣"的原则，但又不止于此。对人生苦难、挫折与悲情等深沉的文学主题的关注是任溶溶在"热闹"之余，为自己的翻译和创作生涯涂上的厚重底色。

三 任溶溶翻译风格的特质——"浅语之美"

任溶溶译语的"儿童化"，是基于儿童本位的共情，他在儿童文学翻译作品中所呈现的"浅语之美"，在和其他平行译本的对比中可以更直观地感受到。本文在以下从 *The Wind in the Willows* 的 8 个译本中的对比中，将从景物描写、心理描写和人物对白三个角度进行分析和比较，任溶溶译本在语言风格上所具有的独特风貌一览无余。在一部文学作品中，景物描写、心理描写和人物对白既是相对独立的部分，又彼此关联，笔者作文本对比和分析的译文将从这三个维度进行展开。在平行译本的选择上，笔者所选择的其中 7 个译本是目前均是目前在图书销售平台的畅销译本，除任溶溶以外，这些译本的译者有著名翻译家（杨静远[①]、孙法理[②]），从事儿童文学研究的大学教授（李永毅[③]），在出版社供职的高级编辑（赵武平[④]），自由译者（张炽恒[⑤]），儿童文学和翻译爱好者（马阳[⑥]），涵盖了

[①] 杨静远（1923—2015），已故翻译家，中国社会科学院外国文学研究所编审。代表译作有《马克思传》《哈丽特·塔布曼》《夏洛蒂·勃朗特书信》《勃朗特一家的故事》《勃朗特姐妹全集》等。

[②] 孙法理（1927—），翻译家，西南师范大学（现西南大学）退休教授。代表作有《苔丝》《双城记》《马丁·伊甸》等。

[③] 李永毅（1975—），重庆大学教授，博士生导师。代表译著有《马基雅维里》《贺拉斯诗选拉中对照详注本》。

[④] 赵武平（1968—），英语专业出身，曾任教师、记者和编辑等职，目前任上海译文出版社副社长，代表译著有《斯蒂芬·斯皮尔伯格》等。

[⑤] 张炽恒（1963—），自由撰稿人，外国文学译者，上海翻译家协会会员。译有《布莱克诗集》《泰戈尔诗选》《水孩子》《焦点略偏》《埃斯库罗斯悲剧全集》等。

[⑥] 马阳（1984—），业余译者，职业不详。

从事儿童文学翻译工作的译者的主要职业类型。另外有从当代读者视线中消失的朱琪英①译本也被纳入平行文本的考察范围，该译本中的文白掺杂、错译、漏译等问题从侧面凸显出经典译本在语言质量上的重要性。为避免产生笔者对译本有主观上的倾向性之嫌，所引译本的顺序按译者姓名首字母排列，依次为李永毅、马阳、任溶溶、孙法理、杨静远、张炽恒、赵武平及朱琪英译本。

（一）景物描写

原文：

Such a rich chapter it had been, when one came to look back on it all! With illustrations so numerous and so very highly coloured! The pageant of the river bank had marched steadily along, unfolding itself in scene-pictures that succeded each other in stately procession. Purple loosestrife arrived early, shaking luxiariant tangled locks along the edge of the mirror whence its own face laughed back at it. Willow-herb, tender and wistful, like a pink sunset cloud, was not slow to follow. Comfrey, the purple hand-in-hand with the white, crept forth to take its place in the line; and at last one morning the difficult and delaying dog-rose stepped delicately on the stage, and one knew, as if string music had announced it in stately chords that strayed into a gavotte, that June at last was here. One member of the company was still awaited; the shepherd-boy for the nymphs to woo, the knight for whom the ladies waited at the window, the prince that was to kiss the sleeping summer back to life and love. But when meadow-sweet, debonair and odorous in amber jerkin, moved graciously to his place in the group, then the play was ready to begin. （Grahame，2015：26）

译文1：

那是多么丰富的一段回忆②！那么多的画面，那么美的色彩！河岸盛装的队伍一直在行进，旧的场景刚消逝，新的场景又呈现出来，庄严的庆典一幕接着一幕。紫色的珍珠菜最先出场，沿着河面甩开它

---

① 朱琪英，本名薛琪英，*Wind in the Willows* 的首译，民国时期诗人、翻译家朱湘的二嫂。

② 引文中的着重号为笔者所加，下同。

那浓密的发卷,微笑地看着镜中的倒影。温柔而忧郁的柳兰,像一片粉红的晚云,也不甘落后。紫色的、白色的雏菊手挽着手,也悄悄出来了,在队列里找好了位置。最后,因为羞怯而姗姗来迟的野蔷薇也在一天早晨优雅地登上了舞台。这时,仿佛庄严的弦乐忽然变成了轻快的舞曲,向大家宣告,六月终于来了。然而,剧团还有一位成员没现身,就是林中仙女追逐的牧童,窗边淑女渴慕的骑士,用吻唤醒睡美人、赢得她芳心的王子:当绣线菊穿着香气扑鼻的琥珀色背心,风度翩翩地走到自己的位置上,演出才正式开始。(格雷厄姆著,李永毅译,2011:39—40)

译文 2:

他们回忆着也赞叹着,一幅幅绚丽多彩的画面浮现在他的脑海中,那可真是个灿烂的季节!岸边举行的游行盛大璀璨,与画一般优美的景色相映成趣。紫色的珍珠菜最先出场,她丰密的发丝轻摇,水中的倒影冲着花朵笑得灿烂。温柔多情的柳兰也跟着登场,艳丽得如同日出时的粉色彩霞。紫色和白色的雏菊手拉着手,慢慢跟在队伍里。最后,迟到的野玫瑰羞答答走上台来,步伐优雅。如同弦乐队以一首有加沃特曲调的庄严和声与世界对话一般,这所有的一切都在大声说,现在是六月份了。游行中还有一人迟迟没有出现,他是水仙女所爱慕的牧羊少年,是闺秀们在窗口想念的英勇骑士,是吻醒睡美人的王子;于是,当温良儒雅、馥郁芬芳的绣线菊身穿琥珀色衣服绅士登场时,盛大游行正式开始。(格雷厄姆著,马阳译,2015:33—34)

译文 3:

当一个人回顾所有这些往事时,那真是丰富多彩的一章!还有那么多色彩艳丽的图画!河岸的景色不断变换,接连翻开一幅幅风景画。紫色的黄连花开得早,在镜子似的河边摇晃着它们密密的一簇簇美丽花朵,而在水里,它们自己的脸又回过来对它们笑。紧接着而来的是沉思般的细嫩柳草,它们宛如落日时的一片粉红色云彩。紫的和白的雏菊手拉着手向前蔓延,在岸边占据它们的席位。最后有一天早晨,羞怯和迟来的蔷薇姗姗出场。大家就像听到弦乐用加伏特舞曲的庄严和弦宣布:六月终于到来了。全体当中还有一个伙伴姗姗来迟,仙女们追求的牧童,淑女们在窗边等待的骑士,要把睡着的夏天吻醒过来相爱的王子。可是当快活轻松、香气喷鼻、穿琥珀色紧身上衣的

绣线菊优雅地走到自己位置上时,戏就可以开场了。(格雷厄姆著,任溶溶译,2015:47)

译文4:

回忆起来,夏天的生活真是丰富多彩!画面有那么多,色彩又那么鲜艳!河岸的风光大游行似的稳步前进,一幅幅景物画依次庄严展示、变化着。来得最早的是紫红色的珍珠菜,她沿着河岸的边沿晃动着一头厚密纷披的秀发,而她那映在河水里的脸也用欢笑回报她。紧跟而来的是柔嫩、沉思的待宵草,待宵草扬起的是一片粉红的晚霞。随后,紫红与雪白相间的紫草也爬出土来,加入了这一行列。终于,连信心不足,姗姗来迟的野蔷薇也在某天的凌晨轻俏地踏上了舞台。于是他们知道,六月终于降临了,仿佛有弦乐的庄重音符宣布过似的——尽管那弦乐已变成了法国乡村舞曲。只是,他们还在静候着一个表演者,那就是水泽仙女要追求的牧羊少年,仕女名媛在窗口等待的骑士,也是即将吻醒沉睡的夏天、让她恢复生命和爱情的王子。于是,到穿琥珀短衫的,温雅馨香的绣线菊也踏着优美的舞步进入行列时,演出即将开始。(格雷厄姆著,孙法理译,2005:35—36)

译文5:

当他们回顾夏天的一切时,就感到,那是多么绚丽多彩的一章啊!那里面有许多五彩缤纷的插图。大河两岸,一支盛装的游行队伍在不停地庄严行进,展示出一场跟着一场富丽堂皇的景观。紫色的珍珠菜最先登场,抖开它那乱丝般丰美的秀发,垂挂在镜面般的河水边沿,镜中的脸,又冲它自己微笑。婀娜多姿的柳兰,犹如桃色的晚霞,紧跟着也上场了。雏菊,紫的和白的手牵着手,悄悄钻了上来,在队列中占取了一席地位。最后,在一个早晨,羞怯的野蔷薇姗姗来迟,轻盈地步上舞台。这时,就像弦乐以它辉煌的和弦转入一曲加沃特,向人们宣告,六月终于来到了。但是,戏班子里还缺一个角色没有到齐,那就是水仙女所追求的牧羊少年,闺秀们凭窗盼望的骑士,用亲吻唤醒沉睡的夏天的生命和爱情的王子。当身穿琥珀色紧身背心的笑靥菊,温文尔雅,芳香扑鼻,步履优美地登上舞台时,好戏就开场了。(格雷厄姆著,杨静远译,1997:28)

译文6:

现在回想起来,夏季的一切是多么丰富多彩的一个篇章啊!那时节,盛装的河岸游行队伍源源不断地向前行进着,展开成一幅幅风景画,一幅接一幅,排成蔚为壮观的行列。紫色的珍珠菜早早出场,沿着镜子般的河面的边沿,抖开蓬乱茂密的头发。冲着镜子里的自己的笑脸发笑。温柔多情的柳兰,像一片粉色晚霞,来得也不慢。聚合草悄悄地上前,紫的和白的手牵手,在队列中就位。最后,在一个早晨,羞怯的野蔷薇姗姗来迟,步态优雅地登上舞台;好像弦乐以庄严的和弦开始,却变了调,演奏起加伏特舞曲一样,她的到来宣告了六月最终来临。但这团队中有一个成员还没有来到,那就是山林水泽的仙女们追求的牧羊少年,贵妇人娇小姐在窗前等待的骑士,把睡梦中的夏的生命和爱情吻醒的王子。当时,只等着穿着琥珀色无袖短上衣的绣线菊,愉快而自信,散发着芬芳,优雅地进入队列,演出就可以开始了。(格雷厄姆著,张炽恒译,2015:26)

译文7:

现在回头想想,那时节可真是绚烂多彩!无以数计的画面色彩都是那么鲜艳夺目!河边的壮丽景色连绵不绝,展现出一幕幕秀美的风景。紫千屈菜花早早赶到镜边,摇动卷缠密结的浓发,看见镜中的面庞正对着自己微笑。娇嫩的柳兰花满怀憧憬疾步跟进,像一抹粉红色的晚霞。白雏菊和紫雏菊手挽着手悄悄赶来,站到行进队伍中自己的位置上。一天清晨,羞怯的犬蔷薇终于缓移款步,姿态优美地登台亮相。大家知道,就好像是奏鸣的弦乐瞬间换成了加沃特舞曲,六月终于来了。但还得再等待大伙中的另外一员:那个众多森林仙女追恋的放牧少年,那个许多贵妇守在窗前巴望的骑士,那个要吻醒沉睡的夏与他恋爱的王子。然而,只有等到身披琥珀色紧身外套的绣线菊飘溢芳香,仪态万方地来到大家中间时,大戏才可以上演。(格雷厄姆著,赵武平译,2004:31—32)

译文8:

翻阅起来,内容怎样的丰富。许多说明的插画,染上很显的颜色!论到那河边的展览会照常举行,依次陈列各种美妙的景象。紫蝶花先开,绚烂的花枝沿着水滨招展,反映她迷惑的笑容。温柔的芳草接着,像一片水红色的暮云,于是透出一种红白相间的鲜花;最后含羞的野蔷薇姗姗来迟,好像有一种声韵幽扬的细乐敦请她光临,加入文雅的跳舞,那时六月毕竟到了,本会还需等候一种会员:就是使女神求爱的牧童，使闺秀倚窗期待的骑士，那与睡着的夏天接吻，使恢复生命和爱情的王子。芬芳馥郁的草场，披着琥珀色的短大衣，温文地参加表演，于是那天然的赛会起始开幕，那是怎样的盛举。（格雷厄姆著，朱琪英译，1936：57）

在 8 个译本中，朱琪英译本字数最少。除了文白掺杂的问题是一大影响因素以外，漏译也是一个很突出的问题。"翻阅起来，内容怎样的丰富。"部分对应的原文是"Such a rich chapter it had been, when one came to look back on it all!"，和原文作对照之后，方能恍然大悟为什么译文中莫名其妙出现"翻阅"一词，漏译的问题使读者一头雾水，不知道"翻阅"的对象是什么，以及什么东西的"内容"丰富；"温柔的芳草……红白相间的鲜花"出现了明显的漏译及错译，"接着"，"像"和"于是"之间没有形成合理的过渡关系，这使得句子衔接出现了中断，前后的逻辑关系显得非常混乱。这在朱琪英译本中并非个例。该景物描写段落的最后一句话中的"meadow-sweet"指绣线菊，朱琪英将 meadow 和 sweet 拆分，将本来和"meadow"合在一起才产生意义的"sweet"当做后置定语来处理，令人啼笑皆非。从时间维度上来看，一部经典作品较早出现的译本在场域中占据有利位置的条件很优越，但这也同时取决于译本本身的质量。如果将朱琪英译文水准堪忧的问题单单归结为因时代局限造成的现代汉语使用不规范，显然是不符合历史事实的。先于朱琪英《杨柳风》两年出版的魏以新《格林童话》①译本语言流畅自然，至今仍然是《格林童话》的经典译本之一。虽然有周作人为其作序，朱琪英译 The Wind in the Willows 仅仅是文献意义上的一个译本罢了，在译文质量方面的硬伤使得从它诞生的那一刻起，就注定不会成为一个经典译本。成就了魏以新《格林童话》译本和任溶溶译《古丽雅的道路》经典性的，除了社会、历史和文化因素以外，是译本的核心竞争力——译文质量。

在本文中节选的这个景物描写段落中，除了朱琪英译本有明显的漏译和误译以外，其他 7 个译本在语言基本层面都没有明显的瑕疵，但从译文的简洁程度上来看，任溶溶译本一贯的"浅语"风格具有明显的辨识度。以原文中"One member…back to life and love"这部分为例分析，朱琪英

---

① 魏以新译本 1934 年由商务印书馆出版。

译本曲解了"one member"和与其形成同位语关系而并置的"the shepherd boy","the knight"和"the prince"这三项之间的语法结构,将"一个"译作了"一种",原文中由"one member"引出的"meadow-sweet"自然就无法登场了。其余译本在这部分的处理上都将"meadow-sweet"都明确地译作"绣线菊"或"笑靥菊"(杨静远译本),李永毅译本中的"没现身","追逐","渴慕";马阳译本中的"迟迟没有出现","爱慕","想念","吻醒","用吻唤醒";任溶溶译本中的"姗姗来迟","追求","等待","吻醒";孙法理译本中的"静候","追求","等待","吻醒";杨静远译本中的"没有到齐","追求","凭窗盼望","用亲吻唤醒";张炽恒译本中的"还没有到来","追求","等待","吻醒";赵武平译本中的"等待","追恋","巴望","吻醒"从表面上看并没有太大的区别,但如果我们从朗读的角度审视,任溶溶译文胜在其"朗读性"上。既展示出文学语言异于日常用语的优美,又能兼顾儿童读者的阅读心理,是任溶溶处理译语与前后段落及整个篇章关系时的特殊功力所在。在以上译本中,任溶溶译本是唯一一个没有用"那就是","那个",或"那是"来引出"绣线菊"这一主角的译本,"姗姗来迟"与"追求","等待","吻醒"间形成一种独特的回环音韵效果,更具节奏感,也因此更适宜朗读。没有繁复华丽的辞藻,景物描写的翻译也同样能使读者怦然心动。"浅语"之"浅"不是在语言使用上故意做出附身屈尊的姿态,而是一种设身处地的与儿童共情,能关注到这一点的,在所有 The Wind in the Willows 的中译本的译者中,恐怕非任溶溶莫属了。

(二)心理描写

原文:

Poor Mole stood alone in the road, his heart torn asunder, and a big sob gathering, gathering, somewhere low down inside him, to leap up to the surface presently, he knew, in passionate escape. But even under such a test as this his loyalty to his friend stood firm. Never for a moment did he dream of abandoning him. Meanwhile, the wafts from his old home pleaded, whispered, conjoured, and finally claimed him imperiously. He dared not tarry longer within their magic circle. With a wrench that tore his very heartstrings he set his face down the road and followed submissively in the track of the Rat, while faint, thin little smells, still dogging his retreating nose, reproached him for his new friendship and his callous forgetfulness. (Grahame, 2015: 52-53)

译文 1:

可怜的鼹鼠独自站在路中间,心仿佛裂成了两半。他知道,自己的悲伤正在某个角落涌动,很快就会冲溃心灵的堤岸,变成滔滔的眼泪。然而,即使面临这样的考验,他对朋友的忠诚也没有丝毫的动摇。他做梦也不会有抛下朋友不管的念头。家的气味仍在他身边漾动,乞求他,呼唤他,越来越难抗拒。他不敢在它的魔法圈里久留,很艰难地转过头去,感觉自己的心弦都被拧断了,但他还是顺从地奔着河鼠的方向而去。那些微弱的,游丝一般的气味依然在他的鼻尖萦绕,责怪他太轻看往日的情谊。(格雷厄姆著,李永毅译,2011: 77—78)

译文 2:

可怜的鼹鼠一个人站在路上,心碎了一地,泪水在体内聚集聚集,然后抑制不住,突然迸发出来。尽管老家仍然在低声哀求,向他施咒,后来甚至专横地命令他,他对朋友仍然忠心耿耿,从没想过丢下河鼠。他不敢停留在老家附近,忍着内心的挣扎难过,他顺从地跟着河鼠上路了,而那微弱的淡淡味道仍然在他鼻腔里萦绕着,抱怨他冷酷无情,他交了新朋友就忘了老日子。(格雷厄姆著,马阳译,2015: 68)

译文 3:

可怜的鼹鼠孤零零地站着,他的心碎了。悲伤在他身体里不知什么地方越积越大,越积越大,他知道它马上就要迸发出来了。不过即使在这样的考验下,他对朋友的忠诚还是牢不可破的。他一秒钟也没想到过要丢下河鼠。这时候他老家的阵阵召唤在央求他,向他低语,恳求他,最后狠狠地命令起他来。他不敢再在他的魔法圈子里逗留。他猛地扯断他的心弦,低头看着路,顺从地跟着河鼠的脚迹走,而这时微弱稀薄的气味还在追着他逃走的鼻子不放,责备他贪心厌旧。(格雷厄姆著,任溶溶译,2015: 84)

译文 4:

可怜的鼹鼠在路中心孤独地站住了,他的心在往两面撕扯。一声呜咽在他心灵深处的某一点逐渐聚集。他知道它马上就要爆发，要激动地发泄，但面对这样的考验，他仍然坚持了对朋友的忠诚，做梦也没有放弃朋友的打算。与此同时，从往日的家刮来的风还在跟他争论，向他施展魅力，甚至提出了专横的要求。他不敢再在他的魅力范围之内逗留了，他努力挣断了心弦，把脸转到路上，跟着水老鼠乖乖地走了。而那微弱、淡远的气味却仍然追逐着他那撤退的鼻子，因为他那新的友谊和无情的健忘而谴责着他。（格雷厄姆著，孙法理译，2005：71—72）

译文5：

可怜的鼹鼠独自站在路上，他的心都要撕裂了。他感到，胸中有一大股伤心泪，正在聚集，胀满，马上就要涌上喉头，迸发出来。不过即便面临这样严峻的考验，他对朋友的忠诚仍毫不动摇，一刻儿也没想过要抛弃朋友。但同时，从他的老家发出的信息在乞求，在低声喃喃，在对他施放魔力，最后竟专横地勒令他绝对服从。他不敢在它的魔力圈内多耽留，猛地挣断了自己的心弦，下狠心地把脸朝向前面的路，顺从地追随河鼠的足迹走去。虽然，那若隐若现的气味，仍旧附着在他那逐渐远去的鼻端，责怪他有了新朋友，忘了老朋友。（格雷厄姆著，杨静远译，1997：56）

译文6：

可怜的莫尔独自一人站在路上，他的心碎了，在他心底里，一汪酸泪正在聚集着，聚积着。他知道它就要一涌而出，尽情宣泄。但即使面临这样的考验，他对朋友的忠诚依然毫不动摇。他片刻也不曾有过抛弃兰特的念头。可同时，老家飘送来的信息在向他嘀咕、恳求、祈求、最后专横地下了拥有他的结论。他不敢再在他们的魔力圈子里停留下去了。他猛地挣断心弦，把脸冲着前方的路，顺从地追随者水鼠兰特的踪迹。可那微弱的淡淡的气味，仍然朝着他那竭力逃避的鼻子穷追不舍，责备他麻木不仁，有了新朋，忘了旧友。（格雷厄姆著，张炽恒译，2015：52—53）

译文7：

可怜的鼹鼠站在路上，心如刀绞。他明白，一股强烈的情绪，正在自己体内深处逐渐聚集，急欲喷涌出来，他要放声哭泣了。然而，就是经受这样的考验，他也毫不动摇地忠实于自己的朋友。任何时候都没有想过要背叛。此时，一股气味又从他可爱的家飘过来，要他回去，先低声央告，再严词要求，到最后就不客气地向他下命令了。他不敢再在它们的魔力范围中久留。他痛心地回过头，顺从地沿着河鼠的足迹向前迈步。但是，那若有若无、极其稀薄的气味，仍死死地缠着他退避的鼻子，责备他喜新厌旧，也批评他冷酷无情的忘性。（格雷厄姆著，赵武平译，2004：64）

译文 8：

可怜的田鼠独自站在路上，肝肠寸裂，从心底里郁结无限悲伤，将要一发不可遏。但是甚至在这样试验中，他总是坚守他对于朋友的忠诚，从没有一分钟他梦想到要离弃他的朋友。当时他老家发出飘荡可以闻到的口号，苦苦恳求他，最后竟要强逼他回去。他急忙转身，使他心弦痛裂，垂头丧气跟着水鼠的足迹走：一方面微弱的嗅觉边向他鼻子追逐，责备他硬心地弃旧换新。（格雷厄姆著，朱琪英译，1936：109）

简单不代表没有内涵，简单的词传达深意，最让人回味。儿童文学和儿童文学翻译是用简单的词传达深厚意义的艺术。和景物描写中的"浅语"一样，心理描写的曲折与细腻之处也同样需要用"浅语"传达出与儿童读者的共情。

本书摘引的该部分心理描写，原文中将鼹鼠对朋友的愧疚之情通过同一词的重复（gathering, gathering）和不同词的连用（pleaded, whispered, conjoured, claimed）突出意义上的递进关系，刻画出故事人物内心挣扎的过程。在以上所摘引的译本中，朱琪英译本依然存在漏译与错译的问题，整体语言风格非常生涩拗口，笔者标出着重号的"这样试验""飘荡可以闻到"，"微弱的嗅觉边向他鼻子追逐"，"硬心地"等在语法和逻辑上均有失误的句子在朱琪英译本中比比皆是。在其余 7 个平行译本中，张炽恒译本和李永毅译本对"claim"一词均有明显的误译，"下了拥有他的结论"和"越来越难抗拒"和原文中做主语的"the wafts from his old home"缺乏合理的逻辑关系，导致原文中不断推进的人物心理冲突在译文平衡句子结构的过程中被遗失，没有得到恰当的释放和呈现。张炽恒译本中的"老家飘送来的信息"和明显被误译的"下了拥有他的结论"之间无法建立起语法上的主谓逻辑关系；李永毅译本中的"越来越难抗拒"如果作为对前面译文中对"the wafts from his old home"过分解读为"家的气味仍在他身边漾动"的合理结论当然是可取的，如果我们对照原文后可以发现，译文中的确添加了太多译者自己的看法；其余译本中基本上都译出了"claim"一词在此处的"命令"之含义。

任溶溶的译文调动简单词以表深意，在"浅语"上可谓下足了功夫。原文中的"gathering, gathering"部分在八个平行译本中只有任溶溶译本和马阳译本照顾了原文在形式上的重复，但马阳译本中的"聚集聚集"并未体现出两个"gathering"之间的渐进关系；相形而下，任溶溶译本中的"越积越大，越积越大"可谓神来之笔，在形式和内容上都高度贴合原文所要传达的深意，"越积越大，越积越大"对人物心理的浅语式呈现和原文中的"gathering, gathering"高度契合，鼹鼠的内心挣扎跃然纸上。任溶溶在译文中这样的处理方法不胜枚举，他善于在细微之处准确把握用词的尺度，格雷厄姆原文简单流畅的写作风格被完美地展现出来，与儿童心理的共情使译文整体呈现简单澄澈的通透感。

儿童文学作品的朗读性很大程度上与儿童读者对故事的期待有很大关系。朗读起来很拗口的文字，辞藻再华丽，结构再繁复都称不上是好的儿童文学作品。格雷厄姆的这部经典之作就是在给他生病的儿子讲故事、后因儿子外出通过写信继续讲故事的基础上整理而来，是以简洁的文风而著称的一篇经典之作。原文中的"dogging his retreating nose"在任溶溶译本中被译作"追着他逃走的鼻子不放"，是所有译本中使用的语言最简单的。先以"dog"的处理方法为例，朱琪英译本仍旧暴露出曲解和错译的问题，"一方面微弱的嗅觉还向他追逐"中的"一方面"疑是为了处理前面的连词"while"，而之后的部分则完全不知所云，实属错译；李永毅译本和马阳译本中的"在他的鼻尖萦绕"和"在他鼻腔里萦绕"中都用了"萦绕"一词，显得太过于文学腔，离作动词用的不及物动词"dog"本来的词义有些太远；其他译本中倒是基本表现出了"穷追不舍"的词意，但对原文中"dogging"和"retreating"的矛盾关系，没有做到很好的平衡。杨静远译本中的"附着在他那逐渐远去的鼻端"逻辑上不能讲得通"逐渐远去的鼻端"到底在描述什么；张炽恒译本中"朝着他那竭力逃避的鼻子穷追不舍"，孙法理译本中"追逐着他那撤退的鼻子"及赵武平译本中"缠着他退避的鼻子"使用了"逃避""撤退""退避"这种同样很正式又生硬的词。任溶溶译本中的"追着他逃走的鼻子不放"让原文中的

"dogging"在译文中呈现一种活泼的双关效果,"追着不放"和"逃走"之间形成一种审美上的冲突与平衡,简单字词间迸发出盎然童趣。

和心理描写一样,儿童文学翻译中的人物对白也是考验译者是否和儿童读者共情的关键所在,在人物对白中与儿童共情不是故意捏着鼻子压着嗓子学儿童说话,而是体察儿童读者如何观察生活,如何对生活中的众生百态做出回应,浅语之美胜在用简单的语言传达深意。

(三)人物对白

原文:

"So you're in the washing business, ma'am?" said the barge-woman politely, as they glided along. "And a very good business you've got too, I dare say, if I'm not making too free in saying so."

"Finest business in the whole country," said Toad angrily, "All the gentry come to me — wouldn't go to any one else if they were paid, they know me so well. You see, I understand my work thoroughly, and attend to it all myself. Washing, ironing, clear-starching, making up gents' fine shirts for evening wear—everything's done under my own eye!"

"But surely you don't Do all that work yourself, ma'am?" asked the barge-woman respectfully.

"O, I have girls," said Toad lightly: "Twenty girls or the thereabouts, always at work. But you know what GIRLS are, ma'am! Nasty little hussies, that's what I call'em!" (Grahame, 2015: 116-117)

译文1:

"您说您是洗衣服的,太太?"船妇客气地问,"我敢说,这是非常吃香的行业。这么说不算冒失吧?"

"应该说是全国最好的行业,"蛤蟆神采飞扬地说,"所有的上等人都找我——就算给他们钱,他们也不肯找别人,都跟我太熟了。你知道的,我不仅非常懂行,而且亲自参与所有的事情,洗啦,熨啦,上浆啦,帮绅士们准备正式场合的衣服啦——都是在我眼皮底下完成的!"

"可是这些活儿不都劳您亲自干吧,太太?"船妇恭敬地问。

"噢,我还雇了姑娘呢,"蛤蟆随口说道,"有二十来个,从早干到晚。不过,您知道姑娘们有什么德性吧?一群懒家伙,我老是这么叫她们!"

"我也是,"船妇由衷地表示赞同,"不过我敢说,您肯定有办法收拾她们,这些懒骨头!您很喜欢洗衣服吗?"(格雷厄姆著,李永毅译,2011:161—162)

译文2:

"太太,你刚说你是洗衣妇,是吧?"她们向前行驶时,船娘礼貌地问,"我敢说,这可是个挺好的营生。我这么说不过分吧?"

"世界上最好的营生,"蛤蟆快活地说,"体面的人家都来找我,就算倒贴钱都不愿去别人家,他们特信任我。你知道,我精通这行业,洗衣、熨衣、上浆、给绅士们整理赴宴的衬衣,我样样拿手,所有工序都在我的监督下完成!"

"不过我想你不用亲自动手做这些活儿吧,太太?"船娘非常恭敬。

"啊,我雇了几个姑娘,"蛤蟆说得很轻巧,"大概二十个,每天不停地干活。你知道姑娘们什么样,太太!讨人嫌的小浪妇,我就这么叫她们!"

"我也这么叫,"船娘完全赞成,"不过我敢说你肯定把这帮游手好闲的小娘们儿管得服服帖帖的了?你很喜欢洗衣服吗?"(格雷厄姆著,马阳译,2015:151)

译文3:

"依你这么说,你是洗衣服的,太太,"他们一路漂流时,船上的女人很有礼貌地说,"如果我不是说得太放肆的话,我敢说你干的这一行好极了。"

"是全国最好的,"癞蛤蟆神气地说,"所有的绅士们都上我这儿来——倒贴他们钱也不上别人那儿去,他们对我太有数了。你知道,我干这个行当十分内行,全都亲自过问。洗、熨,上浆,给绅士们准备漂亮衬衫让他们晚上穿……一切全由我亲眼看着做!"

"不过你一定不会一切事情都自己动手吧,太太?"船上的女人尊敬地问道。

"噢,用了那些姑娘,"癞蛤蟆轻松地说,"20个左右,一直在干活。你知道她们是些怎样的姑娘啊,太太!淘气的笨姑娘,我是这么叫她们的!"

"我也这么叫她们,"船上的女人十分同意他的话说,"不过我敢说,你一定把这些懒姑娘管得好好的!你非常喜欢洗衣服吧?"(格雷厄姆著,任溶溶译,2015:170)

译文4:

"那么说你是洗衣服的,太太?"他们俩漂流着,驳船女人客气地说,"这可真是个很好的行道,如果我这话不太冒昧的话。"

"是全县最好的行道,"蛤蟆轻松地说,"老大爷们全来找我,就算给钱他们也不找别人,他们对我太熟了。你看,我对业务非常内行,全是自己经手。洗、熨、浆,收拾老爷们的晚会衬衫,一切都在我的监督下完成!"

"但是你肯定不会是自己包干吧。太太?"驳船女人毕恭毕敬地问。

"啊,我有女工,二十来个女工,总有人在上班。但姑娘们是怎么回事你是知道的,太太!讨厌的小妖精,我就那么叫她们!"

"我也那么叫的,"驳船女人十分诚恳地说,"但是我相信你能把她们调理好,那些懒虫!你真的那么喜欢洗衣服吗?"(格雷厄姆著,孙法理译,2005:154)

译文5:

"这么说,太太,你是开洗衣行业的?"船在水面滑行着,船娘很有礼貌地说。"我说,你有个很好的职业,我这样说不太冒失吧?"

"全国最好的职业!"蟾蜍飘飘然地说。"所有的上等人都来我这儿洗衣——不肯去别家,哪怕倒贴他钱也不去,就认我一家。你瞧,我特精通业务,所有的活我都亲自参加。洗,熨,浆,修理绅士们赴晚宴穿的讲究衬衫——一切都是由我亲自监督完成的!"

"不过,太太,你当然不必亲自动手去干所有这些活计喽?"船娘恭恭敬敬地问。

"噢,我手下有许多姑娘,"蟾蜍随便地说。"经常干活的有二十来个。可是太太,你知道姑娘们都是些什么玩意儿!邋遢的小贱货,我就管她们叫这个!"

"我也一样,"船娘打心眼里赞同说。"一帮懒虫!不过我想,你一定把你的姑娘们调教得规规矩矩的,是吧。你非常喜欢洗衣吗?"(格雷厄姆著,杨静远译,1997:124—125)

译文6：

"这么说，你是干洗衣行当的，太太？"船徐徐地前行着，船娘客客气气地说道，"要我说，你这一行也挺不错，我这样说不是太放肆吧？"

"全国最好的行当，"托德信口开河道，"所有的上等人都找我洗衣服，别人家就是倒贴钱我们也不去，他们非常信任我。你瞧，我对工作是很精通的，全都亲自去处理。洗、熨、上浆，整理绅士们晚会上穿的讲究衬衫，每一项工作都在我亲自监督下完成！"

"那些工作肯定不会都要你亲自动手干吧？"船娘恭敬地问。

"哦，有姑娘们干，"托德轻飘飘地说，"常年干活的姑娘有二十来个。可你知道姑娘们是些什么东西。太太！邋遢的小贱妇，我是这样叫她们的！"

"我也是，"船娘衷心地表示赞同，"可是要我说，你那帮姑娘一定被你整得规规矩矩吧，那帮子懒骨头烂货！你非常喜欢洗衣服吗？"（格雷厄姆著，张炽恒译，2015：118—119）

译文7：

"太太，你是干洗衣服这一行的？"船妇客气地问。他们平稳地向前行进。"这一行很不错吧，我想，如果我这么说不算冒昧的话。"

"全郡最好的行当了，"蟾蜍信口开河地说，"所有的上等人都来找我——就是倒找他们钱，也不会找别人，他们跟我太熟了。你知道，我非常懂行，一切事情全由我自己料理。洗涮，熨烫，上浆，为绅士们缝制与夜礼服搭配的精美衬衫——样样工作都要在我眼皮下完成！"

"但是，太太，肯定所有的话不全都是你一个人干的吧？"船妇恭敬地问。

"哦，我手下有姑娘们呢，"蟾蜍满不在乎地说，"有二十来个，一直都在干活。可是，太太，你当然了解姑娘了！淘气的小丫头，我就是这样叫她们的！"

"我也这么叫，"船妇极为热情地说，"我想，你准把那帮游手好闲的邋遢姑娘调教好了！你特别喜欢洗衣服吧？"（格雷厄姆著，赵武平译，2004：149—150）

译文8：

"太太，那么你是当洗衣业的么？"画舫妇人殷勤地问道。"那是一种很好的事业，我敢说我不会说得太过分。"

"那是全国最好的事业，"青蛙骄傲的回答。"绅士们都教我洗——他们不愿意请教别人，因为他们都很信托我。我完全明白我的工作，一切都由我自己费心。洗涤，熨烫，上浆，替各种绅士们预备晚上穿的精美的衬衣——一切都要亲自过目。"

"但这许多事一定不是你亲自做的，太太？"画舫妇人尊敬地问。

"我是有女工的，"青蛙随便回答："大约二十多个女工常在做工，但是太太，你晓得女工是怎样的人！我常称他们龌龊的贱人！"

"我亦是这样，"画舫妇人欢然说："不过我敢说你是会把这些懒惰的下流女子整顿的！你可是很喜欢洗涤的事？"（格雷厄姆著，朱琪英译，1936：238）

人物对白是儿童文学中最接近儿童日常生活交际场景的文学形式，其中的角色在儿童读者看来充满了游戏感，因为儿童是最热衷角色扮演的一类人群，他们随时会沉浸在对假想的一个游戏中人物角色的扮演当中。生活在不同民族、文化和地域的儿童都可能在某一个时期特别热衷于玩"过家家"或"枪战"这样的游戏，游戏带给儿童强烈的代入感，当他们沉浸在游戏当中时，日常生活中无法被疏解的焦虑得以适当宣泄。文学作品中的对白部分是儿童最热衷关注的内容，从某种意义上来讲，儿童文学作品的对白在形式上也是一种有代入感的游戏，儿童读者在阅读对白部分时，会代入某一个角色或在角色之间迅速转换，为角色的境遇牵肠挂肚。

景物描写与心理描写相比，人物对白部分不宜增大审美难度和时长，以免造成阅读过程的延滞和不必要的中断。如同儿童在玩游戏时的情境一样，游戏没有开始时，游戏规则繁复一些倒也没有什么太大问题，一旦游戏开始，就不可能有太多时间停下来思考游戏规则以及游戏怎么继续进行下去等问题了。因此，从儿童语言认知的特点来看，人物对白中的繁复拖沓的句式结构是儿童文学创作和翻译的大忌，儿童读者期望读到的人物对白在语言形式上是短句而非长句，是紧凑的过渡而非大量的铺陈。以清新文风称道的 The Wind in the Willows 在人物对白上呈现"短平快"的特点，即短句多，口吻平实，转换与过渡很快。原文中的这部分对白紧张有趣，绘声绘色。从监狱中一路逃出之后假扮成洗衣服的癞蛤蟆积习不改，为搭上船顺路回家，在船妇面前极尽吹嘘和夸大其词，被打肿脸充胖子的癞蛤蟆浮夸做作的言语一时蒙蔽了头脑的船妇在一旁连连附和。译文要突出原文"短平快"的特点，需要在句式结构上尽量精练，减少冗余的表达，原文中在这部分预设的"包袱"是癞蛤蟆被船妇识破之后出尽洋相，儿童读者期望对白中很快能"抖出"这个"包袱"。

译文的简洁程度其实可以从"Finest business in the whole country"这一句中窥见一斑。试比较李永毅译文"应该说是全国最好的行业"，马阳"世界上最好的营生"，任溶溶"是全国最好的"，孙法理"是全县最好的行当"，杨静远"全国最好的职业"，张炽恒"全国最好的行当"，赵武平"全郡最好的行当了"，朱琪英"那是全国最好的事业"，原文是一个省略句，英文中主系表结构的句式如果是对上文的回应和附和，也经常省略主语和系词，只保留作表语的名词或形容词。汉语的语法规则和英语相异，汉语中这种主系表句式中的系词通常被保留下来放在句首，以强调对上文所述内容所持同意观点的程度。比如，"你要找的那只袜子是蓝色还是绿色？"这个问句，我们当然可以用"蓝色"或"绿色"来作答，但"是蓝色"或"是绿色"式的回答就是一种强调。以上译本中只有任溶溶译本和孙法理译本关注到了这一点，而任溶溶译本是所有译本中用词最少的。仔细对照可以发现，任溶溶译文中略去了原文中的"business"一词，在其他译本中被处理为"行业""营生""行当""职业"及"事业"。这种以形容词代名词并以"的"结尾的用法在汉语中比比皆是，有一点类似于英文中的"名词性物主代词"，但汉语中的这种用法又不仅仅局限于"名词性物主代词"上，适合多种表意情境。比如"花瓶是哥哥打碎的"，"他是爱你的（人）"，"这不是用来写的（东西）"。任溶溶有中国语言文学专业科班出身，毕生从事儿童文学工作，对儿童语言的体悟比别的译者要深。这部分省略的处理看起来虽是一个微不足道的小细节，但译者对上下文衔接的掌控程度却一目了然地反映了出来。

"Washing, ironing, clear-starching, making up…"这部分并列成分的处理上，只有任溶溶译本和张炽恒译本中将前三处并列关系译作"洗、熨和上浆"，汉语中的"浆"（一声）作动词时和其作名词时的读音一样，但"浆"作动词时后接宾语，比如"浆衣"或再加一个动词连用，比如"浆洗"比较常用，动词"浆"单独使用远没有"上浆"的名词用法常用。而且由于地域上的差异，并不是所有儿童都可以准确理解"浆"这一动词表示"上浆"的意思，较易和作名词的"浆"（四声）产生不必要的混淆。任溶溶译本以简洁著称，在儿童文学作品翻译的必要之处添加词语以更好达意的处理方法并非只有将儿童读者时刻装在心里的译者才能做到，但逢细微之处必然照顾儿童读者阅读习惯的，一定是经验丰富的儿童文学翻译家。原文中"Nasty little hussies"的处理又是一例。翻译中的文化表达无法做到完全的忠实，有一些涉及表达禁忌的语言被弱化恰恰是译者翻译伦理的体现。东方文化以含蓄著称，将外国儿童文学作品中涉及性暗示的词语和称谓弱化符合翻译伦理，并不是一种"选择性失明"，"hussy"词义中"immoral"的成分在这样一部动物小说中被翻译成"贱人""贱货""烂货""小浪妇"等带有明显的性别侮辱及性暗示的词语实在有辱斯文，也和东方文化儿童文学书写传统的格调相悖。人在一生中真正保持纯真的时间有限，成年人有义务为儿童净化语言空间，多保留一份纯真在他们的世界里。

翻译中合理的"过滤"不仅不是违背翻译伦理，而且是对译者所担当社会责任在翻译伦理中的诠释。从这个意义上而言，"浅语"之"浅"绝不是"浅俗"，而是一种纯真的境界。

第三节 儿童文学审美之"游戏精神"与"任溶溶现象"

"象征资本被象征资本所吸引。"（Bourdieu，1991：238）布迪厄的这一观点在其分析婚嫁对象选择标准的经典例子中得到更具体的阐释，"富有的继承人总是迎娶富有的女继承人。"（Bourdieu，1990：65）任溶溶在世界儿童文学宝库中的不断探寻和他本人创作的大量优秀儿童文学作品，都指向了儿童文学的一大内核，那就是游戏精神。

刘绪源将儿童文学的三大母题定义为"爱的母题、顽童的母题和自然的母题"（刘绪源，1997：9），顽童的母题照应的是儿童文学中无处不在的游戏精神。从心理学的角度来分析，因为儿童在将感知内化为表象并建立相对应的符号功能之前，无法完全通过事物的表象进行思维。所以在从婴幼儿期向少儿期过渡阶段，心理上要经历游戏和现实相剥离的焦虑感，儿童读物中和现实背离的场景、夸大的语言描写和对白、惊险刺激的故事情节等游戏元素的介入，不仅是寓教于乐，读书认字的媒介，更是舒解儿童期心理剥离感的途径。

"只要不是一个洋娃娃,是一个真的人,在真的世界上过活。就要知道一些真的道理"。(张天翼,1991:76)张天翼是新文化运动以来中国幽默儿童文学创作的开山斗士,其作品和创作思想影响了包括陈伯吹、任溶溶、郑渊洁等70年代末以后活跃在幽默儿童文学创作领域的一大批作家。童年期的阅读内容会影响人一生的情志、理想和抱负。我们在《"没头脑"和"不高兴"》《一个天才的杂技演员》《土土的故事》等任溶溶原创儿童文学作品中,均可捕捉到张天翼幽默儿童文学创作中游戏精神的影子。

任溶溶曾坦言"小时候读过的张天翼童话《奇怪的地方》留在他脑子里的烙印特别深,以至任溶溶人到老年,那记忆仍非常深刻"(马力,1998:34),虽然受普通读者关注最多的当属张天翼的童话代表作《大林和小林》(1932)、《秃秃大王》(1933)、《宝葫芦的秘密》(1958),在当当网键入关键词"张天翼"搜索,各大出版社不同版本和版次的这三部作品的排行、销售量和读者评论数都非常巨大①。任溶溶在回忆录中提到的《奇怪的地方》并不属于张天翼系列作品中的热门著作,由此可见任溶溶对张天翼作品甚深。

因为有早在雷士德中学打下的坚实的西学功底,任溶溶甚至在他的原创作品中,也能将异质的外国文化元素熟稔运用,让人产生有些原创作品是译作的错觉。出版于1964年的儿童小说《亨弗雷家一个"快活"的日子》就是这样一个例子。早在50年代任溶溶儿童诗和儿童小说创作中风格鲜明的"游戏型"作品,承袭了张天翼"游戏型儿童文学"之开山之作《大林和小林》和《秃秃大王》中的幽默风趣,却淡化了作品本身的教化功能和讽刺意义,在作品的水准上更靠近林格伦。(孙建江,2013a:46—47)任溶溶80年代起开始翻译的一系列林格伦儿童文学作品,和他在80年代的创作作品一道,将"任溶溶现象"诠释到了极致。"任溶溶新时期最初几年创作的儿童诗与他五六十年代创作的儿童诗区别尚不是很大",进入80年代以后,任溶溶的创作"达到了炉火纯青的境地。其作品的游戏感远远超出了他以往的各个时期"(孙建江,2013a:239)长期以来笃信和坚持的"游戏精神",并没有止于其创作作品,而是一路高歌

---

① 参见当当、亚马逊和京东三个图书销售平台键入关键词"张天翼"之后所得的搜索数据。

猛进，在外国儿童文学作品的译介中不断被映射和实践。任溶溶创作作品和许多可以被列入"热闹派"的经典外国儿童文学作品相遇，难免惺惺相惜。我们可以找出一长串作家和作品的名字，其中不乏经任溶溶译介被国内读者初识并影响了几代人的作家作品，如科洛狄的《木偶奇遇记》、罗大里的《洋葱头历险记》、林格伦的《皮皮三部曲》以及达尔的《查理和巧克力工厂》。

任溶溶同时代的许多其他儿童文学作家，在他们的青年时期（50—60 年代）也曾留下一些在当时有影响力的作品，如张天翼的儿童小说《罗文应的故事》、袁鹰的散文《丁丁游历北京》、严文井的童话《蚯蚓和蜜蜂的故事》、秦兆阳的童话《小燕子万里飞行记》等，而他们的儿童文学生涯都因为"文化大革命"的到来而被迫中止，在"文化大革命"之后再无新作推出。这些作家的作品在 20 世纪 80 年代本土儿童文学创作与翻译又重新焕发生机以后，其影响力不断被消解；而一直坚持翻译与创作的任溶溶，则拥有不同年代的大量读者。"文化大革命"十年浩劫中，儿童文学也同样被要求向政治运动靠拢，"文艺为工农兵""文艺为政治"的口号下儿童文学作品的题材也以革命样板戏和阶级斗争为主。（张锦贻，1999：45）虽然在体裁上和读者群体上有别于其他文学样式，在"'以阶级斗争为纲'的时代语境中，儿童文学的创作也大多以两极对立为主的方式结构作品，或者以剥削阶级与被剥削阶级的对立，或者以敌寇与我军的对峙，或者以坏孩子与好孩子的对比，在结构方式上常常显得单调划一。"（杨剑龙，2005：32）

任溶溶创作的作品中，没有"好孩子"与"坏孩子"这种对立式的故事线索，取而代之的是淘气中有童真、顽皮中有性情，热闹中有反思的丰满的儿童人物性格特点，故事主体既和现实生活密切相关，又充满了幻想与冒险。任溶溶作品本身就是对游戏精神的最好诠释。改革开放后，新生代儿童文学作家相继成长起来，50—60 年代活跃的这批儿童作家慢慢淡出了读者的视线。任溶溶在"文化大革命"的沉寂期学习了意大利语和日语，为之后在《外国文艺》编辑部译介意大利儿童文学作品奠定了坚实的语言基础，而成名作《木偶奇遇记》的出版为其在翻译界的象征资本又增添了一份举足轻重的筹码。

任溶溶长期的生活和工作地上海作为中国现代儿童文学的发祥地，在文学艺术方面都引领时代之先，客观上也为任溶溶作品的推介、第一手翻译资源的获取及翻译创作本身提供了条件。儿童文学创作方面,任溶溶早年声名鹊起的作品是《"没头脑"和"不高兴"》至今仍拥有庞大的读者群,如前所述,浙少版总印量已逾180万册。从当当网查询的数据显示,仅2012年浙少版社再版的《中国幽默儿童文学创作·任溶溶系列》分全三册和全五册两个版次,均包括《"没头脑"和"不高兴"》。在这个印量统计数据中当然还不包括其他出版社出版的其他版本或在其他儿童文学选集中收录的《"没头脑"和"不高兴"》,比如江苏少儿出版社2009年出版的动漫版本、南方出版社2014年出版的连环画版本,以及2013年贵州人民出版社出版的《中国儿童文学名家名作典藏》等收录有任溶溶其他作品的版本等。

任溶溶在儿童文学场域内作为知名儿童文学作家的声望,教育和出版等文学关联领域在制度层面的优待,使《"没头脑"和"不高兴"》自50年代初版[①]以来,逐步在不同时代的受众读者群体中塑造出"本土原创经典儿童文学作品"认知印象。近年来基础教育阶段对课外阅读的重视和推介、当当网等专业网上图书销售平台的兴起使"经典作品"被包装和推介出来,其中就包括一大批影响老中青三代读者的经典儿童文学作品[②]。然而长期以来,儿童文学创作被视为"小儿科",儿童文学作家所赢得的声誉远远不及为成年人写作的作家,主流文学批评和文学史的教材中对儿童文学只是一带而过。

儿童文学翻译对译者外语水平和文学素养的要求并不亚于其他类型的文学作品翻译,在儿童文学创作与儿童文学翻译两个领域有一大批代表作的翻译家并不多见。"据不完全统计,在解放后的十七年中,全国的翻译工作者对外国儿童文学作品的译介共426种,而任溶溶一个人的翻译就多达30多种,约占翻译总量的8%左右。"(马力,1998:61)从作品数量来看,任溶溶的译作要远远多于创作作品,但是儿童文学研究中非常引人瞩目的"任溶溶并不是创作最丰的作家,但一旦提笔,就有佳作"(马力,1998:49)、"像任溶溶这样注重表现作品游戏精神的诗人,尚无第二人。任溶溶的高品位、全方位、一以贯之是他在游戏型诗歌的创作中独领

---

① 《"没头脑"和"不高兴"》首次发表于《少年文艺》1956年第2期。
② 《"没头脑"和"不高兴"》被国家新闻出版部门和国家教育部门列为向全国青少年推荐的好书;还被新阅读机构推荐为全国小学生必读的三十本书,位列第三。

风骚"、(孙建江,2013a:242)"他翻译的作品总是那些思想内容和艺术形式结合得较为完美,或创作上有独特风格的作品……译作文字通畅易晓……也是一位深受小读者欢迎的儿童文学作家,而且是一个多面手,写过故事、小说、童话、诗歌和美术电影剧本,写得都自然、亲切、风趣、幽默"(黄云生,1996:206)之"任溶溶现象",却是非常值得玩味的。文化大革命之前,茅盾在《六〇年少年儿童文学漫谈》一文中表达出对儿童文学创作的忧心忡忡,"政治挂了帅,语言脱了班,故事公式化,人物概念化,语言干巴巴"(茅盾,1961:9)在"文化大革命"十年浩劫中,茅盾的这一担忧更是一语成谶。有良知、有担当、有操守的儿童文学作家在"文化大革命"期间几乎集体失语,并没有沦为政治闹剧的工具。

1956年发表《"没头脑"和"不高兴"》时,政治风暴尚未来临,儿童文学创作领域尚未"百花齐放",这也是这部作品能在当时引起巨大反响,并在之后的很多年受到追捧的时代原因。"热闹派"儿童文学创作潮流自20世纪80年代出现以来,包括任溶溶在内的"热闹派"作家都曾被批评他们创作的作品"热闹有余,回味不足"。客观地讲,在科技发展日新月异的大背景下,儿童文学创作领域新人新作不断涌现,《"没头脑"和"不高兴"》在幽默元素的运用方面还是略显单一,在儿童心理的表现手法上也不是非常细腻,但是鉴于作品创作的时代背景及局限性,评价一部经典作品"热闹有余,回味不足"显然是有失公允的。任溶溶在中国儿童文学翻译事业上的筚路蓝缕,是对"任溶溶现象"最好的注解。游戏精神,是"任溶溶现象"中最引人入胜的地方。

随着"一带一路"文化政策的推进,以《古丽雅的道路》为代表的俄罗斯优秀儿童文学作品,在21世纪的第二个十年重新进入读者的阅读视野,作为这批经典作品的译者,"任溶溶"这三个字的符号性就是对"任溶溶现象"的最好诠释。

第四节 任溶溶审美的社会学解释

布迪厄社会实践理论中,资本有四种形式,即经济资本、社会资本、文化资本与象征资本。其中,文化资本包括身体化(embodied)、客观化(objectified)和制度化(institutionalized)三种存在形式,涵盖精神、性格、语言风格,译作、书籍、词典与学术资格等内容,是文化主体化、客体化与制度化的综合体。(曾文雄,2012:83)任溶溶积累的文化资本,和他本人在儿童文学方面的审美旨趣不无关系。任溶溶作为多重身份交融的审美主体,其翻译作品的风格深深植根于他本人的审美惯习:儿童文学作家的天马行空、儿童文学翻译家的不老童心以及外国文学编辑的冷静缜密共同成就了任溶溶翻译作品中既稚拙烂漫又平实可亲的独特风格。

朱光潜在《西方美学史》一书中把科学中的求"真"和艺术中的求"美"都视为一种完善,"完善是事物的一种属性,它可以凭理性认识到,也可以凭感官认识到。"(朱光潜,2002:290)文学审美的对象不是科学,审美志趣只有高下之别,无对错之分;文学审美的主体是人,人的社会属性决定了文学审美带有明确的社会性。文学审美并不是纯粹的艺术鉴赏行为,审美动机、审美能力和审美趣味中都蕴含着审美主体的教育背景、生活经历和社会经验。

在审美接受中,审美主体的鉴赏行为是自觉的、带有倾向性的,是其社会化经验被内化之后的自发选择。"审美主体的情感与知觉、想象、意志等主体心理因素都被充分激活起来,在令人心驰神往、激情洋溢之时,又有所领悟和发现"(陈相伟,2006:64),文学翻译中审美主体通常需要完成两重审美行为,即原文本的审美接受和译文本的审美选择。作为艺术再创造行为的文学翻译,审美客体即翻译文本"包含着艺术语言、艺术形象和艺术意蕴三个层次,与这三个层次相关的则是接受过程中主体的审美直觉、审美体验和审美升华三种心理状态。"(陈相伟,2006:65)

"文化大革命"中在被关进牛棚进行"改造"期间,任溶溶捡起了意大利语和日语两门外语,被贴上"牛鬼蛇神"标签的任溶溶,在"文化大革命"期间通过意大利语版《毛主席语录》学习意大利语,实属苦中作乐,非达观乐天的性格不能成就也。"文化大革命"十年浩劫之后,文学艺术领域被禁锢封锁的对外交流重新开启,在之后的十年中(1977—1987),任溶溶最值得称道的翻译作品便是对罗大里(意大利)、林格伦(瑞典)和特拉弗斯(英国)等作家的经典作品的翻译。除此以外,他还翻译了今西祐行(日本)、普希金(俄国)和扬松(芬兰)等作家的作品。

作为一名优秀的儿童文学工作者,在长达十年之久的文化交流的真空期之后,选择翻译不同国别、不同语种来源的儿童文学作品既是一种自在的审美渴求,也是一种自为的责任担当。和"顺便"学习意大利语的经历非常类似,任溶溶在"文化大革命"期间学习日语的经历基本上大同小异。这就不难解释"文化大革命"一结束,任溶溶在短时间内推出这么多不同国别不同语种的儿童文学翻译作品。早年雷士德中学学习期间的英文底子为任溶溶之后的外语学习和翻译打下了基础,在大夏大学中国文学系的科班学习经历是任溶溶醉心于语言文字工作的强大知识后盾。"文化大革命"之后大众对自由空气和人文情怀的向往,使得大批在"文化大革命"期间被视为"毒草"和"腐朽文化"的优秀作品得以译介,长期处于外国文学边缘地带的儿童文学翻译也由此搭上了这趟顺风车,中国人从任溶溶的翻译作品中知道了科洛迪、林格伦和罗大里;喜欢上了"匹诺曹"、"波平斯阿姨"、"洋葱头"和"长袜子皮皮"。"生产创造消费,消费也创造生产。心理结构创造艺术的永恒,永恒的艺术也创造、体现人类流传下来的社会性的共同心理结构。"(李泽厚,2008:217)

　　文学艺术没有国界,儿童世界的纯真、美好和稚拙也是跨越国界的。"老顽童"热爱儿童、执着于语言文字、跨越了年龄的童真和文字相映成趣,跨越了语言和国别的"真善美"在每一个妙笔生花处熠熠生辉。简洁、凝练、符合儿童语言习惯的译笔中饶有兴味的本土化表达不仅没有消解原作中家喻户晓的人物形象,反而成就了外国经典儿童作品的中国化阐释。在文学翻译中,译者的翻译风格是大量翻译实践基础上被内化了的个人审美志趣,儿童文学翻译和创作的交融使得任溶溶的翻译文本与创作文本间存在明显的互文性,翻译给予了创作灵感,创作使翻译文本有了更强的整体性。与此同时,经典儿童文学作品中人物原型的相互借鉴与融合使得不同国别和语言的儿童文学文本间都存在明显的互文性。任译经典儿童文学作品与其他翻译文本的互文性,证实了互文在儿童文学翻译作品中的普遍存在,对互文性因素的社会学分析反过来可以证实互文性在儿童文学翻译作品经典化塑造过程中的影响与意义。

　　张嘉骅在其《"知识集"概念与儿童文学研究》一文中阐释加拿大学者培利·诺德曼(Perry Nodelman)于1992年提出的知识集(a body of knowledge)这一概念时,提出这样的观点:知识集"可能触及文化中许多隐微的角落,从而构成一种极为复杂的意义网络。它的一个最为明显的特征就是参照性:参照较早的作品,参照社会,参照历史成规,或者说,参照整个文化中可参照的事物。"(张嘉骅,2005:57)在其儿童文学理论专著《儿童文学的童年想象》一书中,张嘉骅将儿童文学的生成过程以"知识集"的概念进行论述,提出"童年"概念与"成年"概念的交互与渗透性,并进一步提出儿童文学的"成人—儿童"之交互主体性,即互文性。"在'儿童文学知识集'里,'童年'概念就是参照'成年'概念而发生的,它的互文性就在于它与'成年概念'具有相互的关联,并非单独的存在。"(张嘉骅,2016:22)知识集的概念是建构性的,探讨儿童文学的"儿童本位",却不剥离"儿童本位"的实践主体——成人的主体性,是对长久以来儿童文学"本质论"的反拨。"一般认为,过去的'儿童本位论'就是太过于强调单方面的'儿童化',致使成人的主体性在儿童文学里遭到刻意的漠视,也让成人在儿童文学里被严重的客体化"(张嘉骅,2016:167)儿童文学工作者的使命是贴近儿童的生活与内心,而不是无视自己的成年人身份。

任溶溶儿童文学创作和儿童文学翻译并行的职业生涯中构建起来的知识集,是其成长环境、教育背景和职业经历共同促生的产物,张嘉骅在儿童文学的"知识集"概念基础上提出的儿童文学作品生成的"成人—儿童"交互主体理论,使得"成人"这一儿童文学的创作主体对文本的影响和制约浮出水面,对"成人"创作主体避而不谈的本质主义的"儿童本位"走向建构主义的"儿童本位"。儿童文学之"知识集"和"成人"主体性(主体间性)的提出,不是对"儿童本位"观的颠覆,而是使其走向辩证和多元。儿童文学作品中的"童趣""童真""稚拙"等浅语之美是建构性的,是儿童文学创作者和翻译者在社会实践活动中习得、体悟并在作品中加以呈现的一种特征。如果在考察儿童文学作品中"童趣"、"童真"和"稚拙"等审美维度的特点时,完全将视点聚焦在文本上,难免落入本质主义的窠臼之中。儿童文学"知识集"是综合了儿童文学工作者个人成长经历、教育和职业背景的经验"合集",儿童文学翻译和创作活动中的互为参照和凭借形成的独特文本互文关系,也同样可以被纳入"知识集"当中。在关注文本是什么的同时,考察"为什么"的问题,是文学和社会学的交融。对作品的互文性特征、接受与传播状况、经典化构建过程等诸问题的考察,使得笔者自觉地走向布迪厄的社会实践理论寻求分析工具和框架。

在中国儿童文学史及儿童文学翻译史中,著译等身的名家并不少见。而在半个多世纪的翻译和创作生涯中,任溶溶跨越不同的译出语并且成功地把外国文学经典及外国儿童文学经典变成本土翻译文学之经典之最重要因素,是他在丰富的翻译实践中构筑起来的丰富的儿童文学的"知识集"。任溶溶50年代开始文学翻译之时，囿于当时的社会意识形态，用俄语翻译了大量文学作品，其中《古丽雅的道路》（时代出版社1953年出版，海天出版社1995/1996，上海译文出版社2004再版）迄今为止，依然是俄罗斯翻译文学中的经典。"文化大革命"之后的1976年，任溶溶在其供职的上海译文出版社负责编辑《外国文艺》《外国故事》杂志，开始大量译介包括瑞典女作家林格伦和意大利儿童文学家罗大里在内的欧洲多国优秀儿童文学作家的作品。创作、译作和翻译过程都是互相交织的知识集，兼儿童文学翻译家与儿童文学作家为一身的任溶溶，拥有丰富的儿童文学知识集，它们彼此参照和渗透，为其译作在中国儿童文学翻译领域的经典化提供了主观上的可能性。儿童文学"知识集"和"成人—儿童"交互主体、翻译与创作的文本互文都与布迪厄社会实践理论的"惯习"的概念不谋而合。

第四章　任溶溶汉译英语儿童文学经典化构建的文学因素：文本互文

　　文学翻译审美和文学翻译互文作为经典化构建中的"文学内"因素，其重要性不言而喻。文学文本是研究经典化构建的对象和"本体"之一，忽略内容本身的任何外围研究是孤立的和虚无的。文学翻译审美始于译者翻译活动中的一系列翻译选择，表征在最后呈现的翻译文学作品的风格中，最终被译本的读者所接受。串联起文学翻译审美活动的是译本，以审美对象的身份进入读者关照的译本不是孤立的，原文本的"经典性"因素，该译本与其他"经典"文本在内容和形式上的互为凭借与参照融合在一起，最终生成该译本经典化构建中的内容与风格要素。

　　在文学艺术领域，互文是文学艺术作品生成的重要因素。社会学不同理论流派中对人类社会活动的探讨都离不开对个体、群体、个体与群体、群体与群体间相互关系的分析与梳理。视社会为网格状结构之"场域"的布迪厄，将社会行为视为表演，参与者在与别人互动中扮演不同社会角色的戈夫曼以及将整个社会视为一个系统与子系统之间各种互动关系的卢曼，都在从不同的视角强调社会活动的互动与共生关系。文本的互文性背后隐藏的是社会活动中的关系，本文对任溶溶汉译儿童文学经典化历程中文本互文的探讨以布迪厄的社会实践理论作为分析工具，在探讨互文关系的同时，将文本置于一个广阔的社会视野之中，探讨产生互文的原因。

　　任溶溶自 1953 年发表第一首儿童诗歌《一本书的来历》以来，在长达半个多世纪的以儿童文学为主的翻译和创作生涯中，共发表儿童诗 60 余首，出版儿童诗（文）集 5 部，创作儿童小说 5 部，童话 5 部。这就不难解释为什么任译版本的很多儿童文学作品，在不断有新译版本出现的情况下，其译作的经典地位依然无可撼动。"一流的译者是那些曾经创作过与所译原文同类作品的人"。（秦文华，2006：183）"互文性的翻译研究将研究对象从文本与文本引向了文本与读者、文本与译者,也引向了文本、作者、读者、译者与文学、与外部社会历史语境的对话之场。"(秦文华,2006:37)

　　笔者认为,翻译的互文性除了跳出文本(译出语文本)和文本(译入语文本)的框架以外,也可以停留在文本(一个翻译文本)和文本(同一部作品的其他翻译文本/该翻译家的其他翻译作品的文本)之内,探讨文本与文本之间的互动关系和翻译风格和翻译文体的特征化。德语文学专家、《格林童话》汉译本的权威翻译家杨武能在《格林童话在中国的译介》一文中回应"对于任溶溶、孙幼军、严文井等中国现代童话作家来说,阅读学习格林童话似乎也是提升他们修养的一个重要途径"这样的评价时,杨武能的评述是:"《安徒生童话》的产生比《格林童话》要晚几十年,也在很大程度上受到了格林童话的影响,甚至有些题名大同小异,可能就源自格林童话。例如安徒生的《野天鹅》,与格林兄弟的《六只天鹅》母题和情节如出一辙。可以说,中国作家在受到安徒生童话影响的时候,实际上已经间接地受到了格林童话潜移默化的熏陶和影响。"(付品晶、杨武能,2008:99)虽然在这篇访谈文章里,付品晶所做评价中对任溶溶的身份预设是"现代童话作家",《格林童话》对任溶溶的影响的重点是在创作层面上。但是任溶溶作为《安徒生童话》在中国的三大汉译名家之一,其翻译文本和受到《格林童话》的影响,是不言而喻的。任译《安徒生童话》和《格林童话》汉译本的互文关系,自然也是非常值得研究的一个话题。

　　翻译家大多在翻译理论方面都少有系统的阐述,但是译序、译后记等副文本的存在伴随着的是"译者在场的文内互文"(intratextual evidence of the translator's evidence)(Lathey,2010:174),译者的声音通过副文本,与翻译文本产生的互文关系显露无遗。儿童文学文本间存在的互文关系,在很多不同国别、不同语言、不同文化中的文学作品中,都可以找到明显的线索。比如"小红帽"系列童话,学界对究竟《小红帽》是佩罗的创作作品和格林兄弟从民间故事整理而来至今存在争议;也有学者认为《小红帽》故事的原型来自更早的法国民俗学者米利安整理的《狼外婆的故事》,而这个故事又从拉丁国家口口相传流传的民间故事《多彩的小舟》演变而来。从《小红帽》几百年来的版本流传历史来看,互文性是世界各国儿童文学经典作品生成和演变的重要因素,翻译对不同文化之间的文本交流与借鉴提供了一个通道。以下对任译儿童文学经典作品与经典儿童文学作品他译译本、其他经典儿童文学经典译本、任溶溶创作作品之间互文性的分析,并非只是在字词句的层面去验证儿童文学翻译中的互文性,而是通过社会学的视角和文本细读的分析方法去阐释互文性这一表象之下促成任译翻译儿童作品经典化的社会学原因。

第一节 文本互文关系中的《安徒生童话》与《格林童话》

场域斗争和资本争夺这些原本波澜不惊却暗流涌动的生存法则,在有较多市场化营销和运作因素介入的图书销售平台,演变成了完全可视的、赤裸裸的对经济利益的追逐。但是从历时的角度来看,文学场域中的游戏规则和资本争夺的事实在宏观层面是没有发生改变的,行业内从业者向来都是以拥有资本的多寡来分配场域内可能带来的现实经济回报。"名家名作"或"名家名译"这种最常见的图书产品的包装、定位和营销方式更容易为读者营造出一种先入为主的心理感受;冠以这样标签的图书产品在出版销售方面通常都有不俗的成绩,象征资本的不断累积筑就的"名人效应"挤压同类产品在场域内的生存空间,这在某种意义上也可以解释很多优秀的外国文学作品在被引介之初,会有不同翻译版本相继进入图书出版市场,然而诸如"名家最新力作""名家名译"这样的强势标签使得某一译本或某几个译本占有绝对的压倒性的优势,而其他译本则逐渐被市场淘汰,被挤压至场域的边缘直至完全销声匿迹。

五花八门的译本在短期内涌现只能在一定程度上消解和分散经典译本的受追捧程度,却无法撼动场域内被奉为经典的那些译作所处的中心位置,维持场域内游戏规则正常运转的是读者、批评家、图书发行方、经销商共同认可的象征资本。笃信这种幻象能够创造经济价值、并不断巩固和强化某一经典翻译作品所持有的象征资本,"名家名译"作品之间的争鸣才显得合情合理,探讨经典作品与其他经典作品之间的存在的关联和共性,则很有必要。以下部分研究的《安徒生童话》任译本与叶译本、林译本、石译本之间的互文性及任译《安徒生童话》与《格林童话》跨译本间的互文性,试图透过微观语言层面的分析和梳理,为经典化构建过程中的文学因素找到合理的解释。

一　任译《安徒生童话》与其他译本的互文

《安徒生童话》是儿童文学翻译世界当之无愧的宠儿，被翻译成140多种文字的不同版本的《安徒生童话》在全世界传播，并拥有跨越年龄层次的庞大读者群。在中国的百年译介史中，周作人于1913年把安徒生童话第一次介绍到中国，之后众多文学界名流纷纷加入了翻译安徒生童话的队伍，直到20世纪50年代初，叶君健译出《安徒生童话全集》，叶译本也成为迄今为止《安徒生童话》全译本中最为权威的版本之一。（李红叶，2005：154—159）叶君健、林桦和石琴娥都是外文系毕业[①]，任溶溶则是科班中文系毕业[②]，掌握数门外语。叶君健是《安徒生童话全集》的首译；林桦曾是我国驻丹麦使馆工作人员，他于1994年底完成，1995年由中国少年儿童出版社出版的《安徒生童话全集》是林桦对其北欧外交生涯的一次总结和对北欧儿童文学的致敬。和林桦的经历非常相似，石琴娥曾长期供职于我国驻瑞典和冰岛使馆，2001年由浙江少年儿童出版社发行的石译本《安徒生童话》译自丹麦原本，2010年由湖南少年儿童出版社推出石琴娥译《安徒生童话全集》（上、中、下）。

任溶溶译《安徒生童话全集》出版于2005年，是安徒生童话经典全译本中唯一一本从英文译本转译的译本。任溶溶对《安徒生童话》的翻译可以追溯到20世纪80年代，他对译文的把握，建立在自己多年一直从事儿童文学翻译与创作的大量经验之上，在语言风格上更贴近儿童读者的审美期待。任溶溶译浙少版《安徒生童话全集》已获准使用HCA—2005（丹麦安徒生诞辰200周年纪念活动）项目专用标识，是迄今为止全球华文地区唯一获得专用标识授权的《安徒生童话全集》，并获丹麦安徒生诞辰200周年纪念活动委员会以及丹麦官方认可。被列为丹麦官方2005年安徒生纪念活动在中国启动的重要内容之一[③]。

叶君健、林桦、任溶溶和石琴娥译本作为迄今为止公认的安徒生童话的权威译本，通过对他们在儿童文学领域所获得的荣誉和称号的比较和梳

[①] 叶君健毕业于武汉大学外文系；林桦毕业于清华大学外国语言文学系；石琴娥毕业于北京外国语大学英文系。

[②] 任溶溶毕业于大夏大学（华东师范大学前身）中国文学系。

[③] 参见浙江少年儿童出版社官网。

理，不难发现这四个经典译本在图书销售平台上的畅销，其实在一定程度上也是借力于名著＋名译这样的捆绑关系。非常耐人寻味的一点是，我们一直默认并且坚信名家名译作品的语言是高水准的，只是翻译风格各有千秋罢了。2017年以来，青海师大副教授黄少政质疑许渊冲"抄袭"和"英文不过关"的风波引来社会和学界一片哗然[1]。刊载于广西翻译协会官方网站的文章《许渊冲回应抄袭指控：这是走中国路还是走外国路的分歧》[2]一文中，许渊冲就黄少政提出的质疑做出了一一回应。一位普通学者对许渊冲这样一位"翻译界泰斗"的权威性发出质疑的声音，确实引人关注。

在传统纸媒时代，文学作品的读者批评（作为阅读者的普通读者）基本是个人化的、不被公开的、完全隐匿于官方的主流批评声音之外。文学场域内的争夺和斗争对于普通读者来说是不可视的。一部作品在传统纸媒时代的受追捧程度，可以通过其印刷量和官方的评介反映出来。缺乏竞争者的同时，普通读者的评价是隐匿的。这使得很多作品盛名之下，其实难副。布迪厄的社会实践理论中的场域和资本等概念，在以前单一的传统纸媒时代很难让普通读者能把它们和某部作品的出版发行状况联系起来，而在网络时代，这些概念都有了更切实的关照和更明晰的解读。

在文艺批评的标准不完全屈附于政治话语、不是完全为政治服务的时代，经典作品的生成大都需要经得起主流文艺批评和市场的双重考验。传统实体书店的颓势和图书行业电子商务模式的迅猛发展，给图书出版市场带来前所未有的冲击和挑战。数字时代的图书出版市场，读者通过网络渠道购买图书，在同一本书有不同作者（译者）的版本可供选择时，左右其购买意愿和最终购买决定的其中一个因素是来自其他读者对该书的评价。虽然我们经常抱怨人和人之间缺乏信任，却乐此不疲地接受别人的推荐、跟随别人的选择、相信被贴上"经典"标签的作品更有阅读价值。基于网络的读者批评这样一种非官方的、自发的、有商业化因素推波助澜的评介体系的存在，一方面强化了普通读者对经典作品的认可度；另一方面对作品本身的质量提出了更高的要求。具体来讲，商业化因素不仅包括

---

[1] 参见许渊冲翻译与比较文化研究院官方网站转载南方人物周刊的文章《翻译家许渊冲回应"抄袭"争议：我英文怎么不行》。

[2] 参见广西翻译协会官方网站。

出版商、经销商和代理商对某部作品或系列作品图文俱茂的精心策划和包装，如嵌入"名家推荐""销售冠军""感动全世界""权威版本"等推销的字眼，也包括在图书销售的读者评价后台管理中对不利信息的筛除以及"水军"和"五毛党"等因素和现象的普遍存在。

事实上，通过译本比较并不难发现，被冠之于名家名译的作品，并非都是完美到字字珠玑的行云流水之作。"瑕不掩瑜"这一四字成语是一直以来我们评价和界定一些作品的陈词滥调。从语言本身的质量而言，叶译版安徒生童话是这四个版本里面最为生涩的一部，和儿童语言和认知贴合度较差。笔者这样的阅读感受和评价并非贬此褒彼。在当当网官网主页面键入"叶君健安徒生童话"进行搜索，显示有130件（种）① 图书在售，以同样的关键词搜索林桦、石琴娥和任溶溶的译本，分别显示有18件（种）②、64件（种）③ 和39件（种）④ 图书在售。叶君健译本的畅销一方面可以归因为，对普通读者而言（儿童文学相关领域的业内人士除外）叶君健的名气更大，在不同版本的中国文学史上也有较多的描述。另一方面，又是名家又是首译在营销上的优势是压倒性的。

任溶溶虽然在儿童文学界是泰斗级的大家，但因为儿童文学本身的边缘性，还有很多人误认为任溶溶是个女翻译家，更遑论对其有多少了解。在主要的中国文学史教程中，儿童文学部分基本上是一带而过，对儿童文学翻译家更是鲜有提及。与此同时，"经典译本""权威译本""永远的珍藏"这样的提法和卖点对光顾书店和图书网站的潜在消费者来说，是最能够刺激他们购买冲动的营销攻势。叶君健生于1914年，任溶溶生于1923年。他们出生的时代背景相差无几，是在白话文运动前后。细读叶译版《安徒生童话》就会发现，其翻译语言中的机械和刻板体现在语言书面语体太多，而口语语体的使用又似乎跟儿童的认知力和语言习惯不搭调。

因为"名家名译"和"权威译本"这样符号性的指涉带来的先入为主的冲击，笔者在读完叶译本《安徒生童话》之后曾经一度怀疑自己对童话文体的了解有限，但是在把叶译本和林译本、石译本和任译本做了仔

---

① 当当网主页面键入关键词"叶君健安徒生童话"后所得搜索结果。
② 当当网主页面键入关键词"林桦安徒生童话"后所得搜索结果。
③ 当当网主页面键入关键词"石琴娥安徒生童话"后所得搜索结果。
④ 当当网主页面键入关键词"任溶溶安徒生童话"后所得搜索结果。

细的文本细读比较之后发现，笔者的疑虑并非杞人忧天。笔者在当当网实时查询到的买家评论最多的（截至 2016 年 9 月 9 日，共有评论 24973 条[①]）在售叶君健译《安徒生童话》（四川少年儿童出版社出版）中的读者评论中，去除对安徒生本人及安徒生作品的认识和评价，对出版印刷字体、纸张、价格和质量的评价以及当当网物流等与翻译无关的评价，以及对以赚取当当网积分为目的的无意义、格式化、重复化好评，诸如"好""好评""不错"或"很好"这样的评价，针对叶译本翻译水准的评论大抵分三类，第一类是主观好评型，占很小一部分，其中非常典型的评价是基于对过去年月的追忆和对叶译本的褒扬，而对于绝大多数普通读者而言，他们的购买冲动和跟风式好评最易受自己主观判断之外的其他因素（如图书网站或图书实体店的营销手段）的影响和干扰，由于在同类译本中，普通读者也许只听过叶君健的名字，对翻译语言水准本身的要求和期待并不高或者认为安徒生童话的语言原本就是这样；比如"小时候买的安徒生童话就是叶君健先生翻译的，那是那个年代的人独特的语言，很文艺""非常好。翻译很好。就是我小时候爱看得版本。现在介绍给孩子看。真是感慨万千""叶君健的翻译很权威，值得收藏""都说叶君健翻译的好，所以我选的这个版本，其实我喜欢语言更优美一点的""叶先生的翻译原汁原味，但是不太适合 3—8 儿童，如改成我们常用的语言或许更易为少儿接受"都属于第一类评价；第二类评价是对语言流畅度提出的质疑。

网络渠道购书方式的兴起和普遍接受过高等教育的"80 后"一代进入生育高峰，年轻一代父母对儿童书的品质提出了更高的要求，也相较"70 后"或更早年代的父母愿意在网络上和各种自媒体上表达和分享他们的观点。与此同时，接受过高等教育的"80 后"读者普遍有一定的英语能力。其中不乏一些人是喜欢购买双语读物或世界原著的英文版作平行阅读或对照。虽然安徒生童话的最初版本并不是以英文写就，但就其在世界范围内的传播来看，英文版相较于非常小众的丹麦语原著来说，显然拥有更大的读者群体。这类评价基本关注点如前文所述，是在语言的流畅度和儿童语言的风格问题上。比如"里头的插画确实不错，但翻译放在现在读总觉得有些拗口""有些翻译很奇怪，是不是因为版本比较老

---

① 参见当当网在售的叶君健译本《安徒生童话》的读者评价。

呢""翻译得很生涩，念给宝宝听有点儿白痴""买的时候在论坛上看到很多差评，当时没在意，当我收到这本书，看第一篇的时候，就彻底失望了，接下来抱着一线希望继续看下去，越看越郁闷，翻译的差极了，特别生硬。当时选了一本价格贵一点的就是力求翻译的质量好，现在很失望""翻开第一个故事是打火匣。第一面有一句话：'她的下嘴唇垂到她的奶上'……太粗俗了，不适合小朋友阅读""买了一本回来一读，发现翻译的实在太生硬了，完全照原著字面翻译，很多地方都读不通顺，不要说孩子，就是大人也难理解，不知道这种翻译水平也能出版，可笑啊"第三类评价可以被理解为第二类评价的激进版，言辞比较激烈，评论中具体到某处某句的翻译例举。

笔者通过对当当网在售的叶译版安徒生童话和林译本、石译本和任译本的读者评价认真比对发现，其他几个版本几乎不存在第二类第三类评价。值得思考的是，读者反馈很长时间以来是被遮蔽在主流批评之外的一种声音。互联网营销方式的兴起从某种意义上来说，释放了长期被拒之门外的读者反馈。除去网络销售平台渠道评论话语中非理性因素的和掺杂有强烈感情色彩的因素，读者反馈的声音还是值得主流批评界重视和倾听。

"读者评论"一词在时代的演进中已经被赋予了全新的意义。在自媒体时代到来之前，传统媒体的形象是高高在上的、权威的和不容置疑的。读者评论在传统媒体中的位置游离于主流媒体话语之外，又同时向主流媒体话语体系靠近；读者评论在传统媒体时代以"读者来信"或"编读往来"的方式存在，二元对立的批评话语特征在传统媒体时代，尤其是政治意识形态高压下的20世纪五六十年代表现得尤为明显。

乔清发表于《人民音乐》1951年第1期的《评马可左江的"前进，光荣的朝鲜人民军"》一边倒地赞扬马可曲作的同时，对左江的作品进行了全面的否定。马可的作曲"音乐语言和歌词是那样的紧密结合，是那样的新颖活泼，我们唱起来觉得很有力，有劲道"，而左江的所谱的乐曲"太无力了，不能显示我们的坚强意志……音乐语言进行得不十分顺畅，有些生硬，也没有感情……无疑他是失败了"。（乔清，1951：37）与此同时，信息渠道来源的局限与大众受教育程度偏低的状况使得这个时代的读者评论局限在相对较狭窄的一个文化圈子中，刊载有关文学艺术读者评论的刊物也无法让普通读者接近，这种评论既作为主流严肃文学批评的一种消遣而存在，同时在语言上谨小慎微、在"思想性"和"政治性"

上也不自觉地向主流批评的政治意识形态倾向和偏好靠拢，刊载机制本身设置的审查和筛选机制使得传统媒体时代的读者评论有其名而无其实。

发表于《电影艺术》1960年第1期的《读者对〈青春之歌〉的评论》一文中"概括综合"的评论极具代表性，是一种政治色彩浓郁，大而空洞的评论话语风格：《青春之歌》"是党的社会主义建设总路线在电影事业中光辉成就的表现，是电影创作丰收里的一颗硕果，是一部无愧于向建国十周年献礼的无论在思想性与艺术性上都达到高度成就的作品之一。"（张骑，1960：28）

我们无意颂扬自媒体时代允许多元化观点的发声，因为专业文学批评的声音在众声喧哗的自由空气中被消解，读者对文学艺术作品评论的有些声音必然是恶意中伤的、片面的、缺乏根据的。然而大众受教育程度的提升、信息技术和自媒体在大众生活中的不断渗透使得人们对文学艺术作品的业余的、不专业的批评声音不再被强行"屏蔽"，不再被主流话语体系拒之门外。我们可以从互联网童书销售平台的图书评论板块中五花八门的读者评论中窥其端倪。本文的研究是从社会学的角度全面审视任溶溶汉译英语儿童文学作品的经典化，并没有预设任溶溶的翻译作品在艺术性上比其他作家有压倒性优势这一前提，对其翻译作品风格和艺术特色的分析和解读并没有刻意营造其他作品在翻译审美与特色上的欠缺与不足。

译者对儿童读者的关照，不仅仅体现对儿童语言的共情，也体现对儿童阅读心理的细致体察。《安徒生童话》属于全世界的儿童，虽然任溶溶译本和杨静远译本并非从丹麦语原本译出，但这并不妨碍译者将所凭借的英语译本作为原本翻译时，对其中的不合理的部分进行修正，《安徒生童话》英语译本诞生之初的译者对儿童及儿童阅读问题的认识和20世纪末期的翻译家对同一问题的理解，显然是不同的。作为专职从事儿童文学翻译的翻译家而言，将《安徒生童话》以更完美地方式呈现给儿童读者，是一种带有使命感的任务，任溶溶从80年代开始译《安徒生童话》到2005年推出《安徒生童话全集》的译本，跨越了20年左右的时间。任溶溶凭借在这期间所积累的翻译和创作儿童文学经典作品的经验，将《安徒生童话全集》作为一部他本人翻译生涯末期的一部倾力之作奉献给中国儿童读者。在《安徒生童话》的几个译本中，这部推出相对较晚的译本迅速成为经典，除了任溶溶本人所持巨大象征资本是使这样一部"名作名译"的儿童文学经典甫一出版就受到追捧的因素之外，高质量的译文也是至关重要的因素，任译本《安徒生童话》保有着任溶溶经典翻译作品"浅语深意"的一贯翻译水准，其艺术性丰盈饱满。

以下节选了《安徒生童话》经典篇目《丑小鸭》（Ugly Duckling）中的片段，探讨任溶溶译本与其他三个译本的互文性。互文性最直观的体现是互文文本间字词句层面上的互相牵涉关系。任何译者在翻译作品之前，尤其是经典作品之前，肯定是要先阅读已有译文本。从叶君健、林桦、石琴娥和任溶溶四位翻译家译出安徒生童话的时间轴上来判断，任溶溶译本是这四个译本中最晚完成的一部。我们无从知晓任溶溶是否读过 2001 年出版的石琴娥译本，但叶译本和林译本因出版时间相对较早，任溶溶对这三个译本肯定知其一二。林译本开启了《安徒生童话》白话文翻译的先河，在原文的处理上接近直译，这种语言处理风格与之后的林译本和石译本可谓一脉相承。在无须过多考虑儿童读者身份，对儿童语言的把握没有太多经验的情况下，通过直译的方法以忠实于原文是无可争议的。安徒生创作的《安徒生童话》在出版之初，并不是一部以儿童为受众对象的作品。随着"儿童"在西方被"发现"，《安徒生童话》在其传播过程中服务儿童读者的指向性才越来越明确，翻译成不同语言的《安徒生童话》推动并影响了世界其他国家儿童文学的发展。叶君健译本诞生于 20 世纪 50 年代，作为新中国成立之初《安徒生童话》的首个中译本，其出版有着非同小可的意义。以直译为主的译文风貌成为之后诞生的林译本和石译本的共同特征。

原文：

"I will fly over to these royal birds, and they will kill me, because I, who am so ugly, dare to approach them. But I do not care! It is better to be killed by them than to be snapped at by the ducks, pecked by the hens, kicked by the girl who looks after the poultry yard, and to suffer hardships in winter." And he jumped into the water and swam towards the beautiful swans. As soon as they saw him they rushed at him with rustling wings.

"Only kill me!" said the poor creature as he bent his head down against the surface of the water, waiting for death——but what did he see in the clear water? He saw under him his own image in the water, but as he was no longer a clumsy dark greyish bird, ugly and hideous to behold, but a beautiful swan.

It matters but little to be born in the dockyard, when one comes from a swan's egg. (Anderson, 2012: 488)

译文1：

"我要飞向他们，飞向这些高贵的鸟儿！可是他们会把我弄死的，因为我是这样丑，居然敢接近他们。不过这没有什么关系！被他们杀死，要比被鸭子咬、被鸡群啄、被看管养鸡场的那个女佣踢和在冬天受苦好得多！"于是他飞到水里，向这些美丽的天鹅游去。这些动物看到他，马上就竖起羽毛向他游来。"请你们弄死我吧！"这只可怜的动物说。他把头低低地垂到水上，只等待着死。但是他在这清澈的水上看到了什么呢？他看到了自己的倒影。但那不再是一只粗笨的、深灰色的、又丑又令人讨厌的鸭子，却是一只天鹅！

只要你曾经在一只天鹅蛋里待过，就算你是生在养鸭场里也没有什么关系。(安徒生著，叶君健译，2006: 96)

译文2：

"我要飞过去，飞到那些高贵的鸟跟前去，要是我敢游近他们，他们会把我啄死，因为我长得这么丑。不过，横竖都是一个样！宁可让他们啄死也比挨鸭子啄、母鸡叼、鸡场的女工踢好，也比冬天受冻好些！"于是他飞到水里，游向那些美丽的天鹅，这几只天鹅看见他，很快地朝他游过来，羽毛发出轻轻的嗖嗖声。"尽管啄，啄死我吧！"可怜的小家伙说道，把头低向水面，等待着死亡的来临——可是，它在清澈的水中看到了什么了？他看见了自己的身影：不再是蠢笨的、深灰色的，又丑又叫人恶心的小鸭，而是一只天鹅！

出生在鸭场没有关系，只要你是一只天鹅蛋！(安徒生著，林桦译，2014: 9)

译文3：

"我要飞过去，飞到这些有王者风范的大鸟身边。他们会把我啄死的，因为凭我这副丑模样居然敢靠近他们。不过反正都是一样，被他们啄死要比挨鸭子咬挨鸡啄，还有挨养鸭场的女仆脚踢，还有在冬天挨饿，要强得多。"

于是他飞到水面上，向这几只美丽的天鹅游过去。那几只天鹅看见了他,马上拍打着翅膀朝他迎了过来。

"尽管啄死我好啦!"可怜的小家伙把脑袋俯向水面,等待着死亡的到来。可是他在清澈的溪水中看见了什么!他看见了自己的倒影,那不再是一只笨拙的、灰不溜秋的、难看得叫人讨厌的丑小鸭,而是一只天鹅。

在养鸭场里出世那倒无所谓的,只要生出来的时候是只天鹅蛋就行啦!(安徒生著,石琴娥译,2015:77)

译文4:

"我要飞到那些鸟那里去,飞到那些高贵的鸟那里去,"他说,"他们会把我啄死的,因为我太丑了,竟敢接近他们;但这都无所谓;被他们啄死总比被鸭子咬、被鸡啄、被喂鸡鸭的女仆赶来赶去,或者在冬天饿死好。"

于是他飞到水上,向这些美丽的天鹅游去。这些天鹅一看到他,马上耸起羽毛向他围上来。

"把我啄死吧。"可怜的小鸭子说,接着他把头低垂在水面上等死。但是在下面清澈的溪水上他看见什么啦?他看到了自己的倒影。他不再是一只叫人看了讨厌的深灰色丑小鸭,而是一只优雅美丽的天鹅。

只要是从天鹅蛋中孵出来,生在养鸭场又有什么关系。(安徒生著,任溶溶译,2005:199)

从上文节录的这部分译文来看,任译本中将第一段落分成两小节,对前后两部分直接引语式的心理独白进行了合理的衔接与过渡,石译本也采用了这种分段的方式。随着认知科学和排版技术的不断进步,人们开始越来越重视儿童阅读中的视觉接受方式,在字体、字距、色彩、图文占比、整体页面布局方面综合考虑儿童读者阅读的舒适度,这既是商业上的进步,也是社会发展的必然。儿童文学翻译作品排版的方式不在译者的工作范围之内,但是译者对原文段落的分段方式上的一些细微调整,是对原文不合理分段方式的一种纠偏,是作为译者的主体性的体现。

人物对白在童话及动物小说中的意义非同小可,儿童读者在阅读文学作品时与故事人物的共情,是一种在不同人物角色之间迅速转换的"代入感",穿插在人物对白中间的过渡段落服务于人物对白,合理的分段方式更易于读者把握阅读节奏,更直观地将自己"代入"直接引语式的独白与对话之中。

摘引的这部分段落,是对丑小鸭将要从长久以来对自己外貌不自知跨越到意外发现自己美丽外表时的心理冲突的描摹。想要得到别人认同却因异于别人的外表而饱受侮辱的心理落差在这个段落中即将得以化解和弥补。直接引语部分的"snapped at by the ducks, pecked by the hens, kicked by the girl who looks after the poultry yard"连接了三个被动结构,前两个被动结构的施动方"the ducks"和"the hens"和第三个被动结构的施动方"the girl who looks after the poultry yard"既是并列式的,又是渐进式的。"the girl who looks after the poultry yard"中的中心词"the girl"日常饲养的就是"ducks"和"hens",叶君健和林桦将最后的"poultry yard"译作"鸡场",石琴娥将它译作"鸭场",任溶溶在译文中淡化了"poultry yard"作为场所的概念,以"喂鸡鸭的女仆"的方式巧妙地译出。全句中的"被鸭子咬、被鸡啄、被喂鸡鸭的女仆赶来赶去"从逻辑上来看既简单,又连贯。其余译本中的"鸡场"或"鸭场"更靠近原文中的"poultry yard",但是读者会产生为什么是"鸡场"或"鸭场",而不是"鸡鸭"都有的"鸡鸭场"的疑问。而段落后面部分的"养鸭场"不存在逻辑上的问题,但凡知道《丑小鸭》故事的读者,都知晓故事的主角是一直"丑小鸭",而不是"丑小鸡"。原文中描述丑小鸭"变身"天鹅前后的六个形容词中,前五个"clumsy""dark""greyish""ugly"和"hideous"描述丑小鸭"变身"之前,"beautiful"描述"变身"之后。在汉语翻译中,"丑小鸭"之"丑"已经涵盖了"clumsy""dark""greyish"和"hideous"所要表述的大部分内容,逐字翻译每一个形容词反而会造成一种拖沓和重复的感觉,将描述丑小鸭"变身"之前的状况与之后的"beautiful"形成的照应关系传达出来,才是翻译的核心所在。遗憾的是,叶译本、林译本和石译本在这部分的处理上都选择性地忽略了"beautiful"一词,把全句的重点全部放在对丑小鸭"变身"前之"丑"的翻译上,造成句子前后失衡。

任溶溶译《安徒生童话全集》,是汇聚了叶译本和林译本等经典译本基础上的又一经典译本,其互文性主要体现在对先文本的提升与修正上。从《安徒生童话全集》中所收录童话的译名来看,任溶溶译本与叶译本、林译本基本统一,如 The Steadfast Tin Soldier——《坚定的锡兵》和 Thumbelina——《拇指姑娘》这一译名在各译本中都是统一的,叶译本作为白话文首译本的影响是巨大的。但在个别地方,任溶溶对译名稍作了改动，笔者认为这种改动是为了更好地方便儿童读者阅读，与他一贯的"浅语"风格一脉相承。以《安徒生童话》的名篇 The Tinderbox 为例，叶译本和林译本中的译名均为《打火匣》，任译本译名《打火盒》之"盒"与"匣"相比，更易于现代儿童识读；再比如 Little Yeada's Flowers——《小伊达的花》这篇，叶君健译本译名是《小意达的花儿》，林桦译本译名是《小伊达的花儿》。任溶溶在译名中弃用带儿化音的"花儿"，用"花"，其实是更符合儿童语言认知与发展的特点的。

我们通常可能认为儿化音和非儿化音相比，更符合儿童语言习惯，但事实恰恰相反。和轻声不同，儿化音主要出现在北方各方言区，西南方言区中四川、重庆等地虽有儿化音，但使用不多，云南、贵州等地基本没有儿化音现象。（周轶，2002：126）南方这一细微变动是对叶译本和林译本的修正。"伊达"和"意达"相比，"伊"在汉语中做代词时，多指女性，比如常见的"伊人"。另外，"伊"也做汉语的姓，和"达"合在一起听起来更符号人们对一个漂亮女孩名字的想象，"伊达"作为"Yeada"的译名比"意达"要富有诗意和韵味。"词语本身就是文本与文本的相遇之处，是文本之间进行对话的产物。"（孙秀丽，2009：106）从这个意义上来看，任溶溶《安徒生童话全集》与其他译本间的互文，尤其是和叶君健、林桦译本的互文，是一种后文本对前文本借鉴基础上的超越。

"互文性概念的核心是文本间的指涉关系，其表明的事实上是互文性本身就是错综复杂的文学和语言的历史"。（Sakellariou，2015：36）然而文本间的互文性又不止于平行文本间的相互借鉴与指涉上，从广义的翻译"互文"观来看，"文学翻译互文"发生在跨越时空的拥有不同原文本的译文本间的互相凭借与指涉上。"文学互文"体现为后文本（post-text）对先文本（pre-text）的修正与提升上。这一现象在文学创作文本中普遍存在，而作为独立文学类型载体的翻译文本，其文本间的互文关系自然是不言而喻的。既然不同译者翻译的译本间存在互文关系，那么在细分类型文学中（比如童话）不同译者完成的不同作品之间是否存在互文关系呢？尤其是名家名译之间是否存在互文关系？以下部分笔者单列一节探讨任译安徒生童话与《格林童话》间的互文关系。

二 任译《安徒生童话》与《格林童话》译本间的互文

《格林童话》自"白话文运动"之前周桂笙的文言文译本诞生以来，

公认权威的译本有魏以新和杨武能译本。(付品晶,2008:148),作为和《安徒生童话》齐名的世界儿童文学经典,《格林童话》在故事情节和叙述视角上和《安徒生童话》都有相近之处。格林童话中的《六只天鹅》与安徒生童话中的《野天鹅》同为各自故事集中的名篇,据《格林童话》全集白话译本的首译者魏以新考证,格林童话——《儿童和家庭故事》发表于1812—1815年间,而《安徒生童话》中的《野天鹅》完成于1838年。这两部经典童话中的故事情节与人物关系的类同绝非巧合,而安徒生本人也毫不避讳自己对优秀作品的引用。(高国藩,1993:15)如果说儿童文学作品间的互文关系更多地体现在其母题的一致性和作品整体架构的相似性上,那么儿童文学翻译作品间的互文关系则更多地反映在译入语语言的处理上,包括对儿童读者语言使用习惯的关切、大量拟声词在译入语中的代偿、图文关系的照应(在配插图的情况下)、对可朗读性的考虑、考虑到儿童读者认知局限性的译注等等。

童话文本之间的互文关系不言自明,单单人们耳熟能详的"小红帽"的故事在世界各个国家的童话中都可以窥其踪影。西方民俗学者搭建了ATU数据库(Aarne-Thompson-Uther)[1],按历史地理[2]的双重线索专门给民间故事分类,人类学家杰米·特哈尼(Jamshid J. Tehrani)在其《小红帽演变史》(*The Phylogeny of Little Red Riding Hood*)一文中以进化树(phylogenic tree)[3] 的研究方法为依托,对"小红帽"的源流问题进行更全面的研究(Tehrani,2013:1-3)。此前被认为起源并流传于欧洲[4]的经典民间故事小红帽,在杰米·特哈尼的研究中被追溯到更为久远的源头,那就是《伊索寓言》中的《狼和七只小羊》。杰米·特哈尼在其小红帽演化史研究中发现,包括中国、韩国、日本等亚洲国家在内的东方民间故事中有大量小红帽相近题材的存在,这为经典文本之间的互文性提供了

---

[1] ATU数据库是民俗研究者搭建起来的一套给文学中相同类型的故事分类的办法,每一类型的故事都尤其相应的国际编号(international type)比如小红帽系列的故事编号为ATU333;大灰狼(The Wolf and the Kids)系列的故事编号为ATU123。

[2] 根据杰米·特哈尼在《小红帽演变史》(The Phylogeny of Little Red Riding Hood)一文中的论述,历史地理的分类方法是民俗学家通过民间故事留存的口述材料重构其历史和发展。

[3] 进化树的方法优势在于跳出欧洲中心主义思维定式和偏见,能够更好地捕捉ATU数据库中显示的同一或不同国际编号的故事类型间的关联度和重合程度。

[4] 通常认为小红帽是源于法国,意大利和德国民间的口述故事,后经佩罗和格林兄弟的整理和润色而成。

有力的证据。

而作为文学门类中的翻译文学，其本身的文学性自然无须赘述，无论是翻译研究中的译本研究、语言学研究中的语用研究还是文学研究中的修辞与文体研究都是在译本基础上展开的研究。然而对翻译文本间互文关系的探讨，却是长期缺位的。可能的原因有：一是翻译互文研究中更多的关注点聚焦与译文本和原文本及原文本相关文本（原作者的其他作品）的对话上，很少关注译文本与其他译文本的互文关系；二是翻译文学作为研究对象，相较于创作文学而言，依旧是被边缘化的，长期游离于主流话语和主流视野的边缘地带。

在童话母题、叙事方式、人物塑造和艺术构思等诸多方面，《安徒生童话》与《格林童话》之间存在着明显的互文关系。以《安徒生童话》中的名篇《野天鹅》为例，《野天鹅》源自《格林童话》中的《六只天鹅》。从热奈特的狭义互文性理论的角度来看，《六只天鹅》与《野天鹅》之间以超文性的方式互文，即甲文本的内容和叙事模式被大量嫁接到乙文本上，在故事梗概上形成与之呼应的明显特征，让人产生强烈的似曾相识的感觉。无论成功与否，历史上经典的后起文本在借鉴的基础上都试图超越先在文本的内容架构与情节构思。在这一点上，《安徒生童话》无疑是成功的，民间口述故事逻辑中庸俗功利的一面在更精巧和细腻的故事营造中得以消解。《六只天鹅》中恶毒的继母把五个王子变作了天鹅这一情节在《野天鹅》中不再是表现这篇童话故事的最关键所在，而是推动故事情节发展和塑造人物形象的一种手段。《安徒生童话》的创作走向艺术和审美表现的自觉，克服了口述民间传说情节较为单一的特点。从广文性的角度看，任何文本的生成过程中都有着其他文本的叙事痕迹。在翻译文本中，虽然译文本的叙事依附于原文本的叙事而存在，译文本本身不存在独立于原文本以外的叙事线索，但译文本与译文本之间却呈现广文性的特征，尤其是当先在的译文本是经典译本的情况下。译文本与译文本之间的互文关系可以从内化了的译者知识集的层面进行理解，因为互文关系的复杂性，它毕竟不只是甲乙两个文本之间在字词段落层面可对照的关系，它更多地体现在译者在字词段落层面上对作品风格和审美的把握。

在 20 世纪 50 年代叶君健译本和 20 世纪 90 年代杨武能译本[①]出版之

---

① 以下简称杨译本。

前，魏以新译本[①]早在1934年就已经出版，该译本后经商务印书馆和人民文学出版社分别于1949年和1959年再版，现代汉语简单明快的语言特点在魏以新译本中一览无余。作为和《安徒生童话》齐名的世界儿童文学经典，《格林童话》对世界各国现代儿童文学都有着一定的影响。任溶溶在《安徒生童话全集》的译后记中毫不掩饰自己对安徒生童话的热爱之情，坦言"安徒生童话可以让人从小读到老"（安徒生著，任溶溶译，2005：1024）。《格林童话》中的《大拇指》（魏以新译《大拇指》、杨武能译《大拇指儿》）在《安徒生童话》中有相似的一篇——《拇指姑娘》。在这篇童话的开篇叙述夫妻俩对期盼已久终于到来的极其袖珍的孩子时，《格林童话》的叙述如下：

他们说："这正像我们所希望的一样，他应该是我们亲爱的孩子。"因为他的大小和大拇指差不多，他们就叫他"大拇指"。虽然他们给他吃得很够，但是他并不长高，永远像生下来的时候一样大小；不过他眼睛里有一股灵活的神气，不久就表现出来他是个聪明伶俐的人；他能做的事情，都做得很成功。（格林兄弟著，魏以新译，2015：116）

夫妇俩感慨道："嗨，就跟咱们希望的一样，他应该成为我们的宝贝儿。"按照孩子的身高，他们就叫他"大拇指儿"。尽管夫妇俩给孩子吃了很多营养的食物，但他却始终长不高，和刚生下来时一个样儿，只不过他那双眼睛看上去挺懂事的，果然很快长成了一个聪明灵巧的小家伙，不管干什么都干得不错。（格林兄弟著，杨武能译，2015：79）

任溶溶译《安徒生童话全集》中，相似内容的叙述出现在这个段落中。

"这是一朵美丽的花。"那女人说着亲了亲那些金红色的花瓣。她这么一亲，花就开了，她看到这是一朵真正的郁金香。在花里面，在天鹅绒般的雌蕊上，却坐着一个非常娇小可爱的小姑娘。她几乎还没有大拇指的一半长，大家就把她叫作"拇指姑娘"，或者叫作"小不点"，因为她实在太小了。（安徒生著，任溶溶译，2005：25）

魏以新译本是《格林童话》的第一个白话文译本，《大拇指》在行文上严谨规范；杨武能译《大拇指儿》，从题目儿化音的处理上就可以看出互文关系中后文本对先文本在语言形式上的借鉴与超越，"宝贝儿"、"一个样儿"和"小家伙"等字词上的处理中可以看出译者意欲表现儿童语

[①] 以下简称魏译本。

言的良苦用心；任溶溶对儿童语言的拿捏是不着痕迹的，没有刻意地通过个别的词来烘托适合儿童阅读的语境和气氛，口语化的翻译风格将故事中童趣童真的一面表现得淋漓尽致。对《安徒生童话》这一经典之作的翻译，任溶溶从80年代就已经开始，他在晚年译出《安徒生童话全集》，是在扬弃了已有《安徒生童话》译本和《格林童话》译本基础之上的经典之作。《格林童话》魏译本中的严谨和杨译本清丽雅致的特点在任溶溶译《安徒生童话》中交汇，形成俏皮活泼的翻译风格，和任溶溶译其他作品一样，具有很强的辨识度。广文性的互文关系不仅体现在《安徒生童话》对《格林童话》在源流和母题上的借鉴与发展，而且体现在《安徒生童话》译本与《格林童话》译本之间的微妙联系上。译本与译本之间的互文，推动了儿童文学翻译不断地走向成熟。

  对儿童读者而言，译文在音韵层面上的流畅度和可朗读性尤为重要。虽然四位翻译家对北欧文学都有丰富的知识，但对儿童语言认知和阅读特点的把握，任溶溶是最有发言权的。台湾儿童文学作家兼理论家林良主张在儿童文学创作中以"浅语"表达，即在语言风格上向儿童易于理解的平实语言靠拢，将成人体察儿童心理世界的视角和儿童语言使用习惯的步调相一致。提倡"浅语"的创作不是作为成人作者的儿童文学创作者或翻译者对语言的"刻意矮化"，而是在语言层面上将儿童共情最大化的一种积极的创作与翻译的态度。任溶溶深耕儿童文学翻译与创作半个多世纪，虽然少有儿童文学相关的理论性著述发表，但其"热闹派"的幽默儿童文学观是他在儿童文学翻译与创作中的一贯主张，与儿童文学的"浅语"艺术观不谋而合。在互文性研究的视野中，产生相对较晚的译本对已有经典译本的修正是一种普遍现象。从《安徒生童话》以上四个经典译本的诞生时间来看，魏译本作为第一个白话文译本，对之后诞生的三个译本都产生了一定影响。

  经典文本之间的互文性跨越了时空而存在。除了直观的、具体的文本间的相互借鉴与修正，经典文本在形式和内容上有着将它们树为经典的共同审美特征。我们无可否认在经典文本的诞生过程中非文学性因素的重要推动作用，但经典文本中所蕴含的语言文字之美呈现或质朴清淡、或华丽优美的特征，在经典儿童文学作品中则以普遍的"浅语"之美形成一种稳定的风格倾向。在现代汉语的发展历程中，从文言文到白话文的演进并非一蹴而就，这一过程是渐进的，缓慢的变革。对儿童读者身份特殊性的关注，发端于"新文化运动"中"儿童的发现"，1934年出版的魏以新译《格林童话全集》结束了格林童话文言翻译及半文半白的译介历史，清新自然的现代汉语翻译风格不仅为之后的格林童话译介树立了一个标杆，也成为新中国成立初期的儿童文学工作者进行翻译和创作的重要参考。这也是时至今日，魏以新译《格林童话全集》仍然被奉为经典译本的最重要原因，而诞生于同时期的《柳林风声》朱琪英译本因为其译文较为明显的文白掺杂的特征和错译、漏译等问题，已经彻底失去当代读者。

第二节　互文关系中的任译经典

从古至今，文学艺术作品是反映时代变迁的风向标，是投射现实冷暖的温度计，是管窥时代风貌的镜子。文学经典之所以成为经典，其原因是错综复杂的，翻译文学经典也不例外。漫长的岁月洗礼中，人们对经典的判定也会随着对经典厘定标准上的改动而发生变化。从历时的角度来看，不同时代被奉为经典的文学艺术作品会有出入，但整体来看，经典作品库的更迭进程是缓慢的，经典作品入围与出局都有特定的历史文化原因。然而，无论历史怎样变迁，人类对真、善、美的追求从未被撼动，这就不难解释在绵延几千年的有文字和语言记录的人类文明发展史上，有些古老的作品一直被不同时代的人们奉为经典。

政党更迭，权利集团之间的博弈会带来意识形态领域和社会思潮上的动荡。偏离人类理性和正常情感诉求的文学艺术作品当然可能会在随之而来的极端政治环境中被塑造为经典，但这样的完全被操控和服务于政治的所谓经典作品终究会被历史所抛弃。我们同样可以预见的是，出版业市场化浪潮中为纯粹经济利润所催生的粗制滥造的畸形作品，也终将被人们遗忘，无论这些作品曾被如何包装，如何被冠以怎样的经典称号。教育的普及，读者自我意识的增强，新一代作家群体的成长都是人们对文学和艺术经典性提出质疑的潜在因素。

任何一个场域内部的斗争都以争夺更大的社会空间和更多的社会资源为目标。个人或个体在特定场域中的位置又决定了他在该场域内占有资本的可能性。互文关系从表面上看是文本与文本间的参照和对应关系，在文本间语言形式和主题内容层面的互文表象之下，有着更深层次的社会文化因素。形成互文关系的互文文本，并非处于势均力敌的地位。两个互文文本之间的互文关系经常是向强势文本①一方倾斜，而弱势文本②的一方尽量争取与强势文本产生互文性，以增加其在场域内的位置从边缘向中心靠拢的可能性。任溶溶从事儿童文学创作与儿童文学翻译几乎并期开始，并有大量的创作作品出版，任溶溶是以儿童文学翻译家和儿童文学作家的双重身份进入文学场域。从成名作《"没头脑"和"不高兴"》于1956年在《少年文艺》发表到2012年以翻译家的身份荣获中国翻译协会授予的"翻译文化终身成就奖"，任溶溶在长达60年的儿童文学翻译和创作生涯中留下了数量非常可观的经典作品。虽然对年轻一代读者而言，任溶溶更多的是以翻译家的身份被读者所熟知，然而作为儿童文学作家的任溶溶在儿童文学界的贡献并不因其在儿童文学翻译领域的斐然成就而显得逊色。1998年浙江少儿出版社出版《"没头脑"和"不高兴"》以来，截至2006年4月浙少版的总印量已逾180多万册。（叶薇，2016：70）以下互文关系的探讨中，我们可以从任溶溶创作年表中的经典代表作《"没头脑"和"不高兴"》为线索，探讨他在漫长的翻译和创作生涯中，如何从儿童文学写作出发，逐步在翻译领域独树一帜，创造出大量经典的儿童文学翻译作品，并保持一如既往的翻译风格。

一　任溶溶儿童文学创作与儿童文学翻译的互文

在文学翻译界，"诗人译诗"是一道独特的景观。比如在20世纪中国诗歌翻译史上，苏曼殊译拜伦的《哀希腊》，陈敬容译波德莱尔的《恶之花》，徐志摩、屠岸等人译济慈，北岛译托马斯·特朗斯特罗默等③。"成功的诗歌翻译的一项主要标准便是译者本人是诗人，他知晓如何在审美意义上组织语言，成功地呈现译文。"（Bassnett，2010：142）。"天才诗人的血液之中常常融入一种与生俱来的敏感力、构建力"，他们在创作或翻译中"自为地运用声母、韵母、声调或形体相近的词语"，已经被内化在其创作和翻译无意识当中的这种审美能力使得"其笔下的文字涌动着一种不可言喻的音韵之美"。（海岸，2005：30）对文学音韵节奏性把握

---

① 强势文本指有较高认可度，在场域内占据较有利的位置的文本，其语言形式和内容被弱势文本所模仿和借鉴，而不是相反。
② 弱势文本是相对于特定强势文本而存在的文本，没有绝对的弱势文本。
③ 托马斯·特朗斯特罗默（1931—），瑞典诗人，2011年获诺贝尔文学奖。

之重要性在诗歌翻译中是显而易见的。在儿童文学中,音韵和节奏比在成人文学中有着更切实的意义,尤其是低幼阶段的儿童文学作品——它们需要在成年人的帮助和指导下被大声地朗读。明快的节奏和朗朗上口的音韵等音乐性特点在儿童诗歌中体现得淋漓尽致,"诗则绝对要有音节或韵,因为音节和韵是诗的原始的唯一的愉快感官的芬芳气息,甚至比所说富于意象的词藻还重要。"(黑格尔著,朱光潜译,1981:68)。

如同文学翻译家的文学创作活动一样,"诗人译诗"的现象从一个侧面反映了文学翻译与文学创作之间的互文关系。"诗歌的'芬芳气息'可以随着互文性的'缕缕春风',吹遍其他文本"。(刘军平,2003:56)然而翻译文学的互文性与互文关系却不止于"诗人译诗"这一现象,也不仅仅局限在原文本和译文本在字词层面及风格要素上与其他文本的互相凭借与指涉关系。如同"互文"这一概念本身的复杂与宽泛性一样,"文学翻译互文"的互文性与互文关系不局限在原文本和译文本之间的互文或同一原文本的某一译文本与其他译文本间的互文上。

持有名家名译身份的任溶溶,其创作儿童文学作品与翻译儿童作品之间存在明显的互文关系。对于既热爱文学又精通外语创作的文学编辑来说,文学创作和优秀作品的翻译是水到渠成的选择。任溶溶儿童文学翻译和创作活动一直是交叉并行的。创作者和译者重叠的身份激发出一种敏锐的直觉,这种直觉得以让他与自己审美趣味、喜好相近的优秀作品靠近。《"没头脑"和"不高兴"》完成于1956年,英国罗杰·哈格里夫斯(Roger Hargreaves)时隔近20年之后推出的成名作 *Mr. Men & Little Miss*[①] 系列,虽然是一套配有文字的图画书,在整体叙事线索和人物塑造上,和《"没头脑"和"不高兴"》有非常多的共通之处。以下将以任溶溶的原创经典儿童文学作品《"没头脑"和"不高兴"》和儿童文学翻译经典《奇先生妙小姐》为例,探讨任溶溶原创儿童文学作品与儿童文学翻译作品间的互文关系。

《奇先生妙小姐》2010年由未来出版社引进版权初版时,译者为王馨悦。任溶溶译本[②]于2014年推出之后,王馨悦译本[③]在当当网、亚马逊、

[①] Mr. Men & Little Miss 2010年由未来出版社引进出版,首译者为王馨悦。2014年人民邮电出版社出版《奇先生妙小姐》任溶溶译本。

[②] 以下简称任译本。

[③] 以下简称王译本。

京东等网络销售平台已全面下架或长期显示缺货状态。在两个平行译本先后（两年之内）推出的情况下，首译本退出市场的这一事实本身，是耐人寻味的。在出版行业，图书营销对名家头衔的依赖度不言而喻。作品本身的知名度和名家名译的标签捆绑在一起，又叫好又叫座的图书产品在经典化的路上顺风顺水。非知名译者的翻译作品，在翻译水准几乎可以和名家名译相媲美的情况下，很难谋得一席之地，或者很快会被市场淘汰。《奇先生妙小姐》王译本（2010年出版时，分一、二、三季共79本）在整体翻译质量上是非常上乘的，后来推出的任溶溶版《奇先生妙小姐》全集的译名（*Mr. Men & Little Miss*）保持不变①，单册的命名（如挠痒痒先生、颠倒先生、善变小姐、袖珍小姐）整体上都沿袭了王译本中的命名方式，只是在个别译本的命名方式上稍有变动。比如王译本中的《笑呵呵小姐》在任译本中被译作《咯咯小姐》。从翻译文本本身的质量来看，王馨悦译本同样也完整呈现了英文原作中俏皮生动的叙事特点，读起来没有生涩感；任译本的文字部分和英文原作的插图接合更自然，在感叹词、叠词等一些细节的处理上更显功力。客观地讲，和市面上很多配插图版的儿童文学作品的译本相比，王译本的整体翻译质量并没有明显的瑕疵，语言流畅生动。在一些儿童图书论坛②，依旧可以找到许多儿童读者的家长对这套书（王译本）的溢美之词。

然而市场运作的规则是残酷又直白的，在特定子场域的等级、秩序和网络尚不完善之时，场域内已抢占到一定先机的资本持有者，有更大机会向场域内的中心位置靠拢或抢占场域内中心位置，在子场域的发展日臻成熟之时，早期进入场域的资本持有者以自己的声望、社会关系、作品、荣誉称号等积累起来丰厚的象征资本，不断巩固自己在场域内的位置。原创作品与翻译作品之间存在的互文关系虽然并未成为任溶溶《奇先生妙小姐》新译本推出时的商业宣传噱头，从罗杰·哈格里夫斯的原作 *Mr. Men & Little Miss* 在中国童书出版市场一举走红之后该系列出版物在营销和出版方面的商业讯号，就可以发现子场域内的资本都优先流向在场域内已经掌

---

① *Mr. Men & Little Miss* 任译本中文译名保留原译名《奇先生妙小姐》，"新译本"的宣传方式得以和任溶溶具备的象征资本成功地捆绑在一起。

② 参见京东网《奇先生妙小姐》（第一季）一书的读者评价；京东《奇先生妙小姐》（第一季）共有评价400+，其中好评400+，中评10+，差评1。

握了相当象征资本的资本持有者。

"象征资本的另外一个名字就是区隔（distinction）……象征资本也是它赖以生存的体系本身的产物（the very structures to which they are applied）。"（Bourdieu，1991：238）不断累积起来的象征资本拥有的商业价值，在成功的包装和营销方式中体现出来，不断地在强化和推动经典作品的经典化进程。Mr. Men & Little Miss 在引进版权出版首译本之后，迅速调整策略，联袂著名翻译家推出新译本，在营销上取得进一步的突破。人民邮电出版社在罗杰·哈格里夫斯新作《奇先生妙小姐——双语故事》马爱农译本全新推出的基础上，又很快推出"'奇先生妙小姐之父'哈格里夫斯专为中国小读者创作①"的《奇先生妙小姐节日绘本——欢欢喜喜过大年》马爱农译本。在各大网络图书平台售卖的这两部新作都在醒目位置标注了"著名翻译家、《哈利波特》译者马爱农"等文字②③。有了 Mr. Men & Little Miss 出版之后辗转推出新译本的前车之鉴，出版社在引进和营销后两部新作时果断规避了风险，未选择普通翻译者翻译在中国童书出版市场已经名声大噪的这部经典作品的系列作品，商业竞争模式和名家象征资本的捆绑关系可见一斑。象征资本的多寡虽然不能用具体的数值来衡量，但它作为一种强有力的消费刺激因素，和品牌溢价效应对消费者购买心理的刺激机制如出一辙。（陆平，2011：109）

虽然罗杰·哈格里夫斯的 Mr. Men & Little Miss 正式引进版权在中国出版发行之前，它在海外英语国家早已声名鹊起④，早在1975年，BBC 就推出了28集的 Mr. Men 系列动画片，在引进版权的汉译版《奇先生妙小姐》在中国取得商业上的成功并拥有了大批读者和粉丝之后，"奇先生妙小姐"也由此成了很多高端商业文化活动的推广媒介，笔者将"奇先生妙小姐主题"键入百度搜索引擎，搜索结果显示仅2016年，就有"广州天环 Parc Central 奇先生妙小姐主题展""重庆'奇妙圣诞，时代献礼'主题展"和"奇先生妙小姐圣诞巡游""香港名店坊奇先生妙小姐主题展"等四场以"奇先生妙小姐"为主题的商业文化活动。引进版权后的

---

① 罗杰·哈格里夫斯于2001年去世，在这一点上，笔者认为引进版权的外国经典作品在营销方面也有故意隐瞒和歪曲事实的嫌疑。
② 参见当当网在售的《奇先生妙小姐双语故事》对译者的介绍。
③ 参见当当网在售的《奇先生妙小姐节日绘本——欢欢喜喜过大年》对译者的介绍。
④ 参见在 Proquest 搜索的 Mr. Men & Little Miss 的出版信息及作品介绍。

Mr. Men & Little Miss 取得的惊人销量一方面归功于原作奇思妙想的文字、插图以及装帧设计；另一方面国内出版社在营销和策划方面的努力亦功不可没。

　　任溶溶在完成《奇先生妙小姐》新译本的翻译之后，他的身体条件已经不允许再从事案头翻译工作，马爱农以《哈利波特》译者的身份翻译《奇先生妙小姐——双语故事》，为这个系列的经典作品的进一步延伸和推广增添了又一重筹码。经典作品的经典译本就是在译者个人才情、象征资本以及商业营销的博弈与平衡中诞生的一种必然产物。文本互文关系是译者、原作者和出版机构三方之间互相找寻、认可并最终欣然达成一致的过程。原作者目睹自己的作品在被成功译介，译者找到一部和自己倾向、气质与爱好相契合的作品，出版社找到一位能给这部作品带来新的生命力并创作商业价值的译者。一部作为原作和译作都既叫座又叫好的作品必然要满足这样一种和谐共生的良性关系。

　　对身兼儿童文学作家与翻译家为一身的任溶溶来说，他自 20 世纪 50 年代起发表作品的半个多世纪以来，除了大量经典儿童文学译著，有相当数量的原创儿童文学作品出版，1982 年在"东北、华北儿童文学讲习班"上，任溶溶首次提出了"热闹派童话"的儿童文学创作思想，儿童文学批评界流派划分中"热闹派童话"的提法源于任溶溶的这一提法。（孙建江，2013a：218）虽然任溶溶提出"热闹派童话"是在《"没头脑"和"不高兴"》首版推出的十余年之后，但纵观任溶溶创作生涯，无论是《我牙，牙，牙疼》式的俏皮、《请你用我请你猜的东西猜一样东西》式的饶舌，还是《大大大小小小历险记》式的视觉冲击，无不妙趣横生，他一生秉持和践行的艺术创作思想从作品的标题就可见一斑。

　　《奇先生妙小姐》译著虽然从微观的文本本身并未形成和《"没头脑"和"不高兴"》的互文关系，两位作者因为时空的间隔，并无互相借鉴和参考可能，但是两部作品在情节安排、人物设计和语言上的"热闹"可谓异曲同工、遥遥呼应。这种在风格、审美基调上的互文关系是一种宏观意义上的互文。这种互文关系是一种"既视感"，如同我们踏入一间酒吧，会有莫名的一种似曾相识，也许这种似曾相识并非仅仅因为哪件具体物件的陈设和哪些空间的布局，而是那种被营造出来的非常相似的氛围和基调。基于这两部原创作品的相似性去审视任溶溶译《奇先生妙小姐》，无半点翻译腔的流畅清新和童趣盎然不过是审美情致的自然流露罢了。受制于时代局限,《"没头脑"和"不高兴"》缺少制作精良的插图和文字相匹配的多元趣味,然而这并不妨碍文字本身营造出来的强烈画面感。

从翻译研究的视角看,互文性"指示两个或两个以上文本间发生的互文关系,包括(1)两个具体或特殊文本之间的关系;(2)某一文本通过记忆、重复、修正,向其他文本产生的扩散性影响。"(吴非、张文英,2016:131)笔者认为,互文关系也存在于互相并无创作时间上的交集与必然联系,却秉持相同或相近价值体系和审美倾向的两个和多个文本中。对译者而言,翻译一部在创作思路和整体架构上都和自己的原创作品相近的外国文学作品是一种审美自觉。任溶溶创作于20世纪50年代的《"没头脑"和"不高兴"》是几代人共有的童年记忆。当当网在售的浙少版《"没头脑"和"不高兴"》,截至笔者检索时,共计评价73942条,很多读者在评价中提及了上海美术电影制片厂1962年制作的同名国产动画片,重读经典、捡拾童年记忆的感情溢于言表;也有许多读者在评价中提及了他们在童年期的《"没头脑"和"不高兴"》的阅读体验,亲子共读中重温经典更加意味深长[①]。一部在几代人的童年期都产生共鸣的作品,其艺术生命力是久远的。2014年任溶溶已是年逾90的耄耋老人,在如此高龄选择翻译一部作品,足以说明对作品本身的认同度。虽然跨越时空和国界,两部作品漫画式人物形象的安排、夸张荒诞的故事情节、跌宕起伏的叙事特点等方面都有共鸣之处。

罗杰·哈格里夫斯创作的八十多个"奇先生和妙小姐"形象,是"没头脑"和"不高兴"们的一场盛大聚会;《"没头脑"和"不高兴"》是浓缩了的《奇先生和妙小姐》故事的中国表述。看似荒诞戏谑的情节和人物形象,帮助童年期的孩子检视自己的缺点,悦纳自己的问题是这两部作品最核心的价值观和意义所在。译者的审美倾向和偏爱绝非偶然,在较为长久的时间里相对稳定地保持并延续下去的文字特点被称为作品的风格。翻译是一种文化鉴赏活动,翻译家的鉴赏力受其成长和受教育环境潜移默化的影响,译本中每一处的字斟句酌成就了一部译作的整体风格。成就一个翻译家语言鉴赏力的因素盘根错节,涉及个人的天资禀赋、原生家庭的成长条件和父母的养育方式、接受学校教育的方式和环境、工作经历和职业特点等。这些因素杂糅在一起共同塑造了翻译家作为社会实践者的

---

① 参见当当网在售的浙少版《"没头脑"和"不高兴"》一书的读者评价。

惯习，翻译中作品鲜明的语言风格则是惯习造就的产物。翻译活动和其他文化鉴赏活动一样，是"夹杂着奥妙的心神领会精神活动的一种实践，其中交集着历史的，文化的和个人有机体的生命力"（高宣扬，2004：106）

在互文关系中，任何文本都不可能完全脱离其他文本，而必然卷入文本之间的一种相互作用之中：文本中的语义元素在构成文本的历史记忆的其他文本之间，建立起了一套连接关系，一个网络。（王先霈、王又平，1999：378）场域内位置的确立不仅和拥有资本的数量有关，而且和象征资本占有的时间先后有关。

二 经典译本间的互文——《柳林风声》译本探微

The Wind in the Willows 是英国银行家、儿童文学作家肯尼斯·格雷厄姆的名作，是儿童文学领域非常有分量的一部作品。这部童话是在作者本人去世之后，经由他的遗孀整理后发表并引起世人关注。最早在《新青年上》发表《卖火柴的小女孩》，把《安徒生童话》译介到中国的新文化运动巨匠周作人，筹划和组织了该书中译本的出版。周作人本人虽然未亲自翻译这部作品，但他却是把这部作品介绍到中国的第一人。在周作人的积极张罗下，几经辗转有三名译者最终向他提交了译稿，据周吉宜考证，尤炳圻译本《杨柳风》（丰子恺插画）和朱琪英译本《杨柳风》和分别于 1936 年 1 月和 1936 年 3 月出版。（周吉宜，2016：101—105）在 1936 年 3 月北新书局出版的《杨柳风》影印本中，译者序言后附有周作人的一篇代序。朱琪英是"五四"新文化运动的先驱之一，也是 20 世纪初著名的女翻译家，毕业于苏州景海女子师范学校（旧址在今苏州大学校园），曾翻译王尔德的《套中人》，在《新青年》上连载一年，名噪一时。朱琪英翻译出版《杨柳风》的时间，距胡适于 1917 年 1 月 1 日在《新青年》上发表被称为"白话文运动先声"的《文学改良刍议》过去了不到 20 年的时间，朱琪英译笔洒脱灵秀，简洁凝练。这一点从她的译序中就可以看出一二。下文中提到的五个译本中，除了孙法理译本没有译序之外，其他译本的译序均在 1500 字以上，杨静远译本的译序更是长达 8000 字。朱琪英译本的译序只有区区 941 字（未计入标点），任溶溶的译序有 1400 字左右，也算是一篇比较短的译序了。

根据热奈特对副文性（paratexuality）的解释，副文本"包含任何影响读者接受该文本的事实因素（factual elements）"。（Genette，1997：7）。

一部作品的序、跋、标题、封套、手记等都是副文本的具体形式。译序是了解译者翻译初衷和翻译思想的最常见的一种副文本形式。从内容来看，朱琪英的译序强调的重点在儿童文学的教育意义上，作者在有限的篇幅内，不惜用将近95％的篇幅叙述现实中她所知晓的如《杨柳风》中青蛙先生一般纵情声色、奢靡铺张而造成的恶果，"告诉小朋友作为殷鉴"（格雷厄姆著，朱琪英译，1936：1），当然这也归因于当时的时代风貌，因为在中国几千年的文化发展史上，儿童蒙学始终跳不出"读经"的范围，而这样一本周作人本人"一拿来便从头至尾读完"而且因为插图本贵三先令，懊恼"没有能够见到插图"的为儿童所写的童话作品，译者在翻译之时希望儿童读者能读懂其中奥妙的殷殷之情跃然纸上。"五四"新文化运动以来改革先驱所呐喊的"注重儿童个性，切近儿童生活，引起儿童兴趣"的读物无疑就是 The Wind in the Willows 这样一类以美好的自然景致的细腻描写和想象力的纵情勾勒为基调，洋溢着温情、友谊又伴随着童年欢乐忧俱和性格成长的作品。（格雷厄姆著，朱琪英译，1936：3—6）

新中国成立以来，除了任溶溶经典译本《蛤蟆传奇》（1989）、《柳树间的风》（2000）和《柳林风声》（2012）以外，辽宁教育出版社和天津教育出版社分别于1997年和2005年推出了翻译家杨静远和孙法理译本《杨柳风》，之后两位翻译家均有名为《柳林风声》的译本在其他出版社出版。人民文学出版社于2004年出版了赵武平译本。除此以外，市面上《柳林风声》的译作可谓热闹纷呈，中国少年儿童出版社出版2006年出版的李永毅版本《杨柳风》（后更名为《柳林风声》并在其他出版社出版）、2014年中国画报出版社出版的张炽恒译本以及2015年江苏凤凰文艺出版社出版的马阳译本在各大图书销售平台也有非常可观的销量。除此以外，其他知名度很小的译者翻译的版本也零星见于当当网等图书销售平台，各种注音绘本版，编译版等林林总总的其他译本更是五花八门。

虽然早在20世纪30年代，就有《柳林风声》（《杨柳风》）的中文译本存在，但是对新时期翻译这部经典作品的翻译家（译者）们而言，早年这些译本的存在也许形同虚设并无多大意义。周吉宜考证溯源《杨柳风》一文中，也用"据说"这样的字眼来描述当时出版的尤炳圻译本（丰子恺插画），并提到了他本人在国家图书馆馆藏目录中未能找到30年代的译本《杨柳风》的事实。由此可见，新时期以来的翻译家（译者）们对这部作品的翻译一是基于原文本，二是和已有译文本做参照比对。在目前各大图书馆馆藏的目录中，任溶溶译本《蛤蟆传奇》是 The Wind in the Willows 可以追溯到的最早的译本。该译本对的最终成书出版的其他译本在翻译风格和翻译基调上的影响，以及不同译者是否在儿童文学翻译中将自己的语言和心理始终与为儿童读者服务这一理念相共情将通过以下部分的译本对比一探究竟。

任溶溶在其 1989 年译本《蛤蟆传奇》的译序中，提及的《柳树间的第一阵风声》，就是杨静远译本《杨柳风》译序中的《〈杨柳风〉最初的私语》。任溶溶在《柳林风声》（光明日报出版社 2015 年版）译序中，将《柳树间的第一阵风声》改为《〈柳林风声〉的第一阵飒飒声》，并将《蛤蟆传奇》译序中将这本书成书之初的一些书信的出版时间做了勘误，从 1951 年改作 1944 年。翻译家在翻译细节上的匠心与严谨可见一斑。语言是时代发展的一面镜子，社会进步促生的对儿童心理、生活和发展等方面的不断探索 80 年代儿童出版物尤其是儿童课外读物的数量和互联网时代的今天不可同日而语。

The Wind in the Willows 中的 Dolce Dolmum 一章有一小节内容是描述田鼠家族祖祖辈辈传唱下来的一首圣诞颂歌，这首短诗的笔触温暖，风格清丽，朗朗上口，童趣盎然。在译儿童诗方面，因为他本人创作有大量的儿童诗歌，任溶溶对儿童视角的把握更敏锐，对儿童诗歌中的语言风格的呈现也更到位，充分照顾到儿童读者的阅读感受和体验。《圣经》在西方国家既有普世价值，又有群众基础，对于从小在母语环境中长大的西方儿童来说，和《圣经》相关的典故是他们生活的一部分；对中国儿童而言，除少数有信仰基督教等宗教的家庭的孩子知晓一些和圣经有关的典故，绝大部分孩子对上帝、赞美诗、天使、颂歌这些字眼感觉很陌生。因此，在这首赞美诗的翻译上，如何既能让儿童体会到西方圣经文化中"神爱世人"的温暖格调，又不至于因为太多的异质文化符号感觉云里雾里，译者的儿童视角就显得格外重要了。试比较这一小节的这首赞美诗李永毅译本、马阳译本、任溶溶译本、孙法理译本、杨静远译本、张炽恒译本、赵武平译本和朱琪英译本在异质文化符号转换中的处理方法和特点，如果抛开"为儿童翻译"以及"为儿童读者服务"的这一翻译宗旨，包括朱琪英在内的其他译本均有可圈可点之处，比如李永毅译本俏皮幽默，马阳译本平白直叙，孙法理译本四字格的运用别具一格，对仗工整，杨静远译本华丽典雅隽永细腻，张炽恒译本宗教气息浓郁，赵武平译本朴实可亲。不同译者在诗歌尾韵的处理方式上达成了默契，原文中五个小节中分别出现的 tide, wide, beside, bide, morning; sleet, feet, greet, street, morning; gone, on, bebison, anon, morning; snow, low, go, below, morning; tell, nowell, befell, dwell, morning 严格押尾韵。包括朱琪英译本在内的所有译本在尾韵的处理上都有较合理的处理方案。任溶溶译本中这篇儿童诗翻译和他的其他儿童文学译作一样，通篇散发着童趣的稚拙光芒，在 The Wind in the Willows 众多译本间，以"浅语"之美传达深意，除了在字词搭配上考虑和儿童读者的共情以外，在结构上也充分考虑到了儿童读者偏爱重复结构这一异于成年人的审美心理。翻译活动和其他智力活动一样，是不断推陈出新，不断向极致靠近，向更高峰攀登的过程。在对儿童文体的拿捏上，任溶溶技巧纯熟又不着痕迹。

原文：
Villagers all, this frosty tide,
Let your doors swing open wide,
Though wind may follow, and snow beside,
Yet draw us in by your fire to bide;
Joy shall be yours in the morning!

Here we stand in the cold and the sleet,
Blowing fingers and stamping feet,
Come from far away you to greet——
You by the fire and we in the street——
Bidding tomorrow and more anon,
Joy for every morning!

For ere one half of the night was gone,
Sudden a star has led us on,
Raining bliss and bension——
Bliss tomorrow and more anon,
Joy for every morning!

Goodman Joseph toiled through the snow-
Saw the star o'er a stable low;
Mary she might not further go-
Welcome thatch, and litter below!
Joy was hers in the morning!

And then they heard the angles tell
"Who were the first to cry Nowell?
Animals all, as it befell,
In the stable where they did dwell!
Joy shall be theirs in the morning!"(Grahame, 2015: 59)

译文1:
亲爱的乡亲,在这霜冻的时节,
请敞开你们的大门,把我们迎接,
虽然风或许会进去,或许还有雪;
但请拉我们进屋,在炉火边停歇,
明早你们会快乐又幸福!

我们站在这儿,在冻雨中发颤,
哈着手指,跺着脚,也觉不到温暖,
为了问候你们,我们越岭翻山;
你们在炉旁坐,我们在街边站——
祝你们明早快乐又幸福!

因为刚才,快到子夜的时分,
天上突然出现了一颗星辰,它引领我们,洒下祝愿和神恩——
从明天,直到永远,给每个人,
祝每个早晨快乐又幸福!

好人约瑟正在雪中赶路——
马厩上的那颗星灿如珍珠;
马利亚再也挪不动一步——

迎接她吧，卑微的茅屋，
谁能比她更快乐更幸福！

这时，他们听到天使的声音，
"谁最先欢呼，庆祝他的诞生？
是可爱的动物们，请不要吃惊，
因为他们恰巧在马厩栖身！
明早他们将快乐又幸福！（格雷厄姆著，李永毅译，2011：86—88）
译文2：
所有的乡亲们，在这寒冷的季节里，敞开你的家门吧，
也许有寒风凛冽，也许有大雪肆虐，请把我们带到你的炉火边；
明晨你将获得快乐！
我们现在站在寒冷的雨雪里，不停地暖手跺脚，
远道而来给你献上祝福——你坐在炉边而我们站在街上——
祝福你明晨快乐！

现在已是夜半，突然一颗星星指引我们前行，
天赐美满祝福——赐福明日，甚至更早，
赐福每个清晨！
圣人约瑟在大雪中跋涉——看到明星低垂在马厩上方，
圣母玛利亚无须再前行——欢迎来到这茅屋，
这里有草垫！
明晨的她将多么快乐！

这时他们听到天使说，"首先为此欢呼的是谁？"
是所有的动物啊，耶稣就降生在动物居住的马厩！
明晨的欢乐是属于他们的！（格雷厄姆著，马阳译，2015：75—76）
译文3：
诸位乡亲，节日冷得厉害，
请把你们的门敞开，
虽然风雪会跟着进屋，
还是让我们靠近壁炉。

你们早晨将快快乐乐!

我们站在风雪当中,寒冷难熬,
呵着手指,尽蹬着脚,
我们向诸位问好,来自远方,
而你们在炉边,我们在街上。
祝你们早晨快快乐乐!

夜已经过去一半的时候,
忽然一颗星星带领我们走,
天上洒下来神恩和幸福,
幸福的明天,后天……日子无数。
每个早晨都将快快乐乐!

义人约瑟在雪地上跋涉前进,
看见马房上低垂着那颗星星;
马利亚可以不用继续向前跑,
多好啊,茅草顶,下面有干草!
她早晨将快快乐乐!

于是他们听见天使们说道:
"是谁先叫出圣诞好?
正是马房里的那些动物,
他们本来就在里面居住!
他们早晨将快快乐乐!(格雷厄姆著,任溶溶译,2015:91)
译文4:
全村父老乡亲们,在这严寒时节,
大开你们的家门,
让我们在你炉边稍歇,
尽管风雪会趁虚而入,
明朝你们将得到欢乐!

我们站在冰霜风雪里,
呵着手指,跺着脚跟,
远道而来为你们祝福——
你们坐在火旁,我们站在街心——
祝愿你们明晨快乐!

因为午夜前的时光,
一颗星星指引我们前行,
天将福祉与好运——
明朝赐福,常年得福,
朝朝欢乐无穷尽!

善人约瑟在雪中跋涉——
遥见马厩上空星一颗;
玛丽亚无须再前行,
天将福祉与好运——
欢迎啊,茅屋,屋顶下的产床!
明朝她将得欢乐!

于是他们听到天使说:
"首先欢呼圣诞的是谁?
是所有的动物,
因为他们栖身在马厩,
明晨欢乐将属于他们!"(格雷厄姆著,杨静远译,1997:63—64)
译文5:
圣诞欢歌飘荡在冰天雪地里,
请敞开大门呀,村民兄弟。
别担心风吹进屋,雪也飘落,
让我们进屋来火炉边坐坐。
准叫你天亮时欣喜快活!

我们站在冰冷的雪地里,

跺着双脚还向手指头呵气。
我们来祝贺,从辽远的地区,
你们在炉边坐,我们在街心立。
祝贺你天亮时欢天喜地!

因黑夜的一半还没有过去,
一颗星突然领我们来此地。
向我们洒下了福佑的甘霖,
让明天幸福,让未来欣喜。
祝每个黎明欢天喜地!

善良的约瑟,
那天就是圣诞节。
跋涉过雪地,
见马厩的上空有大星低垂。
玛利亚再无法继续前进,
受欢迎呀,茅舍里那草秸!
天亮时她感到幸福惬意!

这时候他们听见天使在问,
"是谁喊出了第一声喜庆?"
是全体动物,由上天指定,
动物住的马厩报出了佳音。
天亮时他们都幸福欢欣!(格雷厄姆著,孙法理译,2005:79—80)
译文6:
众位乡亲,对着冰霜寒潮,
请敞开你们的家门,
虽然有风跟着,有雪沾着,
还是请我们进去烤烤火吧,
欢乐将属于你们,在早晨!

我们跺着脚呵着手指头,

站这里冒雨雪顶风寒，
远道而来向你们致意——
你们在炉边我们在街头——
祝欢乐属于你们，在早晨！

因为在前半夜过去之前，
引导我们来的一颗星，
会突降如雨的喜乐福祉——
赐福明朝，赐福来日，
赐欢乐给每一个早晨！

善人约瑟夫跋涉在雪中
看见那颗星低垂马厩上空；
玛丽不用再前行，迎着她
茅草屋顶在上，褥草在下！
欢乐属于她，在那天早晨！

于是他们听见了天使的声音：
"是谁第一个欢呼圣诞？
是所有动物，因为圣婴降临
是在他们所居住的马厩！
欢乐将属于他们，明天早晨！"（格雷厄姆著，张炽恒译，2015：59—60）

译文7：
各位村民，寒冷的圣诞节期间，
劳驾大家把大门全都敞开，
虽然兴许会有风儿刮来，雪花儿闪现，
但请把我们让进门待在你们的壁炉边，
到清晨你们都将会快快乐乐！

我们站在冻雨里遭受冷袭，
吹手跺脚去寒意，

远道赶来向大家道喜——
你们守在炉边我们却在街上——
祝愿你们到清晨全都快快乐乐!

夜晚马上就要过完一半,
忽然有星辰为我们引路,
洒下神恩和天福——
明日极乐日后更幸福,
天天清晨都快乐!

义人约瑟冒雪赶行程——
看见星辰照耀矮马棚,
马利亚可以不必往前奔——
茅棚欢迎她前来把孩子生!
她到清晨就会很快乐!

接着他们听见众天使在讲,
"圣诞颂歌是谁最先歌唱?
是所有的动物陪婴儿临降,
他们原本就住在那间马房!
他们到清晨就会都欢乐!"(格雷厄姆著,赵武平译,2004:72—73)

译文8:
乡人们当着冰冻成堆,
请把你们大门敞开,
虽风雪或将跟进来,
但招留我们在火边相陪;
早晨你们要得到快乐!

我们站在严寒之中,
顿足吹手,十指通红,
从远方特来祝颂——

你们在火边,我们在街中——
祝你们早晨快乐!

因为在这半夜之前,
忽有一星领我们向前,
雪花告瑞,洪福齐天——
无限止的幸福传遍,
祝你们每晨快乐!

善人约瑟行过雪地——
看见马棚上有星低坠;
妻子马利亚就此停止——
茅屋欢迎,草荐致意!
早晨她要得到快乐!

于是他们听见天使议论
"谁先去报告喜信?
幸福临到一切众生,
他们住在这马棚!
早晨他们要得到快乐,"(格雷厄姆著,朱琪英译,1936:121—123)

  原文中每一小节对最后一行出现的以"Joy"起头的句子,任溶溶译本中处理成了五个 AABB 式的叠词"快快乐乐"。李永毅译本中,有四处被译作"快乐又幸福",有一处被译作"快乐更幸福";马阳译本中,前四处被译作"快乐",最后一处被"欢乐";孙法理译本中,五处"Joy"分别被译作"欣喜快活""欢天喜地""欢天喜地""幸福惬意"和"幸福欢欣";杨静远译本中,有四处被译作"欢乐",另外一处被译作"快乐";张炽恒译本中,每一处都被译作"欢乐";赵武平译本中,有两处被译作"快快乐乐",另有两处被译作"快乐",还有一处被译作"欢乐";不难看出,众多译本中只有任溶溶译本将该句处理成了儿童读者青睐使用的 AABB 式叠词,仔细对照 The Wind in the Willows 的各个译本可以发现,任溶溶在语言使用上偏爱叠词。笔者认为,其他译本中对"Joy"

的处理中多少有着"求变"和"求新"的因素，忽略了儿童读者恰恰是喜欢重复字眼的。

浸润在译文中的稚拙感和童趣不仅仅是任溶溶译《柳林风声》这篇作品的特点，而是他的所有儿童文学翻译作品和创作作品的共性。能洞察儿童读者的需求和认知特点，在语言风格上又不显得故作幼稚和天真，需要找到一种平衡。优秀的儿童文学工作者和儿童共情，想儿童之所想，思儿童之所思，站在儿童的角度观察事物、组织语言。任溶溶译本《柳林风声》作为该作品在国内可以追溯到的最早译本，它对后来陆续出现的其他译本的影响不容小觑。周作人在谈《杨柳风》一文中，曾转引 The Wind in the Willows 书页上的广告"这是一本少年之书，所以用此或者专是给少年看，以及心里还有少年精神活着的人们看的。这是生命，日光，流水，树林，尘土飞扬的路，和冬天的炉边之书。这与《爱丽思漫游奇境记》相并，成为一种古典。"（格雷厄姆著，杨静远译，1997：169）

除了诞生年代较早，因各种因素并没有引起太大反响的朱琪英译本之外，任溶溶译本《蛤蟆传奇》是 The Wind in the Willows 众多当代译本中最早出现的译本，也是毫无疑问的经典译本。对 The Wind in the Willows 的七个当代译本，不难发现在整体翻译风格和基调上，任溶溶译本对其他六个译本的影响。作为名副其实的"先文本"，任溶溶译本对"后文本"的影响不完全拘泥于字词层面，又通过字词层面的微妙变化得以体现。后起的译者在推出新译本之时，既从已有译文本——先文本中汲取灵感，同时又企图超越和突破先文本。然而，稚拙感和游戏精神作为任译作品的精神内核，却是难以被模仿和超越的。

以下将通过对前文中所述其他四名译者之一的著名翻译家杨静远的生平和译作稍作梳理，以探究区别于任溶溶译本童稚活泼的翻译风格之家庭和教育背景等维度的原因。杨静远生于书香门第，母亲袁昌英是 30 年代武汉大学的"珞珈三杰"之一（另外两位是凌叔华和苏雪林），是取得英国硕士学位的第一位中国女性，父亲杨瑞六是著名的经济学家，曾任武汉大学法学院院长。"珞珈三杰"是阅读中国现代文学史"不能跳过的女作家"，杨静远"曾想成为与母亲一样的作家，虽未实现，不过翻译最终让她找到一种途径与这一梦想衔接"（李辉，2015：34），杨静远的翻译以文笔优美、感情细腻见长。1999 年，杨静远写给顾耕的书信结集出版，

《写给恋人》出版时，杨静远寄给委托出版人的个人简介中，杨静远提及自己的译著有《马克思传》《马恩传》《勃朗特姐妹研究》《夏洛蒂·勃朗特书信》等，李辉在纪念杨静远的这篇缅文中提到，杨静远的译作还应加上《彼得潘》《夏洛蒂姐妹全集》等重要译著。而 The Wind in the Willows 杨静远译本《杨柳风》早在 1997 年已经由辽宁教育出版社出版。由此可见，在杨静远自己看来，《杨柳风》这样一部译著在她的翻译生涯中并未占据太重的分量。

在 The Wind in the Willows 的所有译者中，虽然也有像杨静远、孙法理等这样的著名翻译家的名字，但是任溶溶初版于 1989 年的译本《蛤蟆传奇》在其翻译生涯中的意义和其他所有译者都是不可等量齐观的。北新书局出版于 20 世纪 30 年代的由周作人作序的 The Wind in the Willows 朱琪英译本《杨柳风》现已绝版，只能通过影印版本一窥真容。对翻译 The Wind in the Willows 的当代译者而言，这个译本的意义并不是很大。而他们在决定亲自翻译这部作品之前，任溶溶译本已经早已出版并几经再版。无论承认与否，任溶溶译本对后来这部作品的译者是产生影响的。在克里斯蒂娃互文性理论中，没有任何一个文学文本是原创的文本，而是在已有文本基础上的改写、复制、模仿、转换和拼接。在文学翻译中，某部作品的首译本或经典译本所具有的某种固定的或经典的风格和已有文本间形成互文关系，而之后的平行译本和该经典译本之间又存在互文关系，如此绵延不绝。互文性是一种价值自由的批评实践。互文理论的研究者在已有"积极修辞"这一提法的基础上，提出了"积极性互文"的理论。（李玉平，2006：112）在任溶溶的英译儿童文学作品中，积极性互文的例子俯拾即是。

对某一种文类的熟悉和偏爱，长时间在该领域的从业经历是成就译者在某个领域足以称"家"，其作品被奉为经典的主观条件。杨宪益戴乃迭夫妇译《红楼梦》、许渊冲译毛泽东诗词、葛浩文译莫言等都是译界典范和传奇。任溶溶本人是一位在儿童文学翻译中创作的儿童文学作家和在儿童文学创作中翻译的儿童文学翻译家，他在儿童文学翻译和儿童文学创作方面都成就斐然。早在 1980 年任溶溶凭借《你说我爸爸是干什么的？》一诗摘得"全国第二届少年儿童文艺创作奖一等奖"，单从"诗人译诗"本身所具备的说服力来看，任溶溶译本在这 8 个译本中已经是绝对的佼佼者了。

任溶溶儿童翻译中的译注较为多见，以《蛤蟆传奇》为例，全文中共出现译注 14 条（2015 年出版的任溶溶译本《柳林风声》是在《蛤蟆传奇》基础上的进一步完善，其译注为 17 条），任溶溶儿童文学译本中的译注在某种程度上为儿童文学翻译中异质文化符号的解释和说明树立了一种典范。作为化解原语中文化差异造成的阅读阻隔的一种有效方式，任溶溶在其译本中采用的译注方式直接影响到其他译本在相应段落的标记。

在平行译本中，赵武平译本共有译注多达 50 条，李永毅译本有译注 39 条，张炽恒译本中共有译注 31 条，马阳译本中有译注 15 条，杨静远译本仅有译注 1 条，孙法理译本全文无译注。可以看出，译注作为当代青年译者普遍接受的一种译文的处理方式，在他们的翻译作品中是比较常见的，这与任溶溶同时代的翻译家如杨静远和孙法理的译注处理方式形成鲜明对比。任溶溶在儿童文学翻译作品中标译注的方式可以追溯到他正式开始从事儿童文学翻译工作的 20 世纪 50 年代初，1953 年少年儿童出版社出版的任溶溶译苏联女诗人阿·巴尔托（А. Барто）的诗歌集《响亮城》中，就出现译注共 8 处。任溶溶作为一名活跃在当代翻译界的"老一辈"翻译家，在儿童文学翻译中采用译注的方式缓和阅读中可能存在的文化阻隔，可谓启一代风气之先。

任溶溶译本之后的当代青年翻译家在他们的 The Wind in the Willows 译本译注的处理方式上，与任溶溶译本间形成明显的互文关系。按上文中提到的全文出现译注数量多少的顺序依次来看，赵武平译本中对"圣人约瑟"标了脚注"约瑟，《圣经》中人物，马利亚的丈夫。马利亚在他的陪伴下，返乡途中将圣子耶稣生在马房中。"（格雷厄姆著，赵武平译，2004：73）李永毅译本中在这段赞美诗的末尾部分标了脚注"根据《圣经》记载，基督教创始人——上帝之子耶稣诞生在马厩里。其先，他的母亲马利亚与木匠约瑟订了婚，还未过门，便因圣灵感孕，生下了耶稣。在圣诞之夜，天边有一颗很亮的星。"（格雷厄姆著，李永毅译，2011：88）；张炽恒译本中对"善人约瑟夫"标了脚注"圣母玛利亚的丈夫，耶稣的养父。"（格雷厄姆著，张炽恒译，2015：59）马阳译本在"圣人约瑟在大雪中跋涉——看到明星低垂在马厩上方"这一句的末尾标了脚注"指耶稣于半夜降生于马厩中的情形。"（格雷厄姆著，马阳译，2015：76）试比较任溶溶 1989 年《蛤蟆传奇》译本中的译注"这里讲的是《圣经》故事中耶稣诞生的故事，马利亚是耶稣的母亲，约瑟是马利亚的丈夫"（格雷厄姆著，任溶溶译，1989：77）以及任溶溶 2015 年《柳林风声》译本中的译注"这里讲的是《圣经》故事中耶稣诞生的故事，玛利亚是耶稣的母亲，约瑟是玛利亚的净配"。（格雷厄姆著，任溶溶译，2015：91）

我们不难发现，任溶溶译本作为 The Wind in the Willows 自新中国成立以来出现的平行译本中出版最早的经典译本，他标译注的方式直接影响到之后的青年翻译家在翻译此书时标注的位置和内容。较晚出现的译本对先文本（pre-text）的借鉴和参考不仅体现在语言和风格层面上，而且体现在和翻译有关的译序、译后记的书写方式上。"语词（或文本）是众多语词（或文本）的交汇，人们至少可以从中读出另一个语词（文本）来。"（王瑾，2005：285）译注反映译者对受众读者接受能力的关怀，任溶溶处理译注的方式为之后该译本的其他译者提供了一种可资借鉴的范本，任溶溶译本与其他译本形成微妙的互文关系。

如前文所述，某一作品较早出现的经典译本是之后该作品的译者无法逾越和忽视的一个文本存在，完全另起炉灶而不去了解已有经典文本的翻译风格和处理方法是几乎不可能的。比如自称"诗译英法第一人"的许渊冲，在中国古诗词和毛泽东诗词的英译、法译方面树立起来的一种标杆和产生的影响力，是之后同一领域的译者无法摆脱和跨越的。任溶溶在儿童文学翻译方面也同样具备这样的影响力，任溶溶之后的译者在 The Wind in the Willows 不同译文的不同处理方式中，总会透露出一些互文的蛛丝马迹。

三 超越与经典重塑——以《夏洛的网》为例

《夏洛的网》首译者为康馨，1979 年由人民文学出版社出版。2000 年前后，肖毛译本《夏洛的网》见诸网络（周望月、邵斌，2014：151），却始终没有正式出版发行。笔者在肖毛本人的新浪博客①上读到了其上传的《夏洛的网》翻译说明和部分章节的原文。和很多英语经典儿童文学作品动辄有五六个译本相比，《夏洛的网》的译介显得有些冷清，康馨译本 1979 年初版以后，再无后续再版，而肖毛的译本因为并未正式通过出版社的渠道发行出版，其影响仅仅局限于一些文学翻译爱好者的小圈子之内，对于儿童文学的广大受众和普通读者而言，这个译本的意义

---

① 参见译者肖毛的博客。

也并不大。

任溶溶译本自 2004 年出版以来，仅上海译文出版社就有 2004、2007、2011、2012、2014、2015、2016、2017 八个版次，其受欢迎程度可见一斑。康馨译本在文学语言的使用上可谓精雕细琢，匠心独具，但整体的阅读体验并不是很好，过分雅致和归化的文学语言也是因为受制于当时的时代，"文化大革命"十年浩劫刚刚结束，国内政治文化环境突然松绑，但普通青年读者和儿童及异质的外国文化元素并没有太多了解。对知识分子而言，被禁锢已久的思维尚在调整和恢复期，这就不难解释"康馨译本的目标读者范围主要是精英读者"，雅致又冷峻的文学语言忽略了儿童的阅读和接受能力，作为文学翻译活动中语言文学艺术再现的主体，译者只能受制于而无法左右和掌控时代的局限和影响，"从 20 世纪 70 年代末到 80 年代中期，当代儿童文学的基本艺术色彩是冷峻而凝重的。康馨译本中所体现出的冷峻、深沉的情感色彩与当时社会的儿童文学情绪密切相关。"（周望月、邵斌，2014：152）"文化大革命"之后，任溶溶大量开始英语国家儿童文学作品的集中译介[①]工作，是从 80 年代末开始。得益于在这之前翻译过大量前苏联文学作品及俄语儿童文学作品的丰厚经验和积累，而任溶溶翻译和创作中始终坚持儿童本位的追求使得他的作品和译作呈现活泼轻松的基调，而异质文化在译作中的保留在很大程度上满足了儿童读者的好奇心和探求欲。

原文：

Early summer days are a jubilee time for birds. In the fields, around the house, in the barn, in the woods, in the swamp-everywhere love and songs and nests and eggs. From the edge of the woods, the white-throated sparrow (which must come all the way from Boston) calls, "Oh, Peabody, Peabody, Peabody, Peabody!" On an apple bough, the phoebe teeters and wags its tail and says, "Sweet, sweet, sweet interlude; sweet, sweet, sweet interlude." If you enter the barn, the swallows swoop down from their nests and scold. "Cheeky, cheeky!" they say.

---

① 任溶溶最早的英语儿童文学翻译作品可以追溯到 1946 年在《新文学》杂志创刊号上发表的土耳其儿童文学作品《粘土做成的炸肉片》和 1948 年朝花出版社出版的美国童话《列麦斯叔叔的故事》和《小熊邦果》。

(White, 2008: 39)

译文1:

初夏是鸟的欢庆时节。无论在田野里、近屋处、仓房里、树林中或沼泽上,到处是欢爱、歌唱、造巢和鹅卵。从树林的边沿上,白胸的燕子叫着,"枇杷地,枇杷地,枇杷地!"裴比燕在苹果树上跳来跳去,翘动尾巴说,"裴比,裴比!"云雀知道生命的短促与可爱,说,"甜蜜、甜蜜的插曲!甜蜜、甜蜜的插曲!"你如果走进仓房,燕子会从梁上的窝急冲下来,责骂着"欺客!欺客!"(怀特著,康馨译,1979: 41)

译文2:

初夏的日子对于小鸟来说是个喜庆时节。田野里,房子周围,谷仓里,林子里,沼地里——到处是小鸟在谈情说爱,在唱歌,到处是鸟窝,是鸟蛋。在林边,白喉带鹀(一定是大老远从波士顿飞来的)大叫:"噢,皮博迪,皮博迪,皮博迪!"在一根苹果树枝上,那东菲比霸鹟摇头摆尾说:"菲比,菲——比!"知道生命有多短促和可爱的鸟雀说:"甜滋滋、甜滋滋、甜滋滋的插曲;甜滋滋、甜滋滋、甜滋滋的插曲!"你一走进谷仓、燕子就会从它们的窝里飞下来责备你说:"放肆,放肆!"(怀特著,任溶溶译,2008b: 192)

试比较以上节录的康馨译本和任溶溶译本,任译本中"小鸟""鸟窝""鸟蛋"将该段落中要描述的中心词"birds"串联起来,在音韵节奏上营造出朗朗上口的感觉;将"sweet"处理为典型的ABB式的儿童化语言"甜滋滋",俏皮与童趣跃然纸上。康馨译本中的"到处是欢爱、歌唱、造巢和鹅卵"从文法上来讲都是欠妥当的,而之后的"cheeky"一次虽然照顾到了原文的音韵,但在意义上却让人有莫名其妙的感觉。任溶溶在儿童文学翻译的译文中呈现的十足的童趣与稚拙感,但又不止于"童趣"和"稚拙",他的译笔轻松活泼,流畅自然,是一种风格上的"浅语之美"。

原文:

The next day was foggy. Everything on the farm was dripping wet. The grass looked like a magic carpet. The asparagus patch looked like a silver forest.

　　On foggy mornings, Charlotte's web was truly a thing of <u>beauty</u>. This morning each thin strand was decorated with dozens of tiny beads of water. The web glistened in the light and made a pattern of loveliness and mystery, like a delicate veil. Even <u>Lurvy</u>, who wasn't particularly interested in beauty, noticed the web when he came with the pig's breakfast. <u>He noted how clearly it showed up and he noted how big and carefully built it was.</u> And then he took another look and he saw something that made him set his pail down. There, in the corner of the web, neatly woven in block letters, was a message. It said:

　　<u>SOME PIG</u>（White, 2008: 68）.

　　译文 1:

　　第二天有雾。农场里什么东西都湿哒哒的。草地看上去像一张魔毯。那片芦苇地像一片银光闪闪的森林。

　　在雾天的早晨，夏洛的网真是一件美丽的东西。这天早晨，每一根细丝点缀着几十颗小水珠。网在阳光中闪闪烁烁，组成一个神秘可爱的图案，像一块纤细的面纱。连对美不太感兴趣的勒维来给小猪送早饭时，也不由得注意到这张图网。他注意到它有多么显眼，他注意到它有多么大，织得有多么精细。他再看一眼时，看到了一样东西让他不觉放下桶子。瞧，在网中央，整整齐齐地织着几个大字，这是一句话。它写的是：

　　王牌猪

　　（怀特著，任溶溶译，2008b: 219）

　　译文 2:

　　第二天有雾。农场上一切都是潮湿的。草地看起来象一片神毡。莴苣园象一座镀银的森林。

　　在有雾的天气，夏洛的网真是件艺术品。这天早晨，每条纤丝都装饰着几打精细的水珠。那网在天光下亮闪闪的，显出一个可爱的神秘图案，象一片极精致的头纱。连对艺术不感兴趣的蓝伟给猪送早饭来时，居然也注意到那张网。他发现那网看上去轮廓分明，面积很大，织得非常精致。再一细看，他不由自主地把食桶放下。在那网的正中央，整整齐齐地织着两个大字：

好猪
　　·　·
（怀特著，康馨译，1979：74）

　　儿童文学翻译远非懂一些外语、有一些翻译经验的人就可以随便上手的工作。对儿童语言的理性认知、和儿童心理的共情都建立在儿童文学翻译和创作的经验累积之上。一部儿童文学作品的好坏，绝不仅仅是读起来是否通顺。对原文内在逻辑的呈现，对原文多义词在句子中的意义勘别，对原文中儿童视角的揣度，均考验译者的功力。任溶溶译《夏洛的网》在这三个层面都体现出任溶溶作为著名儿童文学翻译家的匠心。通过和1979年出版的康馨译本的对比不难发现，任溶溶这一经典译本在语言、逻辑和风格方面的因素作为"文学内"的审美因素，成就了上乘的译本质量，而这一因素作为其译本经典化的"自律"因素，和任溶溶本人所持有的象征资本、出版机构的推介等"他律"因素一起，共同促成《夏洛的网》任译本的经典化生成以及其经典化地位的保有。

　　如前文所述，在儿童阶段的语言使用习惯中，对ABB式词组有明显的偏爱。ABB式构词作为汉语形容词中的一种独特而形象的构词方法，在表意方面有普通形容词所不具备的节奏和音韵感。原文中的"dripping wet"，康馨译本译作"潮湿的"，原文中的"dripping"所传达的意义缺失，任溶溶通过"湿哒哒"这个ABB式形容词的运用，巧妙阐释了"dripping wet"作为一个整体所传达出来的一种似乎能被触知的"潮湿"。接下来的"magic carpet"在康馨译本中被译作"神毡"，又有过分解读原文的嫌疑，"魔毯"一词既贴近原文，又符合儿童读者的期待视野。

　　在"The asparagus patch looked like a silver forest"这句中，康馨译本则出现了翻译中最容易出现的"望文生义"的问题。原文中的"asparagus"一词，如果不去深究，就指"芦笋"或"莴苣"。在这句话中，后面部分的"silver forest"是一个限定关系，它的出现直接决定了前面的"asparagus"究竟作何解释。"芦笋"和"芦苇"本身是亲缘关系远隔的两种不同植物，芦笋从海外引入中国试种以后，因为沿海地区的居民有吃芦苇嫩笋的习惯，故在中国古代文人的诗歌吟咏中，芦笋一词经常指代芦苇，最著名的当属苏轼的《春江晚景》一诗，"竹外桃花三两只，春江水暖鸭先知。蒌蒿满地芦芽短，正是河豚欲上时。"该诗中的"芦芽"便即"芦苇"。（刘克均，2010：189—190）任溶溶不可能不知道"asparagus"

一词作"芦笋"或"莴苣"解的这一词义,之所以译作"芦苇",是考虑到后面的"silver forest"和"asparagus"营造出的整体画面感才不违和。否则,很难解释通"莴苣地"怎样在一个湿漉漉的雾天像一片"银色的森林"。

再比如,康馨译本中把"beauty"译作"艺术",显然有过分解读的意味,"轮廓分明""面积很大"等词在过分解读的同时也显得非常冗余拖沓;而将人物角色名"Lurvy"译作"蓝伟"因过度归化让人觉得不伦不类,又因和汉语中的器官"阑尾"音同造成朗读上的负面效果。任溶溶译本在这方面的处理上尽显其"浅语之美":简单、明确、一目了然。该节选段落末尾的"Some Pig"是原文中的点睛之笔,"Some Pig"中的"some"其实是不好翻译的,"Some Pig"是取了"some"的"真可谓,称得上是"这层词义,在具体语境中要凸显出表达强烈感情色彩的词义,任溶溶译本中的"王牌猪"可谓神来一笔,小读者定会因为这一稍显滑稽的笔触忍俊不禁,而译作"好猪"则略显死板,动物故事小说中天马行空的烂漫情调无法恰当地传递出来。

任溶溶译本非 Charlotte's Web 的首译本,其译本的字斟句酌和整体风格呈现出的"浅语之美"是任溶溶在儿童文学翻译中一贯的审美自觉,译本的高质量和任溶溶所持有的象征资本一道,实现了这一译本的经典重塑。

第三节 文本互文对翻译活动的影响

文本间的互文关系形成了一条纵横交错的线索,串联起产生互文关系的文本作者之间相同或相近的文学审美倾向和情致。当某一类文本被划分为某种类型或风格的作品时,这一类型文本的创作者(翻译者)的审美倾向和情致也就显露出来。虽然我们不得不承认两个文本间的互文性存在某些偶然性因素,但是译者的创作文本和译作的原文本之间存在的稳定的互文关系产生的其中一个结果就是创作文本与译文本之间产生互文,这也就能够解释任溶溶的某些创作作品如《亨弗雷家一个"快活"的日子》会被误认为是翻译作品,"倘若不看作者的名字,你也许会错把它当成一篇翻译之作"。(马力,1998:122)与此同时,任溶溶的许多译作对几代人的影响,甚至超过了同时代的许多原创作品。《古丽雅的道路》被国内几代读者所熟知并被列入俄罗斯现代文学经典,任溶溶的翻译功不可没。

任译作品中既保留异质元素，语言上又清丽流畅的特点其实从他早在1953年翻译《古丽雅的道路》时就已经开始显露，而在翻译《古丽雅的道路》之前，任溶溶就已经翻译了包括马尔夏克、马雅可夫斯基、阿·托尔斯泰等名家在内的约40部俄罗斯儿童文学作品。这一事实一方面可以击溃人们普遍认为儿童文学的创作和翻译是"小儿科"的偏见；另一方面证明了任溶溶被内化了的翻译志趣——译者惯习仰仗于早年在俄罗斯儿童文学翻译中积累起来的丰厚经验。

虽然受政治气候、文化政策和经济环境等各个因素的影响，俄罗斯文艺，尤其是俄罗斯儿童文学的声音在当今中国几乎是被湮没的。但我们还是可以从当年的俄汉儿童文学译本中寻觅到任溶溶译者惯习的重要促成因素。

第四节　文本互文对经典化构建的意义

文本互文在表面上看是文本间在人物设计、故事架构、风格上的类同与相似，然而互文本之间的互文关系不仅只停留在语言层面，它对文本生成、接受和在商业领域的传播和营销都有着不容小觑的意义。对于经典作品来说，文本互文一方面为译本竞争注入新鲜血液，而不知名译者译本的存在，在很大程度上更加巩固和强化了经典译本（经典首译本）在场域中的中心位置；另一方面，新译本的产生会带来已有译本在场域内位置的分配情况。举例来说，知名翻译家持有的象征资本和译本本身高质量的翻译水准会挤压普通译本的生存空间，迅速占据在场域内的中心位置，将原有译本推向更边缘的位置甚至淘汰出局。前文所分析哈格里维斯的名作《奇先生妙小姐》译本的出版和接受，就是经典译本挤压普通译本最后导致出局的例证。与此同时，经由不同翻译家翻译的经典作品则呈现各领风骚、拥有各自拥趸的局面，看似存在竞争关系的这些名家名译作品，在场域中都有相应的象征资本抢占和竞争中心位置，却始终不至于被挤压至场域的边缘位置。这是由经典译本的本体属性和建构特征两方面来决定的。一方面，名家名译本身具备的文学性和艺术性是经典化的本体因素；另一方面，名家名译在传播、接受以及营销过程中有译者、读者及出版机构的通力合作，共同促成经典译本的产生。

学界有人借用热奈特的"跨文性"概念，阐述了经典文本经由电影、电视、网络游戏、真人秀等不同媒介传播之后而产生的"超文本"。(张德明，2012：96）超文本和后文本相比，更具有杂合性。而超文本本身所杂合的因素，也许来自多个经典文本。在这一点上，影视作品（包括多媒体商业广告作品）因为融合了声效、画面等多维度感官刺激的元素，人们在观赏时对其超文本的属性和文学文本相比有更直观的感触。2017年5月初"刷爆朋友圈"的"百雀羚神广告"《一九三一》堪称杂合了经典影视剧中服饰、建筑、生活与人物场景的一幅新媒体《清明上河图》，全景式呈现了20世纪30年代上海的生活风貌。它配合民国谍战的剧情，解读了上海开埠以来"海派西餐""照相馆""旗袍"等时尚文化、也涵盖了民国工资、食品物价、四大百货公司的建立等历史信息①。创作者"局部气候调查组"②以长图叙事③的方式结合3D建模和手绘技术让公众感叹于他们讲故事的"脑洞"之大。画面中不断出现的似曾相识的人物装束、地标和生活画面就是一出高超的拼接与戏仿。超文本的互文性特质马上遭到网友"吐槽"，声称该广告"抄袭剧照""移花接木"，这从一个侧面也印证了互文性在文学艺术领域的普遍性。

　　文本互文对经典生成有着不可小觑的作用。笔者将文本互文划分在影响经典生成的文学因素之中，但是这一文学因素中却不可避免地与社会文化等外部因素掺杂在一起。包括作家传记、回忆录、作品选集等在内的次文本（subtext）对经典的生成在相应场域内显然有明显的推动作用，属于文学外部社会话语体系中的影响经典生成的非文学因素；前文本和后文本在文学系统内部与经典文本形成的互文关系和互文性则是影响经典生成的文学因素。文本互文是探索翻译文本经典化问题的一把钥匙，是分析翻译文本经典化构建中文学因素和社会学因素重叠的一条可行的路径。

---

　　① 详见澎湃新闻记者黄松2017年5月11日在澎湃新闻网主页"艺术评论"专栏的文章《一则民国风俗创意广告受捧的背后，藏着一个"博物学"小组》。
　　② "局部气候"新浪官方微博显示，该小组成员毕业于清华大学，职业简介为"长篇叙事师"。
　　③ "局部气候调查组"第一部在业内引起广泛关注的作品《一起下潜，海底一万米》采用了长图叙事的方式进行科普讲解，之后推出的长图科普作品《你咋不上天，和太阳肩并肩》更加明晰了"局部气候调查组"在创作形式上对长图叙事模式的挖掘和探索。

第五章 任溶溶汉译英语儿童文学经典化构建的非文学因素

第一节 历史语境

历史语境主义（historical contextualism）作为一个政治思想史研究方法的术语由剑桥学派"三剑客"①之一的昆廷·斯金纳（Quentin Skinner）于20世纪70年代末提出，历史语境主义主张研究者在关注思想家经典文本以外，研究作者的言说意图。作为一种站在文本中心主义对立面的研究范式，历史语境主义的研究方法强调历史维度在经典文本解读中的重要性，将文本置于其有可能产生的历史因素构筑的话语框架之中。在很多情况下，我们不仅仅依靠文本本身对思想家的"只言片语"或"微言大义"进行推敲，更多的答案则无不隐藏在历史语境之中。国内有学者从马林诺夫斯基（Malinowski）的"语境"论出发，把历史语境定义为"特定的历史情景中抽象出来的对语言演变，及对语言活动和参与产生影响的一些因素，这些因素决定语言的形式、合适性和意义。"（高玉兰，1999：52）

一 主流意识形态的影响

意识形态是"观念体系和价值体系"，它"以语言形式呈现于各种文本中"（吕俊，2008：44）在对社会资本核心特征的界定问题上，学界按不同的侧重有不同的划分方法，Putnam认为"是社会组织提高效率的保证，包括信任、规范和社会网络"，Ostrom认为"社会资本是人们交往时的共享知识、规范和预期"；Durlauf & Fafchamps认为"社会资本的核心特征可以归纳为信息共享（information sharing）、群体认同（group identity）以及团队合作（commnunity cooperation）"（转引自严成樑，2012：

---

① 另外两位分别是约翰·达恩（John Dunn）和约翰·波科克（John Pocock）。

48）。按研究维度和层次的不同，有研究者把社会资本划分为个体层面（微观层面）的社会资本和集体层面（宏观层面）的社会资本。"个体层面，或称微观层面的社会资本是指从行动者个人从社会关系网络、结构、地位当中获取的资源。从这个维度来讲，社会资本具有私人物品的属性。"与之形成对照的是，"集体层面，或称宏观层面的社会资本，是指行动者组成的规模不同的各种社会团体的社会资本，在同一团体内部，成员间共同的信任、规范和价值观等因素也能够产生资源功能，从而能够实现集体行动的施行，维护成员的利益。"（陈倩倩，2014：6）任溶溶自20世纪40年代后期开始翻译生涯以来，历经新中国成立、"大跃进"和"人民公社化运动"、十年"文化大革命"浩劫、90年代初期开始的市场经济浪潮、新世纪网络新媒体时代等巨大社会变革和转型期。除了在"文化大革命"期间被下放到"牛棚"进行劳动改造时期，任溶溶是在忙里偷闲地学习外语以外，其他所有的时间任溶溶都笔耕不辍，在各个时期都有经典译作推出，在这期间积累起来的丰厚的社会资本在整个翻译界是并不多见的现象。从知识界的群体认同和个体层面两个维度而言，任溶溶都及时抢占了使其作品经典化的相应资本。

任溶溶著译年表显示，任溶溶解放前正式出版的译著有两部（马力，1998：293—300），均由朝华①出版社出版1948年②出版。这两部美国儿童文学作品一部是哈里斯的《列麦斯叔叔的故事》，另一部是辛克莱·刘易斯的《小熊邦果》。1953年，任溶溶译《古丽雅的道路》出版时，儿童文学对于当时的普罗大众来说是非常陌生的概念。1950年任溶溶（任以奇）著《北方话新文字基础读本》由上海东方书店出版，紧接着的1952年，任溶溶（任以奇）著《北方话新文字的拼法》由上海东方书店出版，1955年，《中国拉丁化拼音文字基础读本》出版。也许是囿于研究视角所限，马力著《任溶溶评传》著译年表统计显中并未列入任溶溶在1950—1953年的这三部语言研究方面非常重要的著作。该著译表中列入的从1950—1955年这五年间的任溶溶的出版包括《古丽雅的道路》在内

---

① 马力《任溶溶评传》中的朝花出版社实为朝华出版社。
② 何伊丽在其硕士学位论文《儿童文学翻译家任溶溶——对当前"任溶溶研究"不足的补充》中所附"任溶溶译作目录"显示，任溶溶1946年出版的第一部译著，名为《粘土做成的炸肉片》（土耳其），作者 Sadri Erttem。

的译著 21 部,其中苏联作品占了 19 部,另外两部则是罗大里的童话《洋葱头历险记》和儿童诗集《好哇,孩子们》。在译《古丽雅的道路》获得巨大的社会反响之前,任溶溶已经出版过俄语译著 19 部,其中绝大部分是苏联儿童文学作品。这部分翻译作品虽然深受苏联时期意识形态意识的影响,过分政治化,但不妨碍这些作品依然具有很高的可读性,《古丽雅的道路》就是这样一部作品,给成长于 20 世纪五六十年代的人曾留下不可磨灭的记忆。

作家阿琪[①]在回忆自己少女时代精神世界的荒芜景象和《古丽雅的道路》这部苏联小说给她带来的欣喜和祈盼时,写下这样一段文字:"没有美丽的概念,稚嫩的心灵也和那个时代同步,因为无爱而空虚如旷野里空长年轮的小树。","至亲的父母对儿女的关注,也如旷野的风,通常是凌厉而粗糙的",作者跟随父母居住时的房东是一户破落人家的老太太,因为儿女被发落到边疆而独自生活,某天因为生不着炉火,随手撕下这本"散发着美丽和温柔气息的书"引火烧饭,阿琪被房东老太太搁在小板凳上的这本书吸引,"离好远一眼看准了书上的插图是一个美丽的女孩子的微笑",而她"没有办法抵御如此美丽的微笑"。趁老太太转身不备之时,阿琪顺走了这本后来被她牛皮纸包装盒修葺好,成了她少女时期的"一个宝贝"和"寂寞虚无的灵性空间里的一个亮点"。(阿琪,1998:22—23)

二 译者社会资本

在中国绵延几千年的翻译史上,儿童文学翻译的兴起与发展在历史时空上所占的分量可谓不足称道,只有短短一百多年的历史。儿童文学翻译在中国自清末民初"儿童被发现"始,历经"五四"时期的"儿童本位论"和新时期"为儿童而译"等思潮的洗礼。非常值得关注的是,在中国儿童文学探索潮到来之前的 20 世纪 50 年代至 60 年代初中苏关系破裂的这十年,任溶溶在紧锣密鼓地推出大量俄译儿童文学作品的同时,自觉地开始儿童文学创作活动,并留下了童话《"没头脑"和"不高兴"》(1958)、连环画《变戏法的人》(1964)、儿童诗集《小孩子懂大事情》(1965)等创作作品。"文化大革命"十年浩劫期,文学艺术领域饱受摧残,在政治、经济和文化政策上的倒行逆施之时,大部分有道德底线和文

---

① 阿琪,本名黄少云。祖籍江苏,专栏作家,中国作家协会会员。

化操守的文艺工作者选择了沉默作为最保守而安全的反抗方式。除了有为"文化大革命"鼓吹的"样板文艺"作品和少数文艺工作者冒死创作的"地下文学"之外，政治上的暴行造成了长达十年之久的文学创作与翻译的停滞。

1978年9月28日，人民日报发表题为《为孩子提供丰富精神食粮》一文，鼓励儿童文学创作；1978年10月，"全国少年儿童出版工作会议"在庐山召开；1980年5月，全国第二次少年儿童文艺创作评奖活动举办①（首次为1954年）。如前文所述，社会资本特征中非常重要的一条就是"群体认同"（group identity），既包括该场域内的成员之间对彼此在规范、习惯、能力、价值观等方面的信任，也包括场域内的成员对所处行业的了解与尊重、乐于奉献并拥有从业的自我实现与成就感。从社会资本的不同维度来看，任溶溶在"个人社会资本"和"集体社会资本"方面都有不俗的积累。外国文学编辑的工作属性和良好的中文外文功底，使得任溶溶在译介的工作实践中如鱼得水自得其乐，上海译文出版社多年来的社会声誉与少儿作品译介方面的优势对于优秀翻译作品的推介更能锦上添花。任溶溶大量儿童文学翻译与创作的实践赢得了场域内的认可与赞誉，积累了丰厚的社会资本。他本人坚持在儿童文学事业上不断突破和自我实现的愿景也没有因为"文化大革命"的十年浩劫而放弃。"文化大革命"的结束与"改革开放"的到来，出版界和文艺界迎来了百废待兴、百家争鸣的局面。任溶溶自1945年正式涉足并为之付出了20年心血的儿童文学翻译事业，在"文化大革命"的十年沉寂之后终于迎来了春天，先后获"宋庆龄儿童文学奖杰出贡献奖"（2003）、"陈伯吹儿童文学奖杰出贡献奖"（2007）、"宋庆龄樟树奖"②（2008）、"翻译文化终身成就奖"（2012）、"中国作协第9届（2010—2012）全国优秀儿童文学奖"③（2012）等奖项。这些荣誉是对他在儿童文学翻译和创作领域默默耕耘半个多世纪的肯定。

三 译者身体化文化资本

文化资本，简单来讲就是占有文化资源的资本。它和其他资本形式尤

---

① 任溶溶的作品《你们说我爸爸是干什么的？》获一等奖。
② "宋庆龄樟树奖"由中国福利会于1985年设立，该奖项每两年颁发一次，表彰和鼓励中国长期从事妇幼保健卫生和儿童文化教育事业，并作出卓越贡献的人士。
③ 任溶溶获奖作品为2012年出版的童诗集《我成了个隐形人》。

其是经济资本和社会资本相互牵涉的同时又促生符号资本的生成。身体化的文化资本表现在社会阶级或个体的精神、修养、审美之中，因此，在布迪厄的社会实践理论中，和资本持有群体或个人的性情倾向——即"惯习"的形成有最直接关系的，莫过于文化资本了。家庭文化氛围、接受教育的层次和质量逐渐打磨出某个社会阶层或个人在精神素养、气质和审美志趣方面区别于其他群体或个人的鲜明特征。

基于文化资本与社会地位获得之关系的实证研究显示：家庭教育氛围、父母职业（尤其是父亲的职业）对于子女在原生家庭可能获取的受教育机会、文化资本的累积以及社会地位的获取和提升有显著影响。"父母和子女文化资本均对子女教育获得产生正面影响，但家庭文化氛围影响最大，原因在于父母文化资本是持续发挥作用的，对子女社会化产生潜移默化影响"，任溶溶幼年的私塾学习和在广州、上海两地的学习、生活经历都和依赖于重视教育的家庭氛围和养育孩子的理念。"父亲职业等家庭背景部分以父母和子女文化资本为中介对子女教育产生影响"，父亲在上海从商在经济上、生活视野、兴趣培养和学业追求方面为任溶溶身体化文化资本的塑造提供了丰厚的物质基础和经济保证，"教育作为文化资本，不仅体现为教育过程是文化资本的积累过程，教育也包含着不同地位层次的惯习、偏好或者品味等结构性印痕；文化资本较高者易于维持良好形象，广结关系网络，凭借社会资本获得较高职业地位。"（仇立平、肖日葵，2011：134—135）凭借在雷士德中学打下的坚实外语基础和之后在大夏大学中国文学系的专业学习背景，任溶溶最终得以在外文编辑、儿童文学翻译与创作中将累积的教育背景转化为丰厚的文化资本。

相对于自然科学场域的高度自治性，文学艺术场域受政治和意识形态因素的影响颇大。而在文学艺术场域整体自治性偏弱的前提下，文学场域和翻译场域有一定的自治性，而儿童文学翻译场域作为文学场域或翻译场域中的子场域，其自治性则更差。儿童文学的目标读者之一是儿童，这一群体尚未社会化，生活在受成年人保护之中，相对于成年人来说受政治和意识形态的影响程度要小很多。儿童文学的主题以幻想世界的各种奇妙夸张、拟人化的动物世界的温情与爱、自然世界的丰富多彩为主要内容。在文学艺术为政治服务的大前提下，儿童文学虽然难免受政治环境和意识形态的影响，甚至在极端政治文化环境沦为政治宣教的牺牲品①。新时期以来，中国逐渐步入政治经济进步、文化取向多元并存、人文关怀受到重视的发展新纪元，儿童文学受政治摆布和控制的局面一去不复返，相较于成人文学来说，儿童文学的"去政治化"特征愈发明显。十年"文化大革命"浩劫之后，中国政治环境日渐宽松、经济发展缓慢复苏并逐渐加速、文化事业百废待兴、出版政策回归正常并不断向好、这些因素为儿童文学翻译子场域的生成创造了非常充分的条件。

翻开任何一个民族的文学史或翻译史，都有漫长悠久的可追溯的历史。"儿童的发现"这一概念的提出在人类历史上不过两百多年的历史，儿童文学和儿童文学翻译在很大程度上受制于文学和翻译领域的发展和动向。上海不仅是近代中国新闻业和期刊出版业的主要策源地之一，也是中国儿童文学出版业的滥觞和发展前哨，中国第一份儿童刊物《小孩月报》就是在 1875 年诞生于上海。（简平，2009：29）新中国成立以后，1952年成立的第一家专业服务于少儿图书出版的机构——少年儿童出版社也同样诞生于上海。任溶溶从事儿童文学译介工作半个多世纪的上海译文出版社是中国最早从事儿童文学译介的专业出版社之一。依托上海丰厚的文化资源与文学出版和引进方面的优势，新中国儿童文学译介的大幕在上海译文出版社徐徐展开，任溶溶在上海生活、学习和工作的经历让他在儿童文学翻译既儿童文学创作方面的建树奠定了深厚的基础。任溶溶长期以来供职的上海译文出版社，有着非常悠久的引进儿童文学出版的传统，而作为最早从事引进少儿图书出版的出版社之一，它与其他强势少儿出版社如浙江少儿出版社、少年儿童出版社等社的关系网络，为任译作品的整体推介和营销积累了大量的社会资本。而不同出版社对任译作品的再版，又强化了任译作品作为经典的象征（符号）资本。象征资本又称象征性资本或符号资本，"是用以表示礼仪活动、声誉及威信的积累策略等象征性的现象的重要概念。"（宫留记，2009：137）

任溶溶从事儿童文学翻译和创作逾半个世纪，曾荣获"陈伯吹儿童文学杰出贡献奖""宋庆龄儿童文学奖特殊贡献奖""宋庆龄樟树奖""国际儿童读物联盟翻译奖"等多种奖项，2012 年被中国翻译协会授予"翻译文化终身成就奖"。作为著名儿童文学家的身份标签，意味着巨大

---

① 参见人民文学出版社 1975 年出版的《我们都是小闯将——批林批孔儿歌专辑》一文，作者不详。

的象征资本。图书出版行业对"名家名译"的竞相追逐,又不断地在强化任溶溶儿童文学翻译的象征资本。而象征资本的产生本身又是制度化的产物,因为"象征资本的生产是自治性的,它在某一个特定领域发挥巨大的效用并受到普遍的认可。"(Bourdieu,1991:238)

第二节 社会语境

一 任溶溶制度化文化资本的强化

重视应试教育在整个东亚地区是多年来的传统,而基础教育(小学)阶段又是应试教育体系中最为特殊且有重大意义的一环。第一、基础教育作为接受学校课程知识体系教育的起点,其价值不言而喻,其中扮演着母语认读、学习习惯养成和理解能力培养的语文教育,是该阶段最为重要的课程之一。第二、基础教育阶段是每一位在义务教育体制内(不参与国内应试教育竞争的各类私立学校和国际学校除外)的学龄儿童日后适应应试教育要求、融入应试教育竞争的最关键阶段。此外,名目繁多的各种打着素质培养旗号的学科兴趣培养(如语、数、外),无论从形式上和内容上如何淡化应试的痕迹,归根结底还是为激烈的应试教育竞争做准备,和语文有关的各种课外写字班、阅读班、作文班都带有非常明显的应试指向。和应试有关的任何信息,对于处在应试教育大框架之中的学龄儿童的家长而言,多多少少有一点草木皆兵的意味。因此,官方指定或推荐的教材及相关阅读书目、各级教育部门指定的应试工具书、参考书目、或其他难辨真伪地冠以各种"官方指定""权威推荐"等字眼的学科参考书目,都会刺激到家长(这类图书的消费主体)的神经。而作为图书出版方来说,利用这样的手段进行营销,早已屡试不爽,赚得盆满钵满的法宝。图书封一、腰封甚至图书附赠的书签一般都会在显眼位置标注上这些带有强烈感情色彩和一定煽动性的字词。

任溶溶作品和任溶溶译作入选《义务教育语文课程标准》名单,对其所占有文化资本的信任。接力出版社出版 2012 年出版的《柳林风声》舒伟译本就在封一明显位置特别强调"《义务教育语文课程标准》(2011年版)最新推荐"这一卖点。事实上,入选该标准的作品的翻译者是任溶溶,但是不同出版社在竞相出版同类的外国经典儿童文学作品的时候,出于版税等方面的考虑,会弱化译者在图书封面上的存在感。上文中所提到的译本在封一上根本就没有出现译者的名字，这为其强调"最新推荐"和语焉不详的所谓"全译本"（难道还有很多节译本？）等信息做好了巧妙的铺垫。然而这样的张冠李戴不仅没有削弱任译作品的经典地位，而是更加强化了其已占有的文化资本。这一点只要稍稍回顾一下卡式磁带在内地流行音乐领域的发展历史就可知一二。20世纪90年代中期卡式磁带在国内流行的鼎盛时期，越是名气大的歌手，就有越多的各种不同版本的盗版带传播。虽然和盗版书的性质不同，译者身份的弱化却导致名家名译所附带的价值被张冠李戴。但是少儿图书市场的这块蛋糕着实巨大，出版机构出于增加营收和节缩出版费用等各个方面的考虑，出版了主流译本之外的许多质量不是非常上乘的译本。《柳林风声》有十几个译本，也就在情理之中了。

教育部2011年颁布的《全日制九年制义务教育语文课程标准》是在原有2001版实验稿基础上的修订稿，其附录二部分是课外阅读的推荐读物。入选推荐读物书单，在中国父母和小学语文老师中间能引起这么大的反响，并不让人意外。长期以来，我国的语文教学所采用的教材饱受争议，"教材体"式的文章主题先行、用词生涩、内容牵强、美感缺失、力求政治上正确的问题多年以来并未有太大改观。"这些'教材体'的儿童文学往往褊狭地强调儿童文学的教育价值，以成人的意识形态去编写文本，损害了儿童文学作品的文学性，也使得作品与儿童的内心体验相隔绝。"（颉瑛琦，2014：8）。语文课程在任何国家都是服务于本国语言文字和文学启蒙的重要课程，对于这样一门本应更注重语言感悟和文字修养提升的课程，不得不和应试体制捆绑在一起。因为语文教学和学习的方法也不断地向标准化和应试化靠拢，语文教材多年以来饱受诟病却无法得到太大改观。

在这样的大背景下，阅读课外文学作品便自然而然成为提高汉语语言文字鉴赏力和审美能力、拓宽知识视野的不二路径。与此同时，基础教育阶段（尤其是小学）的语文教师队伍的整体学历和其他各级教育相比明显偏低；语文教师中学科背景为儿童文学相关专业的更是凤毛麟角。因此，作为小学阶段语文教学主体之一的语文教师，对这样一个官方推荐的阅读书单有着很高的依赖和信任。处在应试教育体制另一端的小学生和绝大部分学生家长（除了一小部分自身有相关学科背景或较高文学修养的家长），因为笃信应试的重要性，对推荐书单的信任度并不比语文老师低。在这样一种每一方的需求都无不是"刚需"的情形之下,课程标准、教师、家长和学生之间形成了一种非常默契的共生关系。贴上"新课标推荐必读书目"等类似的标签成了儿童文学图书营销中公认的金字招牌。

因为高等教育和网络购物的普及,即便文学阅读量非常有限的家长,也会在推荐书单中按图索骥,了解并在网络购书平台筛选该作者的其他作品供孩子阅读,当当网等网络图书平台任溶溶翻译作品的巨大销售量虽然并不直接得益于课程标准中的推荐书单,但是其对任溶溶在儿童文学翻译场域中社会资本的进一步累计和强化不可小觑。因为《柳林风声》的名气,翻译质量参差不齐的其他译本都搭上了这本在推荐书单中的顺风车,在当当网键入关键词"柳林风声"搜索,页面显示商品有 1447 件之多①。

笔者收集了市面上发行出版过的除上文中提到的包括 1936 年北新书局版的朱琪英译本在内的做过文本对照与分析的 8 个中文译本之外的 The Wind in the Willows 的其他主要译本,包括乔向东译本、舒伟译本、李欣人译本、赵志坚译本、卜右文译本、林玉鹏译本等 6 个译本。这 6 个译本的《柳林风声》,在网络图书销售平台都有一定销量,而译者的身份是被刻意模糊和弱化的。在以上 6 个译本的译者中,舒伟本人是儿童文学评论家,著有《英国儿童文学简史》《从工业革命到儿童文学革命:现当代英国童话小说研究》等书,也是《柳林风声》译者中唯一一位以儿童文学为主要研究方向的学者。该译本以培养小学生阅读能力为目标,是"经典伴读·读后感写作指导"系列中的其中一部作品。明确的应试辅助导向也使得舒伟译本在售的《柳林风声》译本中有不俗的销量,但无法和任溶溶译本的版本之多和传播之广等量齐观。在所有在售译本中,任溶溶译本的销量长期高居榜首。究其原因,《柳林风声》的经典性已经和"任溶溶"这个符号紧紧地联系在了一起。被经典化了的《柳林风声》具备的符号性特征,是该作品销量居高不下和多译本并存的主要推动力量。"任溶溶"这一文化符号所蕴含的文化资本,在《柳林风声》多译本并存的情形下不仅未被弱化,反而不断得到强化。

二 亲子阅读语境中的任溶溶文化资本

儿童阅读作为一种情感共鸣、精神成长和人生享受的概念被中国的知

---

① 参见当当网键入关键词"柳林风声"后所得搜索结果。

识分子所了解和接纳,是晚清以后的事情了。然而在西方,情况也并不乐观,"儿童"和"童年"的概念被提出也是在16世纪以后了。儿童作为社会个体的特殊性被抹杀,他们的心灵世界荒芜、精神世界黯淡。诚然,对儿童进行道德教育是世界各个国家和民族在儿童教育方面的重要一环,然而道德教育对于处在人生萌芽阶段的儿童来说,说教式的强行灌输能达成的效果远不及阅读中潜移默化的引导,亲子阅读所蕴含的正是一种潜移默化的引导。

新西兰教育家唐纳德·霍尔德韦[①]（Donald Holdaway）在其1970年发表的著作《识字的基础》（*The Foundations of Literacy*）一书中,针对家庭亲子间阅读模式,提出shared reading（共读）这一概念,随后美国教育科学研究者格罗弗·怀特赫斯特[②]（Grover J. Whitehurst）在shared reading的基础上提出了parent-child shared reading（亲子共读）这一概念（Whitehurst,1988:552-559）在国内,亲子阅读或亲子共读的概念普遍被认为是儿童在父母陪伴下进行的阅读活动,亲子共读阶段儿童的年龄并未局限于学龄前,所阅读读物也并未局限于图画书或以图画为主的儿童读物的阅读。1995年出版的《中国学前教育百科全书（教育理论卷）》一书中,亲子共读被定义为"家庭内亲子之间进行的一种阅读活动,其中必然涉及亲子关系。所谓亲子关系是指'父母与子女之间的关系,包括收养、寄养的父母与子女之间的关系,是家庭关系的一项重要内容'。"（卢乐山、林崇德、王德胜,1995:27）更细化的定义是:亲子共读是指父母在家庭内与子女一起阅读,其内涵包括父母与子女进行阅读活动时通常使用的方法和形式、父母对待亲子阅读的固定行为模式和行为倾向等,它体现了父母亲子阅读行为的特征,反映了父母对待亲子阅读活动的态度和观念。（陈皎娇,2009:3）

亲子阅读的理念逐渐走入大众的视野是在2003年前后。这个时间节点恰逢中国高校自1998年扩招以来,毕业生开始陆续步入社会。高等教育的普及使人们开始逐渐接受和关注亲子阅读的理念。在CNKI检索发

---

① 唐纳德·霍尔德韦,新西兰儿童教育家,"共享阅读"最早的提出者和倡导者。
② 格罗弗·怀特赫斯特,美国著名智库——布鲁斯金研究院（Brookings Institution）高级研究员,1970年获伊利诺伊大学厄巴纳—香槟分校（University of Illinois at Urbana-Champaign）实验儿童心理学博士学位。

现，国内第一篇关于亲子阅读的硕士论文——《图画书在亲子阅读中的使用》发表于2003年。2005年前后，受过高等教育的"80后"逐渐进入婚育年龄，随之而来的是一直绵延至今的"80后"生育潮。

新近升级父母身份的"80后"群体在育儿理念方面和"70后"及之前的"60后"父母呈现巨大的代际差异。"80后"父母因为自己本身成长社会文化环境相对宽松（"文化大革命"及"文化大革命"遗留的社会问题对"80后"造成的直接影响较小）；他们成长的家庭经济条件相比"70后"较为宽裕；受教育程度方面，因为大学扩招的政策性红利，"80后"最终进入大学接受高等教育的机会也大大增加。这些因素是"80后"父母在养育子女的选择方面区别于之前几代父母的历史、经济和文化方面的原因。社会个体对自身价值的充分认可是他们扮演好相应社会角色的前提和保证，亲子共读这一陪伴阅读的理念在"80后"（尤其是受过良好教育的"80后"群体）中间普遍得以被接受认同，不把阅读这样的学习认知型活动完全抛给学校教育（包括学龄前教育），是高质量陪伴的一种表征，是社会进步的表现。

应市场需求而出版，是童书出版领域的大趋势。20世纪80年代初期，美国的出版商提出了为市场而出版的出版理念，颠覆了出版行业很多年以来固守的先推出图书，再动用营销手段推销图书的出版理念。准确地定位市场需求，再按需包装和营销图书的理念在引进版童书高居各大图书销售平台排行榜显眼位次的大背景下，已成为业界共识。受文化意识形态和经济发展水平的影响，"中国的童书出版过去一直看重知识的传播，强调的是教育为先，是一种单向的，居高临下式的出版思维"。（许春辉，2005：9）中国的童书出版经过几十年的发展，逐渐走出了计划经济时代政策性导向的出版思维，市场经济的勃兴为童书出版业带来了巨大的市场空间。与此同时，高等教育的普及间接地提高了童书购买主力军的文化修养和审美品位。

读者接受在童书出版领域的反馈相比其他门类的读书要更直接，一是因为儿童读物本身就存在双重读者，读者反馈不仅包括童书的购买者和隐含读者——家长，也有儿童读者转达给父母的对某本图书的阅读反馈；二是因为网络育儿论坛的兴起和社交媒体中家长群和家校群（比如微信群和QQ群）日渐普及，对儿童启蒙读物及其他相关图书的经验分享与探讨成为一种常态，这对口碑产品的推广和销售有非常积极的影响，也使得读者群体在童书选择的渠道上有了更多元的选择和更客观的评价依据。

任溶溶三个字所蕴含的符号资本，是长时间在儿童文学场域中的积淀所成。在网络时代的图书营销中，每一本被推出的童书都会被包装上相应的卖点。原创作品作者或翻译作品译者的知名度、是否被知名出版社或专业的少儿出版社出版，该作品是否获奖、在网络销售排行榜上的位次、是否被知名公众人物推荐阅读、是否被教育部门入选某一类课外阅读图书的名单等因素交织在一起，共同构成一本童书所占有的文化资本。

在以上要素中，最受出版商青睐的便是原创作品的作者或翻译作品的译者知名度。随着信息技术的发展和网络时代的到来，普通读者只需在互联网搜索引擎键入作者或译者的名字，便能粗略地判断其知名度。图书和其他的消费品一样，具备商品属性。消费者对某一品牌和带有某种标志（logo）商品保有的忠诚度和追逐，除了该商品在营销上的智慧和成功，和该商品消费群体的社会自我认同度有关（比如在消费选择方面，该社群成员的审美志趣、可接受的价格范围要明显区别于非该群体成员）、和该商品与同类商品相比所占有文化资本的量也有很大的关系。在关于品牌忠诚度与之相关的心理机制研究的文章中，品牌的正面口碑在维护消费者品牌至爱（brand love）心理并伴生长久的品牌忠诚度方面有非常积极的影响。（朱振中、李晓丹、程钧谟，2014：33—36）

目前国内 500 多家出版社中，除了几十家不出版少儿图书之外，其余非专业少儿出版社都兼营少儿出版业务，庞大的消费市场前景让很多出版社开始拓展童书出版业务，儿童图书出版竞争异常激烈。但是，专业少儿出版社（如浙江少年儿童出版社）和有悠久童书出版历史的出版社（如上海译文出版社）在童书出版行业依然保有绝对的优势，大量知名作家和翻译家在大型或专业少儿出版社出版图书所积累的文化资本让其他小型或非专业少儿出版社望尘莫及。任溶溶在儿童文学翻译领域的成就和声誉也让他在专业少儿出版社出版的作品会在其他出版社不断再版。以任溶溶译 *The Wind in the Willows* 为例，自该书 1989 年以《蛤蟆传奇》的译名由 21 世纪出版社出版以来，分别在 2000 年以《柳树间的风》的译名由上海译文出版社出版；2006 年以同样的译名由少年儿童出版社和上海译文出版社联合出版；2009 年以《柳林风声》的译名由浙江少年儿童出版社出版；2012 年以《柳林风声》的译名分别被上海译文出版社和中国城市出版社出版；2015 年以《柳林风声》的译名被光明日报出版社出版。

任溶溶作为儿童文学翻译领域的符号性人物，在符号资本的持有者

(译者)、图书策划与营销者（出版者）和符号资本的消费者（读者）三方构成的共生关系中，以不断再版的方式印证着儿童图书市场中名家名译受追捧的普遍市场规律。

三 经典背后的利润

据当当网官方公开资料显示，当当网正式上线的时间为1999年11月①，在这之前的1998年，招商银行在国内面对个人客户开通了网上银行业务。在之后的2003年和2004年，淘宝网和支付宝先后进入大众的视野。网络购物和在线支付从最初的非常规的体验式消费活动已经逐渐升级为和主流线下购物方式并驾齐驱并在某些领域完全颠覆了百货业态的消费和生活方式。受互联网电商冲击最大的业态中，线下传统书店是其中之一。与此同时，电子阅读媒介的流行颠覆了纸媒时代出版和印刷业的格局，传统纸媒市场需求的不断萎缩倒逼依靠这一业态生存的出版和发行机构积极转型或拓展电媒业务。在出版印刷行业面临巨大变化和挑战的转型期，少儿出版业务却呈现一派生机勃发的景象。"530多家出版社蜂拥分羹，370亿零售市场规模不断扩容，10%的增长速度势头不减……在中国传统图书出版市场并不景气的当下，少儿出版一枝独秀，一举打破了计算机、经管、外语学习三大板块独领畅销书市场的局面，成为出版界热门。"（肖东发、卞卓舟，2015：6）

'中国社会近三十多年来的飞速发展，已经悄然改变了人们的消费观念和消费格局。在物资相对紧缺的计划经济时代，人们对消费的期待值较低，只需满足日常的基本需求。消费品生产和供给受制于产能和配给制度的因素，一些耐用消费品（如彩色电视）一上市，便遭遇"被卖断货"的局面，"找关系""批条子"现象也是蔚为壮观。在这个阶段，消费者消费心理中"所指"所占比例远远超过其"能指"。中国社会经济巨变中，消费已经从满足基本生活用度逐渐演变为提升生活品质的符号性消费模式，即更加注重消费过程中的差异性，在将自己和其他消费群体划开界限的同时，又向自己所青睐和追逐，但暂时在经济能力上无法企及的消费群体靠近。在鲍德里亚关于符号消费的论述中，现代社会的消费活动越来越演变成一种"能指"游戏，消费者对产品所附带符号价值的追逐已经

---

① 参见当当网官网。

远远超过物本身所具有的使用和功能方面的价值。

一方面，图书作为一种特殊的商品，其属性区别于服装、化妆品等日用消费品，在设计感、舒适度和品牌方面不存在明显的差异性消费。另一方面，图书产品在消费市场的符号资本，其附带的审美倾向和价值认同和其他消费品并无二致。符号消费具备表征性和象征性的特点，消费者通过商品表现出自己的"个性、品位、生活风格、社会地位和社会认同"，"除了消费产品本身以外，还消费这些产品所象征和代表的意义、心情、美感、档次、情调和气氛"。（李昕，2008：132）

从儿童读者的隐含读者——家长的角度来分析，对儿童图书的消费呈现较为明显的城乡差异。首先，"中国孩子的阅读有比较严重的功利化倾向，对学业有用的、有利的，对将来考级、升学、求职、择业、竞争等有帮助的，能立竿见影取得实效的图书，家长便认为是有用的书，要求自己的孩子一定要看，反之则是无用的'闲书'，禁止自己的孩子看"。（余人、袁玲，2014：14）笔者认为，这个家长群体代表着小城市、城镇和乡村等地域家长受教育程度相对较为有限的庞大家长群体。其次，中国大中型城市中产阶级和高知群体不断壮大，图书消费市场中的出版社专业化程度、装帧质量、作品的人文关怀、作者和译者在图书出版行业的名气等一系列因素都是这一群体给自己的下一代选择和购买课外阅读书目时的判别标准。因为经济能力和受教育程度被划分开来的两个群体，在少儿图书的选择方面都会轻而易举地选其所需，诸如"新课标""名师推荐"等字眼的图书类产品更受第一类家长群体青睐，而经济能力更佳、受教育程度更高的第二个群体更容易被"文学经典""获奖图书"等字眼所吸引并热衷于对这些标签进行甄别。

随着中国城市化进程的不断推进，城市生活方式也在逐渐影响小城镇居民对消费品在符号意义上的认知。作为图书消费中"名家名译"这一符号资本的持有者，任溶溶在儿童图书消费群体中的影响还在不断向小城镇渗透。

第三节　文化语境

一　名家名译的客体化文化资本

中国的儿童文学起步较晚，虽然早有诸如《千字文》《三字经》《幼学琼林》等蒙学读本,但以规训、劝诫和反省为主要内容的传统蒙学读本始终是站在道学家的角度,要求儿童以成人化的方式思维并规范自己的行为。和传统的儒学经典一样,这些读本在更大的意义上都有关处世的哲学,儿童世界中与其年龄及认知阶段相称的活泼、顽皮和天真烂漫一概被压抑和贬损。儿童本位和儿童性的缺失使这样的读物只能是成人强塞给儿童的东西,儿童世界有异于成人世界的丰富性和人生体验被完全忽略和无视。"儿童的发现"不仅是世界文学史上划时代的一页,也是人类文明发展史上的大事件。五四运动以来创办的《新青年》《小说月报》《儿童世界》等刊物在鲁迅、郑振铎等人的奔走疾呼下,开始大量刊载安徒生、王尔德、小川未明[①]等作家的翻译作品。夏丏尊自日文译本转译意大利亚米契斯的《爱的教育》一书,在《东方杂志》连载,1924 年由开明书店出版以来再版 30 余次。我国儿童文学史上的第一次译介浪潮就这样席卷开来,对外国儿童文学抱有无比敬畏心情的这一批"五四"时期的先驱,大部分都有文学创作作品,我国儿童文学发展初期的走向就在这样的译介潮流中慢慢被塑造出来。主张中国儿童文学师夷说的学者韦苇指出,"儿童文学译介带着西方儿童文学作家的心智先行,我国原创儿童文学遂循西方儿童文学的范式后起。"(韦苇,2009:18)

任溶溶翻译生涯的起步期,恰逢中国儿童文学史上的第二次译介浪潮,新中国成立初期特殊的政治气候和国际局势决定了译介和创作风向的调整。在新中国成立后到中苏关系破裂前的这段特殊时期,儿童文学发展(当然也包括成人文学)模式全面向苏联靠近,大量的俄译作品发表和出版。任溶溶在这个阶段翻译和创作同时进行,并都取得不俗的成绩。有统计显示,在新中国成立后的 17 年中出版的 426 种儿童文学翻译作品中,就有 30 多部是任溶溶翻译的,其中大部分是译出语为俄语的儿童文学作品。在俄罗斯文艺译介中成长并逐渐成为儿童翻译领域知名人物的任溶溶,也正是在这个阶段创作出《"没头脑"和"不高兴"》这部至今让人喜闻乐见的作品。

根据布迪厄的文化资本理论,和经济资本和社会资本相比,文化资本具有更强的可塑性和创造力。文化资本理论强调的是象征性的实践活动以及这些实践活动的象征性。"娴熟地进行象征性的社会行动,才能真正获

[①] 小川未明(1882—1961),日本童话作家,小说家,日本儿童文学的奠基人。

得物质性的和客观化的力量来维持和改善自己的社会存在。"(何振科，2012：22）作为儿童文学场域持有相当丰富文化资本的翻译家，任溶溶在中国儿童文学的第二次译介浪潮中一直保持高产，并在这一过程中将"任溶溶"这个符号不断强化。

二 阅读推广与经典生成

在中国应试教育的语境下，语文教育尤其是小学语文教育因为其担当的母语阅读和文学审美能力培养的重任，其内容选取和编排上的合理性一直广受社会关注。其中批评和存疑的声音占大多数，主要集中在其思想性、艺术性和儿童本位的缺失等问题的关注上。小学语文教材中大量收录的教材体文章"在整体上，显示出低估儿童的语言学习能力和文学阅读能力的倾向，其标志就是收入了大量思想贫瘠、艺术粗劣的'短小轻薄'的教材体文章。这些教材，不是向上提升，而是向下压抑儿童的语言能力和艺术能力。"（朱自强，2011：005）语文教材中向来不乏对儿童文学名作的选取，但是因为其删节、改写等问题的突出，其文学性和艺术性受到严重破坏，儿童识字阅读阶段的思维方式被忽略。

我国传统上自下而上的文章观深刻影响着教育从业者和研究者深信不疑的"积字成词、由词组句、积句成段、由段成篇"的文章观，有悖于儿童思维方式整体性特征的语文教材的编写者在这种文章观的指导下，"根据需要写进教材的生字、生词去编写文章，于是肢解的、拼凑的、缺乏灵魂的文章才纷纷出来，并且肢解的、机械的、离开语境的阅读教学和字词教学也由此产生。"（朱自强，2011：005）除此以外，语文教材中依然存在的思想性和价值观先行等问题导致语文教材人文性缺失。在这样的大背景下，非应试导向、未直接受到应试因素干扰的儿童课外阅读在教育体制之内和民间有着非常牢靠的群众基础并有大批学生家长和教育从业者作为拥趸。"在现行教育体制还存在许多发展障碍的背景下，阅读已经被认为是弥补其不足的最好的方法，是促进中国教育观念转变、对其产生实质性影响的最有效的途径。"（李利芳，2016：005）

高等教育的普及、"80后"及"90后"父母在价值观和教育理念方面的相对独立性，网络媒介和电子购物方式在文化、教育和生活等方面的全面渗透刷新着儿童阅读的多种可能性并不断拓展着儿童阅读的疆域，儿童阅读推广应运而生。一方面，创作与出版、推荐与评论、销售与购买、使用与反馈形成一个完整的推广系统。另一方面，家庭、学校、社区、公共服务机构（图书馆、书店）间形成一个互动互通的系统。此外，学术研究领域（如儿童文学界、儿童教育界、儿童心理学界）的相关机构、媒体和政府部门形成一个理论指导和资源调配的系统。（朱淑华，2009：45—48）

在这个环环相扣的系统中，我们可以看到，经典生成是政治、文化与经济等因素共谋的结果，而儿童阅读的推广在中国应试教育的语境下不断走向纵深，任溶溶等名家名译的儿童文学作品的符号性特征不断被强化。在不足三百年的世界儿童文学发展史上，西方儿童文学在创作理念的探索、图书所承载的信息量与儿童认知能力的平衡、趣味性和知识性的融合及图书编排与装帧技术等方面都领风气之先。中国巨大的英语学习者群体和自"五四"以来的儿童文学的译介传统使得图书市场上的外国经典儿童文学作品在少儿图书市场一直保有较高的出版和销售量。

三 译自强势语言儿童文学作品的文化资本

按照英国文化协会的划分方法，世界语言可以被分为大语种（big languages）、区域性语种（regional languages）、全国通用语种（national languages）、官方语言（official Languages）和只在部分地区通用的方言（local vernacular languages）。(The British Council，1997：13) 在语言的国际地位界定上，按照语言的使用范围和人口数量、语言使用国或区域的经济实力和国际声望、语言被分为强势语言和弱势语言。从社会学的视域关注语言资本和文学资本的学者卡萨诺瓦在 The World Republic of Letters 一书中，按照语言文学性（literariness）和文学资本的持有两方面来判定一种语言是否为强势语言。

占最多数量的世界文学名著由某种语言写成决定该语言的文学性（Casanova，2004：18），而作为译出语大量存在的外国文学翻译文本的数量以及使用该语言翻译外国语文学的译者数量决定该语言持有的文学资本。（Casanova，2004：256-257）从各个方面而言，作为超级语言（super language）存在的英语是世界上毫无争议的强势语言。对发展中国家的教育机构而言，英语的使用代表着某种不可逆的国际化趋势。"英语的地位在如大学等这样的学术场所被制度化了。它远不止于作为一种简单的交流媒介和工具，而是被赋予一种言说活动中特殊的权力意味"。（阎光才，2004：18）

当然，强势语言的地位对于某个国家或地区而言，也会处在动态的变化之中，受某个历史时期政治气候、意识形态因素、文化政策和语言政策影响的翻译活动，最能体现这种动态变化。国内顶尖的两所外国语大学都曾以俄语教学起家，北京外国语大学的前身是 1949 年 10 月成立的北京俄文专修学校（1955 年更名为北京俄语学院），上海外国语大学的前身是 1949 年 12 月成立的上海俄文专科学校。在新中国成立初期一直到"文化大革命"前中苏关系破裂，俄语在中国的特殊时代语境中是英语无法望其项背的强势语言。在这个时期，任溶溶翻译了大量的俄罗斯文艺作品，译出在苏联时期享有盛誉的文学家和诗人马尔夏克[①]的作品高达 19 部（何伊丽，2009：40—46），其中大部分为儿童文学作品。

中苏关系破裂之后，从事俄语教学与翻译工作的一大批学者面临转岗和失去工作岗位的窘境，"在两国关系恶化的影响下，国内许多高校减少了俄语专业学生的招生规模，取消了俄语专业"，"热衷于俄语研究的俄学家们失去了社会地位，他们被迫放弃自己的专业，纷纷改行"。（居马巴依，2013：347）改革开放以后，英语学习的热度在中国不断升温，得益于外国文学编辑的职业优势和通晓多门外语的能力，任溶溶在翻译生涯中进退自如，未受到国内的文化政策变动对其翻译职业带来的太大影响。新中国成立初期至"文化大革命"爆发之前的俄罗斯文学译介高潮期，任溶溶有大量译作出版；改革开放以来，中国翻译出版事业逐渐走向多语种、多元化的译介高潮期，任溶溶准确地把握了文化政策的走向，在不同时期均有质量上乘的经典译作推出。

四　少儿出版机构对译者符号资本的强化

当人们在消费图书等文化产品时，图书的畅销程度、图书的著者和译者的知名度、出版机构的权威性是主流消费者判断一本书是否值得消费的直观标准。现代社会是一个符号社会。文化、教育、医疗等方方面面无不充斥着各种符号。消费主义的盛行愈发凸显现代社会生活的符号性特征。人们消费的每一个环节都被形形色色的符号所裹挟。商品在市场流通的生产、包装（包括狭义的产品包装和产品的推广营销）、消费等各个环节，符

[①] 马尔夏克，苏联时期著名的诗人、儿童文学作家、翻译家，被高尔基称为苏联"文学的奠基人"。

号资本如影随形。持有符号资本的强弱影响产品在消费领域的受欢迎程度。

中国近三十多年来经济的高速发展不断壮大着中产消费群体，人们对品牌、品质和品位的追求催生了消费领域眼花缭乱的消费符号。各个领域消费品市场的激烈竞争使得产品包装面临日渐同质化的尴尬局面，象征高品质生活和高档消费能力的某些奢侈消费品符号如 LV、Cucci 和流行文化消费品符号如 Iphone、Nike、Adidas 等不仅拥有非常庞大的消费群体，而且有更庞大的消费其仿冒产品的群体。举流行文化的标杆性品牌耐克为例，中国"莆田制造"早已经以"正宗的假货"之名而名噪天下。"一个流传甚广的说法是，全球的耐克鞋中，有三成是莆田的高仿鞋"。（姜中介、罗东，2013：49—53）

和其他消费品领域一样，在图书出版领域，对符号资本的笃信也同样催生了图书出版领域巨大的盗版市场。出版业内部人士估计"目前我国很多盗版书和畅销正版书的比例至少是 1 比 1"，盗版的对象"已经不再是以前单纯的畅销类图书，而是任何有市场潜力的图书"。（孙兴春，2006：37）《我国盗版童书的网络市场生存模式探析——基于群落构建过程中的生态视角》一文对网络销售渠道中盗版童书的现状与成因做了深入剖析，指出"盗版图书的生存，本身依附于正版童书市场的'大风向'……时刻盯紧那些畅销童书盗印，大肆获利"。（李晶晶、王志刚，2017：76）从该文中"2011—2016 少儿图书畅销榜 Top30 作者出现频次"的统计分析可见，林格伦、罗尔德、E. B. 怀特 3 位作家赫然入列，这些知名外国儿童文学作家的重要代表作品，都是经由任溶溶译介而进入读者的阅读视野，盗版这一出版行业的顽疾在挤压正版图书合法利润空间的同时，也使得"名家名作""畅销长销"的马太效应进一步扩大化。

据当当网童书榜畅销童书实时显示的近 24 小时的排行（2017 年 3 月 24 日 6：18）①，人民邮电出版社出版的任溶溶译《奇先生妙小姐》套装，在榜单中排名第 4。以这套畅销书为例，产品外包装上有"新译本"（每本书的封面上都有"新译本"字样，包括当当网自营店在内的许多该套书在当当网的在售书店描述为"全新译本"）、"每 2.5 秒卖出一本""全球畅销 2 亿册""英国皇室儿童必读少儿读物""'翻译文化终身成就奖'获得者任溶溶倾情翻译"等非常抢眼的营销字眼；2015 年光明日报出版

---

① 参见当当网童书畅销榜实时排行。

社出版的任溶溶译《柳林风声》这部作品的封套上,"语文新课标必读书目""国家教育部推荐""被亚马逊评为'100本值得儿童阅读的经典图书'""大师罗伯特·英潘绘制百年纪念珍藏版《柳林风声》""一本流传了一个世纪的经典之作""一部影响全世界儿童的童话巨著"等宣传和营销的广告语非常打动人心。在少儿图书出版界,名作搭配名译的巨大市场空间使得《奇先生与妙小姐》这一类出版物在童书排行榜中长期居于前列。准确的市场嗅觉、明晰的消费群体定位和引进版权之后的汉译本和原作看齐的装帧和印刷水准是少儿出版机构重磅打造出这样一类叫座又叫好的少儿出版物的自信所在。名作加名译的出版和营销策略在少儿图书出版物市场基本上屡试不爽、所向披靡。一方面,这种营销方式仰仗于名作和名译本身持有的符号资本;另一方面,营销所取得的市场效应又进一步强化了译者所持有的符号资本。

第六章　去经典化浪潮中任溶溶汉译英语儿童文学经典地位的保有

第一节　儿童文学翻译面临的挑战

经典的生成是权力的产物，经典的背后隐藏着权力关系。在文化资源匮乏，文化传播手段有限的时代，经典扮演着政治教化、伦理教育和文化传播的三重功能。在社会环境日益进步、阅读空间不断拓展的网络信息时代，电影、漫画和视频资源等流行文化产品有着越来越多的拥趸。经典化的过程也并不是单一的，一方面，政治权力的介入和强行干预生成经典，比如出于意识形态灌输和教化政策的需要而推出的经典；另一方面，社会心理的普遍诉求也生成经典，相对宽松的政治文化环境下，社会个体得以重视自我价值，向往精神世界的丰富性，流行文化中教化意义和意识形态因素被弱化的作品可能成为大众眼中的经典。然而流行文化中经典的产生也是权力共谋的产物。"每个经典的后面都有一些寄生者（包括研究者、出版商、拥戴者等）"，"围绕着经典，经典的寄生者形成了利益共同体。"去经典化并不意味着否定和颠覆经典，而是在多元文化并存的今天存在的多种可能性。"经典不再是单数，而是复数；经典不再是唯我独尊的惟一，而是各行其是的多元。"（季广茂，2005：11）信息和互联网时代的多元文化并存，对儿童文学翻译带来机遇的同时，也带来巨大的挑战。

宇宙万物处在此消彼长的互相牵制之中。去经典化的浪潮中看似和谐美好的多元文化并存的表面之下，是错综复杂的权力争夺关系。在大众审美趣味经常受到批评家指责和大众阅读率连年下降的大趋势下，儿童文学纸质图书的出版和销售却保持着强劲的势头。本土儿童文学经典作品和经典儿童文学翻译作品在多家出版社被反复再版的同时，本土原创儿童文学作家群开始崛起，这为少儿图书出版市场注入了新鲜血液和活力；与此同时，不断开放之中的出版市场迎来少儿图书的译介热潮，很多作品经译介之后在国内图书市场取得巨大的反响。这既是一个不断在重塑经典地位的过程，也是一个竞争淘汰洗牌出局的过程。

一 "迪士尼化"的影响

作为全球最大的创意产业，"迪士尼公司首先不仅仅是世界上最大的主题乐园集团，而是一个巨大的媒体集团，它拥有世界第一的娱乐及影视品牌迪士尼 Disney，是美国最大的电影发行商之一，迪士尼有自己的媒体网络，包括美国三大广播公司之一的 ABC 和体育品牌 ESPN，迪士尼是世界最大的儿童消费品品牌和世界最大的儿童书籍集团"。（包亚明，2016：42）自 1955 年首家迪士尼乐园在美国加州洛杉矶诞生以来，迪士尼以每十年新建一个乐园的速度扩张，目前在全球已建成包括中国香港（2005）和上海（2016）在内的六家迪士尼乐园。迪士尼动画片和电影在全球范围内的成功，让迪士尼卡通形象早在迪士尼乐园诞生之前就已经深入人心。在全世界的迪士尼乐园，都有几乎差不多一样的建筑和游乐布局①。迪士尼所创造和营销的，是一种童话文化，暂时远离现实世界沉浸在卡通化的迪士尼乐园中，成年人的童真被唤醒，愿意在其创作的虚拟世界中买单消费。因此，迪士尼文化也是一种消费文化，在迪士尼乐园体验和消费被贴上了一种梦幻的童话标签。在乐园内售卖迪士尼产品的纪念品商店推出的创意产品涵盖了迪士尼不断推出的卡通人物形象，乐园内的餐厅和迪士尼主题酒店都带有鲜明的迪士尼主题风格。

迪士尼在商业上取得的巨大成功，被很多行业纷纷效仿。"迪士尼化"成了主题式、模式化、场景性商业模式的代名词："迪士尼化"突破了在商业和消费领域中的成功，成为社会生活的一种状态和表征。从上个世纪末开始，社会学领域开始有学者对"迪士尼化"进行研究。艾伦·布里曼（Alan Bryman）发表在《社会学评论》（*The Sociological Review*）杂志上的 *Disneyization of Society* 一文可谓开山之作（Bryman，1999：25 – 47）。在这之后，布里曼又相继发表了两篇论文，*The Wild Animal in Late Modernity: the case of Disneyization of zoos*（Bryman，2001：83 – 104）及 *McDonald's as a Disneyland Institution*（Bryman，2004：154 – 167），研究动物园的迪士

---

① 迪士尼乐园的标志性建筑城堡，其原型复制于德国慕尼黑的新天鹅堡。

化和麦当劳餐厅的迪士尼化等问题。在之前这三篇论文的基础上，布里曼于 2004 年出版了 *Disneyization of Society* 一书①。"迪士尼化"在美国流行文化影响甚广的今天，在城市建设、旅游观光业、文化产业、图书出版等各个领域都产生了极其深远的影响。"'迪士尼化'"现象，不是指迪士尼乐园化，而是指中国的迪士尼化现象表现在不崇尚创造，而偏爱复制，尤其是缺乏创意的复制。我们国内有许多建筑都模仿外国，把别人的东西不经过自己文化的融合就搬过来，甚至是不伦不类的复制。随着商业文化的盛行，艳俗建筑在相当大的程度上成为许多城市的新景观。"（包亚明，2016：43—44）

　　学界的担忧不是空穴来风，在少儿图书出版领域，"迪士尼化"已经成了一道蔚为壮观的景象。随着消费文化在生活各个领域的渗透，以刺激和拉动消费为目的的商业出版屡见不鲜。少儿图书出版领域的巨大市场空间不仅为有才华有社会担当的儿童文学工作者提供了发展空间和机遇，也同时为一大批恶俗读物的出现创造了可能。虽然大部分作家和译者仍旧秉持少儿图书出版良知、职业操守和文学的严肃性与艺术性，但是以求出位、博眼球、秀下限、赚销量为目的怪异恶俗的儿童文学读物最近这些年也因为国产动画片市场迅速发展而甚嚣尘上。《巴拉拉小魔仙》《爆笑校园》《疯了！桂宝！》等儿童流行读物以动漫为载体，以低级趣味的玄幻和审丑价值观为卖点，语言充斥着色情、暴力、赌博、冷笑话和成人幽默等各式恶搞的元素。儿童文学翻译领域的经典读物《格林童话》曾被肆意篡改，以《原版格林童话》《令人战栗的格林童话——你没读过的初版原型》为名，被极度歪曲化色情化之后在国内公开出版，德语翻译专家杨武能曾表示过极大的担忧和谴责。（杨武能，2000：006；2006：001）

　　儿童的阅读环境在很大程度上依赖和受制于父母和家庭。从儿童拥有和选择儿童读物的情况来看，呈现较明显的和父母及家庭的知识结构、文化素养、审美趣味、经济能力等相关的差异性。中产阶级作为消费市场的主力，带动着消费文化的走向，教育焦虑等问题在某种程度上也推动了童书消费市场，儿童文学翻译作品通常和"经典儿童读物"等字眼捆绑在一起，刺激着中产阶级在教育相关产品的选择上既不甘人后又自命不凡的神经，成为图书营销中的一大卖点。

---

① 该书中译本《迪士尼风暴——商业的迪士尼化》2006 年由中信出版社出版，译者乔江涛。

在信息时代阅读多元化、快餐化、碎片化的大背景下，文学作为文学的属性遭到消解，对文本内容字斟句酌的阅读在快节奏的现代生活中成了一种奢侈。人们更偏重于追逐阅读中的休闲娱乐性，图片为主文字为辅的阅读方式已经颠覆了以往纸媒时代传统的阅读方式。轻实质、重形式，好攀比的消费心理和浮夸、急躁又焦虑的消费文化使得儿童文学翻译作品也有沦为"快消品"的趋势，因为"快消品文化强调的是一种'快餐'文化，其特点是一次性，感性化，表层化和快捷化。因此，快消品在网上体现出的品牌理念，并不是希望网民点击鼠标去购买产品，而是要让上亿的网民形成一种品牌的认同，一种消费的认同"。（刘佳，2009：65）

"全国国民阅读调查"工程①的调查结果显示，2005—2015年，内地居民图书阅读量年平均维持在4.5本左右。"以娱乐阅读为中心，以图像为主、文字为辅的阅读方式逐渐流行"，"快餐式、碎片式、选择式的阅读方式体现了阅读的浅层化、娱乐化趋势，迎合了现代人们追求娱乐和休闲的心理，是一种大众流行文化和消费文化"。（屈明颖，2017：12—13）

快消品（fast moving consumer goods）的概念是相对于耐用消费（endurable consumer goods）而言，是指消耗较快，使用寿命较短的消费品。消费主义的盛行使得消费品更新换代的速度日益加快。传统意义上的快消品划分品类不包括图书，但是少儿图书已经基本上具备了快速消费品的所有特点：即购买行为的冲动性、购买决策的随意性、购买地点的就近原则以及扩张性消费的可能。（张文霞，2007：1—2）

严酷的应试升学竞争和就业压力造成的教育焦虑在当今中国已经是一种普遍的社会心理。"当下中国，教育焦虑几乎已成为未成年学生乃至婴幼儿的家长们面临着的一个共性问题。不管是在城市还是乡村，无论在东部沿海还是中部、西部，家长的焦虑程度可能不尽相同，但对子女教育的高度关注以及内在的紧张却是不争的事实。"（张国霖，2016：1）在中国大中小型各级城市甚至中心城镇，教育焦虑催生了择校、学区房、课外补习班等一系列的"教育经济"，图书消费是教育焦虑所引发的购买行为，因为冲动性购买行为本身是舒解焦虑的一种方式。网络渠道在售图书品类的丰富性很大程度上填补了因为地域和经济发展水平造成的资源不均衡，

---

① "全国国民阅读调查"工程始于1999年，由中国新闻研究院组织开展，之后隔年公布上一年度"全国国民阅读调查"报告。

和实体书店相比更多的优惠活动和折扣力度为冲动性消费又增添了刺激因素,物流运输和快递行业近年来的高速发展和覆盖面更广的区域布局为冲动性消费提供了客观保障;手机App等移动应用软件的普及颠覆了人们的购买行为,无线网络技术向社会生活不断渗透背景下的购买行为更加随意;送货上门的物流服务抹平了距离远近的差别;身份认同与教育焦虑叠加在一起所伴生的符号性消费甚至炫耀性消费使得少儿图书市场中档次和定位相异的各种产品在不同社会阶层中都拥有相当数量的目标消费群体。

据2016年4月16日当当网在"第十届网络书香节文化论坛"发布的"书香十年·当当国民图书消费报告"显示,"90后"群体购买图书门类前十排行中,考试类排第一、在"80后"群体中,童书类排第一,教辅类排第二;在"70后"群体中,教辅类排第一;"80后"群体中排第三的是小说类,排在"70后"购买门类第二位和第三位的分别是小说和管理类。图书消费受教育焦虑的影响从中可见一斑。不同年龄群体对图书的购买需求中可以看到"代际间差异显现,刻有不同年龄段的身份印记:'90后'考试类书籍占比最高,学海无涯,考试书籍消费开挂。";"80后三十而立,娃娃、事业两头挑,童书消费占比最高,购买成功/励志书籍的也不少;70后四十不惑,事业走上人生巅峰,除了操心子女学习,还要抓紧时间研读管理"[①] 是多元化图书消费需求中代际差别的真实写照。图书产品门类的多元化在刺激消费的同时,也在不断地稀释市场需求。

二 "图文之争"的冲击

信息时代计算机图片处理方式不断革新。智能手机、无线网络和零门槛平民化的拍摄技术发展已经将现代人的日常生活被形形色色的图像所裹挟。"20世纪视觉文化时代的到来,催生了西方思想史上语言学转向往图像转向(Pictorial Turn)的生成,并使当代文化的重心从语言转向了图像",图文时代随着视觉文化的发展而不断刷新人们对语言和文学的认知,"对视觉性的强调,当代文化日益偏离以语言为中心的理性主义模式而转向以视觉为中心的感性主义模式"(杨向荣,2015:110—113)社会生活的广泛视觉化使得社会生活的各个领域都围绕着图像进行运转。我们不知不觉间生活在图像充斥的世界中,和文字相比,图像传达的信息和文

[①] 参见《书香十年·当当国民图书消费报告》。

字相比更直观、更简单明了；人们依赖和享受图像视觉刺激带来的愉悦感，图文搭配的阅读方式已经逐渐成为大众生活中普遍的阅读选择，人们从专注理解的传统阅读思维转向更休闲轻松的图像直观。图文并茂的出版方式不仅代表了信息时代的一种阅读倾向与偏好，更是一种出版潮流。"新版图文书中，图像似乎逐渐占据了主导地位，文字反倒沦为配角。这种状况不仅反映在图书中，在杂志、报纸、手册，甚至各种教学资料中，图片的数量倍增似乎标示着传统的文字占据主导地位的文化已发生了深刻变化。"（周宪，2005：136）"图文战争"的大幕在民众阅读方式转变与出版市场革新的共同推动下已经悄然开启。

　　图文搭配在一起的文学形式在我国较早见于 17 世纪上半叶的明代"绣像本小说"，其中最为出名的当属明代崇祯本的《金瓶梅》。"绣像"一词最早是佛教用语，字面意思为用彩色的丝线绣佛像。据陈正宏考证，在被称作"绣像"之前，图文搭配的文学形式早在我国元朝时期就已经出现了，文学作品中所配插图被称作"出像"（"出相"）或"全像"（"全相"）。（陈正宏，2011：97—98）但是历史上的图文搭配的文学作品在信息时代来临之前都是以文字为主，图像为辅。即便是阅读对象主要为儿童的儿童文学作品，插图所占比例也并不是很大。儿童因其认知阶段的独特性，对图像有先天的青睐，这一点毋庸置疑。鲁迅在北新书局出版的《柳林风声》朱琪英译本的译序中提到当时购买 The Wind in the Willows 时的情形，记述了自己因一开始嫌价钱贵没有买到插图版本时沮丧懊恼的心情。但是鲁迅当时艳羡插图版的 The Wind in the Willows 时，应该没有料到在时代的巨变中，插图在儿童文学作品中已经变成了常态，而文本本身的意义被弱化和消解。在现代社会泛娱乐化的大背景，阅读本身具备的知识性和教育性都有被碎片化和娱乐化的倾向，文学界教育界对"图文战争"中阅读前景的担忧并非空穴来风。从接受形式上来看，插图制作水准的不断提升更受儿童读者的喜欢，但是与此同时，插图对文字先入为主的解读对阅读本身造成干扰甚至障碍，有学者提出的"图文战争"中的挑战与焦虑并存的现状也正是基于这样的时代潮流。（高晓文，2014：50—54）

　　蜚声世界儿童文学史的《安徒生童话》《格林童话》等作品自 20 世纪初开始被译介到中国以来，已走过了逾百年的漫长译介史。不难发现图片和文字的搭配是随着时代的变迁一步步跟进的。早些年的译本中，《安途生童话》和《格林童话》只配有少量的插图或只有封面配有插图，时下在当当网在售的冠以"豪华装""彩绘注音版""经典插图版"等名头的这些经典儿童文学翻译作品，都配有大量的插图。对儿童来说，插图的介入降低了阅读中所消耗时长，增加了阅读的趣味性；但是阅读难度的降低和对文本"文学性"关注度降低的问题不容小觑。各种插图版本的儿童文学作品的大行其道，对儿童文学翻译作品（尤其是以纯文字为主的严肃儿童文学读物）造成不小的冲击。

首先，视觉时代的到来使人们对于图书产品中的图像元素有了依赖，纯文字的读物（非学术类）在受众为成年人读者中都面临岌岌可危的现状，儿童读物（广义上的儿童文学作品）因为其主要受众群体为儿童的特殊性，在视觉感官的包装和营销方面自然更胜一筹，经典儿童文学著作局限于其生成的年代和较为单一的体裁，一般只有少量插图或图文并茂的特点并不突出。很多经典儿童文学作品在再版之后的配图比例大幅提高，插图设计与制作精良，是视觉时代"图文之争"的一个缩影。

其次，引进版图画书市场的火爆、精准定位的少儿期刊的涌现、本土图画书行业的异军突起、基于手机 App 等移动应用工具和阅读工具的新兴阅读方式的出现等少儿图书市场出现的新变革和新突破，稀释了少儿图书市场在较单一品类时代纯文字类经典儿童文学翻译读物一家独大的局面。

最后，本土儿童文学在小说、诗歌、图画书、百科、人文历史等各个细分领域的创作、制作水准和营销上都有大幅进步。曹文轩、沈石溪、杨红樱、秦文君、北猫等一大批中青年儿童文学作家关怀和贴近儿童心理的创作积累了大批稳定的读者群，在中国经济崛起的大背景下，年轻一代父母对本民族语言的认同感强烈，和时代风貌更贴近、拥有更多中国元素、具有强烈"我族"意识的本土儿童文学创作作品的热销促使儿童文学翻译作品需要重新定位。

三 新兴儿童文学翻译作品的竞争

新中国成立以来，外国儿童文学的译介在我国经历了 50 年代苏联儿童文学的译介热潮之后，在"文化大革命"之后的 80 年代开始了对世界儿童文学宝库中"名家名作"的译介。老牌的专业少儿出版机构如译文出版社和浙江少年儿童出版社推出的"外国儿童文学系列"和人民出版社出版的"世界儿童文学系列"，这两套丛书的出版几乎囊括了域外其他国家和语种的儿童文学经典之作。世界儿童文学宝库中的传统经典作品如《鲁滨逊漂流记》和20世纪儿童文学的新经典作品如《随风而来的玛丽·波平斯阿姨》和《夏洛的网》等作品正是在80年代的这股译介新热潮当中被翻译出版的。（方卫平，2008：11）进入21世纪以来，儿童文学的译介除了继续引进名家名作之外，在译介的品类上发生了非常大的变化。持续多年的相对较单一的小说、诗歌等传统文学类作品的集中译介模式被逐渐打破，外国图画书、奇幻作品等不同风格的儿童文学开始进入大众的视野，这也在很大程度上促进了本土儿童文学创作在体裁上走向审美的多元化。罗尔·达尔的奇幻系列作品、《哈利波特》《神奇校车》《奇先生妙小姐》在国内取得的成功也印证了读者对多元化儿童文学的审美需求。

  以小说和诗歌为主要体裁的经典儿童文学翻译作品在风格上以记叙、抒情和景物描写为主，涵盖了儿童认知发展不同阶段对于自然、拟人化的动物世界、友谊、冒险、成长和爱等主题的心理需要。方卫平在回忆图画书在被译介到中国之前的2000年和朋友展望新世纪图画书在国内发展走向的情形时，感叹"图画书这一20世纪在西方和东方的许多国家被开发得相当成熟的出版门类，对于中国的创作者和出版人而言，仍然是相当陌生"。（方卫平，2008：2）如今包括图画书在内的新的译介品类在少儿图书出版市场已经占据了相当大的市场份额。

  当当网童书榜实时销售排行"按内容分类榜"[①]显示（截至2017年3月30日），排在外国儿童文学榜单前5的均为奇幻冒险类和图画故事书，分别是《哈利波特》（英）、《神奇书屋》（美）、《荒野求生》（英）、《玛蒂娜》（比利时）和《世界第一少年侦探团》（英）；精装图画书类中，《母牛塔玛向前冲》（瑞士）、《不可思议的旅程》（美）、《我爸爸我妈妈》（英）、《小鸡鸡的故事》（日）分列第2至5名；平装图画书排行前5的分别是，《彩色世界童话全集》（选自安徒生童话、格林童话等）、《百年童话绘本》（美）、《可爱的鼠小弟》（日）、《小兔汤姆》（法）、《青蛙弗洛格》（荷）；科普/百科类榜单前5中，《男孩的冒险书》（英）、《大英儿童百科全书》（美）和《神奇校车》（美）分列第2、第4和第5；婴儿读物榜单中、《可爱的身体》（日）、《小鸡球球成长系列童话书》

[①] 参见当当网童书榜实时销售排行"按内容分类榜"。

（日）分列排行第 1 和第 4 位；幼儿启蒙类图书中，《你好！数学》（韩）、《我的大画本基础篇》（英）、《数学帮帮忙》（美）、《汉声数学图画书》（美）分别排在榜单第 1 至 4 位；益智游戏类图书中，《美国经典专注力培养大书》（美）、《斯凯瑞金色童年·第一辑》（美）、《美国经典专注力培养大书·进阶版》（美）、《I SPY 视觉大发现》（美）分列第 1、2、3、5 位；玩具书榜单前 5 名《杜莱百变玩具创意书》（法）、《小不点的触摸书》（西班牙）、《噼里啪啦立体玩具书》（日）、《DK 宝宝捉迷藏认知立体书》（英）、《看里面低幼版——揭秘汽车》（英）全部是译介图书；卡通/动漫分类中，《小猪佩奇》（英）、《巴巴爸爸的诞生》（法）分列榜单第 1 和第 5 名；少儿英语分类中，榜单前 5 全是译介图书，分别是《哈考特英语分级儿童读物》（美）、《我的第一套自然拼读故事书》（美）、《培生幼儿英语》（英）、《培生幼儿英语·基础班》（英）分列榜单第 1、2、3、5 位；励志成长类中，仅有 1 部译介图书入围，《妈妈，钱是什么？》（英）列榜单第四位；进口儿童书榜单前五分别是 Horrible Science（英），Magic School Bus Boxset（美），Brown Bear, Brown Bear, What Do You See?（美），Papa, Please Get the Moon for Me（美），Time for a Story Collection（英）；少儿期刊中，榜单前 5 名中《美国国家地理——环球少年地理》入围，排名第 4；阅读工具书榜单中，《朗读手册最终修订版》（美）、《朗读手册三册套装》（美）、《幸福的种子》（日）分列第 2、3、5 位。

当当网图书销售的榜单排行是实时图书销售情况的客观反映，从以上汇总的"按内容分类"排行的情况来看，除了"励志成长类"前 5 榜单中仅有 1 部译介图书入围之外，其他所有细分门类中，译介图书的排行入围情况非常抢眼。从国别来看，译介自美国、英国和日本的图书再榜单上的排行引入注目，以英语为主要译出语的图书是译介图书的主流；从图书出版的形式上来看，图文交融、图文并茂或以图画内容取胜的图书是几乎所有细分种类的共性；从图书内容所覆盖的领域来看，科普、人文、地理、心理、社交、色彩、学科知识、游戏和语言认知等涉及少儿成长的方方面面均已涵盖；从图书的装帧和出版形式来看，套装书和精装版本的图书占绝大部分，这是当今消费主义盛行的时代整个图书出版行业顺应市场讯号的一种选择，不仅少儿出版领域如此，在受众群体主要为成年人的出版领域也是如此。

和 80 年代外国儿童文学译介高潮中以诗歌、小说等形式的儿童文学作品为译介主流的趋势不同，21世纪以来儿童文学译介所涵盖的领域、图书受众年龄阶段的细分程度①、经营少儿图书译介业务的出版社数量都是空前的。多元化的少儿图书产品译介满足了民众对少儿图书消费多元化的需求的同时，也促进和激发了本土儿童文学创作走向多元化。

四 "黄金十年"中的儿童文学翻译

关于童书发展的"黄金十年"，学界并没有一个确切的时间段来界定。一般都是以"近十年""过去十余年""近十年间"这样的字眼来描述进入21世纪以来中国少儿图书出版和引进的井喷式发展。由此可见，"黄金十年"的概念并不是局限在一个确切时间段的中国少儿图书发展进程中的现象，而是从历时维度对21世纪以来该领域的动向和趋势的总结和评价。在CNKI键入关键词"童书黄金十年"检索发现，关于少儿图书出版"黄金十年"的文献共有5篇，其中知名出版人海飞在2015年和2016年发表的两篇文章都有对"黄金十年"的讨论；与此同时，"下一个黄金十年"的提法也在2015年前后屡屡见诸报刊和媒体。更具人文情怀和国际视野的一大批儿童文学作家也正是在儿童文学发展的"黄金十年"声名鹊起。2016年，知名儿童文学作家曹文轩获"国际安徒生奖"，中国本土儿童文学作家群和儿童文学原创作品赢来空前的关注热潮。海飞在发表于《文艺报》2016年4月15日的访谈录《中国儿童文学行进在春天》一文中把曹文轩获"国际安徒生奖"比喻为在中国童书发展的"黄金十年"的"一顶金冠"。（行超，2016：7）在21世纪的中国引进版图书市场，美国、英国和日本一直雄踞前三甲，其中美国所占比例最大。韩国引进版图书市场占有率不断攀升，步步逼近日本所占份额。有资料显示，2006年以后，引进韩国版权的图书在整个引进版图书市场表现抢眼，其码洋比重从2003年在中国引进版市场中2%的市场份额一路飙升到6.87%。（朱健桦，2006：46）图书销售排行榜作为图书市场情况的晴雨表，能比较直观地反映出图书市场的销售动态和走向。引进版少儿图书门类的多元化和丰富性间接地带动了本土优秀儿童文学作品的推介和销售。

---

① 以当当网为例，当当网童书排行榜中的"按年龄段分类榜"划分为0—2岁，3—6岁，7—10岁，11—14岁四个阶段。

进入21世纪以来，中国少儿出版市场迎来空前的发展机遇，全国580多家出版社，有520余家经营少儿图书出版业务，少儿图书市场占中国图书国际版权贸易份额的比重高达20%。（海飞，2013：1）少儿图书出版市场的火爆不仅带来了巨大的营收，也撬动了巨大的市场需求。在供需两旺的情势之下，鱼龙混杂泥沙俱下的情况自然也在所难免。公版期图书改头换面的重复出版、部分少儿图书恶俗的内容、错误百出的低劣出版水准都引起学界和读者的担忧。2013年，湖北少年儿童出版社和海豚出版公司合并，组成新的法人联合体——长江少儿出版集团，2014年底，在中国少年儿童出版总社[①]基础上挂牌的二十一世纪出版社集团正式成立。在少儿出版社走向联合和强强合并的趋势下，非专业出版社和小出版社竞相争得少儿出版业务的状况有望得到改善。

儿童文学翻译在中国童书发展的"黄金十年"进一步走向多元化。多体裁、多门类、多语种图书的译介丰富了大众的儿童图书选择品类的同时，也拓宽了大众的审美视野。作为互联网时代行业创新发展的一种新业态，互联网＋的概念一经提出，便在各个行业得到纷纷响应。2015年7月4日，国务院印发《国务院关于积极推进"互联网＋"行动的指导意见》，"互联网＋"2016年同时入选教育部和国家语委联合发布的《中国语言生活状况报告（2016）》年度十大"新词语"和年度十大"流行语"排行。互联网＋童书的概念在无线网络产品和可持移动阅读技术不断向纵深发展的语境下，逐渐成了业界关注的童书"营"与"销"新热点。中国移动互联网社群逐渐崛起壮大伴随"80后"和"90后"年轻一代逐渐步入父母角色，挑起养育下一代的重担。在抚育理念方面明显区别于"70后"甚至更早之前的"60后"一代父母，他们更有独立见解和忧患意识，对幼儿启蒙阶段教育的普遍重视，促使本土儿童文学迅速走向多元化创作的必然发展之路。在大规模多语种外国优秀儿童文学作品译介的热潮中，本土原创儿童文学也得到前所未有的发展机遇。本土优秀儿童文学及其原创作品及其衍生产品在电影、动漫、教育、主题游乐等领域蕴藏着无限商机和巨大的后续开发空间，这些作品在文化元素和审美倾向上和本民族语言和翻译文学作品有更好的接合度，也更接地气。

---

① 中国少年儿童出版总社是一家国家级少儿出版集团，2000年由中国少年儿童出版社和《中国少年报》社联合组建。

第二节 出版场域中的任溶溶持有的资本

　　场域理论的横空出世颠覆了传统的主客二元划分的研究范式，处于社会不同行业的社会个体及群体的行为被纳入相应的权力与资本争斗的关系网络中加以审视。现代社会分工的高度分化加剧了场域的细分与场域自治性程度的加深。

　　出版的概念伴随文字和印刷术的诞生逐渐演进，现代出版业伴随工业革命的到来迎来技术革新与发展的机遇。21世纪以来，基于数字技术、信息技术和显示技术等领域最新研究成果的印刷业蓬勃发展，"内容和流程的数字化、呈现方式和手段的自动化和智能化、跨媒体呈现成为典型特征，印刷或更广义地讲可视传媒进入了多媒体时代"。（蒲嘉陵，2011：402）印刷技术是出版行业的核心技术，印刷技术的飞速发展不仅颠覆了人们对传统印刷术的认识，也给图书出版业带来巨大的机遇和挑战。任溶溶自20世纪40年代中期开始的儿童文学翻译和创作生涯中，经历了出版行业的印刷技术从铅字与热排工艺向"光电技术"再到"数字技术"的不断革新与进步；与此同时，中国从计划经济到市场经济的时代转型中，图书发行的组织、策划与营销模式也在发生巨大变化。1941年春，任溶溶参与编辑中共地下党主编的《语言丛刊》杂志，在图书出版行业的工作生涯由此开始，此后半个多世纪，任溶溶身兼文学编辑、作家和翻译家三职。图书出版关键流程中的策划、创作与推介的工作在任溶溶的翻译与创作生涯中互相交织在一起，成就了任溶溶在出版场域独一无二的资本。新中国成立初期、"文化大革命"之后和21世纪至今这三次儿童文学的译介高潮中，任溶溶在每一个时期都有极具代表性的译作推出，这是他长期在儿童文学翻译和创作一线所积累的文化资本；上海是中国儿童文学的重要发祥地之一，在上海的生活、学习和在译文出版社几十年的经历不仅见证了任溶溶在儿童文学领域书写的每一部经典，也成就了他在翻译和创作之路上的建树，身为文学编辑、作家和翻译家，任溶溶在互为补充互相渗透的三个领域内耕耘半个多世纪，这为任溶溶积累下宝贵的社会资本；著名翻译家大都在某个阶段有翻译儿童文学的经历，但他们中的绝大多数都将重心转回到非儿童文学作品的翻译上。像任溶溶这样潜心儿童文学翻译的翻译家确实非常少见。2006年开始设立的"翻译文化终身成就奖"，历届获奖的都是在各个细分领域做出开创性贡献的翻译家,如同年和任溶溶获奖的唐笙①,是我国同声传译事业的拓荒人,对新中国成立之初的对外交流、外事工作和口译事业做出巨大贡献。该奖项设置的标准是"授予健在的、在翻译与对外文化传播和文化交流方面做出杰出贡献,成就卓著、影响广泛、德高望重的翻译家,是中国翻译协会设立的表彰翻译家个人的最高荣誉奖项"②,任溶溶是迄今为止儿童文学翻译领域的唯一获奖者,和同年获奖的另外三位翻译家唐笙、潘汉典、文洁若在此前都曾获中国翻译协会授予的"资深翻译家"称号,"任溶溶"三个字已形成巨大的符号资本。

一 任溶溶的文化资本

作为文化产品中最传统和最为重要的一种客体化文化资本的表现形式之一,图书所具有的价值一方面由被个体内化之后的文化内容所赋予;另一方面受个体所持有的个体化文化资本所制约和影响。知名作家的著作一经推出,就能获得较好的市场效应便是个体化文化资本作用于客体化文化资本的结果。制度化文化资本以学术资格的被表征化为主要特征,个体所获得的身份、荣誉、奖励等是对个体化文化资本和客体化文化资本的强化,提升个体所从事社会活动的社会认可度和公认性。

任溶溶在儿童文学翻译领域所获得的文化资本,得益于半个多世纪以来在儿童文学翻译和创作一线工作的经历。在风云变幻的时代洪流中,任溶溶总能顺势而为,抓住在变迁之中蕴藏的机遇,即便是在"文化大革命"这样的极端政治气候中,任溶溶依旧能在"被改造"之余,争分夺秒学习外语。我们在赞叹任溶溶俄语和英语译著汗牛充栋,意大利语等其他小语种译著屡有发表的多语种翻译格局之时,不得不为他的学习精神和远见所折服。纵观任溶溶从 20 世纪 40 年代末涉足翻译以来的生平经历,他一生秉持的为儿童翻译和创作的信念从未改变。20 世纪 50 年代任溶溶在不断推出苏联优秀儿童文学作品的这段时期,恰逢拉丁化新文字运动在全国展开,在这场最后以失败告终的文字运动中,任溶溶(任以奇)编

---

① 唐笙(1922—),女,上海人,曾在党的八大会议、亚非新闻工作者会议等重大会议上担任口译工作,是我国同声传译事业的奠基人。
② 详见中国翻译协会官方网站。

写了三部重要的新文字基础课本：《北方话新文字基础读本》《北方话新文字的拼法》和《中国拼音文字拉丁化基础读本》。这三本基础教程是任溶溶（任以奇）在《新文字周刊》上以《新文字讲座》的名称连载以后出版的单行本。倪海曙[①]在为《北方话新文字读本》的序言中称赞"这本书有几个特点：第一是编法活泼。它把拼法、写法、读物采用混合教学的方式，合编在每一课中，使得学习的人在学习上不会有单调呆板的感觉。第二是取材生动。它所举的例子。不管是辞、句子、或者文章，都很现实、有趣，而且有相当强的政治性。第三是份量适中。不太多，也不太少；简单扼要，适合'基础读本'的性质。"[②]（任以奇，1950：1）在当今汉语拼音体系已经成熟的情况下，初学者学习拼音是需要花相当长的时间去掌握其中的拼音规律和书写方法的。对于拼音文字的拓荒者而言，他们在汉字转写中需要克服的困难可想而知。评判这场运动的是与非，不在笔者的关注视野当中。对于翻译家任溶溶来说，在翻译生涯的起步阶段倾力参与文字转写工作，为他更细致地体察不同语种之间的口语和音韵表达效果，是大有裨益的。高压激进的政治形势难掩任溶溶作为儿童文学工作者的质朴纯真的一面。

"U Ko sing de xungki xu-la-ladi piao, Cyan Zhuangguo de fanshen rhenmin xua-la-ladi giao, Mei-diguozhuyi ta xao sinziao, Liang zh gyo a, gide dun-dun-dundi tiao."

"五颗星的红旗呼啦啦的飘，全中国的翻身人民哇啦啦地叫，美帝国主义他好心焦，两只脚啊，急得顿顿顿地跳"（任以奇，1950：29—30）

即便在这样政治上立场分明的口号性文字中，叠词的巧妙使用使整段文字充满了诙谐轻松的童趣。儿童文学的语言特点决定了儿童文学翻译对

---

① 倪海曙（1918—1988），1952年加入中国作家协会。历任时代出版社编辑、上海新文字研究会理事、文字改革出版社总编辑、中国文字改革协会常务理事。著有《中国拼音文字运动史简编》《清末汉语拼音运动编年史》《清末文字改革文集》《中国拉丁化运动简表》《拉丁化新文字运动的始末和编年纪事》等多部汉语拼音文字方面的论著。任溶溶在《给我的巨人朋友》之代后《我叫任溶溶，又不叫任溶溶》一文中谈"我的翻译"时，对自己走上儿童文学翻译的道路首先要感谢的两个人，其中一位便是倪海曙（另一位是姜椿芳）。

② 详见《北方话新文字基础读本》序。

译语朗读性和口语化的要求要远远高于非儿童文学翻译，很多人持有的儿童文学翻译是简单的、难度较低的文学翻译类型这一观点很难自洽。任溶溶在拉丁化新文字运动中的贡献，在官方资料中鲜有提及，这两本著作中凝结的专业精神则被保留在其日渐累积起来的个体化文化资本中。

时代出版社在1953年出版任溶溶翻译的《古丽雅的道路》（《第四高度》）时，任溶溶主要的翻译作品还是俄罗斯儿童文学作品。在这部作品引起巨大反响之后的十年间，任溶溶笔耕不辍，译出了包括马尔夏克在内的著名俄罗斯儿童文学作家的大量优秀儿童文学作品，翻译家"任溶溶"在翻译界开始声名鹊起。十年"文化大革命"浩劫之后，时代格局发生了剧变，新中国成立初期引人瞩目的俄罗斯文学在中国日渐式微。在举国上下百废待兴的时代新起点，作为译者的任溶溶在"文化大革命"之前翻译出版的大量俄罗斯儿童文学作品和作为儿童文学作家的任溶溶发表出版的大量儿童诗歌作品为其积累的客体化文化资本在十年"文化大革命"浩劫之后，再一次呈现其价值，成为任溶溶在第二次儿童文学译介高潮中的巨大筹码。

在儿童文学创作方面，"文化大革命"结束之后的1977年，任溶溶开始发表诗歌，并于1980年以《你说我爸爸是干什么的?》一诗获"全国第二次少年儿童文艺创作奖一等奖"；儿童文学翻译方面，在经历了短暂的调整期之后①，任溶溶翻译的重心投向各个国家的优秀儿童文学作品翻译。《木偶奇遇记》《假话国历险记》《洋葱头历险记》（意），《小飞人三部曲》《大侦探小莱卡》《长袜子皮皮》（瑞典）和《随风而来的玛丽·波平斯阿姨》（英）等一大批儿童文学翻译作品的推出使任溶溶的名字在改革开放初期便迅速回到读者视野当中。

从"文化大革命"前的俄罗斯儿童文学翻译到80年代初期的各国优秀儿童文学翻译，任溶溶翻译出版的大量作品为其创造了在儿童文学翻译领域独一无二的客体化文化资本。与此同时，在个体化文化资本和客体化文化资本不断累积的基础上，荣誉和获奖纷至沓来。"陈伯吹儿童文学奖杰出贡献奖""宋庆龄儿童文学奖特殊贡献奖""宋庆龄樟树奖""国际儿童读物联盟翻译奖""亚洲儿童文学奖""翻译文化终身成就奖"等奖

---

① 资料显示，任溶溶在1976年"文化大革命"结束之后的1979年，时隔十多年之后推出儿童文学译作一部：《地底下的故事》，少年儿童出版社，1979年。"文化大革命"期间任溶溶参译了《北非史》《苏共党史》《沙俄侵华史》和《第二次世界大战史》。

项是任溶溶制度化文化资本不断强化和累积的例证。

二 任溶溶的社会资本

少年儿童出版社（简称"上海少儿社"）是新中国第一家以少年儿童为读者对象的专业少儿出版社，下辖《小朋友》《故事大王》《少年文艺》等近10种在国内有着悠久办刊历史、庞大读者群和良好社会声誉的少儿刊物。任溶溶曾先后在少年儿童出版社和上海译文出版社供职。少年儿童出版社和上海译文出版社目前同属上海世纪出版集团①成员。上海译文出版社是中国最大的综合性翻译出版社，前身是成立于50年代的上海新文艺出版社和人民文学出版社上海分社的外国文学编辑室。官方资料显示，上海译文出版社"拥有众多精通英、法、俄、德、日、西班牙、阿拉伯等主要语种并具备学科专业知识的资深编辑；其强大的译者队伍中多为在外语和中文方面学有专长、造诣精湛的专家学者；该社同各国主要的出版社和版权代理机构有着广泛、持久的联系，在国际图书版权贸易领域信誉卓著。"②

据1992年出版的《给我的巨人朋友》任溶溶作品集中收录的任溶溶儿童诗、童话、故事·小说和散文③四大类别中发表作品的出处与年代记录，任溶溶最早创作的四首儿童诗《一本书的来历》《等到大轮船过去》《大皮箱》和《动物园》分别刊载于《小朋友》④ 1953年第1期、第2期、第3期和第4期；童话作品《"没头脑"和"不高兴"》《一个天才的杂技演员》《奶奶的怪耳朵》《小妖精的咒语》《大大大和小小小历险记》分别刊载于《少年文艺》⑤ 1956年第2期，《少年文艺》1957年第9

---

① 上海世纪出版集团成立于1999年2月24日，是经中宣部、新闻出版署批准成立的全国第一家出版集团。目前有出版单位26家，上海译文出版社、少年儿童出版社、辞海编纂处、上海古籍出版社、学林出版社等全国知名出版机构均为集团成员单位。

② 参见上海译文出版社官方网站。

③ 散文中收录的四篇文章中《我的奇遇记》和《看到了儿童的未来》两篇和儿童文学翻译与创作有关，但不是写给儿童看的，故以下不对其刊载情况做分析；另外两篇《在冬天里过夏天（菲律宾杂记）》和《半世纪后回广州》是两篇随感式的文章，亦不做分析。

④ 《小朋友》是早在民国期间就已经创刊的儿童文学综合刊物，1922年上海中华书局创办。1953年开始该有少年儿童出版社出版。《小朋友》是我国少儿读物中出刊时间最长，出版期数最多的期刊。

⑤ 《少年文艺》创刊于1953年。

期,《少年文艺》1982年第10期,《少年报》① 1984年12月26日和《好儿童》② 1983—1984③;故事·小说《妈妈为什么不去开会》《我是个黑人孩子,我住在美国》《人小时候为什么没胡子》《小波勃和变戏法的摩莱博士》《丁一小写字》《我是哥哥》《亨弗雷家一个"快活"的日子》《丁丁探案》《土土的故事》分别刊载于《新少年报》④ 1952年3月27日,《少年文艺》1953年第2期,《小朋友》1962年第4期,《少年文艺》1963年第6期,《小朋友》1964年第11期,《小朋友》1964年第17期,《少年文艺》1964年第7期,《好儿童1980—1981》⑤。另外,非常值得关注的是,在20世纪90年代中期以前任溶溶发表的大量诗歌作品中,除了大部分作品发表于《小朋友》《少年文艺》《儿童时代》⑥《少年报》等主流的儿童文学刊物以外,也有不少作品刊载于《小星星》⑦《小溪流》⑧等省市优秀儿童文学刊物。知名儿童文学刊物的创刊号上登载任溶溶的作品⑨,这是任溶溶社会资本铸就的品牌效应。《给我的巨人朋友》中收录的作品,也有很多散见于《小伙伴》(上海)、《中国少年报》⑩《红领巾》(四川)、《小火炬》(福建)等各省少先队队报、《文学少年》(辽宁)、《为了孩子》(上海)、《摇篮》(江西)等儿童文学刊物,以及《文汇报》(上海)、《解放日报》(上海)、《文学报》(上海)等报刊。

任溶溶一般被称为广东籍作家,但他生活工作的大部分时间都在上海。上海作为中国儿童文学的重要发祥地之一和外国儿童文学译介的重要窗口,在儿童文学领域拥有的资源和人才优势引人注目。从任溶溶20世纪90年代中期以前诗歌、童话和故事·小说的创作发表情况来看,任溶溶在上海出

---

① 《少年报》由少年报社创办于1967年,现更名为《少年日报》。
② 《好儿童》即《好儿童画报》,1967年和《少年日报》同期创办。
③ 《大大大和小小小历险记》总共分十五回,1983—1984期间连载。
④ 《新少年报》创刊于1946年,1986年更名为《中国儿童报》,由团中央中国少年儿童新闻出版总社出版,是全国少年先锋队队报。
⑤ 《丁丁探案》总共分为两部,每部12节,1980—1981期间连载。
⑥ 《儿童时代》创刊于1950年,由宋庆龄亲手创办,是新中国第一本少儿刊物。
⑦ 《小星星》创刊于1980年,隶属二十一世纪出版社期刊中心。
⑧ 《小溪流》创刊于1980年,湖南省作家协会主办。任溶溶的儿童诗《我是翻译家》发表于《小溪流》创刊号。
⑨ 任溶溶的诗歌《我是翻译家》发表于《小溪流》创刊号。
⑩ 《中国少年报》和《中国儿童报》同隶属团中央中国少年儿童新闻出版总社,是全国少年先锋队队报。

版机构积累起来的社会资本逐渐形成在行业内受到公认的金字招牌。任溶溶的翻译作品从数量上而言，要远远超过其创作的儿童文学作品，任溶溶出现在公众视野中，更多的也是以翻译家的身份。儿童文学的创作为任溶溶体悟儿童语言的特点、儿童读者的思维和儿童读者的期待提供了不竭的源泉，任溶溶的儿童文学翻译作品中妙趣横生、轻松活泼的语言风格在其儿童文学创作作品中便能窥知一二。"我有个小本子，看到或者想到什么有意思的，好玩的事，觉得可以写，就在本子上记下来"。（任溶溶，2012：96）"好玩"二字是任溶溶儿童文学翻译与创作生涯中所秉持信念的真实写照。在人类文明史和教育发展史上，"儿童"被发现和"妇女"被发现一样，都是极具里程碑意义的大事件。1932年上海儿童书局出版的王稚庵著《中国儿童史》由智、仁，勇三部分构成，按历史年代的顺序编排了108条中国历代名人儿童时期的故事。全书分智编、智编续、仁编、勇编四辑。其中智编有干才、辩才、谋略类；智编续有学术、聪慧、神童类；仁编有孝亲、敬长、廉洁、博爱类；勇编有气概、果决、技术、武功和勤学类。这本中国不同历史时期的"名人谱"上被记载和传诵的是封建主流社会期望成年男性达到的价值标尺，女性和儿童都是被隐没的。"五四"之后出生的任溶溶，能够成为儿童文学的大家，是时代的选择，时代赋予任溶溶的不仅是数不胜数的荣誉，还有为儿童文学事业拓荒的一份沉甸甸的责任。

频繁见于各类儿童文学刊物的创作作品使得任溶溶积累起来巨大的社会影响力和声誉。儿童文学创作方面的驾轻就熟，在外国文学编辑岗位上对外国儿童文学成果和动向的准确把握是作为翻译家的任溶溶在翻译工作以外拥有的丰厚资源。进入21世纪以来，已年近九旬的任溶溶仍然笔耕不辍。2012年4月，任溶溶的儿童诗集《我成了个隐身人》出版，收录了从2008年到2011年创作的儿童诗歌102首，该诗集在出版之后广受业界关注并不断加印，先后斩获2012"冰心儿童图书奖""2013第三届中国出版政府奖图书奖提名奖""第四届新闻出版广电总局三个一百原创工程奖""首届上海国际童书展金风车原创童书奖""中国作协第9届（2010—2012）全国优秀儿童文学奖"，该书的出版成为"2013轰动业界的最有影响力的品牌图书"[①]。

[①] 参见第三届韬奋出版人才高端论坛征文《品牌效应与任溶溶幽默儿童诗的系列开发——任溶溶儿童诗集〈我成了个隐身人〉案例分析》一文。

三 双重译者身份中任溶溶的符号资本

双重译者身份中的任溶溶，在翻译中创作，在创作中翻译，始终秉持着为"儿童做些什么"的赤子之心，翻译和创作了非常可观的高质量译作和作品。20世纪50年代创作出《"没头脑"和"不高兴"》的同时，译出了《古丽雅的道路（第四高度）》；60年代在译马尔夏克和马雅可夫斯基的同时创作出了《小波勃和变戏法的摩莱博士》《亨弗雷家一个"快活"的日子》《我给小鸡起名字》等作品；80年代以后随着政治气候回暖，任溶溶的创作和翻译都逐渐进入巅峰状态。在创作方面，任溶溶在延续文化大革命之前儿童诗稳定创作状态的同时，尝试童话、小说等多品类的儿童文学体裁；在翻译方面，任溶溶从相对较单一的俄罗斯儿童文学译介，逐渐转向不同译出语的优秀儿童文学作品，一大批外国儿童文学经典作品在80年代之后经由任溶溶翻译逐渐走进大众的视野。林格伦的《小飞人三部曲》和《长袜子皮皮》系列、达尔的《查理与巧克力工厂》《查理与玻璃大升降机》《女巫》《好心眼儿巨人》等、罗大里的《罗大里童话》、内斯比特的《铁路边的孩子们》《四个孩子和一个护身符》《五个孩子和一个怪物》等、扬松的《木民谷》系列、洛夫廷的《杜立特医生》系列、特拉芙斯的《玛丽阿姨》等一系列等在英语世界名声大噪的优秀儿童文学作品在这一时期先后被翻译出版，并反复再版。

在长达半个多世纪的翻译与创作生涯中，任溶溶作为中国幽默儿童文学热闹派童话的代表作家之一，其创作作品在儿童文学领域的地位非同小可，从20世纪50年代初首次发表儿童文学作品开始，任溶溶先后创作了包括《"没头脑"和"不高兴"》《一个天才的杂技演员》《大大大小小小历险记》《土土的故事》等一大批脍炙人口的作品；1980年，任溶溶凭借《你说我爸爸是干什么的？》一诗在"第二次全国少年儿童文艺创作评奖"中摘取一等奖；1982年，任溶溶在东北、华北儿童文学讲习班上提出儿童文学创作"热闹派"与"抒情派"的划分，其"热闹派童话"作品在风格和内容上和儿童文学寓庄于谐的"游戏精神"不谋而合，成了80年代以后推动中国幽默儿童文学向前发展的重要先驱人物；1993年，浙江少年儿童出版社推出了"中国幽默儿童文学丛书"，任溶溶是该丛书的主要创作成员之一。2012年，任溶溶最新出版的诗集《我成了个隐形人》获"第九届全国优秀儿童文学奖"。任溶溶在儿童文学翻译与创作并行的事业轨迹上，其儿童文学作家的身份是并不逊色于儿童文学翻译家的身份。作为一位在儿童文学翻译和创作方面都很有建树的高产翻译家兼作家，任溶溶在时代语境的不断变迁中始终保持着旺盛的翻译与创作能力，给几代人都曾留下宝贵的精神食粮。

持有儿童文学翻译家和儿童文学作家双重身份的任溶溶，凭借在翻译和创作中不断累积起来的职业声望、社会地位和人际关系网络，共同建构出"任溶溶"这样一个强大的符号资本。消费文化的盛行中，人们对"能指"的关注远远超过其"所指"。"品牌"本身所具备的强大的社会和经济效应，是消费市场中买方和卖方竞相追逐的对象。"品牌"所蕴含的知识产权资本很难被量化，但是确能源源不断地创造价值。消费主义的最大特征就是对"符号"的消费，消费已经不单纯是物质层面上的消费，同时也是象征意义上的消费。"品牌"消费的选择所传递的身份、地位、品位和社会认同使"品牌"所具备的吸引力所向披靡。消费社会中的名牌商标成了一个非常类似于传统社会里神话的作用。"对名牌商标物品的选择已经成为选择者把自己从一个较低的社会地位的团体中脱离出来，进入到另一个与消费这种物品相对应的地位较高的团体中去的标志。"（肖显静，2004：173）

中国中产阶级群体的不断壮大和普遍存在的教育焦虑，使得"80后""90后"父母在子女教育上的投入越来越大。作为拓宽儿童人文视野的图书产品，消费主力军中产阶级对儿童图书的消费拉动作用在图书市场整体表现低迷的大趋势中功不可没。高等教育背景在"80后"及"90后"中产阶级父母中的普遍性进一步强化了"品牌"图书的符号具有的吸引力。随着互联网信息技术和无线网络技术的发展，微博和微信等社交媒体成为新生代父母的日常生活和工作所需。社交媒体和移动无线网络平台下交流、分享、购买的便利性加速了"品牌"消费和认同在不同社群之间的传播。"任溶溶"这三个字不仅是儿童图书出版营销活动中被追逐的金字招牌，也是读者在儿童图书出版市场中推崇和竞相争取的一个符号。双重译者身份中的任溶溶在图书出版、营销与消费的各个环节不断累积其持有的符号资本，其作品也在符号资本的不断累积中进一步经典化。

第七章 任溶溶汉译英语儿童文学经典化的启示

第一节 对儿童文学翻译和创作的启示

任溶溶汉译英语儿童文学经典化的历程，对中国儿童文学翻译及创作提供了一个可资借鉴和反思的范本。任溶溶长达六十多年的翻译与创作生涯，见证了中国本土儿童文学逐渐发展壮大的艰难历程。在儿童文学翻译成就了任溶溶这个符号的同时，任溶溶的不懈努力使得儿童文学翻译这样一个被人称为"小儿科"的翻译类型，逐渐进入了大众视野，并不断刷新着人们对儿童文学、儿童文学翻译、儿童文学作家以及儿童文学翻译家的认知。中国儿童文学翻译在 21 世纪的勃兴，离不开任溶溶等老一辈儿童文学工作者的辛勤耕耘。任溶溶汉译英语儿童文学经典化对儿童文学翻译和创作的启示，体现在两个方面。

首先，儿童文学翻译和创作需要始终坚持"儿童本位"观

任溶溶曾坦言，"你们不要以为外国的都是好书，外国也有很糟糕的书，我们搞翻译的在为你们做筛选工作，你们读到的，已经是精挑细检过的了。"（刘绪源，2011：24）任溶溶翻译的大部分作品，都是世界儿童文学宝库中的经典作品。但也有一部分作品，原本在西方世界并不是鼎鼎有名的大作，经任溶溶的译介实现了其在中国文化语境中的经典化。任溶溶在翻译生涯中"精挑细检"后翻译的作品最终实现了经典化，和他本人在翻译中秉持的"儿童本位"观不无关系。

改革开放以来，中国儿童文学翻译蓬勃发展，并取得长足进步。儿童文学翻译的门类不断拓展，儿童文学翻译作品所涉及的知识覆盖面也因此不断走向纵深。在蔚为大观的引进版权儿童图书市场背后，是旺盛的翻译市场需求。儿童文学翻译中的青年翻译工作者群体也因此不断壮大。然而

不容忽略的是，儿童文学翻译质量参差不齐的现象很突出，儿童文学翻译相关从业者群体的职业素养亟待提高。而真正的"儿童本位"，源自对儿童世界的客观认知和责任担当。"五四"时期的进步知识分子惊呼"儿童的发现"之后通过《爱的教育》《爱弥儿》等儿童教育著作的翻译，成就了儿童教育史上一大批经典著作在中国的传播，他们所关注的"儿童本位"体现在通过"精挑细检"的经典之作的译介，改变了长期礼教束缚下人们对儿童世界的无知和忽视，这一时期的作品受众基本上都是成年人。新时代语境中，儿童文学作品拥有了双重读者主体，"儿童本位"对儿童读者的影响和意义在很大程度上远远超过成年人，因为他们尚处在认知和了解这个世界的萌芽期，也处在学习和运用语言的关键时期。译介作品的内容是否适恰，语言是否规范均体现译者的"儿童本位"。在翻译作品内容上的筛别，是"译德"的体现，而在语言上的匠心则是一门"浅语的艺术"。

在 2011 年接受青年儿童文学作家殷健灵采访时，任溶溶认为儿童文学领域"应该有长期关注外国儿童文学、不断引进外国儿童文学作家的译者"，在他们的儿童文学翻译工作中，需要谨慎对待所译作品的内容性，不能一味地冲着"畅销"二字、追求市场回报。译者应该担负起为儿童翻译的社会责任，因为"畅销书也有好书，但好的作品不一定畅销"。（殷健灵，2011：005）

任溶溶的创作和翻译作品，都以"童心"和"童趣"为主线，以儿童诗和童话为主的创作作品中，作品场景的设定、情节的安排、语言的运用都无不关照儿童读者的审美认知特点。优美的文学语言如果突破了儿童阶段阅读和认知的特点，那也是无益的，任溶溶的儿童文学语言呈现一种"浅语"之美，它以独特的稚拙感对儿童读者，尤其是低幼阶段的儿童读者有着天然的吸引力；和他的创作作品类似，任溶溶的翻译作品中的语言特点有非常强的辨识度，存在平行译本的情况下，任溶溶的译笔和风格之独到更是一目了然。

回顾任溶溶的儿童文学翻译与创作史，我们不难发现任溶溶在不同时期的翻译与创作，都未曾脱离其秉持一生的"童心"和"童趣"。脱离了审美标准，只为政治话语增色添彩的文学作品，终究会被历史淘汰。任溶溶一生的工作都身处儿童文学主流话语的中心，深谙主流政治话语体系和意识形态因素对儿童文学翻译和创作的局限。但是任溶溶始终以一颗童真之心奋力驰骋，在俄译期和之后的多语种翻译并行的时期，任溶溶在顺势而为，"跌倒抓把沙"的同时，没有让自己翻译与创作的儿童文学作品掉入为权力和政治话语服务的泥淖。即便是在50年代初因为政治意识形态局限翻译出版的大量俄译儿童文学作品，其鲜明的儿童视角和清丽稚拙的儿童化语言所呈现的独特的"浅语之美"，仍旧是当今儿童文学翻译的标杆。

其次，儿童文学翻译和创作要始终心怀"美育"意识

中国文学史上对文学功能的解读由来已久。早在春秋时代，我国著名的教育家孔子就提出了"诗可以兴、可以观、可以群、可以怨"的观点；北宋文学家周敦颐提出"文以载道"的观点，即文学作品是服务于社会的。儿童文学的出现，在西方不过三百多年的历史，在中国的历史尚不足两百年。五四运动开启了文学、哲学和科学等各个领域对西方最新思潮的借鉴和吸纳以启民智。中国现代意义上对儿童文学的探讨就是在浩浩荡荡的"新文化运动"的潮流中诞生的。近代以来，对儿童文学功能的探讨，自周作人在新文化运动前后提出"儿童的文学"概念之后，就一直备受儿童文学工作者的关注。新文化运动的先驱之一的夏丏尊在这一时期译出儿童教育的经典著作《爱弥儿》《爱的教育》等，刷新了人们对儿童和儿童教育的认知。"儿童"和横空出世的"儿童的文学"之概念，在新时期以降不断革新和演进。

儿童文学是"教化"还是"美育"的争论从儿童文学诞生之日起就从未停休。中国自先秦以来，儒家文化中"礼"的培养是古代教育理论中最为重要的一部分。人在自然性驱使之下的欲求和人的社会性属性之间的冲突在"礼"的约束之下达到一种平衡，"礼"的培养是中国文化中注重将人不断推向"文明"的缩影。强烈的政治和文化色彩，文学作品作为"礼教"文化的载体，在中华民族几千年的文明史上扮演着儒家文化的忠实捍卫者。中国古代历史上严苛的社会等级制度决定了有机会接受教育的人是有一定社会地位和身份的人，"知书达理"对普罗大众和来说无异于天方夜谭，社会中只有少数人通过官学和私学途径在课本和教师的讲解中习得"礼"，而这些通过儒家经典"礼教"文化和教育洗礼的读书人，在官方和民间的祭祀、仪式和风俗中传递着儒家"礼教"传统的精髓，达事明理、涵养德性的礼教传统逐渐演变成为中国人普遍的文化心理。（于伟，2013：125）最早以蒙学读本的形式出现的我国儿童文学的

源头，其精髓依然沿袭着儒家道德观的灌输和培养。

"美育"在中国的历史和礼教传统上有着千丝万缕的关系，儒家文化和教育传统中的"礼""乐""射""御""书""数""六艺"，是始于我国自周朝官学中对人的道德情操和审美志趣培养提出的要求。作为"六艺"之首的"礼"仍旧讲求的是和礼仪礼节紧密相关的德育教育，深深植根于广义上的礼教传统；而"六艺"中的"乐"和"书"就明显地带有审美志趣的意味了。中国自《诗经》以来的诗歌传统中对韵律的工整对仗、文字的感官效果以及意境描摹的注重和传统中国音乐和山水画作品的审美追求高度一致，注重培养"彬彬有礼"的人格修养和和谐共生的中庸之道。

在现代教育史上，自席勒在 1795 年出版的《美育书简》①一书中提出"美育"（aesthetic education）以来，美育教育逐渐开始被世界各国的教育界所了解和关注。20 世纪初，王国维在中国首倡"美育"，提出"美育代宗教"的观点，1915 年，蔡元培对此观点的内涵做出进一步的阐释，提出"以文学美术之涵养，代旧教之祈祷"。（蔡元培，1997：339）辞海对"美育"的解释是："'美育'亦称'审美教育'或'美感教育'。关于审美和创造美的教育。通过对艺术美、自然美、社会美的审美活动和理性的美学教育，使人树立正确的审美观念，培养健康的审美趣味，提高对于美的欣赏力与创造力。"（辞海，2010：2677）美感和审美能力作为一种感官和心理层面的通感，在音乐、美术、文学、哲学等人文科学和数学、物理、建筑等其他自然科学中都有一席之地。

进入近代以来，德育和美育逐渐被当作两个独立的概念来审视。1993年出版的《中国教育改革和发展纲要》对中国特色社会主义教育体系的表述中，有一条是"必须坚持党对教育工作的领导，坚持教育的社会主义方向，培养德智体全面发展的建设者和接班人"（中国教育改革和发展纲要，1993：2—3）；2010 年发布的《国家中长期教育改革和发展规划纲要（2010—2020 年）》中对这一表述做了微调："全面贯彻党的教育方针，坚持教育为社会主义现代化建设服务，为人民服务，与生产劳动和社会实践相结合，培养德智体美全面发展的社会主义建设者和接班人。"

---

① 《美育书简》是据席勒 1793—1794 年间写给丹麦王子克里斯谦公爵的 27 封信整理，于 1795 年出版。

（国家中长期教育改革和发展规划纲要，2010：2）从"德智体"到"德智体美"，只有微妙的一字之差，却真实的反映出国家宏观教育政策层面的进步。"美育"的核心理念并不局限在狭义的美术、音乐等艺术技能的培养和审美能力的提升上，在广义的文学艺术的范围内，"美育"的意义存在于各类优秀的文学作品、文化产品和文化活动中。

历史中留存下来的文学经典作品，其文学性和审美意义是第一位的。无论是因投机性的向主流政治话语体系靠近而生的作品，还是一味地迎合父母的教育焦虑而生以应试辅助为导向的出版物，或是过度消费儿童读者好奇心的求怪求玄甚至以"审丑为美"的作品，都会因缺乏审美价值而永远不可能成为几代人共读的经典。审美的维度不是一元的，而是多元的。但无论优秀的儿童文学作品的审美维度在内容和形式上如何有异于其他作品，其审美价值和"美育"的功能是绝不缺席的。

2016 年曹文轩获"国际安徒生奖"[①] 时的颁奖辞[②]这样评价曹文轩的作品："曹文轩的作品读起来很美，书写了关于悲伤和苦痛的童年生活，树立了孩子们面对艰难生活挑战的榜样，能够赢得儿童读者的广泛喜爱"；"对于自然世界的描述是充满诗意和唯美的"；"他用优美的笔触描写了困境儿童的复杂人生"，曹文轩的作品透露着浓浓的乡土情怀与美感，现实主义的场景描摹和唯美细腻的文字交相呼应，他的儿童文学作品中道义、审美和悲悯的力量触动人心。与之形成鲜明对照的是风靡全球的《哈利波特》系列，作者——英国儿童文学作家罗琳 2010 年获"首届安徒生文学奖"[③]，天马行空的奇幻想象力和超现实主义元素满足了儿童读者对未知、神秘和冒险的好奇心。无处不在的"魔法世界"是儿童世界中游戏精神的巨大关照。《哈利波特》系列第一部作品自 20 世纪末出版以来就引起轰动，基于现实场景却又惊险刺激的奇幻世界所带来的审美张力让阅读者进入一个非比寻常的审美世界，在想象力纵横驰骋的空间中获得审美体验。

---

① "国际安徒生奖"设立于 1956 年，每两年颁发一次，奖励世界范围内的优秀儿童图书作家和插图画家。

② 参见人民网《人民日报评论员随笔：谁的童年不忧伤》。

③ "安徒生文学奖"设立于 2010 年，其宗旨是奖励"媲美安徒生的伟大作家"，获奖作家不局限于儿童文学作家。首届获奖者是《哈利波特》的作者罗琳，日本作家村上春树于 2016 年获安徒生文学奖。

虽然不同的儿童文学作品风格迥异，但优秀的儿童文学作品都能带给儿童独特的审美体验和心灵滋养。任溶溶汉译英语儿童文学经典化的历程，浸润着任溶溶作为儿童文学翻译家和儿童文学作家的"美育"意识。在新时代语境中，儿童文学在视觉、思维及审美上的启发与培育功能逐渐成为少儿出版行业的共识。儿童心理学和认知科学等相关领域的研究成果推动了儿童文学创作与出版理念的革新，但"美育"意识依然是儿童文学翻译和创作的主旋律之一。儿童读者处在人生的特殊发展阶段，他们在视觉感官上的敏感程度要远远高于成年人，儿童文学工作者应该始终秉持"美育"意识，在儿童文学翻译和创作中为儿童读者奉献有益有趣的精神食粮。

第二节　经典化对本土儿童文学"走出去"的启示

任溶溶汉译英语儿童文学经典化的历程，伴随一大批优秀的外国优秀儿童文学作品走入中国读者的阅读视野，并拥有大量的读者群体。作为中国优秀儿童文学作家的任溶溶，有大量的儿童诗歌、童话和儿童小说创作作品，这些原创作品同样拥有大量的读者群体，并伴随几代人的成长。如何让世界听到本土优秀儿童文学作家的"中国表达"，使中国儿童文学中的经典作品走向世界，是我们需要深思的问题。笔者认为，中国本土经典化的儿童文学要"走出去"，必须要正视中国的儿童文学发展现状以及所面临的问题。

在中国文化"走出去"的战略下，中国的经典典籍"走出去"已经颇具规模。然而中国现当代文学史上的优秀作品的"走出去"还任重道远，中国儿童文学经典作品走出去更需要很长的路要走。文学经典作为一个国家和民族文化资源中的重要组成部分，是文化软实力的重要体现。在中国综合国力不断提升，中国文化影响力不断凸显的背景下，世界期待听到更多的"中国声音"，中国本土文学应该顺势而为，将自己的优秀作品不断融入世界优秀文学作品的行列之中。

自中国近代以来，以陈伯吹、任溶溶为代表的中国儿童文学翻译家，将外国儿童文学宝库中的经典作品成功译介到中国，并使得一部分在译出语语境中的非经典作品实现了在中国本土的经典化。然而，同时身兼著名儿童文学作家身份的他们却几乎没有任何作品在西方文化中得到译介和传播。这一现象的长期存在有着明确的现实原因。

1923年,中国第一部儿童文学教材《儿童文学概论》由上海商务印书馆出版了,次年,与之同名的《儿童文学概论》由中华书局出版。"新文化运动"以来对儿童文学和儿童教育的关注随着中国第一次译介高潮的到来引发教育界和文化界各方关注。将近百年之后,虽然儿童文学领域在新中国成立以后已经先后涌现出四代儿童文学作家,形成蔚为壮观的儿童文学创作与译介的浪潮,以儿童文学为主要出版作品的少儿图书市场更是在纸质图书市场整体表现低迷的情况下拥有非常引人注目的成绩。

在任溶溶之后,尤其是进入21世纪以来,更多的外国优秀儿童文学作品得以引进版权并在国内翻译出版,这些翻译图书背后是庞大的儿童文学翻译工作者群体。任溶溶毕生为之努力和奋斗的"为儿童翻译""为儿童创作"的事业追求成了更多青年儿童文学工作者的美好事业愿景。在儿童文学的政治性色彩不断被淡化的时代语境中,儿童文学子场域受意识形态和政治话语的影响也在逐渐消减,儿童文学的场域自治性在一定程度上得以增强。儿童文学创作中的探索意识等儿童文学作品内在品质不断得以提升;儿童文学翻译的类型走向更多元的发展趋势。一大批儿童文学工作者心无旁骛地投身儿童文学创作或翻译,在20世纪80年代以后逐渐成了一种蔚为壮观的文学现象,以儿童文学创作为事业追求的儿童文学作家群出现。

"任溶溶现象"引发的波澜中,不断有后起的优秀儿童文学作家成为儿童文学领域的符号性人物,中国第三代第四代儿童文学作家群的队伍不断壮大。人们对儿童文学是"小儿科"的刻板印象在不断涌现的优秀儿童文学作家以及大量优秀儿童文学作品出版的语境中得以消解。这既得益于任溶溶等中国儿童文学领域标杆性人物的筚路蓝缕,也得益于后起的儿童文学作家的不懈努力。儿童文学在21世纪的时代语境中已经不再需要依附成人文学获得存在感的独立文学类型。

然而,不可忽视的一个问题是,在不同体裁、不同国别的外国儿童文学作品不断被中国读者所熟知,并逐步实现经典化的背景下,体量巨大的中国本土儿童文学创作作品的外译状况很不理想,这和引进版权市场的局面形成巨大的反差。曾荣登2010年中国作家富豪榜版税收入榜首的内地儿童文学作家杨红樱,其日记体校园小说在国内饱受争议和诟病,却一直

"长销长旺",其作品的英译版在海外的反响平平。如果说杨红樱作品在"海外遇冷"在很大程度上归咎于其作品本身在内容性上的欠缺,那么其他许多内地优秀的儿童文学作家的作品都未能有较大的海外影响,则要考虑我们在文化政策方面对优秀儿童文学作品的推介措施与配套政策是否健全。在这一点上,斩获 2016 年"国际安徒生奖"的内地儿童文学作家曹文轩经典作品的"走出去",和 2012 年"诺贝尔文学奖"获得者——内地作家莫言作品的"走出去"有非常相似的地方。毋庸置疑,曹文轩和莫言作品本身的文学价值是第一位的,但是莫言作品的译者葛浩文和曹文轩作品的译者汪海岚均非中国籍汉学家兼翻译家。除此以外,值得关注的是,曹文轩的许多作品在海外出版发行传播时均有世界著名的儿童插画师为作品插画。鉴于中国本土儿童文学的海外传播面临的困境,笔者认为有以下三个问题亟待解决。

一 儿童文学学科建设亟待加强

按照《国家标准学科分类与代码》,儿童文学和另外 24 个学科同属于"文学"一级学科之下的二级学科。中国儿童文学与文学理论、文艺美学、文学批评、比较文学、中国古代文学史、中国近代文学史、中国现代文学史、中国各体文学、中国民间文学、中国少数民族文学同属于二级学科,但是在 1999 年出版的《授予博士硕士学位和培养研究生的学科、专业简介》一书中,儿童文学不在"中国语言文学"一级学科之下的学位授予目录之中。(王泉根,2004:99—103)

儿童文学教育其实秉承着师范教育的传统,据王泉根考证,20 世纪 30 年代我国出版的首部儿童文学教材《儿童文学概论》的编者魏寿镛和周候予是当时江苏无锡的一所师范学堂的教员。自五四运动以来,我国儿童文学教育进入了中等师范教育的领域,"小学国语与幼儿师范、普通师范重视儿童文学已蔚然成风。"(王泉根,2004:99)在我国近代高等教育还处在刚刚起步的时期,中等师范教育系统已经开始重视儿童文学教育,足以可见其远见和时代担当。在高等教育毛入学率连年攀升,大学不断扩大招生规模的背景下,中等师范教育和幼儿师范教育学校基本实现了全面大专化。被视为"小儿科"的儿童文学在师范教育体系中是被边缘化的,是语文教育相关专业中不起眼的一些课程而已。包括我国儿童文学理论家王泉根、朱自强、方卫平在内的知名儿童文学研究学者多年来一直为儿童文学学科建设大声疾呼，在 CNKI 键入关键词"儿童文学学科"检索，"处境尴尬""现状堪忧""边缘""发展迟缓""必须重视""救救儿童文学学科"等论文题目中的关键词已经凸显了儿童文学学科所面临的尴尬处境和非常不容乐观的发展现状。整体而言，儿童文学学科地位模糊、发展滞后、教育师资薄弱、课程体系不健全是我国儿童文学学科建设中亟待解决的问题。儿童文学学科长期面临的尴尬境遇和异常火爆的少儿图书市场形成巨大的反差和不平衡。

二 儿童文学翻译相关课程体系亟待建立

在中国各大院校设立的外国语言文学相关专业的课程体系中，学术型硕士研究生所必修的语言学、西方文论和翻译批评等理论课程占了半壁江山，文学翻译实践相关课程在师资和课程体系的建设上均有明显的不足。在翻译硕士专业的口笔译方向，商务和会议翻译为主的课程门类的安排特点更多地受传统就业市场需求的主导，文学翻译也同样是一个冷门方向。受制于儿童文学本身在文学场域中的边缘化处境，儿童文学翻译在文学翻译场域中也处在非常不利的位置。

近年来引进儿童文学出版市场井喷，每年有大量外国儿童文学作品被翻译出版。新引进出版的这类外国儿童文学作品类型丰富、色彩明快、装帧形式新颖，深受儿童读者的喜爱。儿童文学翻译迎来前所未有的机遇期，但也同时更加凸显专业的儿童文学译者的稀缺和儿童文学译者职业素养的重要性。与此同时，不容忽视的是一些诞生年代已久的经典外国儿童文学作品，动辄就有十几个译本，有些译本的翻译质量着实堪忧。认为儿童文学是"小儿科"的偏见由来已久，这种思维制约着社会对儿童文学及儿童文学翻译专业性的认知。翻译质量粗劣的译本大量涌入儿童文学出版市场，进一步加剧了人们认为儿童文学翻译无足轻重的这一错误观念。儿童文学翻译几乎没有什么准入门槛，比如在教育及其他学术领域，不具备基本的文学翻译能力的人，只要稍有过一些翻译经验，就可以上手翻译儿童文学作品。

如果没有儿童文学翻译相关课程体系的建立和完善，儿童文学翻译在社会中的尴尬处境将长期得不到改观。因此，高校应在文学翻译相关课程中相应地增加儿童文学及儿童文学翻译课程，以培养和储备的儿童文学翻译人才；在师资方面，可以借鉴翻译硕士专业口笔译方向尤其是口译方向聘请职业译员进行相关实践型课程教学的模式，将优秀的儿童文学作家及译者纳入专业课程教学的师资力量当中。

三 儿童文学中译外的人才培养机制亟待完善

在中国从事专职文学翻译的译者中，绝大部分人所做的是外译中的翻译工作。而在寥寥无几的从事中译外文学翻译的译者中，绝大部分人所做的是典籍翻译和中国古典诗歌的翻译。儿童文学处在文学场域的边缘位置；同样，儿童文学翻译在文学翻译场域内也处于边缘位置。和儿童文学，尤其是低幼阶段儿童文学相生相伴的儿童心理学、儿童文学插图、儿童文学编辑和出版等专业人才的培养状况更是捉襟见肘。在这一背景下，我们不难理解为什么中国经典儿童文学作品的译介和海外传播非常有限。

和文学中译外的现状一样，儿童文学翻译人才的培养一定有赖于学校教育和相关的文化政策。从长远来看，搭建合理的儿童文学相关领域的人才培养体系，加强儿童文学相关专业的学科建设是提升儿童文学翻译与创作整体水准的唯一途径。在"汉语热"已经成为一种世界范围内的文化现象的背景下，我国体量巨大的文学创作作品是一种强大的文化输出的工具；与此同时，英语作为国际语言的地位在短期来看是无可撼动的，汉语作品被"外译"通常是本土文学作品走向国际化的必经之路。我国每年引进的儿童文学翻译作品的数量和被外译输出的本土儿童文学作品数量相比，仍然具有压倒性优势。除了加强本土儿童文学创作的整体水准以外，培养专业的优秀本土儿童文学作品的翻译人员是非常迫切的一项任务。

文学翻译人才的培养需要合理的师资与教学配套，然而，文学翻译实践方面，尤其是中译外方面的师资和人才培养体系状况并不乐观。世界上目前在文学翻译中译外领域较有建树的翻译家，几乎清一色是外籍人士或海外汉学家。目前中国高校设有翻译相关专业硕士点的学校约两百多所，然而以文学中译外人才培养为目标的高校寥寥无几。翻译专业遍地开花的局面和文学翻译尤其是文学中译外领域的冷清相比，形成强烈的反差。和许多商业产出效果比较明显的行业相比，文学翻译是一个需要安于"坐冷板凳"的领域。激发更多的有为的青年学生以文学翻译为职业追求、使更多的青年翻译家安心中译外文学翻译项目的攻关就显得尤为重要。

文学翻译人才的培养也需要文化政策上的支持与配套。儿童眼里所看到的世界，反映着普遍的人类心理共情。儿童文学作家和翻译家所产生共情的儿童世界，不因国别、地域和文化而阻隔。引入世界优秀儿童文学作家及翻译家与本土家和翻译家的交流和合作机制，是中国儿童文学走向世界，被纳入世界儿童文学话语体系之中的必由之路。与此同时，和儿童文学产品紧密相关的编辑出版与儿童插画领域也应引入长效交流与合作机制，使得中国传统文化元素和独特的艺术文化审美特质焕发出勃勃生机，在世界儿童文学领域互通有无、合作共赢。

结　　语

　　布迪厄的社会实践理论是社会学的理论,但它的影响波及整个人文学科。社会实践理论化解了人文学科中客观主义与主观主义的二元对立,搭建起一座科学主义与人文主义的桥梁。对"主观"与"客观"长期僵持和对立的二元关系的调和使社会学研究方法为人们提供了一种新的研究视野。以鲜明的"建构的结构主义"特征出现的"场域""资本"和"惯习"等基本概念,把人文学科研究的视野延伸到了和政治、经济、历史、文化等因素息息相关的社会网络关系之中。对文学和翻译研究及相关研究而言,社会学的研究范式在方法论上的意义是建构性的。社会学的研究范式被引入之后,文学研究和翻译研究中一统天下的"文学的研究"和"翻译的研究"等语言内研究的局面被打破,文学作品和翻译作品生成和接受的因素得以逐渐进入研究者的研究视野。文学史和翻译史的研究也由此从史学研究的单一框架中摆脱出来,影响文学史和翻译史走向甚至对其进行"改写"的政治权力、意识形态等因素被纳入研究的范围,主观化的史学记述在客观上得以被分析和阐释。

　　儿童文学在几千年的人类语言文学史上,虽然是只是有着区区两百多年历史的新生事物,儿童文学的诞生是划时代的。在由成年人搭建的社会文化秩序和层级中,儿童在精神层面的需要被发现、接纳和满足是人类文明演进中非常重要的突破。文学是滋养人心的力量,是人类洞悉自己在自然和社会中的处境、应对现实磨难的精神慰藉。儿童文学也不例外,儿童文学营造出现实世界以外的一个更广阔的奇妙精神世界,儿童文学作品是儿童对自己、他人、自然、社会的认识与判断的共情,在成人世界中被视为"幼稚""天真"和"胡思乱想"的思维方式在儿童世界里是人在幼年时期的特质。儿童异于成年人的更依赖视觉感官刺激的审美视角使得他们对语言营造出来的画面感有更多偏爱。

身兼儿童文学翻译家和儿童文学作家双重身份的任溶溶，在笔耕不辍半个多世纪的翻译和创作生涯中，以高产高质的儿童文学翻译作品和儿童文学创作作品，践行着其秉持一生的为儿童翻译和创作的事业追求和人生信念。翻译与创作的互文关系在任溶溶的儿童文学创作作品和儿童文学翻译作品体现得淋漓尽致。自涉足儿童文学领域以来，任溶溶一直翻译和创作并举，展现出过人的创作才华和旺盛的翻译能力。《"没头脑"和"不高兴"》中的"没头脑""不高兴"与《奇先生妙小姐》系列中的"奇先生""妙小姐"的跨越时空的相逢，便是这种翻译和创作互文中成就的奇妙参照。对"童趣"的准确拿捏使得任溶溶的儿童文学创作作品与儿童文学翻译作品具有很强的辨识度。儿童文学领域的"任溶溶现象"和任溶溶汉译英语儿童文学经典化一样，其作品具备的文学性和审美价值是前提，离开了作品本身在内容和形式上的吸引力，无论"任溶溶现象"还是其作品的经典化都是不存在的论题。

　　文学是儿童了解社会、认识世界的一扇窗口。处在人生幼年时期的儿童，对世界的感知和价值观的培育，主要来自家庭和学校教育。在现实世界以外，儿童文学是帮助儿童强化对世界真善美和假恶丑的判别能力的重要渠道。人在儿童期习得的美德、经验和智慧将伴随一生，优秀儿童文学作品在形式、内容和语种上存在很大区别，但是对自然、人性和爱的歌颂是每一部优秀儿童文学作品所具备的共性。任溶溶作品以稚拙的"浅语"之美见长，像澄澈的小溪流般润泽儿童心田，"童真"与"童趣"是这小溪流汩汩流过时的叮咚奏响。

　　任溶溶作品中鲜明的作品辨识度是"任溶溶现象"和任溶溶作品经典化生成中不可忽略的一个因素。纵观中国儿童文学史乃至整个中国文学史和世界文学史上的经典作家和作品，作品风格的差异化而非同质化的特征是必不可少的元素之一。张天翼跳跃式的幽默笔触，陈伯吹歌颂勤劳、勇敢和正义等美德的清新文笔，郑渊洁天马行空恣意奔放的想象力，曹文轩作品中文字之美与苦难和悲情的张力、杨红樱作品日记体的细腻心理描摹都带有强烈的个人风格的标签，形成独特和差异化的审美特征。作为中国"幽默儿童文学"的积极倡导者和践行者，任溶溶始终不忘初心，以独特的审美特征引领时代风气之先、在其创作作品中成功地塑造了许多深入人心的儿童文学人物形象；与此同时，经任溶溶译介之后在几代中国儿童读者中拥有大批拥趸的优秀外国儿童文学作品的作家和典型人物形象，在数量上非常可观。

在创作中翻译,在翻译中创作的独特职业生涯中,任溶溶的创作作品和翻译作品在语言风格、人物形象塑造、情节设置上的互文性更加强化了任溶溶独特的语言风格,在阅读中甚至会出现创作作品是翻译作品或翻译作品是创作作品的错觉。翻译和创作齐头并进的任溶溶,在翻译和创作数量都蔚为壮观的儿童文学作品中,不断地强化了自己作为"幽默儿童文学"代表作家的风格。由于笔者语种所限,无法展开对任溶溶80年代以前大量俄译儿童文学经典做译出语与翻译文本的分析与对照,论文的题目也因此圈定在任溶溶汉译英语儿童文学经典的范围之内,所依据的文本绝大部分是任溶溶翻译的英语国家的儿童文学经典,也包括任溶溶从英语译本转译的世界儿童文学经典作品,比如《安徒生童话》等。虽然笔者的主要研究对象是任溶溶的翻译作品,而非创作作品,但是由于探讨其翻译作品的互文性视角本身无法摆脱和创作作品之间的关系,论文中频繁出现"翻译和创作"和"创作与翻译"等字眼,难免有混淆之嫌。

文学作品的经典化研究从理论视角上而言,一种是本质主义的经典化研究,主要针对文学作品的"文学性"等审美特征;另外一种是建构主义的经典化研究,其关注点主要聚焦在文本生成中的权力因素。本书把文学因素和社会学因素结合在一起综合考察任溶溶汉译英语儿童文学的经典化之路,不是在经典化研究的本质主义与建构主义的论争中做"和事佬",本质主义的"文学性"和建构主义的"社会性"是不同的理论视角,而不是对立冲突的两极。"任溶溶现象"绝非只是一个文学现象,也不仅仅是被权力因素建构起来的社会学现象。脱离了任溶溶作品本身具备的一切优秀儿童文学所具备的文学性和独特的审美特征谈论经典化生成中的权力因素,是空洞的、顾左右而言他的;无视经典化生成中的意识形态和社会关系网络等权力因素的推动作用谈论作品的艺术价值同样也是孤立的、片面的。

本书把文学因素和非文学因素结合在一起的理论视角为研究任溶溶汉译儿童文学经典化之路提供了一个客观的、辩证的、全方位的、综合的研究路径。在文学经典化生成的过程中,作品本身的艺术价值,可阐释空间,作品所处时代的意识形态与文化权力的变动,文学理论与文学批评的价值取向,作品在读者中的接受及读者的期待视野,出版机构对作品的推介等因素综合在一起,构成了生成经典的推动力量。本文在对经典化生成因素的探讨中，通过"自律"与"他律"（"文学因素"与"非文学因素"）的比照关系，结合传统翻译批评中文本分析和翻译审美维度的考察以及布迪厄社会实践理论指导下的社会学的分析方法，试图对任溶溶汉译儿童文学经典化的相关问题给出较为全面的阐释。

本书针对任溶溶汉译英语儿童文学作品经典化生成的"文学性因素"——文学翻译审美和文学翻译互文、"非文学性因素"——历史、社会与文化语境、去经典化浪潮中的任译英语儿童文学经典地位的保有等主题展开了一一论述，全面呈现了任溶溶汉译英语儿童文学经典化生成的历程。"浅语之美"作为任溶溶翻译作品中的一种审美自觉，是本文的译本分析部分着重关注的促成其译作经典化生成的"自律"因素。从论文主体部分所占的篇幅来看，笔者着重讨论促成任溶溶汉译英语儿童文学经典化生成中的"他律"因素，对社会学理论分析工具明显有所偏倚。"惯习"、"场域"和"资本"等布迪厄社会实践理论的基本概念是贯穿整篇论文探讨经典化构建过程的线索，把任溶溶半个多世纪以来的翻译和创作作品中的时空语境全部纳入研究的视阈。

偏重于描述性的人文社会科学在这一点上区别于更倚重规定性的自然科学：人文社会科学追求多样性；自然科学追求真理性。多样性意味着多种可能的存在和多元化的价值尺度；真理性则要求科学研究结果的永恒性。和绘画、摄影、书法等讲求艺术性的人文科学领域关注的研究对象一样，以文学艺术形式存在的翻译在互联网技术和人工智能技术的不断革新与发展之中面临科学性的挑战甚至颠覆。

对翻译科学性的探讨自机器翻译的概念进入翻译研究的领域以来一直存在，机器翻译发展的进程从未止步。21世纪以来人工智能技术的重大突破，使一度沉寂下去的对于机器翻译是否取代人工翻译的论辩再次成为热门话题。2016年11月在浙江乌镇举行的第三届世界互联网大会移动互联网论坛上，内地搜狗公司的CEO王小川展示了基于神经网络技术的实时机器翻译技术：他本人的中文全文演讲实时语音识别并生成滚动双语字幕，一时引起巨大轰动。

笔者认为，在人工智能技术已经渗透人们日常生活的各个方面的时代语境中，机器翻译在可见的未来将会有全面深入的突破，机器翻译的现实意义也非常明确。文学翻译作为一种很难以统一标准去约束、涉及更多关于审美和鉴赏能力的更具艺术性、讲求个性化的翻译活动，在人工智能时代机器翻译的步步逼近中，其地位和事务性更强的翻译活动（比如更具程序化的公文翻译和其他商业翻译）虽然稍显安稳，但是人类科技不断迈进的过程中，下一步会发生什么，我们只能拭目以待。对文学作品审美特征的描述性研究在心理学研究方法和人工智能技术的交叉与互相渗透中，是否会带来更侧重于规定性的全新认知和评价机制，我们也很难预计。本书针对任溶溶汉译英语儿童文学经典化研究中有关审美的探讨，主要是基于对审美特征的描述性的解读。未来认知科学的突破中对经典作品的审美特征做出更客观的研究依然是非常值得期待的。对于文学经典化生成和构建的相关研究来说，这也是一个未来研究的空白与方向。

笔者坚持翻译活动艺术观和科学观相统一的观点。一方面，翻译活动是以译者为审美主体、原文本和译文本为审美对象的创造性心智活动，翻译活动中译者在译出语和译入语的调和中得到情感上的共鸣和审美愉悦体验，"灵韵""神来一笔""妙悟""化境"等现象的存在是翻译艺术性的升华。审美特征作为文学作品的"自律"因素，受作者"惯习"的制约和影响。不同作者的文本在形式、内容、风格上有可能非常相似，但绝不可能雷同（排除抄袭的可能）。另一方面，翻译过程遵循一整套需要在语言学意义上的符号转换、结构和意义生成的过程，对这一过程的科学性的分析与研究需要借助量化工具的辅助。自20世纪40年代伴随世界上第一台现代电子计算机ENIAC诞生而诞生的机器翻译的概念以来，人类研究机器翻译技术的脚步从未停歇。21世纪以来，机器翻译在神经网络技术、语音识别等翻译记忆技术上取得的突破不断地提高机器翻译在语法、结构和意义上的准确性。20世纪70年代霍姆斯在《翻译研究的名与实》（*The Name and Nature of Translation Studies*）一文中对翻译研究学科划分的构想[①]时至今日仍然存在争议，然而不可否认的事实是，以翻译语料库为代表的翻译技术在不断地向前发展。这一技术工具为传统的翻译研究提供了可以参照的相对客观的计量分析工具，笔者未借助语料库工具对任溶溶汉译英语儿童文学经典化研究中的文学性因素进行分析，是本文的不足之处，也是本研究后续可以开展的一个研究路径和方向。除此之外，由于笔者外语能力所限，无法将任溶溶在20世纪五六十年代俄译时期的大量俄

---

① 即翻译研究划分为理论翻译研究、描述翻译研究和应用翻译研究。按照这个划分标准，机器翻译被划分在应用翻译研究的框架之内。

罗斯儿童文学翻译作品纳入研究和考察的范围，是本文的局限所在。从任溶溶译介的儿童文学作品的数量和种类上来看，俄语儿童文学作品翻译仅次于英语儿童文学作品，对任溶溶的儿童文学创作观和任溶溶在"文化大革命"以后多国别、多语种的儿童文学翻译产生过深远的影响。任溶溶俄译时期的儿童文学翻译的相关问题，仍旧是一个研究空白。

综合对任溶溶汉译英语儿童文学作品之经典化生成的文学性因素的分析和社会学维度的考察，笔者得出以下结论：一、任溶溶汉译英语儿童文学的经典化生成过程首先得益于任溶溶翻译作品具备的审美价值，儿童文学以"爱""自然"和"顽童"为母题的审美价值在全世界的优秀儿童文学作品中是普适性的；任溶溶的译作与创作作品相得益彰，在内容上和语言形式等审美特征上形成独特的互文性；而这种互文性是任溶溶在儿童文学领域耕耘七十多载的审美"惯习"的产物。二、任溶溶汉译英语儿童文学的经典化是权力和资本共同作用的结果。任溶溶在儿童文学领域身为作家和翻译家的双重身份、在文学编辑岗位上得以获取的外国文学译介的第一手资源、在一流儿童文学出版社供职多年的社会关系网络、在长达半个多世纪的儿童文学翻译和创作生涯中，频频获得重大奖项得以被不断强化的制度化资本、出版机构和网络图书排行榜对名家名译市场效应的预期和追捧、高等教育普及的社会语境下图书消费的主要群体"80后"、"90后"父母对图书品牌意识的重视等社会学因素，是任溶溶汉译英语儿童文学经典化构建中的客观条件。三、经典文学作品在消费文化盛行、智能手机和电子阅读媒介和无线网络技术全方位覆盖的背景下，经典儿童文学翻译作品也不例外。在"去经典化"的浪潮中，任溶溶汉译英语儿童文学经典作品所保有的经典地位，是有目共睹的，是经典化生成的"自律"因素与"他律"因素合力促成的结果。四、在儿童文学出版和销售数字不断攀升的语境下，儿童文学引进版权市场如火如荼，汉译外国儿童文学的体裁、内容和语种不断走向多元化，少儿出版市场输出与引进儿童文学作品的巨大贸易逆差是不容忽视的问题。在这样的背景下，儿童文学学科建设和儿童文学相关领域的文化政策亟待完善；与此同时，优秀的本土儿童文学面临"走出去"的困局，中译外儿童文学作品推介的模式有待提升，中译外人才培养配套机制的健全刻不容缓。

参考文献

阿琪:《古丽雅的道路》,《群言》1998年第12期。

[美]艾·巴·辛格:《儿童是终极的文学评论家吗?》,任溶溶译,《中华读书报》2015年2月4日第19版。

[丹麦]安徒生:《安徒生童话精选》,林桦译,中国少年儿童出版社2014年版。

[丹麦]安徒生:《安徒生童话全集》,任溶溶译,浙江少年儿童出版社2005年版。

[丹麦]安徒生:《安徒生童话》,石琴娥译,商务印书馆2015年版。

[丹麦]安徒生:《安徒生童话》,叶君健译,四川少年儿童出版社2006年版。

安武林:《老顽童任溶溶》,《中国新闻出版报》2010年8月20日第8版。

[苏联]巴尔托:《响亮城》,任溶溶译,少年儿童出版社1953年版。

班马:《中国儿童文学理论批评与构想》,湖北少年儿童出版社1990年版。

[法]鲍德里亚:《消费社会》,刘成福、全志刚译,南京大学出版社2000年版。

包亚明:《迪士尼与迪士尼化》,《探索与争鸣》2016年第2期。

卞月娥:《目的论视角下任溶溶外国儿童文学翻译措词研究——以〈吹小号的天鹅〉为例》,《湖南科技学院学报》2014年第11期。

[法]布迪厄:《文化资本与社会炼金术》,包亚明译,上海人民出版社1997年版。

[法]布迪厄:《实践感》,蒋梓骅译,译林出版社2003年版。

[法]布迪厄:《艺术的法则》,刘晖译,中央编译出版社2001年版。

[法]布迪厄:《区分:判断力的社会批判(上册)》,刘晖译,商务印书馆2017年版。

［法］布里曼：《迪士尼风暴：商业的迪士尼化》，乔江涛译，中信出版社2006年版。

蔡元培：《蔡元培全集第二卷》，浙江教育出版社1997年版。

曹丽霞：《从姚斯的接受理论看现阶段儿童文学翻译》，硕士学位论文，四川外国语大学，2013年。

曹文轩：《中国八十年代文学现象研究》，北京大学出版社1988年版。

陈伯吹：《从"繁荣创作"入手》，《读书》1955年第4期。

陈伯吹：《儿童文学概论》，四川少年儿童出版社1982年版。

陈伯吹：《儿童文学简论》，长江文艺出版社1959年版。

陈伯吹：《漫谈儿童电影、戏剧与教育》，少年儿童出版社1957年版。

陈伯吹：《谈儿童文学创作上的几个问题》，《文艺月报》1956年第6期。

陈伯吹：《在学习苏联儿童文学的道路上》，少年儿童出版社1958年版。

陈伯吹：《作家与儿童文学》，天津人民出版社1957年版。

陈大亮：《翻译研究：从主体性向主体间性转向》，《中国翻译》2005年第2期。

陈道林：《情趣盎然的儿童诗——谈马尔夏克的〈给小朋友的诗〉》，《外国文学研究》1979年第4期。

陈皎娇：《亲子共读的心理学研究》，硕士学位论文，西南大学，2009年。

陈金明：《识字教学与儿童认知发展》，《河北师范大学学报》（教育科学版）2001年第4期。

陈晶、史占彪、张建新：《共情概念的演变》，《中国临床心理学杂志》2007年第6期。

陈烈勋：《蒙台梭利教育法之要旨》，《清华大学学报》（自然科学版）1916年第0期。

陈烈勋：《蒙台梭利教育法之要旨》，《清华大学学报》（自然科学版）1917年第3期。

陈烈勋：《蒙台梭利教育法之要旨（续第二卷第四期）》，《清华大学学报》（自然科学版）1917年第2期。

陈烈勋：《童子军》，《清华大学学报》（自然科学版）1915年第0期。

陈霖：《格式塔和容限空间》，《心理学报》1984年第3期。

陈琳：《论陌生化翻译》，《中国翻译》2010年第1期。

陈琳、张春柏：《文学翻译审美的陌生化性》，《清华大学学报》（哲学社会科学版）2006 年第 6 期。

陈倩倩：《制度环境、社会资本与家族企业——一个长历史时段的商人社会资本角色》，博士学位论文，浙江大学，2014 年。

陈汝惠：《论儿歌、儿童诗和谜语的形式问题》，《厦门大学学报》（社会科学版）1955 年第 4 期。

陈汝惠：《民间童话与神话、传说的区别及其传统形象》，《厦门大学学报》（社会科学版）1956 年第 3 期。

陈汝惠：《在儿童文学阵地上实践革命的现实主义和革命的浪漫主义》，《厦门大学学报》（社会科学版）1959 年第 1 期。

陈熹：《绘本〈温妮女巫〉任溶溶译本中的形象性研究》，《沧州师范学院学报》2013 年第 4 期。

陈相伟：《论艺术的审美接受》，《教育探索》2006 年第 3 期。

陈永国：《互文性》，《外国文学》2003 年第 1 期。

陈裕祺：《美国教育法令（图书馆法令）》，《清华大学学报》（自然科学版）1918 年第 0 期。

陈月梅：《目的论视角下儿童文学翻译的言说类动词汉译——以任溶溶的〈夏洛的网〉中译本为例》，《海外英语》2015 年第 13 期。

陈正宏：《绣像小说：图文之间的历史》，《图书馆杂志》2011 年第 9 期。

陈子君：《儿童文学在探索中前进》，四川少年儿童出版社 1982 年版。

程其保：《儿童教育之研究》，《清华大学学报》（自然科学版）1917 年第 2 期。

程其保：《近代教育思潮（续第三卷第二期）》，《清华大学学报》（自然科学版）1918 年第 0 期。

程其保：《卢梭教育思想》，《清华大学学报》（自然科学版）1917 年第 3 期。

辞海编委会：《辞海》，上海辞书出版社 2010 年版。

崔伟男、李婷：《浅析儿童文学中的文化负载词的翻译策略——以任溶溶译〈夏洛的网〉为例》，《理论观察》2016 年第 8 期。

邓军：《热奈特互文性理论研究》，硕士学位论文，厦门大学，2007 年。

邓梦寒：《守正与出新——外语学科发展的重估与重构会议纪要》，《当代外语研究》2017 年第 1 期。

丁锦红、王丽燕：《语音回路与阅读理解关系的眼动研究》，《心理学报》

2006年第5期。

董时:《初级学校之标准(续)》,《清华大学学报》(自然科学版)1918年第0期。

杜光祖:《童子军教育》,《清华大学学报》(自然科学版)1918年第0期。

杜俊明:《翻译适应选择论视角下任溶溶的翻译策略研究——以〈查理和巧克力工厂〉为例》,硕士学位论文,成都理工大学,2015年。

杜石然:《中国科技通史的若干问题——科学·技术·历史·文化·社会》,《自然科学史研究》2013年第3期。

儿童文学辞典编委会:《儿童文学辞典》,四川少年儿童出版社1991年版。

而念:《我院儿童文学研究室近讯两则》,《浙江师范学院学报》(社会科学版)1983年第2期。

方梦之:《翻译伦理与翻译实践——谈我国部分英文版专业期刊的编辑和翻译质量》,《中国翻译》2012年第2期。

方卫平:《近年来的外国儿童文学译介》,《中华读书报》2008年5月28日第11版。

方卫平:《中国儿童文学理论批评史》,江苏少年儿童出版社1993年版。

[美]福尔克斯、戴蒙德:《手工教授和赚钱方法的关系》,王志莘译,《教育与职业》1920年第0期。

付品晶:《〈格林童话〉汉译流传与变异》,《西南民族大学学报》2008年第2期。

付品晶、杨武能:《格林童话在中国的译介与接受》,《中国比较文学》2008年第2期。

高国藩:《论格林兄弟〈六只天鹅〉与安徒生〈野天鹅〉》,《固原师专学报》1993年第3期。

高璐夷:《百余年儿童文学翻译之索隐》,《出版发行研究》2017年第3期。

高晓文:《挑战与焦虑:课程中的"图文战争"现象研究》,《教育理论与实践》2014年第22期。

高秀瑶:《论沈石溪动物小说中的"暴力叙事"》,硕士学位论文,东北师范大学,2015年。

高宣扬:《布迪厄的社会理论》,同济大学出版社2004年版。

高玉兰:《历史语境与翻译选词》,《山东外语教学》1999年第3期。

[英]格雷厄姆:《柳林风声》,李永毅译,中国少年儿童出版社2011年版。

［英］格雷厄姆：《柳林风声》，马阳译，江苏凤凰文艺出版社2015年版。
［英］格雷厄姆：《蛤蟆传奇》，任溶溶译，新世纪出版社1989年版。
［英］格雷厄姆：《柳林风声》，任溶溶译，光明日报出版社2015年版。
［英］格雷厄姆：《杨柳风》，孙法理译，天津教育出版社2005年版。
［英］格雷厄姆：《柳林风》，杨静远译，辽宁教育出版社1997年版。
［英］格雷厄姆：《柳林风声》，张炽恒译，译林出版社2015年版。
［英］格雷厄姆：《杨柳风》，赵武平译，人民文学出版社2004年版。
［英］格雷厄姆：《杨柳风》，朱琪英译，北新书局1936年版。
［德］格林兄弟：《格林童话全集》，魏以新译，人民文学出版社2015年版。
［德］格林兄弟：《格林童话全集》，杨武能译，天津人民出版社2015年版。
宫留记：《布迪厄的社会实践理论》，河南大学出版社2009年版。
顾汗熙：《写仙人何尝不可》，《读书》1959年第10期。
郭静：《任溶溶儿童文学翻译策略研究——兼评其〈夏洛的网〉汉译本》，硕士学位论文，青岛科技大学，2012年。
郭丽萍：《儿童文学的去经典化》，《湘潭师范学院学报》（社会科学版）2009年第2期。
郭伟、王春英：《人类社会文化视域下的发展与科学发展》，《中共四川省委党校学报》2012年第4期。
国家出版事业管理局版本图书馆：《1949—1979翻译出版外国古典文学著作目录》，中华书局1980年版。
国家中长期教育改革和发展规划纲要（2010—2020年）编委会：《国家中长期教育改革和发展规划纲要（2010—2020年）编委会》，人民出版社2010年版。
［英］哈格里维斯：《奇先生妙小姐》，任溶溶译，人民邮电出版社2014年版。
［英］哈格里维斯：《奇先生妙小姐》，王馨悦译，未来出版社2010年版。
海岸：《诗人译诗，译诗为诗》，《中国翻译》2005年第6期。
海飞：《向童书重复出版说"不"》，《出版参考》2013年第16期。
韩红升、张应强：《苏区德育及其当代价值研究——基于中央苏区德育实效性的历史文化社会考察》，《高等教育研究》2011年第2期。
韩进：《安徒生童话在中国的百年版本之旅》，《中华读书报》2005年3月23日第5版。

何克抗：《儿童思维发展新论和语文教育的深化改革——对皮亚杰"儿童发展阶段论"的质疑》，《教育研究》2004年第1期。

何思：《什么样的翅膀，往哪儿飞——破陈伯吹童话之"谜"》，《读书》1960年第12期。

贺宜：《童话漫谈——儿童文学讲座之三》，《编创之友》1981年第3期。

何伊丽：《儿童文学翻译家任溶溶——对当前"任溶溶研究"不足的补充》，硕士学位论文，上海外国语大学，2009年。

何振科：《布丢文化资本理论与文化创业实践研究》，博士学位论文，山东大学，2012年。

[德]黑格尔：《美学第三卷下册》，朱光潜译，商务印书馆1981年版。

洪深：《余录——成府贫民小学记》，《清华大学学报》（自然科学版）1915年第0期。

侯秀：《操纵理论视角下任溶溶外国儿童文学翻译的研究》，硕士学位论文，太原理工大学，2016年。

胡璐、梅媛：《浅析安徒生童话中的悲剧情结》，《四川教育学院学报》2006年第1期。

胡涛：《"文学性"研究》，博士学位论文，华中师范大学，2013年。

[英]怀特：《夏洛的网》，康馨译，人民文学出版社1979年版。

[英]怀特：《吹小号的天鹅》，任溶溶译，上海译文出版社2008年版。

[英]怀特：《精灵鼠小弟》，任溶溶译，上海译文出版社2010年版。

[英]怀特：《夏洛的网》，任溶溶译，上海译文出版社2008年版。

黄海涛：《清末民初上海的西书店别发洋行》，《文史知识》2011年第12期。

黄鸣奋：《超文本探秘》，《文艺理论研究》2000年第6期。

黄秋凤：《文学作品中互文单位的翻译表征》，博士学位论文，上海外国语大学，2013年。

黄云生：《儿童文学教程》，浙江大学出版社1996年版。

[英]霍克斯：《结构主义和符号学》，瞿铁鹏译，上海译文出版社1987年版。

季广茂：《经典的黄昏与庶民的戏谑》，《山东师范大学学报》（人文社会科学版）2005年第6期。

季广茂：《异样的天空：抒情理论与文学传统》，花城出版社2000年版。

贾立翌：《"忠诚"策略在〈地板下的小人〉任溶溶译本中的体现——兼

与肖毛译本对比》,《郑州航空工业管理学院学报》(社会科学版) 2013 年第 2 期。

简平:《新中国上海少年儿童报刊发展历程初探》,《新闻记者》2009 年第 10 期。

江建利、徐德荣:《论儿童文学译者必备之素养》,《当代外语研究》2014 年第 8 期。

江天骥、未志方:《当代哲学的文化转向》,《现代传播》1997 年第 4 期。

江天骥、未志方:《当代哲学的文化转向(续)》,《现代传播》1997 年第 5 期。

蒋风:《21 世纪儿童读物的走向——汉城·亚细亚儿童文学大会发言稿》,《浙江师范大学学报》1993 年第 2 期。

蒋风:《中国儿童文学大系·理论(一)》,希望出版社 1988 年版。

蒋风:《中国现代儿童文学史》,河北少年儿童出版社 1986 年版。

姜秋霞:《文学翻译中的审美过程:格式塔意向再造》,《外语与外语教学》1999 年第 12 期。

姜秋霞:《文学翻译中的审美过程:格式塔意向再造》,商务印书馆 2002 年版。

姜中介、罗东:《"莆田帮":假鞋横扫天下》,《21 世纪商业评论》2013 年第 5 期。

金波:《儿童诗片论》,《诗探索》1982 年第 4 期。

金波:《天造地设顽童心:任溶溶》,上海锦绣文章出版社 2012 年版。

金莉莉:《论童话中的"残酷"叙事与幼儿阅读》,《学前教育研究》2003 年第 10 期。

金燕玉:《茅盾的儿童文学翻译》,《苏州大学学报》1986 年第 1 期。

荆素蓉、米树江:《儿童文学翻译家任溶溶研究综述》,《外国语文研究》2015 年第 5 期。

居马巴依:《浅谈中俄关系对俄语在中国传播的影响》,《经营管理者》2013 年第 10 期。

[法]卡萨诺瓦:《文学世界共和国》,罗国祥、陈新丽、赵妮译,北京大学出版社 2015 年版。

[苏联]凯洛夫、杜伯洛维娜:《关于苏维埃儿童文学问题——俄罗斯联邦教育科学院和教育部联席会议上的发言》,培林译,《人民教育》

1952年第4期。

[德]康德:《判断力批判》,邓晓芒译,人民出版社2002年版。

[南非]库切:《异乡人的国度》,汪洪章译,浙江文艺出版社2017年版。

[美]朗格:《情感与形式》,刘大基、傅志强、周发祥译,中国社会科学出版社1986年版。

黎昌抱:《文学自译研究——回顾与展望》,《外国语》2011年第3期。

李桂奎:《从〈水浒传〉的"互文性"看其"经典性"》,《云南大学学报》2016年第2期。

李鹤艺:《儿童文学翻译中的创造策略——〈夏洛的网〉任溶溶译本研究》,《海外英语》2013年第2期。

李鹤艺:《从改写理论视角看任溶溶的儿童文学翻译》,《佳木斯教育学院学报》2013年第12期。

李红叶:《安徒生童话的中国阐释》,中国和平出版社2005年版。

李辉:《珞珈山,历史之痛几人知——缅怀翻译家杨静远女士》,《书城》2015年第8期。

李晶晶、王志刚:《我国盗版童书的网络市场生存模式探析——基于群落构建过程中的生态视角》,《出版科学》2017年第5期。

李丽:《生成与接受——中国儿童文学翻译研究(1898—1949)》,湖北人民出版社2010年版。

李利芳:《儿童文学评论的价值学视角》,《中国社会科学报》2016年12月5日第5版。

李倩:《任溶溶对 E. B. White 儿童文学的翻译:目的论视角》,硕士学位论文,中国海洋大学,2012年。

李维:《编辑叙事的意义与价值》,《编辑学刊》2007年第6期。

李小蓉:《任溶溶的本事》,《编辑学刊》2005年第4期。

李昕:《符号消费——文化资本与非物质文化遗产》,《西南民族大学学报》(人文社会科学版)2008年第8期。

李学斌:《外国儿童文学作品导读》,华东师范大学出版社2013年版。

李玉平:《互文性新论》,《南开学报》(哲学社会科学版)2006年第3期。

李泽厚:《华夏美学·美学四讲》,生活·读书·新知三联书店2008年版。

李泽厚:《审美意识与创作方法——(创作方法札记之一)》,《学术研究》1963年第6期。

李贽：《李贽文集·初潭集》，北京燕山出版社 1998 年版。
梁爱民：《聆听天籁 感悟童心——迟子建小说的儿童叙事视角》，《江苏大学学报》（社会科学版）2003 年第 3 期。
林良：《浅语的艺术》，福建少年儿童出版社 2017 年版。
刘爱庆：《译者惯习视角下的翻译研究——以〈老人与海〉的李文俊与张爱玲译本为例》，《英语广场》（学术研究）2014 年第 3 期。
刘泓：《社会资本视域下高校英语教师科研发展研究》，博士学位论文，西南大学，2014 年。
刘佳：《当快消品遇上互联网》，《互联网周刊》2009 年第 1 期。
刘军平：《互文性与诗歌翻译》，《外语与外语教学》2003 年第 1 期。
刘克均：《芦笋的引进试种及发展》，《中国芦笋研究与产业发展》，中国农业科学技术出版社 2010 年版。
刘宓庆、章艳：《翻译美学理论》，外语教学与研究出版社 2011 年版。
刘秋喜：《任溶溶儿童文学翻译思想研究》，硕士学位论文，湖南农业大学，2013 年。
刘师舜：《美国教育法令 学生工役法令》，《清华大学学报》（自然科学版）1917 年第 3 期。
刘少杰：《当代国外社会学理论》，中国人民大学出版社 2009 年版。
刘晓东：《论儿童本位》，《教育研究与实验》2010 年第 5 期。
刘晓东：《论童年在人生中的位置》，《南京师范大学学报》（社会科学版）2013 年第 6 期。
刘绪源：《儿童文学的三大母题》，少年儿童出版社 1997 年版。
刘绪源：《外国也有很糟糕的书》，《编辑学刊》2011 年第 4 期。
刘绪源：《1960 年为何突然批判陈伯吹》，《南方周末》2012 年 5 月 10 日第 E24 版。
刘绪源：《周作人论儿童文学》，海豚出版社 2012 年版。
刘亚儒：《翻译与女性——读加拿大著名女权主义翻译者苏姗妮所著的〈双语人〉》，《西安外国语学院学报》2002 年第 1 期。
刘嫣：《从功能翻译理论视角看任溶溶的儿童文学翻译》，《开封教育学院学报》2016 年第 5 期。
刘洋、李昕：《沉重的"色情版"〈格林童话〉》，《人民政协报》2011 年 3 月 5 日第 A06 版。

刘意青：《从赏析到阐释——英美文学经典及其在我国教学与研究60年》，《石河子大学学报》（哲学社会科学版）2010年第5期。

刘永康：《在语文教学中楔入格式塔质的思考》，《四川师范大学学报》（社会科学版）1993年第2期。

刘悦笛：《当代文学：去经典化还是再经典化》，《文艺争鸣》2017年第3期。

刘植惠：《情报技术的新发展——超文本》，《情报理论与实践》1989年第4期。

楼乘震、魏宇：《翻译了300多种童话，改变了中国儿童文学——任溶溶，半小时写出一部经典》，《环球人物》2013年第15期。

楼飞甫：《童话漫论——二题》，《浙江师范大学学报》（社会科学版）1989年第3期。

鲁兵：《教育儿童的文学——儿童文学讲座之一》，《编创之友》1981年第1期。

卢乐山、林崇德、王德胜：《中国学前教育百科全书教育理论卷》，沈阳出版社1995年版。

陆平：《品牌溢价研究综述》，《企业导报》2011年第15期。

陆霞：《讲不完的格林童话——杨武能教授访谈录》，《德国研究》2008年第2期。

陆颖：《历史、社会与文化语境中的复译——Gone with the Wind 中译研究（1940—1990年）》，《同济大学学报》（社会科学版）2008年第4期。

鲁忠义、张亚静：《工作记忆中的语音回路对汉语阅读理解的影响》，《心理学报》2007年第5期。

罗列：《启蒙与文学消费的双重需求——论中国近代女性译者身份的凸显》，《社会科学研究》2014年第1期。

骆萍：《"场域—惯习"论下鲁迅的翻译实践活动》，《外国语文》2013年第4期。

罗选民：《互文性与翻译》，博士学位论文，岭南大学，2006年。

罗选民：《话语层翻译标准初探》，《中国翻译》1990年第2期。

吕俊：《意识形态与翻译批评》，《外语与外语教学》2008年第2期。

马宏：《优化中小学语文朗读训练之策略》，《现代中小学教育》2010年第1期。

［德］马克思、恩格斯：《马克思恩格斯全集第 46 卷》，中央编译局译，人民出版社 2003 年版。

马力：《任溶溶评传》，希望出版社 1998 年版。

马力：《世界童话史》，辽宁少年儿童出版社 1990 年版。

马宗玲：《谈儿童文学翻译中童趣的保留——以任溶溶的〈精灵鼠小弟〉译本为例》，《山东农业工程学院学报》2015 年第 1 期。

马祖毅：《中国翻译简史：五四以前部分》，中国对外翻译出版公司 1984 年版。

茅盾：《六〇年少年儿童文学漫谈》，《上海文学》1961 年第 8 期。

［意］蒙台梭利：《童年的秘密》，马荣根译，人民教育出版社 2005 年版。

米树江：《描述翻译学视角下任溶溶童话翻译研究》，硕士学位论文，山西大学，2015 年。

穆雷、诗怡：《翻译主体的"发现"与研究——兼评中国翻译家研究》，《中国翻译》2003 年第 1 期。

［英］内斯比特：《铁路边的孩子们》，任溶溶译，上海译文出版社 2013 年版。

欧阳金雨：《"色情版"格林童话 岂能下架了事》，《湖南日报》2010 年 12 月 10 日第 3 版。

潘立勇：《何谓经典》，《艺术广角》2015 年第 3 期。

庞立生：《布迪厄与马克思：社会实践理论的契合与分野》，《东北师大学报》（哲学社会科学版）2010 年第 4 期。

彭龄、章谊：《由任溶溶得奖所想到的》，《世界文化》2013 年第 10 期。

彭彤：《追问"艺术经典"：从"经典化"到"去经典化"》，《美术学报》2010 年第 2 期。

彭懿：《〈令人战栗的格林童话〉令人战栗》，《中国儿童文学》2012 年第 1 期。

蒲嘉陵：《印刷技术的发展与展望》，《影像科学与光化学》2011 年第 6 期。

浦漫汀：《儿童文学教程》，山东文艺出版社 2012 年版。

蒲逷毅：《正组第一助辩》，《清华大学学报》（自然科学版）1915 年第 0 期。

［美］齐乔瓦茨基：《游戏的幻象：康德论艺术中的真理》，周波、刘成纪译，《郑州大学学报》2006 年第 1 期。

乔健、胡起望：《加强瑶族社会、历史、文化的研究》，《中央民族学院学报》1989 年第 2 期。

乔清：《读者评论——评马可左江的"前进，光荣的朝鲜人民军"》，《人民音乐》1951 年第 1 期。

秦文华：《翻译研究的互文性视角》，上海译文出版社 2006 年版。

秦文君：《中国儿童文学三十年》，《当代文学研究资料与信息》2009 年第 3 期。

仇立平、肖日葵：《文化资本与社会地位获得——基于上海市的实证研究》，《中国社会科学》2011 年第 6 期。

屈明颖：《数字阅读拐点及阅读趋势变迁问题研究——以历年"全国国民阅读调查"内容变化、数据分析为视角》，《出版广角》2017 年第 23 期。

全日制九年制义务教育语文课程标准编委会：《全日制九年制义务教育语文课程标准》，北京师范大学出版社 2011 年版。

任大霖：《儿童小说创作论》，少年儿童出版社 1987 年版。

任大星：《漫谈儿童小说创作——儿童文学讲座之二》，《编创之友》1981 年第 2 期。

任溶溶：《从迪士尼乐园想起》，《世纪》2016 年第 2 期。

任溶溶：《从一本〈童话〉的历险讲起》，《文字改革》1964 年第 7 期。

任溶溶：《儿童读物和汉语拼音》，《文字改革》1962 年第 6 期。

任溶溶：《浮生五记——任溶溶看到的世界》，上海译文出版社 2012 年版。

任溶溶：《跟初学翻译者谈点想法》，《当代修辞学》1982 年第 2 期。

任溶溶：《孩子读书》，《文字改革》1961 年第 6 期。

任溶溶：《怀念鲁兵》，《文学报》2013 年 4 月 25 日第 15 版。

任溶溶：《怀念涂克同志》，《世纪》2016 年第 5 期。

任溶溶：《记王国忠同志》，《世纪》2013 年第 4 期。

任溶溶：《记〈新四军军歌〉作曲者何士德》，《世纪》2014 年第 5 期。

任溶溶：《记装裱名家汤定之》，《世纪》2015 年第 6 期。

任溶溶：《旧社会一名小雇员》，《世纪》2013 年第 5 期。

任溶溶：《漫谈儿童诗的写作——儿童文学讲座之四》，《编创之友》1981 年第 4 期。

任溶溶：《牛棚忆旧》，《世纪》2014 年第 1 期。

任溶溶：《谈谈儿童读物的注音》，《文字改革》1963 年第 6 期。

任溶溶：《王成荣的儿歌》，《文学报》2015 年 7 月 2 日第 9 版。

任溶溶：《微寓言，大世界》，《文学报》2013年1月10日第9版。

任溶溶：《"文革"时的外调》，《世纪》2013年第2期。

任溶溶：《我成了个隐形人》，浙江少年儿童出版社2012年版。

任溶溶：《我的老师郑朝宗先生》，《文学报》2011年12月29日第15版。

任溶溶：《我听侯宝林的相声》，《文学报》2013年11月7日第15版。

任溶溶：《我也当过"神仙"》，《世纪》2013年第3期。

任溶溶：《我在干校饲养场》，《世纪》2015年第1期。

任溶溶：《我在苏北巧遇袁方》，《世纪》2014年第3期。

任溶溶：《一九四七年往事》，《文学报》2011年8月18日第12期。

任溶溶：《译名与方言》，《中国翻译》1986年第3期。

任文、徐寒：《社区口译中的场域、惯习和资本——口译研究的社会学视角》，《中国翻译》2013年第5期。

任以奇：《北方话新文字的拼法》，东方书店1952年版。

任以奇：《北方话新文字基础读本》，东方书店1950年版。

任以奇：《中国拼音文字拉丁化基础读本》，东方书店1955年版。

[苏联] 萨·马尔夏克撰：《"时间具有一种伸缩性……"》，任溶溶译，《世界文学》1982年第6期。

邵璐：《Bourdieu社会学视角下的重释中国近代翻译史——以并世译才严复、林纾为例》，《中国外语》2012年第1期。

邵璐：《翻译社会学的迷思——布迪厄场域理论解释》，《暨南学报》（哲学社会科学版）2011年第3期。

佘协斌、陈静：《我国历史上的转译及其利弊得失》，《上海科技翻译》2004年第1期。

申丹：《叙事、文体与潜文本》，北京大学出版社2009年版。

申丹、王丽亚：《西方叙事学·经典与后经典》，北京大学出版社2010年版。

舒晋瑜：《90岁老头任溶溶：随心所欲不逾矩》，《中华读书报》2013年9月18日第12版。

舒伟：《英国儿童文学简史》，湖南少年儿童出版社2015年版。

宋大图：《评什克洛夫斯基的"陌生化"和形式主义文学观》，《文艺理论与批评》1987年第4期。

宋莉华：《近代来华传教士与儿童文学的译介》，上海古籍出版社2015

年版。

宋美盈、田建国：《语音回路对中英词汇学习者不同作用的实证研究》，《外语教学》2012 年第 2 期。

宋爽：《"儿童本位论"的实质——评陈伯吹的〈儿童文学简论〉》，《读书》1960 年第 12 期。

宋学智：《翻译文学经典的影响与接受》，上海译文出版社 2006 年版。

宋学智：《何谓翻译文学经典》，《中国翻译》2015 年第 1 期。

孙建江：《20 世纪中国儿童文学导论》，四川少年儿童出版社 2013 年版。

孙建江：《任溶溶的 NONSENSE》，《出版广角》2013 年第 15 期。

孙建江：《童话艺术空间论》，湖北少年儿童出版社 1990 年版。

孙婷婷：《任溶溶的翻译艺术研究》，硕士学位论文，上海外国语大学，2014 年。

孙延中：《幼儿脑系之研究》，《清华大学学报》（自然科学版）1915 年第 0 期。

孙兴春：《图书盗版现象的理性分析——多学科的理论阐述》，《编辑学刊》2006 年第 5 期。

孙秀丽：《克里斯蒂娃广义互文性初探》，《黑龙江社会科学》2009 年第 5 期。

孙悦：《一个快乐的"老小孩"任溶溶》，《编辑学刊》2009 年第 2 期。

［瑞士］索绪尔：《普通语言学教程》，裴文译，江苏教育出版社 2001 年版。

唐芳：《惯习中心维度探析——论西米奥尼的惯习观》，《山东外语教学》2011 年第 4 期。

汤素兰：《任溶溶儿童诗的语言艺术》，《中国文学研究》2016 年第 1 期。

陶辅文：《"超文本"系统简介》，《情报理论与实践》1989 年第 3 期。

田地、何平：《评任溶溶的儿童诗》，《朝花》1982 年第 7 期。

童庆炳：《文学经典建构诸因素及其关系》，《北京大学学报》（哲学社会科学版）2005 年第 5 期。

屠国元：《布尔迪厄文化社会学视阈中的译者主体性——近代翻译家马君武个案研究》，《中国翻译》2015 年第 2 期。

王爱琴：《从译作的可朗读性看任溶溶的儿童文学翻译观》，《宿州学院学报》2016 年第 4 期。

王爱琴、陈光明：《任溶溶儿童文学翻译的生态翻译学诠释》，《安庆师范学院学报》（社会科学版）2012 年第 3 期。

王爱琴、权循莲：《译者的显形：任溶溶儿童文学翻译中的操控与改写》，《黑龙江教育学院学报》2014 年第 10 期。

王传英、葛亚军、赵林波：《社会经济网络视域下的当代翻译研究》，《外语教学》2015 年第 4 期。

王国维：《人间词话》，中华书局 2012 年版。

汪基德、颜荆京、汪滢：《"墙中洞"试验的理论透视及启示》，《电化教育研究》2015 年第 1 期。

王瑾：《互文性》，广西师范大学出版社 2005 年版。

王军：《试论编辑惯习的历史建构及其生产》，《编辑之友》2013 年第 10 期。

王可宾：《从语言遗迹看女真社会历史文化》，《史学集刊》1992 年第 3 期。

王丽燕、丁锦红：《工作记忆中的语音回路与阅读理解的关系》，《心理科学进展》2003 年第 3 期。

王玲、林若：《译者双重身份的建构与协调——基于个案分析的英译策略研究》，《解放军外国语学院学报》2016 年第 2 期。

王宁：《现代性、翻译文学与中国现代文学经典重构》，《文艺研究》2002 年第 6 期。

王平：《当代翻译审美学》，国防工业出版社 2009 年版。

王平：《文学翻译风格论》，电子科技大学出版社 2014 年版。

汪倩慧：《浅谈"形神兼备"在任溶溶儿童文学翻译中的体现——以〈小飞侠彼得·潘〉为例》，《长春工程学院学报》（社会科学版）2013 年第 4 期。

王泉根：《儿童文学审美指令》，湖北少年儿童出版社 1991 年版。

王泉根：《人学尺度和美学判断》，甘肃少年儿童出版社 1994 年版。

王泉根：《新世纪中国儿童文学学科建设面临的机遇和挑战》，《学术界》2004 年第 5 期。

王泉根：《中国儿童文学概论》，湖南少年儿童出版社 2015 年版。

王珊珊：《任溶溶儿童文学翻译思想研究》，《疯狂英语》（教师版）2008 年第 3 期。

王珊珊：《任溶溶儿童文学翻译思想研究》，硕士学位论文，郑州大学，2009 年。

王姝婧：《从幕后到幕前——译者身份的历时比较与共时分析》，《外国语言文学》2004 年第 1 期。

王先霈、王又平：《文学批评术语词典》，上海文艺出版社 1999 年版。

汪耀华：《任溶溶讲"文革"旧事》，《新华书目报》2014 年 11 月 3 日第 A06 版。

王岳川：《布迪厄的文化理论透视》，《教学研究》1998 年第 2 期。

魏雷、邓景春：《从生态翻译学视角看任溶溶对 E. B. 怀特儿童文学的翻译》，《新余学院学报》2016 年第 4 期。

韦苇：《世界儿童文学史概述》，浙江少年儿童出版社 1986 年版。

韦苇：《中国儿童文学师夷说》，《昆明学院学报》2009 年第 1 期。

闻多、时昭涵：《童子军》，《清华大学学报》（自然科学版）1917 年第 3 期。

吴波：《从自译看译者的任务——以〈台北人〉的翻译为个案》，《山东外语教学》2004 年第 6 期。

吴非、张文英：《从互文性看翻译过程中译者的社会心理趋向》，《外语学刊》2016 年第 4 期。

伍媚：《从接受理论探讨任溶溶的儿童文学翻译——以〈女巫〉为案例分析》，硕士学位论文，苏州大学，2015 年。

吴萍：《传统文化与近代观念的遇合——中日两国新剧运动的历史文化背景》，《常州技术师范学院学报》1995 年第 1 期。

吴其南：《"儿童本位论"的实质及其对儿童文学的影响》，《浙江师范学院学报》1984 年第 4 期。

吴琼：《雅克·拉康——阅读你的症状》，中国人民大学出版社 2011 年版。

吴泽勇：《历史、文化、社会中的司法制度——评〈司法制度的历史与未来〉》，《诉讼法论丛》2002 年第 0 期。

夏历：《"五四"时期儿童文学的翻译》，硕士学位论文，华中师范大学，2000 年。

颉瑛琦：《儿童文学视野下的〈义务教育语文课程标准〉研究》，硕士学位论文，中国海洋大学，2014 年。

谢纳、宋伟：《何谓经典、如何建构——"走向经典的中国当代文学"学术论坛述评》，《当代作家评论》2017 年第 1 期。

肖东发、卞卓舟：《少儿出版与少儿阅读》，《编辑学刊》2015 年第 2 期。

肖曼君：《论翻译审美主体的禀赋资源与文学翻译》，《湖南大学学报》（社会科学版）2003 年第 2 期。

肖显静：《消费主义文化的符号学解读》，《人文杂志》2004 年第 1 期。

肖肖：《当代文学经典化建构的三个维度及反思》，《江西社会科学》2013 年第 10 期。

行超：《海飞："中国儿童文学行进在春天"》，《文艺报》2016 年 4 月 15 日第 007 版。

邢杰：《译者"思维习惯"——描述翻译学研究新视角》，《中国翻译》2007 年第 5 期。

熊宣东：《略论译者的双重身份》，《重庆三峡学院学报》2001 年第 6 期。

许春辉：《中国童书出版的大趋势》，《编辑学刊》2005 年第 3 期。

徐家荣：《儿童文学翻译对译文语言的特殊要求》，《中国翻译》1988 年第 5 期。

徐家荣：《儿童文学翻译中形象再现的艺术手法》，《外语学刊》1991 年第 6 期。

徐瑜蔓：《评任溶溶版〈夏洛的网〉译本不妥之处》，《文学界》（理论版）2013 年第 1 期。

薛永武：《从格式塔视域看〈乐记〉中的心物同构》，《中国文化研究》2008 年第 4 期。

鄢佳：《布尔迪厄社会学视角下的译者葛浩文翻译惯习研究》，博士学位论文，山东大学，2013 年。

严成樑：《社会资本、创新与长期经济增长》，《经济研究》2012 年第 11 期。

闫光才：《话语霸权、强势语言与大学的国际化》，《华东师范大学学报》（教育科学版）2004 年第 1 期。

严继光：《法国大哲学家柏格森学说概论》，《清华学报（清华大学学报）》（自然科学版）1917 年第 3 期。

严利颖：《当任溶溶年纪还小时》，《中华读书报》2015 年 7 月 29 日第 24 版。

严维明：《谈谈儿童文学作品的翻译——新译〈汤姆·索耶历险记〉》，《中国翻译》1998 年第 5 期。

严羽著、张健校：《沧浪诗话校笺（上）》，上海古籍出版社 2012 年版。

杨道云：《多模态跨文化传播模式的社会历史文化实现样态分析》，《求索》2012 年第 2 期。

杨剑龙：《论建国初期的上海的儿童文学创作》，《扬州大学学报》（人文社会科学版）2005年第1期。

杨柳：《通俗翻译的"震惊"效果与日常生活的审美精神——林语堂翻译研究》，《中国翻译》2004年第4期。

杨实诚：《儿童文学美学》，山西教育出版社1994年版。

杨武能：《格林童话辩诬——析〈成人格林童话〉》，《文汇报》2000年7月15日第6版。

杨武能：《"原版格林童话"是骗局》，《中华读书报》2006年8月16日第1版。

杨向荣：《图像转向》，《外国文学》2015年第5期。

叶薇：《〈"没头脑"和"不高兴"〉问世60周年纪念暨荣誉珍藏版首发》，《出版参考》2016年第6期。

1911—1960儿童文学论文目录索引编委会：《1911—1960儿童文学论文目录索引》，少年儿童出版社1961年版。

佚名：《拼音》，《文字改革》1963年第1期。

殷健灵：《任溶溶：我天生应是儿童文学工作者》，《文艺报》2011年9月26日第5版。

喻海燕：《思想的缔造者——陈伯吹儿童文学翻译思想研究》，中国社会出版社2014年版。

于伟：《先秦儒家之"礼"与我国教育的教化功能》，《教育研究》2013年第4期。

于真：《我国的社会变迁与社会历史文化特质》，《社会学研究》1986年第6期。

余人、袁玲：《少儿出版面临的矛盾与挑战》，《出版发行研究》2014年第12期。

曾文雄：《翻译文化资本运作与语境干涉》，《外语教学》2012年第2期。

查明建：《文化操纵与利用：意识形态与翻译文学经典的建构——以20世纪五六十年代中国的翻译文学为研究中心》，《中国比较文学》2004年第2期。

璋：《上海市召开少年儿童图书馆（室）先进集体、先进工作者表彰会议》，《图书馆杂志》1983年第1期。

张朝杰：《我和两个"任溶溶"》，《档案春秋》2013年第4期。

张朝丽、徐美恒、姚朝文：《安徒生童话个别篇章在接受问题上的反文化倾向》，《内蒙古大学学报》2003年第6期。

张德明：《文学经典的生成谱系与传播机制》，《浙江大学学报》（人文社会科学版）2012年第6期。

张汨、文军：《国内翻译家研究现状与流变趋势》，《中国外语》2014年第4期。

张国霖：《家长的教育焦虑》，《基础教育》2016年第6期。

张积家、陆爱桃：《语音回路和视空间模版对音位流畅性和语义流畅性的影响》，《心理学报》2007年第6期。

张嘉坤、李新新：《任溶溶儿童文学翻译研究综述》，《海外英语》2016年第23期。

张嘉骅：《"知识集"概念与儿童文学研究》，《中国儿童文化》2005年第0期。

张嘉骅：《儿童文学的童年想象》，福建少年儿童出版社2016年版。

张锦贻：《儿童文学的体裁及其特征》，内蒙古人民出版社1983年版。

张锦贻：《中国儿童文学50年》，《内蒙古师范大学学报》（哲学社会科学版）1999年第5期。

张莉：《从接受美学理论角度看译者的双重身份》，硕士学位论文，湖南师范大学，2005年。

张璐：《论音乐在他留人社会、历史与文化中的功能》，《歌海》2016年第5期。

张美芳：《翻译中的超文本成分：以新闻翻译为例》，《中国翻译》2011年第2期。

张沛：《德里达解构主义的开拓》，《北京师范大学学报》1991年第6期。

张骑：《读者对〈青春之歌〉的评论》，《电影艺术》1960年第1期。

张岂之：《何谓"经典"?》，《华夏文化》2014年第1期。

张桃香：《副文本对阐释复杂文本的叙事诗学价值》，《江西社会科学》2009年第4期。

张天翼：《张天翼文集（第九卷）》，上海文艺出版社1991年版。

张文霞：《中国快速消费品的品牌传播研究》，硕士学位论文，华中科技大学，2007年。

张香还：《中国儿童文学史（现代部分）》，浙江少年儿童出版社1988年版。

张之伟：《中国现代儿童文学史稿》，华东师范大学出版社1993年版。
赵淳：《幻象的三个侧面：齐泽克文学观研究》，《外国语文》2016年第6期。
赵翠翠：《接受美学视角下任溶溶外国儿童文学翻译技巧研究——以〈吹小号的天鹅〉为例》，硕士学位论文，重庆大学，2012年。
赵一凡、张中载、李德恩：《西方文论关键词》，外语教学与研究出版社2006年版。
郑宝倩：《人名结构与社会历史文化的关系》，《语文研究》1992年第1期。
郑祥福、王云长：《分析齐泽克视野中的幻象理论》，《福建论坛》（人文社会科学版）2014年第5期。
郑马：《"儿童文学交响乐团"出色的号手——访问任溶溶小记》，《儿童文学研究》1981年第6期。
征求关于《中小学课外阅读书目（草稿）》的意见编委会：《征求关于〈中小学课外阅读书目（草稿）〉的意见》，《人民教育》1962年第7期。
郑英杰、谭必友：《原始宗教演变的文化选择——以湘西少数民族原始宗教文化为例》，《学术月刊》2009年第3期。
中国版本图书馆：《1980—1986翻译出版外国文学著作目录和提要》，重庆出版社1999年版。
中国教育改革和发展纲要编委会：《中国教育改革和发展纲要》，中国教育出版社1993年版。
钟雯：《从接受美学视角审视任溶溶对E. B. 怀特儿童文学的翻译》，硕士学位论文，华南理工大学，2015年。
周吉宜：《周作人与〈杨柳风〉》，《新文学史料》2016年第3期。
周望月、邵斌：《〈夏洛的网〉译介在中国》，《名作欣赏》2014年第12期。
周宪：《"读图时代"的"图文战争"》，《文学评论》2005年第6期。
周宪：《文化研究的"去经典化"》，《博览群书》2002年第2期。
周亚祥：《艺术接受——文学翻译的审美创造》，《同济大学学报》（社会科学版）2003年第2期。
周轶：《普通话儿化音的测试和培训对策》，《首届全国普通话水平测试学术研讨会论文集》，语文出版社2002年版。
朱光潜：《谈美》，华东师范大学出版社2012年版。
朱光潜：《西方美学史》，人民文学出版社2002年版。

朱国华:《文学"经典化"的可能性》,《文艺理论研究》2006年第2期。

朱健桦:《从"开卷数据"看近十年中国引进版图书市场》,《中国图书评论》2006年第10期。

朱淑华:《儿童阅读推广系统概述》,《图书馆》2009年第2期。

朱振中、李晓丹、程钧谟:《基于品牌至爱的品牌忠诚形成机制研究》,《外国经济与管理》2014年第11期。

朱自强:《儿童本位:小学语文教材的基石》,《中国教育报》2011年2月24日第5版。

朱自强:《儿童文学论》,中国海洋大学出版社2005年版。

朱自强:《儿童文学新视野》,中国海洋大学出版社2004年版。

邹艳萍:《目的论视角下的任溶溶儿童文学隐喻翻译策略研究——以〈夏洛的网〉为例》,硕士学位论文,内蒙古大学,2013年。

祖之:《现代的儿童何须仙人教育》,《读书》1959年第5期。

Anderson, Hans Christian, *Anderson's Fairy Tales*, Beijing: Central Compilation & Translation Press, 2012.

Baddeley, Hitch, "*Working Memory*", *Recent Advances in Learning and Motivation*, New York: Academic Press, 1974.

Bakhtin, Mikhail M., *Speech Genres and Other Late Essays*, Emerson, Caryl & Michael Holquist (ed.), Vern W. McGee (trans.), Austin: University of Texas Press, 1994.

Barone, Diane, *Children's Literature in the Classroom*, New York: The Guilford Press, 2011.

Barthes, Roland, "Theory of the Text", Robert Yound (ed.), *Untying the Text: A Post-Structuralist Reader*, Boston, London and Henley: Routledge and Kegan Paul, 1981.

Bassnett, Susan & André Lefevere, Constructing Cultures: Essayson Literary Translation, Shanghai: Shanghai Foreign Language Education Press, 2001.

Bassnett, Susan, Translation and Poetry: Preface to Lost in Translation, the Collection of Poems and Translations by Yihai Chen, *Comparative Literature in China*, No.4, 2010.

Bassnett, Susan, *Translation Studies*, London: Routledge, 1980/1991.

Berlyne, Daniel Ellis, *Conflict, Arousal and Curiosity*, New York: McGraw-

Hill, 1960.

Bourdieu, Pierre, *Distinction: A Social Critique of the Judgement of Taste*, Cambridge: Harvard University Press, 1984.

Bourdieu, Pierre, *In Other Words—Eassays Towards a Reflexive Sociology*, California: Stanford University Press, 1990.

Bourdieu, Pierre, *Language and Symbolic Power*, Cambridge: Polity Press, 1991.

Bourdieu, Pierre, *The Rules of Art: Genesis and Structure of the Literary Field*, California: Stanford University Press, 1995.

Bowen, Elizabeth, *Collected Impressions*, New York: Knopf, 1950.

Brown, Molly, Children's Literature Matters?, *English Academy Review*, No. 1, 2017.

Bryman, Alan & Alan Beardsworth, The Wild Animal in Late Modernity: the Case of Disneyization of Zoos, *Tourist Studies*, No. 1, 2001.

Bryman, Alan, McDonald's as a Disneyland Institution, *American Behavioral Scientist*, No. 2, 2004.

Bryman, Alan. The Disneyization of Society, *The Sociological Review*, No. 1, 1999.

Casanova, Pascale, *The World Republic of Letters*, Debevoise (trans.), Cambridge, Massachusetts: Harvard University Press, 2004.

Chestman, Andrew, *Proposal for a hieronymic oath*, The Return to Ethics, *Special Issue of the Translator*, Manchester: St. Jerome Publishing, No. 4, 2001.

Coillie, Jan Van & Water P. Verschueren, *Children's Literature in Translation: Challenges and Strategies*, Manchester: St. Jerome Publishing, 2006.

Epstein, Brett Jocelyn, *Translating Expressive Language in Children's Literature: Problems and Solutions*, Oxford: Peter Lang AG, 2012.

Farquhar, Mary Ann, *Children's Literature in China: from Luxun to Maozedong*, New York: M. E. Sharpe, 1999.

Federici, Eleonora, The Translator's Intertextual Baggage, *Forum for Modern Language Studies*, No. 2, 2007.

García, Almazán & Eva María, Dwelling in Marble Halls: A Relevance Theoretic Approach to Intertexuality in Translation, *Revista Alicantina de Estudios Ingleses*, No. 14, 2011.

Genette, Gérard, Paratexts: *Thresholds of Interpretation*, Jane E. Lewin (trans.), Cambridge: Cambridge University Press, 1997.

Grahame, Kenneth, *The Wind in the Willows*, Nanjing: Yilin Press, 2015.

Hargreaves, Roger, *Mr. Men and Little Miss*, Copenhagen: Egmont, 2014.

Hatim, Basil & Ian Mason, *Discourse and the Translator*, London: Longman Group United Kingdom, 1993.

Helborn, Johan, Towards a Sociology of Translation: Book Translation as Cultural World-System, *European Journal of Social Theory*, No. 4, 1999.

Hermans, Theo, Translation, Equivalence and Intertextuality, *Wasafiri*, No. 40, 2003.

Holdaway, Donald, *Foundations of Literacy*, Sydney: A Stone Scholastic, 1970.

Holmes, James, *Translated! Papers on Literary and Translation Studies*, Shanghai: Shanghai Foreign Language Education Press, 2007.

Hunt, Peter, *Understanding Children's Literature*, New York: Routeledge, 2005.

Inghilleri, Moira, The Sociology of Bourdieu and the Construction of the "Object" in Translation and Interpreting Studies, *The Translator*, No. 2, 2005.

Kristeva, Julia, *The Kristeva Reader*, Toril Moi (ed.), Oxford: Basil Blackwell, 1986.

Kruger, Haidee, The Translation of Children's Literature: A Reader, *Multilingual Matters*, No. 12, 2011.

Kumar, Amith & Milind Malshe, Translation and Bakhtin's "Metalinguistics" Perspectives, *Perspectives: Studies in Translatology*, No. 2, 2005.

Lathey, Gillian, *The Role of Translators in Children's Literature: Invisible Storytellers*, London and New York: Routledge, 2010.

Lathey, Gillian, *The Translation of Children's Literature: A Reader*, London: Multilingual Matters, 2006.

Lefevere, André, *Translation, Rewriting and the Manipulation of Literary Fame*, Shanghai: Shanghai Foreign Language Education Press, 2004.

Li Li, A Descriptive Study of Translated Children's Literature in China: 1898—1919, *New Review of Children's Literature and Librarianship*, No. 2, 2004.

Littau, Karin. Translation in the age of postmodern production: from text to intertext to hypertext, *Forum for Modern Language Studies*, No. 1, 1997.

Lukens, Rebecca, *A Critical Handbook of Children's Literature*, Ohio: Harper Collins College Publishers, 1995.

Muller, Anja, *Adapting Canonical Texts in Children's Literature*, London and New York: Bloomsburry, 2013.

Nelson, Brian, Translating Cultures, Cultures of Translation, *Journal of Intercultural Studies*, No. 4, 2007.

Nesbit, Edith, *The Railway Children*, New York: Dover Publications, 2000.

Oittinen, Ritta, *Translating for Children*, New York: Garland Publishing, Inc., 2000.

Reynolds, Kimberley, *Children's Literature-from the fin de siècle to the new millennium*, Tavistock: Northcote House Publishers, 2012.

Sakellariou, Panagiotis, The appropriation of the concept of intertextuality for translation-theoretic purposes, *Translation Studies*, No. 1, 2015.

Simeoni, Daniel, The Pivotal Status of the Translators' Habitus, *Target*, No. 1, 1998.

Spufford, Francis, *The Child that Books Built: A Memoir of Childhood and Reading*, London: Faber & Faber, 2002.

Tehrani, Jamshid, The Phylogeny of Little Red Riding Hood, *Plos One*, No. 8, 2013.

The British Council, *The Future of English*, London: Glenton Press, 1997.

Toury, Gideon, *Descriptive Translation Studies and Beyond*, Shanghai: Shanghai Foreign Language Education Press, 2001.

Tyulenev, Sergey, *Translation and Society: An Introduction*, London and New York: Routledge, 2014.

Venuti, Lawrence, Translation, Intertextuality, Interpretation, *Romance Studies*, No. 3, 2009.

White, Elwyn Brooks, *Charlotte's Web*, Shanghai Translation Publishing House, 2008.

White, Elwyn Brooks, *Stuart the Little*, Shanghai Translation Publishing House, 2010.

White, Elwyn Brooks, *The Trumpet of the Swan*, Shanghai Translation Publishing House, 2010.

Whitehurst, G. J. , Accelerating Language Development through Picture Book Reading, *Development Psychology*, No. 4, 1988.

Wolf, Michaela & Alexandra Fukari, *Constructing a Sociology of Translation*, Amsterdam and Philadelphia: John Benjamins Publishing Company, 2007.

Žižek, Slavoj, *How to Read Lacan*, London: Granta Books, 2006.

http://www.chinawriter.com.cn/z/d9jej/1.shtml.

http://www.virgilsociety.org.uk/.

http://www.gmw.cn/01gmrb/1999-06/24/GB/18097%5EGM6-2403.HTM.

http://epaper.syd.com.cn/syrb/html/2010-07/16/content_601731.htm.

https://en.wikipedia.org/wiki/D%C3%A9j%C3%A0_vu.

https://en.wikipedia.org/wiki/Minimally_invasive_education.

http://search.dangdang.com/?key=%E5%BC%A0%E5%A4%A9%E7%BF%BC&act=input.

https://www.amazon.cn/s/ref=sr_nr_n_2?fst=as%3Aoff&rh=n%3A660494051%2Ck%3A%E5%BC%A0%E5%A4%A9%E7%BF%BC&keywords=%E5%BC%A0%E5%A4%A9%E7%BF%BC&ie=UTF8&qid=1484173178&rnid=124355071 https://search.jd.com/Search?keyword=%E5%BC%A0%E5%A4%A9%E7%BF%BC&enc=utf-8&wq=%E5%BC%A0%E5%A4%A9%E7%BF%BC&pvid=wvl9itxi.) 41+e (vvl0i1ny2ze.2.

http://www.ses.zjcb.com/showbooks.php?nid=491.

http://www.sxdtdx.edu.cn/xyc/Ch/XYCView.asp?ID=63.

http://gxta.pingsoft.com.cn/108/2017_10_30/108_745_1509334677851.html.

http://search.dangdang.com/?key=%E5%8F%B6%E5%90%9B%E5%81%A5%E5%AE%89%E5%BE%92%E7%94%9F%E7%AB%A5%E8%AF%9D&act=input.

http://search.dangdang.com/?key=%E6%9E%97%E6%A1%A0%E5%AE%89%E5%BE%92%E7%94%9F%E7%AB%A5%E8%AF%9D&act=input.

http://search.dangdang.com/?key=%E7%9F%B3%E7%90%B4%E5%

A8%A5%E5%AE%89%E5%BE%92%E7%94%9F%E7%AB%A5%E8%AF%9D&act=input.

http：//search.dangdang.com/?key=%E4%BB%BB%E6%BA%B6%E6%BA%B6%E5%AE%89%E5%BE%92%E7%94%9F%E7%AB%A5%E8%AF%9D&act=input.

http：//product.dangdang.com/9118808.html#comment.

http：//item.jd.com/10381783.html#none.

http：//product.dangdang.com/23843945.html.

http：//product.dangdang.com/24136516.html.

http：//search.proquest.com/docview/869067093?OpenUrlRefId=info：xri/sid：primo&accountid=13854.

http：//product.dangdang.com/22618685.html#comment.

http：//blog.sina.com.cn/s/articlelist_1416190067_0_1.html.

http：//www.thepaper.cn/newsDetail_forward_1681451.

http：//weibo.com/572022552?is_hot=1.

http：//search.dangdang.com/?key=%E6%9F%B3%E6%9E%97%E9%A3%8E%E5%A3%B0&act=input&ddt-rpm=undefined&page_index=24.

http：//static.dangdang.com/topic/2227/176801.shtml.

http：//bang.dangdang.com/books/childrensbooks/01.41.00.00.00.00-24hours-0-0-1-1-bestsell.

http：//cul.qq.com/a/20160418/032116.htm.

http：//bang.dangdang.com/books/childrensbooks.

http：//www.tac-online.org.cn/index.php?m=content&c=index&a=show&catid=489&id=1870.

http：//www.stph.com.cn/about.asp?cid=0.

http：//www.bookdao.com/article/85093/.

http：//opinion.people.com.cn/n1/2016/0406/c1003-28252171.html.

索 引

B

布迪厄 8，10，11，25，35，42，45，47–49，51–58，65–67，110，114，117–119，123，171，181，218，221

C

场域 10–12，26，35，42，45，46，48–58，63，65–68，98，113，119，121，123，137，138，140，144，165，166，170–172，175，178，182，198，213，215，216，218，221

D

迪士尼化 188，189

E

儿童文学 2–38，44，51，58，60，64，67–70，72–75，77–80，83–88，90–94，102–104，108–122，124，127，128，130，133，135–140，142，144–147，156–161，163–165，167–175，178，180–185，187，189，190，192–209，211–223

G

惯习 10，11，45–51，54–58，66–72，115，118，144，165，171，218，221–223

H

互文 10–12，58，60–64，85，116–122，128，131–140，142–144，157–159，164–166，219–221，223

J

经典化 10–12，38，40–44，51，54，58，64–67，116–119，121，127，140，141，163，165–168，175，187，206，207，212，213，219–223

R

任溶溶 1-7, 9-21, 23, 29-31, 36, 38, 47, 51, 54, 58, 64, 67-70, 72-87, 92-94, 96, 98-100, 103, 106, 109-122, 124, 127, 128, 130-132, 135, 136, 138-140, 142-147, 150, 155-165, 167-173, 175, 178, 180-187, 198-209, 212, 213, 219-223

S

审美 2, 8, 10-12, 23, 30, 31, 33, 38, 39, 41-44, 47, 57-60, 64, 65, 67-69, 72-75, 78, 80, 82-91, 104, 108, 110, 114-117, 119, 122, 127, 134, 136, 138, 139, 142, 143, 147, 163, 164, 171, 174, 177, 178, 180, 182, 187, 189, 194, 197, 208, 210-212, 217-223

Y

游戏精神 6, 30, 110-114, 156, 205, 211

Z

资本 3, 10-12, 15, 42, 45, 46, 48, 49, 51-58, 66, 67, 87, 110, 112, 114, 115, 121, 123, 127, 137, 140-142, 144, 163-165, 167-175, 178-186, 198, 199, 201-206, 218, 221, 223

致　　谢

和许许多多的读书人一样，我的心里也一直埋藏着名校情结。川大的四年博士研究生求学生涯实现了我在名校读书的愿望，并由此堂堂正正地拥有了"川大毕业生"和"川大校友"这样光荣和骄傲的称谓。

读博的这四年，我不仅收获了学业上的进步，更收获了人生的成长。四年前的这个五月准备博士复试时的情景仍历历在目，如今博士学位论文顺利通过盲审，即将参加答辩。其中况味，令人百感交集。首先，我要感谢我的导师任文教授，没有她的帮助和支持，我就不会得到这个宝贵的读博的机会；没有她的耐心指导和鼓励，我就不会按期顺利开题，更不会进入社会学研究这一包罗万象的学科领域；最令人难忘的是博士学位论文提交送审前的那段时间，任老师不厌其烦地修改我的论文并提出重要的修改意见，我既为自己的能力有限而抱歉，又为有这样一位好导师而庆幸。我还要特别感谢曹明伦教授和段峰教授，他们对我的博士学位论文选题都曾给予很大的帮助。曹老师不吝分享他在儿童文学翻译方面的心得，段老师则在翻译史的研究方法方面给过我很大的启发。高山仰止，师恩难忘！

在川大读博的四年我还收获了友谊，结识了很多让人难忘的朋友。殷明月师姐在我复习考博及准备复试期间数次耐心为我答疑解惑；班柏师兄、郑凌茜师姐在我准备博士学位论文开题期间都给过我非常有建设性的指导和修改意见；杨雨红师姐和我同期完成博士学位论文初稿，在论文写作期间我们经常一起探讨写作进展和心得；我的同年级同学钟毅、吴术驰、陈丹和龙江华不仅是和我一起比肩奋斗的朋友，也是我在生活和学习上的老师。他们乐观、向上、进取、乐于施善，一起读书的时光里和他们留下很多难忘的回忆。黄娟、王洪林和马冬梅虽然不和我同年级，但在我博士学位论文答辩前后都曾帮我递交文档和相关材料,我感恩有幸结识她们,感激他们在方方面面对我的关心和帮助。

最后,我要感谢我的妻子和女儿,感谢她们在生活上对我的照顾和体谅。读博的这四年,她们是我战胜困难和不断前行的最大动力。